Michael Kibler

Stiller Hass

Michael Kibler

STILLER HASS

Kriminalroman

societäts\verlag

Michael Kibler wurde 1963 in Heilbronn geboren und ist Darmstädter aus Leidenschaft. Er studierte an der Goethe-Universität Frankfurt, im Hauptfach Germanistik mit den Nebenfächern Filmwissenschaft und Psychologie. Nach dem Magister 1991 promovierte er 1998. Schreiben ist Passion seit mehr als der Hälfte seines Lebens, weshalb er seit 1991 als Texter, Schriftsteller und PR-Profi arbeitet. Schwerpunkt des Schriftstellers sind Krimis.

Der Umwelt zuliebe nicht in Folie verpackt.

1. Auflage

Satz: Julia Desch, Societäts-Verlag
Umschlaggestaltung: Julia Desch, Societäts-Verlag
Umschlagabbildung: Statue: Uwe Barghaan, CC BY-SA 3.0, via Wikimedia Commons; Hintergund: © NatalyFox/Shutterstock
Druck und Verarbeitung: CPI books GmbH, Leck
Printed in Germany 2022
ISBN 978-3-95542-440-4

FSC www.fsc.org MIX Papier | Fördert gute Waldnutzung FSC® C083411

2022 Klimaneutraler Druck mit firstclimate

Besuchen Sie uns im Internet:
www.societaets-verlag.de

Для Тані, die den Bär im roten Mantel umarmt.

SAMSTAG, 14. MAI

»Prost«, sagte Jana Welzer und hob das Glas.

»Prost«, antwortete Steffen Horndeich und hob das seine. Zwei edle Gläser aus der Manufaktur von Kosta Boda in Schweden. Ein Geschenk seiner Schwiegereltern, die im vergangenen Jahr dort einen sechswöchigen Urlaub verbracht hatten. Die richtige Wahl, denn Horndeich und Jana hatten etwas zu feiern.

Sie saßen im Garten seines Hauses im Darmstädter Richard-Wagner-Weg 56. Jana war Nachlasspflegerin. Steffen Horndeich arbeitete seit drei Jahren als Privatdetektiv – unter anderem für Jana – und auch als Erbenermittler. Wenn es auf den zweiten Blick in alle verfügbaren Unterlagen eines Verstorbenen keine Erben gab, lohnte oftmals der dritte Blick. Jener war jedoch deutlich aufwendiger: Da musste er Stammbäume erstellen, Einträge in Kirchenregistern lesen und oft auch Archive in anderen Ländern bemühen. Vier Monate hatte Horndeich in den letzten Fall investiert. Und es hatte sich gelohnt: Der Erblasser hatte mehr als eine Million Euro auf seinen Konten gebunkert, zusätzlich zu drei Wohnhäusern. Und Horndeich war es gelungen, eine Großnichte vierten Grades aufzutun und ihr die frohe Botschaft zu überbringen: Sie könne diese Erbschaft antreten, hatte ihr Horndeich mitgeteilt, wenn er ihr den Namen des Verstorbenen nannte – und den direkten Weg im Stammbaumgeäst hin zu ihr. Das würde er tun, wenn sie zuvor Horndeich schriftlich versichere, dass er 25 Prozent davon bekäme. Für die Dame war das immer noch ein guter Deal. Und für Horndeich natürlich auch.

Die Dame hatte zugestimmt. Und das hatten sie gebührend gefeiert an diesem Freitagabend in seinem Garten. Bis vor drei

Stunden war Horndeichs Familie auch noch mit von der Partie gewesen: seine Frau Sandra und seine Kinder Stefanie, Alexander und Antje. Zehn, sieben und zweieinhalb Jahre alt.

Das Glas war gefüllt mit einem Lugana, die Weinsorte, die Jana Welzer bevorzugte. Angebaut im Umkreis von Darmstadts italienischer Partnerstadt Brescia, bot der Genuss auch lokalpatriotischen Flair. Der Wein schmeckte ihm, erstaunlicherweise. Erst durch Jana hatte er überhaupt Weißwein probiert. Auch seine Frau war von der weißen Rebe sehr angetan.

Er mochte die Jahreszeit. Es war warm, es war um 21 Uhr immer noch hell – ein perfekter Abend.

»Und? Lehnst du dich jetzt erst mal zurück? Ein paar Wochen Urlaub? Mal den lieben Gott einen guten Mann sein lassen?«

Natürlich, der Geldsegen tat gut. Sehr gut sogar. Aber Horndeich konnte sich nicht vorstellen, ein halbes Sabbatjahr einzulegen. Seine Frau arbeitete halbtags im Polizeipräsidium Südhessen, seine Kinder Stefanie und Alexander gingen zur Schule und, ja, er hätte natürlich ganztags seine jüngste Tochter Antje versorgen können. Doch die ging bereits seit einem halben Jahr in die Kita. Nein, er fühlte sich wohl in seinem Job, er genoss das Recherchieren, das Lüften von Geheimnissen, das Rätsellösen. Er konnte es Jana gegenüber nicht laut aussprechen, aber er war fast ein wenig traurig darüber, dass der Fall jetzt abgeschlossen war. Und kein neuer am Horizont aufzutauchen schien.

Tief in seine Gedanken versunken, nahm er das Quietschen des Gartentürchens wahr. Und das Geräusch erinnerte Horndeich daran, dass er seinen Pflichten als Eigner des Hauses nicht gerecht geworden war. Seine Frau Sandra war für die Grundversorgung in der Küche verantwortlich, zudem für alles, was mit Finanzen und deren Verwaltung in Computern zu tun hatte. Er war der Mann für die Schlagbohrmaschine, für die HiFi-Anlage, für die technischen Geräte in der Küche – und für den Garten. Zu diesem gehörte auch das Törchen zum Bürgersteig. Bereits im vergangenen Jahr hatte seine Frau ihn darauf hingewiesen, dass die Bewegung jener kleinen eisernen Tür – präzise: die Scharniere jener kleinen eisernen Tür, die Klingel ersetzen konnten. Wenn jemand das Türchen bewegte, legten selbst die Katzen der Nachbarschaft die Pfoten über ihre Ohren. Als er das hochfrequente Kreischen vernahm, war sein erster Gedanke: *Ich muss morgen unbedingt Fett im Bauhaus besorgen.* Sein zweiter Gedanke war: *Wer zur Hölle will um diese Uhrzeit noch zu uns?*

Horndeich stand auf und ging um die Ecke des Hauses in Richtung Eingang. Dort sah er einen Mann. Hell angestrahlt. Der Bewegungsmelder hatte das Flutlicht vor der Haustür eingeschaltet. Er war tief in seinem Herzen immer noch Polizist und scannte den Mann, der da gerade das Türchen mit ebensolch lauter akustischer Untermalung wieder schloss.

Der Polizeiradar meldete: Ein Meter achtzig, schlank, vielleicht gut 40 Jahre alt. Kein Anzug. Aber ein Jackett. Eine Jeans dazu, Hemd unter dem Jackett. Keine ledernen Halbschuhe, aber auch keine Turnschuhe. Einfache Halbschuhe aus Kunstleder. Das Haar voll und schwarz. Kein Bart. Keine Brille. Die Statur eine seltsame Mischung aus aufrechter Haltung und ein wenig gebeugter Unsicherheit.

»Guten Abend. Sind Sie Steffen Horndeich?«, fragte der Mann. Auch aus der Stimme hörte Horndeich Beklemmung heraus.

»Ja. Der bin ich. Und wer sind Sie?«

»Mein Name ist Marco Seidel. Sie sind der Privatdetektiv Horndeich?«

»Ja.«

Sein Gegenüber nickte. »Hätten Sie vielleicht eine halbe Stunde Zeit für mich?«

Es war Freitagabend. Es war kurz vor Wochenende. Was wollte der Kerl vor ihm? »Jetzt?«

Wieder nickte Marco Seidel, ohne es diesmal klanglich zu untermalen.

»Woher haben Sie meine Adresse? Ich habe Sie noch nie im Leben gesehen.«

»Eine Bekannte von mir hat Sie als Privatdetektiv empfohlen. Helga Winsola. Vielleicht können Sie mir helfen.«

Horndeich kannte den Namen. Helga Winsola war die Mutter eines Kindes in Antjes Kita. Sie hatten sich ein paarmal unterhalten, natürlich auch über seinen Job. »Worum geht es?«

»Ich habe achtzehneinhalb Jahre im Knast gesessen, für einen Mord, den ich nicht begangen habe. Und ich möchte, dass Sie die Wahrheit herausfinden. Den wahren Mörder finden.«

Horndeich schluckte. Er hatte den Mann wohl falsch eingeschätzt. Sein erster Impuls war gewesen, dass hier ein Kerl vor ihm stand, dem sein Freund gerade gesteckt hatte, dass seine Frau ihn betrog. Und der jetzt auf der Stelle einen Detektiv suchte, der diesen Verdacht untermauerte.

Die Luft war lau, es war angenehm warm, nicht schwül. Er hätte es genossen, weiter mit Jana in seinem Garten zu sitzen, Anekdoten auszutauschen oder Weisheiten über das Leben, dazu noch das eine oder andere Glas Lugana zu trinken und in zwei Stunden selig einzuschlafen.

Es war die Art, wie dieser Kerl ihn ansah. Immer noch mit dieser Mischung aus Selbstsicherheit und Unterwürfigkeit, die er am Anfang ihrer Begegnung ausgestrahlt hatte. Vielleicht eine Kombination, mit der man im Knast gut durchkam. Horndeich hatte keine Ahnung. Er kannte das Leben im Knast zum Glück nur aus Dokumentationen auf ARTE. Und aus zwei Fortbildungen bei seinem ehemaligen Arbeitgeber, der Polizei.

Sie standen einander immer noch gegenüber. Kein Zustand, den man noch 20 Minuten aufrechterhalten konnte. »Kommen Sie mit in den Garten«, sagte Horndeich und wusste instinktiv, dass er damit nicht nur den Verlauf des Abends änderte, sondern unter Umständen auch den seines künftigen beruflichen Engagements.

Seidel folgte ihm.

»Das ist Jana Welzer, das ist Marco Seidel«, stellte er die beiden einander vor.

Sie reichten sich die Hand.

»Möchten Sie etwas trinken?«, wollte Jana wissen – ganz so, als ob sie die Gastgeberin wäre. Seidel nickte. Horndeich nickte ebenfalls, und Seidel verstand: Er durfte sich auf einem der Gartenstühle niederlassen.

»Herr Seidel möchte von mir, dass ich einen Mörder finde.«

Jana hob eine Augenbraue. Sie war gut darin, ihre körperlichen Reaktionen auf ein Minimum zu beschränken.

»Ja. Ich möchte, dass Sie den Mörder von Susanne Fricke finden.«

»Wer ist Susanne Fricke?«, wollte Jana wissen. Nicht, dass sie das überhaupt nicht zu interessieren brauchte. Horndeichs Garten. Horndeichs Gast. Aber Horndeich kannte Jana nach zwei Jahren Zusammenarbeit ziemlich gut. Sie war auch so ein Trüffelschwein, wenn man kriminalistische Ungereimtheiten als Trüffel definierte …

»Susanne Fricke ist vor 19 Jahren ermordet worden. Erstochen. Und ich wurde dafür verurteilt. Ich habe mehr als 18 Jahre im Gefängnis verbracht. Ich war ein vorbildlicher Gefangener. Nur zu einem haben sie mich nicht gebracht: Zu einem

Geständnis. Das liegt nicht an irgendeiner schrägen Kopfkrankheit. Das liegt einfach daran, dass ich es nicht getan habe.«

»Mögen Sie Wein?«, fragte Jana.

»Danke. Ich trinke keinen Alkohol.«

»Cola?« Horndeichs Verlegenheitsangebot. Mineralwasser hätte er natürlich auch im Angebot gehabt.

Seidel nickte, Horndeich öffnete eine Flasche, die neben dem Tisch stand, nahm ein Glas, goss dem Gast ein.

»Und was möchten Sie jetzt exakt von mir?«, fragte Horndeich.

»Wie ich gesagt habe – ich wünsche mir, dass Sie den wirklichen Mörder finden.« Danach sagte er nichts mehr.

Ebenso wenig wie Jana.

Ebenso wenig wie er selbst.

Horndeich hatte lange Zeit in der Mordkommission Darmstadt gearbeitet. Zuerst mit seiner Kollegin Margot Hesgart, über viele Jahre hinweg. Doch sie hatte vor acht Jahren den Polizeidienst quittiert und wenig später mit ihrem Freund Nick Peckhard eine Firma für Sicherheitsberatung aufgemacht. Dann hatte Horndeich mit Leah Gabriely weitere fünf Jahre zusammengearbeitet. Eine Frau, in ihrem Charakter nicht ganz einfach – aber im Rückblick hatte sie damit nur eine Ähnlichkeit mit Margot unterstrichen. Vor drei Jahren schließlich hatte Horndeich den Polizeidienst quittiert. Bis dahin hatte er Mörder gejagt. Und Mörder vor Gericht stellen lassen. Und es immer genossen, wenn ein solcher hinter Gittern gelandet war. Ja, er hatte es auch ein paarmal akzeptieren müssen, dass ein Gericht einen Mann oder eine Frau aus Mangel an Beweisen hatte laufen lassen müssen. Aber er hatte es nie erfahren, dass ein Mörder seine Strafe abgesessen hatte und danach immer noch behauptete, er habe die Tat nicht begangen. Denn dann hätte ja ein

Fehlurteil vorgelegen. Ein Justizirrtum. Jemand hätte vielleicht ein Viertel seines Lebens völlig zu Unrecht eingesperrt im Knast hocken müssen. Keine Vorstellung, die Horndeich auch nur im Ansatz angenehm war. Insbesondere, wenn eigene Ermittlungen dazu geführt hatten – und sich so im Nachhinein als fehlerhaft entpuppten.

»Wieso sind Sie verurteilt worden, wenn Sie unschuldig waren?«, fragte Jana und riss Horndeich aus seinen Gedanken.

Seidel lenkte seinen Blick nun auf Jana. »Es gab eine Menge Indizien, die gegen mich sprachen. Außerdem hatte ich kein Alibi. Und ich hätte auch ein Motiv gehabt. Das alles habe ich nie bestritten. Aber ich bin es nicht gewesen. Ich habe Susanne Fricke nicht umgebracht. Ich habe niemanden umgebracht.«

Horndeich hatte in seinem Leben mit zwei Mördern Kontakt gehabt, nachdem diese ihre Haftstrafe verbüßt hatten. Beide waren wegen Totschlag verurteilt gewesen. Und beide waren ihm rückblickend nicht gram. Der eine war, als er entlassen worden war, mit sich im Reinen gewesen. Er hat eine Tat begangen, war verurteilt worden, hatte seine Strafe abgesessen und konnte nun wieder Teil der Gesellschaft werden. Der andere hatte ihm sogar gedankt. Erst im Knast habe er seiner Gang abschwören können und eine Ausbildung begonnen. Denn im Knast wäre er nicht mehr angefeindet worden, nur, weil er etwas lernen wollte. Und er hatte die Lehre im Knast abgeschlossen – und, natürlich hatte es neun Monate gedauert, aber er hatte anschließend in Freiheit auch einen Job bekommen.

Bevor Horndeich etwas sagen konnte, war Jana ihm wieder zuvorgekommen: »Wie kommen Sie darauf, dass wir Ihnen glauben könnten, dass Sie unschuldig sind?«

Horndeich war eigentlich überhaupt nicht interessiert an dieser Unterhaltung. Es war ein Fall, den er unter keinen Umständen annehmen würde. Er war immer der gewesen, der die bösen Jungs und Mädels hinter Gitter gebracht hatte. Und er war ganz bestimmt niemand, der jemanden im Nachhinein freisprechen würde. Doch Jana schien das nicht zu interessieren. Vielmehr schien Marco Seidel sie zu interessieren.

»Ich habe kein einziges Weihnachten mit meiner Frau und meiner Tochter verbringen können. 18 Jahre lang nicht. Dieses Jahr werde ich das erste Mal das Fest gemeinsam mit ihnen feiern können. Als ich festgenommen wurde, war meine Frau im siebten Monat schwanger. Wir waren seit drei Jahren zusammen. Und ich hätte nichts, niemals, irgendetwas getan, das unsere kleine Familie gefährdet hätte. Niemals!«

Familie. Sofort setzte Horndeichs Gedankenkarussell abermals zur Fahrt an. Er liebte seine Familie. Ja, es war Sandra gewesen, die ihn erobert hatte. Die seinerzeit ganz deutlich gemacht hatte, dass sie ihn liebte, dass sie mit ihm eine Familie gründen wollte. Auch wenn er es niemandem, auch seiner Frau gegenüber, zugestanden hätte: Er war sich nie ganz sicher gewesen, ob er wirklich Familie haben wollte. Bis zu dem Tag, an dem seine älteste Tochter auf die Welt gekommen war. Mit der Geburt von Stefanie hatte sich nicht nur sein Leben verändert, sondern auch sein Blick auf das Leben. Auf seine Familie ließ er nichts kommen. Und er würde sie mit seinem Blut verteidigen gegen alles, was sich dieser Familie in den Weg stellte. Wurde er jetzt gefühlsduselig?

»Was ist damals passiert?«, war es abermals Jana, die sprach.

Seidels Augen suchten den Blick von Jana, wanderten dann wieder zu Horndeich und zurück zu Jana. »Sie erinnern sich nicht an den Fall Susanne Fricke?«

Horndeich zuckte mit den Schultern.

Ebenso Jana.

»Schon komisch, dass sich niemand daran erinnert. Nie was gehört von ›Susanna‹? Das war ihr Name als Schlagerstar. Oder vielleicht eher als Schlagersternchen.«

Schon wieder war es Jana, die den Faden aufnahm: »Susanna? Die mit dem Song ›Liebe nur für dich‹?«

»Ja. Genau diese Susanna. Oder eben Susanne Fricke, ihr bürgerlicher Name. Sie kennen den Song?«

»Denn das ist Liebe nur für dich, nur für dich, denn was bin ich allein für mich, nur für mich, ohne dich«, trällerte Jana nun leise vor sich hin. Der Lugana tat seine Wirkung.

»Denn ohne Küsse nur für dich, nur für dich, was soll ich leben nur für mich, nur für mich, ohne dich«, flüsterte der seltsame Mann ihm gegenüber.

»*Diese* Susanna also«, stellte Jana noch einmal fest. Ihr Blick traf nun Horndeich. »Susanna eben. Diese Susanna.«

Schon klar, dachte Horndeich. Dann hielt er kurz inne. Die Ermordung eines Schlagerstars. Irgendwo nördlich von Frankfurt. Er erinnerte sich dunkel, dass er gemeinsam mit seiner damaligen Kollegin Margot Hesgart in diesen Fall involviert gewesen war. Natürlich wurden Mordfälle immer in der Stadt ermittelt, in der die Tat geschehen war. Aber er besann sich, dass der Name Seidel da auch im Spiel gewesen war. »Haben Sie damals in Darmstadt gewohnt?«, wollte Horndeich nun von Seidel wissen.

»Ja. Zusammen mit meiner Frau. In einer kleinen, alten Wohnung in der Heimstättensiedlung. Wie kommen Sie darauf?«

Horndeich machte eine wegwerfende Handbewegung. »Und jetzt wohnt Ihre Frau noch in Darmstadt?«

»Ja. Ich konnte nach dem Knast bei ihr und meiner Tochter einziehen. Sie haben sich seit der Heimstätte deutlich verbessert. Altbauwohnung in der Soderstraße. Nicht saniert, aber mit Platz.«

Für einen kurzen Moment schwiegen alle drei. Dann fragte Seidel: »Übernehmen Sie meinen Fall?«

Horndeich zögerte. Er war sich fast sicher, dass seine Erinnerung nicht trog, an eine ermordete Schlagersängerin und damit im Zusammenhang stehend an den Namen Seidel in irgendeiner seiner Ermittlungen ziemlich am Anfang seiner Karriere bei der Darmstädter Mordkommission. Er war bei der Ablage seiner Notizen bis zum Ende seiner Polizeilaufbahn der analogen Version treu geblieben: Bei allen Ermittlungen hatte er stets ein kleines Notizbuch im Oktavheft-Format bei sich getragen und die Notizen mit Füller hineingeschrieben. Und er hatte all diese Büchlein niemals weggeschmissen. Bevor er also irgendwelche Zusagen machte, diesen Fall zu übernehmen, wollte er zunächst noch einmal in diese Aufzeichnungen schauen. Und vielleicht auch mit seiner ehemaligen Kollegin Margot sprechen. Denn wenn er mit dem Fall zu tun gehabt hatte, war sie definitiv mit von der Partie gewesen. »Ich muss darüber nachdenken«, sagte er.

Obwohl in eigene Gedanken versunken, nahm er doch wahr, wie Jana für einen Moment die Stirn runzelte und dann Seidel direkt ansah: »Herr Seidel, nehmen wir einmal an, Herr Horndeich würde sich Ihres Falles annehmen – dürfte ich vorsichtig nachfragen, zu welchen Konditionen Sie sich das vorstellen? Sein Tagessatz liegt bei 450 Euro plus Spesen. Der meine übrigens auch, nicht, dass Sie denken, Sie könnten Herrn Horndeich übervorteilen.«

Seidel wandte den Blick nicht von Horndeich ab. Dann sagte er, sehr viel leiser als zuvor: »Herr Horndeich, ich habe derzeit überhaupt keine Kohle. Während der Haft konnte ich eine Ausbildung zum Schreiner machen. Und ich habe jetzt eine Festanstellung bei einem Messebauer. Meine Frau hat einen Halbtagsjob als Friseurin. Davon kann meine kleine Familie leben. Davon kann ich aber keine Honorare bezahlen. Doch wenn Sie meine Unschuld beweisen, bekäme ich Haftentschädigung. Das sind 75 Euro für jeden Tag. Und ich habe 6.762 Tage unschuldig im Gefängnis gesessen. Dafür würde ich insgesamt 507.150 Euro bekommen. Wenn ich dieses Geld bekäme, würde ich Ihnen zwanzig Prozent davon überlassen.«

Nun, in Kopfrechnen war Horndeich nicht schlecht: Das wären 101.430 Euro, wenn er Seidels Unschuld beweisen würde.

Er schaute zu Jana. Die grinste und zwinkerte ihm zu, als wolle sie sagen: »Gut, dass du mich hast!« Auch wenn Horndeich nochmals seine Notizbücher zu Rate ziehen würde, konnte er sich nicht verkneifen zu fragen: »Welche Sicherheit habe ich, dass Sie nicht der Mörder von Susanne Fricke sind?«

Wieder ließ sich Seidel ein paar Sekunden Zeit, bevor er antwortete. »Gar keine. Sie haben nur mein Wort.«

Seine Notizbücher waren das eine, ein Gespräch mit Margot das andere. Doch wenn er tatsächlich den Fall aufrollen wollte, bräuchte er auch zunächst einmal die gesamte Fallakte. Da der Fall jedoch schon 19 Jahre zurücklag – und Horndeich selbst nicht mehr bei der Polizei arbeitete und somit auch keinen Zugriff auf solche Akten mehr hatte – würde das viel Arbeit bedeuten. Doch eines wollte er noch loswerden in Richtung seines potenziellen Auftraggebers: »Ich mache Ihnen folgenden Vorschlag: Ich werde in der kommenden Woche recherchieren. Ein ausführliches Gespräch mit Ihnen führen. Und vielleicht noch mit einem Ermittler Ihres Falles. Und dafür bezahlen Sie mir 1.000 Euro. Unabhängig davon, was ich am Ende der Woche herausgefunden haben werde. Und unabhängig davon, ob ich Ihren Fall dann annehmen werde.«

Seidel nickte. Ohne zu zögern.

Das war für Horndeich der eigentliche Test gewesen. Hätte Seidel angefangen, um die 1.000 Euro zu feilschen, wäre Horndeich davon überzeugt gewesen, dass Seidel schuldig war und nur eine Chance nutzen wollte, vielleicht an Geld zu kommen. Doch diese 1.000 Euro, die mussten Seidel in seiner derzeitigen Situation ziemlich weh tun. Dass er sie trotzdem zu investieren bereit war, sprach eindeutig für ihn. Sicher, das war keine wissenschaftliche und evidenzbasierte Erkenntnis. Aber Horndeich hatte seinem Bauchgefühl bislang immer recht gut vertrauen können.

Und, mit Verlaub, die Vergütung im Erfolgsfall war nun auch nicht zu verachten.

Im vergangenen Sommer hatten Sandra und Horndeich den Zugang zum Garten etwas umgebaut. Vom Wohnzimmer aus führte die kleine Treppe nicht mehr direkt ins Grüne, sondern auf eine überdachte Veranda von etwa 20 Quadratmetern. Sie verfügte, und das war Horndeich besonders wichtig gewesen, über die Möglichkeit, sie mit dünnen Seitenwänden, bespannt mit Moskitonetzen, umrahmen zu können. In der vergangenen Stunde war es deutlich schwüler geworden, was wie aus dem Nichts die Mücken hervorgelockt hatte.

Horndeich saß nun auf dem Vorbau. Dank der Netze konnte er auch ohne Gefahr von Attacken aus der Luft die Leselampe auf das Notizbuch richten, das er in der Hand hielt. Neben ihm standen noch ein Glas Wein und ein Glas Mineralwasser.

Jedes zweite Wochenende war es im Haus etwas ruhiger: Stefanie und Alexander hatten dann Opa-und-Oma-Wochenende in Büttelborn. Vor ein paar Wochen hatte die kleine Antje deutlich gemacht, dass auch sie dabei sein wollte. So hatte es sich eingebürgert, dass Horndeich und Sandra tatsächlich alle zwei Wochen ein komplettes Wochenende für sich allein hatten.

An diesem Samstagabend war Horndeich gänzlich für sich. Ein Zustand, an den er sich kaum mehr erinnern konnte. Die Kinder waren bereits am Vortag zu Oma und Opa gebracht worden, denn Sandra hatte an diesem Abend ein Klassentreffen – in Büdingen in der Wetterau. Sie war in einem der Dörfer der Umgebung groß geworden. Sie hatte sich dort ein Hotelzimmer genommen. Sandra hatte Horndeich sogar gefragt, ob er nicht mitkommen wolle, aber Horndeich hatte dankend abgelehnt. All diese Menschen dort verband ausschließlich eine gemeinsame Erinnerung, die er nicht teilte. Er war sich nicht sicher, was die Steigerung von ›fünftes Rad am Wagen‹ war, aber auf das siebte wäre er dort mit Sicherheit gekommen.

Als er eine halbe Stunde zuvor in seinem Arbeitszimmer vor dem Regal gestanden hatte, in dem die Notizbücher in Reih und Glied nebeneinanderstanden, war er schon ein wenig erstaunt über die Akribie, mit der er sie verstaut hatte. Zwischen den einzelnen Jahrgängen hatte er jeweils einen Reiter platziert, auf dem die Jahreszahl aufgedruckt war. Das älteste war bereits 21 Jahre alt und stammte somit von 2001. Damals hatte er bei der Mordkommission in Darmstadt angefangen. Im Schnitt hatte er pro Jahr acht dieser Kladden vollgeschrieben. Nun lagen die Hefte von 2003 und auch jene von 2002 auf dem Tisch, aber in gebührendem Abstand zu Weinglas und Wasserglas.

Er hatte ganz vorn angefangen und die Hefte überflogen. Wichtige Dinge wie Namen, Kennzeichen oder Telefonnummern hatte er damals bereits unterstrichen, die analoge Variante des Zugriffs auf zentrale Informationen.

An manchen Stellen entpuppte sich ein Notizbuch auch als eine Art Tagebuch. So las Horndeich in einem der Büchlein von 2002, dass nach dem Mord an dem dreizehnjährigen Sebastian in Darmstadt sechs Jahre zuvor nun eine Speichelprobe in Berlin den Mörder überführt hatte. Horndeich selbst hatte an den Ermittlungen nicht teilgenommen, aber er erinnerte sich sehr wohl an das Hochgefühl, das er empfunden hatte. An einigen Stellen schmunzelte er, an anderen Stellen erinnerte er sich kaum mehr an die Fälle. Nach einer Dreiviertelstunde wechselte er ins Jahr 2003. Las, dass sich im März des Jahres der Mörder von Sebastian noch vor Prozessbeginn selbst erhängt hatte – nach einem Geständnis. Er spürte den Kloß in seinem Hals. Er war in seiner Polizeilaufbahn in Darmstadt zweimal angeschossen worden. Letztlich hatte das den Ausschlag gegeben, den Polizeidienst zu quittieren. Er wollte seinen Kindern ein Vater sein, seiner Frau ein Mann. Und dies auch in den kommenden Jahren, ungefährdet durch seinen Job. Doch tief im Innern wusste er, dass der letzte Schuss durch seinen Oberarm nur der letzte Tropfen gewesen war, der das Fass zum Überlaufen gebracht hatte. Tote Kinder, sinnlose Gewalt, und das jeden Tag – es war zu viel geworden. Nein, der Schritt, nun als privater Ermittler tätig zu sein, das war die richtige Entscheidung gewesen. Denn er konnte jedes Mandat auch ablehnen. Noch während er darüber nachdachte, stieß er auf den Namen ›Seidel‹: *Margot berichtet von Unterstützung für die Kollegen aus Griegtal: Mordfall zum Nachteil von Susanne Fricke. Tatverdächtiger – Marco Seidel festgenommen.* Bingo!

… zum Nachteil von … Horndeich musste breit grinsen, als er seine eigenen Worte las. Wie schnell hatte er sich damals den Polizei-Sprech angewöhnt. War das so schnell gegangen, weil

er nur dazugehören wollte? Oder weil schlicht und einfach alle diese Wendungen und Ausdrücke benutzten? Auf den Normalbürger musste es auf jeden Fall sehr befremdlich wirken. Denn ›... zum Vorteil von ...‹ konnte sich ein Mord für den Betroffenen wohl kaum auswirken.

Dann der nächste Eintrag mit dem unterstrichenen Namen ›Seidel‹. *Margot hat Nadine Seidel vernommen.* Mehr stand dort nicht. Offensichtlich war er selbst nicht dabei gewesen, denn sonst hätte er ganz gewiss ein paar Stichpunkte notiert.

Horndeich blätterte weiter, aber der Name Seidel tauchte nicht mehr auf. Dennoch nagte an ihm dieses Gefühl, dass mit dem Namen Seidel mehr verbunden war als nur eine Vernehmung. Und jetzt, wo er den Namen las, wusste er auch, dass dieses ›mehr‹ mit dem weiblichen Vornamen verbunden war: Nadine. Gleichzeitig hatte Horndeich zu diesem Namen kein Bild vor Augen. Wie er auch genau wusste, dass er Marco Seidel zuvor noch nie gesehen hatte. Und schon gar nicht in einem Verhörraum. Griegtal jedoch – rund 30 Kilometer nördlich von Frankfurt gelegen – das kannte er natürlich.

Dann fiel es ihm wieder ein: Hochsommer 2003. Damals war er single gewesen. Und ein ziemlich unzufriedener Single dazu. Also hatte er einen dreiwöchigen All-inclusive-Urlaub auf Mallorca gebucht. Sein Hotel lag keine 300 Meter von jener Alkohol-Tankstelle entfernt, die in Deutschland nur ›Ballermann 6‹ hieß. Es sprach nicht für den sensiblen Umgang mit einer anderen Kultur, dass diese durchnummerierten Strandlokale entlang der Playa de Palma eigentlich ›Balneario‹ hießen. Aber dies korrekt auszusprechen hätte bedeutet, zumindest *ein* Wort Spanisch lernen zu müssen. Den ganzen ersten Tag hatte sich Horndeich dem Bierkonsum hingegeben, den kompletten zweiten Tag der Rekonvaleszenz. Ab dem dritten

Tag hatte er sich einen Mietwagen genommen und auch die versteckten Orte der Insel entdeckt. Beim Besuch des Klosters von Valldemossa hatte er tatsächlich eine junge Frau kennengelernt und mit ihr den Rest des Urlaubs gemeinsam verbracht. Es war eine sehr schöne Zeit gewesen, erinnerte sich Horndeich. In Bezug auf alle Ebenen. Abgesehen davon, dass sie in München gewohnt hatte und keiner von beiden bereit gewesen war, in die Stadt des anderen zu ziehen, stellte sich an den wenigen Wochenenden, die sie nach dem Urlaub noch zusammen verbracht hatten, heraus, dass unterm Strich die Menge an Gemeinsamkeiten sehr übersichtlich war. Spätestens, als sie ihn missionieren wollte, eine Erkältung – und auch alle künftigen – mit Globuli statt Aspirin und Nasentropfen zu bekämpfen, war der Riss nicht mehr zu kitten gewesen. Horndeich wollte in Gedenken an jene Dame das Glas auf sie erheben. Aber er musste feststellen, dass die Züge jener Frau in seiner Erinnerung schon ziemlich verblasst waren, ebenso wie der Name. Letzterer sogar bis zur Unkenntlichkeit.

Nach seinem Urlaub hatte Margot ihm berichtet, was in seiner Abwesenheit passiert war, etwa mit den beiden Seidels. Da es nicht ihr Fall gewesen war, hatte er auch keine weiteren Notizen in seinem Büchlein vermerkt. Aber vielleicht erinnerte sich Margot noch daran. Er griff zum Handy und schrieb ihr eine WhatsApp: *Hallo Margot, Lust auf einen gemeinsamen Sonntagskaffee morgen gegen 10:30 Uhr? Habe ein paar Fragen an dich. Grüße, Horndeich.*

Es hatte Jana irritiert, dass Horndeich Seidel nicht gleich zu dem Mordfall befragt hatte. Die wenigen Angaben, die der Mann von sich aus gemacht hatte, waren nicht sehr aufschlussreich gewesen. Sicher, sie ging davon aus, dass Horndeich dafür einen Grund hatte. Denn wenn sie eines wusste, dann, dass Horndeich für alles, was er tat, stets einen Anlass hatte.

Es war zu früh für sie, um schon ins Bett zu gehen. Es war sehr schwül geworden, Jana hatte alle Fenster in ihrer Altbauwohnung im Lucasweg geöffnet. Zum Glück wehte ein bisschen Wind. Ihre Wohnung verfügte über den Luxus von zwei Balkonen. Der eine war winzig, aus Stein und zeigte nach Osten, der andere, auf dem sie jetzt saß, war erst nach dem Krieg angebaut worden, war nach Westen ausgerichtet und maß immerhin sechs Quadratmeter. Sie hatte sich noch ein Glas Wein mit nach draußen genommen. Es würde womöglich doch ein Gewitter geben. Trotz der Dunkelheit konnte man die sich auftürmenden Wolkenformationen schemenhaft erkennen.

Jana arbeitete gern mit Horndeich zusammen. Immer wieder hatte sie ihn als Erbenermittler eingesetzt – wenn Verstorbene ein Vermögen hinterlassen hatten, aber keine Erben zu finden gewesen waren. Natürlich, zu ihrem Job als Nachlasspflegerin gehörte es nicht nur, Konten zu sichern, Versicherungen zu kündigen oder die Verwaltung von Immobilien zu organisieren. Auch sie versuchte zunächst, direkte Angehörige aufzuspüren. Oft gelang das, manchmal aber auch nicht. Für das Amtsgericht stand dabei weniger die Frage im Vordergrund, wessen Leben durch eine Erbschaft bereichert würde. Das Interesse des Staates lag vielmehr darin, dass jemand für die Kosten aufkam, die sie als Nachlasspflegerin verursachte. Und für die weiteren Auslagen, wie etwa für die Beerdigung. Auf der anderen Seite konnte man ihr als Nachlasspflegerin auch nicht zumuten, ganze Wochen in die Suche nach Erben zu investieren. Kurzum: Fand sie niemanden und sah es so aus, als ob sich eine gründlichere Recherche lohnen könnte, übergab sie diesen Job an Horndeich.

Der hielt sie dann natürlich auch auf dem Laufenden, wie erfolgreich oder eben nicht erfolgreich seine Nachforschungen verlaufen waren. Was sie aber immer bemerkt hatte: Zum einen konnte Horndeich zum Terrier werden, der sich in einen Fall festbiss. Eine Eigenschaft, die sicher dazu beigetragen hatte, dass er als Kommissar auch die kniffligeren Fälle gelöst hatte. Zum anderen aber entdeckte sie während seiner Schilderungen immer wieder jenes spitzbübische Lachen in seinem Gesicht, das verriet, welch riesigen Spaß ihm dieser Job machte.

Auch sie liebte ihren Job. Meistens zumindest. Sie hatte sich vor Jahren als Nachlasspflegerin selbstständig gemacht, damals ihr Büro in der Pützerstraße 6 in Darmstadt bezogen. Reich werden konnte man dabei nicht. Weshalb sie parallel immer noch als Insolvenzverwalterin gearbeitet hatte. Dabei hatte sie einige Mandate übernommen, die sehr lukrativ gewesen waren. Doch gerade der letzte Fall hatte sich als kräftezehrend und zäh erwiesen. Es war für Jana häufig kaum begreiflich, wie innerhalb von Unternehmen, oftmals sogar innerhalb von Familien, bis aufs Blut gestritten werden konnte, wodurch nur eines geschah: Es wurde Geld vernichtet. Die Firma, die sie durch die Insolvenz hatte führen sollen, gab es heute nicht mehr. Weil Bruder und Schwester sich nicht hatten einigen können. Genau genommen wegen Kleinigkeiten und egozentrischer Befindlichkeiten. Sie, Jana, hatte an dem Fall sehr gut verdient, und dennoch überwog Frustration.

Auch als Nachlasspflegerin war der letzte Fall wenig erfreulich gewesen: Eine alleinstehende alte Dame von 96 Jahren hatte fast ein halbes Jahr tot in ihrer Wohnung gelegen. Man hatte ihren mumifizierten Leichnam im zwölften Stock eines Hochhauses gefunden, als im Appartement darüber der Schlauch einer Waschmaschine gerissen war. Das Wasser hatte sich seinen Weg durch die Decke gesucht. Und der Hausmeister hatte die Wohnung der Dame geöffnet, als niemand auf sein Klingeln reagiert hatte. Der Wasserschaden war danach das geringste Problem gewesen …

Umso mehr hallten in ihrem Kopf die Worte von Marco Seidel nach, mit denen er Horndeich ein Fünftel seiner Entschädigung anbot. Marco Seidel – Spitzname David – der die Justiz in Hessen, also Goliath, in die Knie zu zwingen versuchte, der sich nun zur Wehr setzte. Sicher ein guter Stoff für ein Buch. Oder einen Film. Aber gewiss auch etwas, das vielleicht ihr einmal wieder diese Mischung aus Grinsen und Lächeln ins Gesicht zaubern würde, wenn sie sich Horndeich anschloss und versuchte, Marco Seidels Unschuld zu belegen.

Nein, Jana war keine Kriminalistin. Und Jana war ebenso wenig Psychologin. Doch dieser Marco Seidel hatte auf sie glaubwürdig gewirkt. Insbesondere, als er sofort bereit gewesen war, für Horndeichs Anfangsrecherchen 1.000 Euro zu berappen, ohne die Garantie, dass der überhaupt weiter daran arbeiten würde.

Sie erinnerte sich recht gut an die Schlagersängerin Susanna, denn sie war einmal in Darmstadt aufgetreten, wenige Wochen, bevor sie ermordet worden war. Jana hatte damals in Berlin studiert, war aber für ein langes Wochenende nach Darmstadt gefahren. Zum einen wollte sie ihre Mutter besuchen, zum anderen übte dieses Schlossgrabenfest, das damals im fünften Jahr stattfand, einen großen Reiz auf sie aus.

Es war am Freitagabend gewesen, sie hatte sich über das Fest treiben lassen, sich von dem einen oder anderen Adonis ein Bier ausgeben lassen – und war definitiv nicht mehr nüchtern gewesen, als sie Susanna gegen 22 Uhr auf der kleinsten der vier Bühnen hatte singen hören. Ja, da hatte ebenfalls ein Adonis an ihrer Seite gestanden. Dem sie sogar erlaubt hatte, sie zu küssen. Für eine Dreiviertelstunde hatten die flachen Texte der Sängerin für sie geradezu tiefe Botschaften enthalten. Adonis hatte ihr die CD gekauft und sogar dafür gesorgt, dass Susanna sie signierte. Und irgendjemand hatte von ihr, Adonis und Susanna mit ihrem Handy noch ein Foto geschossen. 2003 war solch ein Bild jedoch nur wenig mehr als ein buntes Pixelgebirge gewesen.

Schlager waren weniger ihr Ding, eher lateinamerikanische Rhythmen. Sie tanzte leidenschaftlich gern Salsa. Doch irgendwie hatte sich dieses blöde Lied von Susanna tatsächlich in ihr Hirn gefressen, sodass sie es am gestrigen Abend nach 18 Jahren hatte rezitieren können…

War Seidel ein Justizopfer? Jana wusste es nicht. Aber sie spürte: Sie brauchte eine Auszeit. Ein paar Wochen lang mal etwas anderes tun, als Streithähnen in Insolvenzverfahren zu lauschen, etwas anderes, als über verstorbene Seniorinnen, die über ein halbes Jahr lang niemand vermisste, nachzudenken. Sollte Horndeich Marco Seidels Fall nicht annehmen, würde sie nicht zögern. Sie sah einen Blitz zur Erde zucken. Zehn Sekunden später ertönte der Donner – das Gewitter war rund drei Kilometer entfernt. Jana griff nach dem Weinglas, trug es in die Wohnung und schloss alle Fenster und Türen.

Hatte Marco Seidel Susanna wirklich nicht umgebracht? Wie gesagt, ihr Bauchgefühl hätte ihn sofort freigesprochen. Was natürlich kein Maßstab war. Aber es gab Justizirrtümer. Und einen hatte sie tatsächlich zumindest indirekt miterlebt: Die Freundin einer Freundin war vor vielen Jahren Referendarin in einer Schule in Reichelsheim gewesen. Ein Lehrer war dort von einer Kollegin beschuldigt worden, er habe sie vergewaltigt. Die Referendarin kannte diesen Kollegen gut. Und auch die Lehrerin. Der Lehrer, der sicherlich in der Schule nicht den ›Sympath-des-Jahres‹-Preis abgeräumt hätte, hatte während des Prozesses, den er verlor, und auch während der nachfolgenden Haftzeit, stets bestritten, die Vergewaltigung begangen zu haben. 2013 war dann die Lehrerin – Jana erinnerte sich nur noch an den Vornamen Heidi – ihrerseits verurteilt worden, weil diese Vergewaltigung erwiesenermaßen nie stattgefunden haben konnte. Heidi Wie-auch-immer hatte all das nur erfunden, um sich wichtig zu machen.

Jana setzte sich an den Esstisch und fuhr ihren Laptop hoch. Denn an Schlaf war nach wie vor nicht zu denken. Und es konnte nicht schaden, im Fall Marco Seidel – wenn es denn ein solcher werden sollte – schon ein bisschen Vorarbeit zu leisten. Sie gönnte sich den Luxus eines großzügig dimensionierten Accounts der führenden deutschen Presse-Datenbank. Sie suchte nach Artikeln über Susanne Fricke aus dem Jahre 2003. In der *FAZ* fand sie insgesamt sieben Artikel und sogar zwei im *Spiegel*. Wenn man aus den Berichten die Spekulationen herausfilterte, blieben die Fakten: Susanne Fricke war am sechsten Juli 2003 mit 14 Messerstichen in ihrem Schlafzimmer ermordet worden. Damals war sie gerade 48 Jahre alt gewesen. Marco Seidel war bereits wenige Tage nach dem Mord an Susanne Fricke als dringend tatverdächtig festgenommen worden. Zuvor war für 48 Stunden zunächst Susannes Ehemann unter Verdacht geraten. Doch das Alibi, das seine Geliebte ihm gegeben hatte, entlastete ihn. Die Polizei sprach von einer gründlichen Prüfung aller Indizien und Hinweise – die letztlich die Täterschaft von Marco Seidel bestätigt hätten.

Auf YouTube fand Jana sogar ein Video zu dem Fall. Der Hessische Rundfunk hatte damals ein fünfminütiges Feature für die Hessenschau gedreht. Darin zu sehen: Marco Seidel, als er nach der Urteilsverkündung aus dem Gerichtssaal tritt, weint und beteuert, er habe niemanden umgebracht. Dann stürzt eine junge Frau in seine Richtung, will ihn umarmen, was die Justizbeamten jedoch nicht zulassen. Kurz danach spricht die junge Frau in die Mikrofone der Pressemeute: »Mein Mann hat niemanden umgebracht!« Der Rest ihrer Worte geht in Tränen unter. Am Ende des Videos gibt noch ein Reporter ein Statement ab, das aus einer ansehnlichen Sammlung von Konjunktiven bestand.

Jana versuchte noch mehr über den toten Schlagerstar herauszufinden. Auf Wikipedia fand sich kein Eintrag zu Susanne Fricke. Das war wohl der Beleg dafür, dass es sich eher um einen D- als um einen C-Promi handelte, will sagen: Susanne Fricke hätte es wohl nicht einmal ins Dschungelcamp von RTL geschafft.

Die Sängerin war auch kaum in der Klatschpresse vertreten. Nur drei Artikel fand Jana auf Anhieb. Davon beschäftigten sich zwei damit, dass Susanna 1983 einen Stadtverordneten von Griegtal, Rüdiger Fricke, geheiratet hatte. Da war sie wohl auf dem Höhepunkt ihrer Karriere gewesen. Es gab nur wenige Zeitungen und Zeitschriften, die bis zu diesem Zeitpunkt in der Vergangenheit überhaupt digitalisiert waren. Wahrscheinlich fanden sich in anderen Blättern noch mehr Artikel. Dann entdeckte Jana im Netz schließlich eine Liste aller Sängerinnen, Sänger und Gruppen, die jemals in der ZDF-Hitparade aufgetreten waren. Susanne Fricke alias Susanna gehörte nicht dazu. Ebenso wenig wie zur Liste von ›Disco‹ mit Ilja Richter. Während das Gewitter den Stadtkern von Darmstadt bislang gemieden hatte, erleuchtete nun ein Blitz das Esszimmer taghell, begleitet von einem gleichzeitigen Donnerschlag, der das Haus erbeben ließ. Jana zuckte zusammen, stieß sogar einen kleinen

Schrei aus und stieß dabei das Weinglas um. Dieser Blitz schien offensichtlich ihr Haus oder eines der Nachbarhäuser getroffen zu haben.

Zeit für Ohrenstöpsel. Und heruntergelassene Jalousien.

Jana sicherte noch die Ergebnisse ihrer Recherche, dann fuhr sie den Rechner herunter und ging in ihr Schlafzimmer. Morgen war Sonntag.

Auszeit für ihren Wecker. Und für sie.

Perfekt.

SONNTAG, 15. MAI

Margot hatte noch mitten in der Nacht auf Horndeichs WhatsApp-Nachricht geantwortet: *Bring Croissants mit.* Sie war keine Freundin von Anreden, Abschiedsgrüßen oder gar Smileys bei einer Kurznachricht. Womit Horndeich leben konnte.

Auch Sandra hatte ihm um vier früh noch eine WhatsApp geschickt. Aber offenbar hatte es irgendwelche tiefgreifenden Störungen zwischen den Gehirnsynapsen und den Muskeln und Sehnen in den Fingern gegeben: Es war Horndeich nicht möglich gewesen, die Nachricht auch nur im Ansatz zu verstehen. Nur den Kuss-Smiley hinter dem Buchstabensalat konnte er zutreffend interpretieren. Wenigstens hatte sie diesen richtig getroffen. Offensichtlich hatte sie also einen schönen Abend verlebt.

Er hatte ihr geantwortet, dass er jetzt zu Margot führe und irgendwann am Nachmittag wieder zu Hause wäre.

Margot wohnte in Lichtenberg, mitten im Odenwald, gemeinsam mit ihrem Partner Nick Peckhard. Nachdem Margot den Polizeidienst quittiert hatte, war sie zunächst mit Nick in dessen Heimat, die USA, gezogen. 2017 waren sie zurückgekommen. Sie hatten es nie ausgesprochen, aber die Wahl von Donald Trump zum neuen Präsidenten schien bei diesem Entschluss eine nicht unbedeutende Rolle gespielt zu haben. Zwar hatte die Sicherheitsfirma, die Margot und Nick daraufhin gemeinsam gegründet hatten, inzwischen auch eine Dependance in Indiana, Nicks alter Heimat. Daher flog Nick immer wieder über den Großen Teich – aber seine Heimat schien inzwischen eher das gute alte Hessen zu sein.

Horndeich stellte seinen Wagen vor Margots Haus ab. Immer noch fuhr er seinen Mazda Xedos 9, der inzwischen 28

Jahre auf dem Buckel hatte, aber aussah, als sei er gerade vom Band gerollt. Horndeich ließ es sich ein wenig Geld kosten, dass sich dieser Zustand auch nicht änderte. Dabei kam ihm der Wagen entgegen: Die Kosten für die Pflege der Technik hielten sich in Grenzen. Oder, um es etwas vermenschlicht auszudrücken: Sein treuer Freund wurde nur selten krank. Treue und Loyalität – das waren auch für Horndeich wichtige Werte – die sich eben auch gegenüber seinem Wagen äußerten. Nicht zuletzt zierte daher eine fast brandneue TÜV-Plakette das hintere Kennzeichen. ›Keine Mängel‹ – gab es eine höhere Auszeichnung?

Margot hatte den Wagen offensichtlich schon gehört, denn sie öffnete die Haustür, noch bevor Horndeich sie erreicht hatte.

»Komm rein«, begrüßte sie ihn.

Horndeich folgte ihrer Aufforderung.

Margot führte ihn ins Esszimmer, wo sie einen Frühstückstisch für zwei gedeckt hatte.

»Ist Nick nicht da?«, wollte Horndeich wissen.

Margot schüttelte den Kopf. »Kaffee?« Die Frage war völlig überflüssig. Horndeich trank immer Kaffee. Aber dass Margot die Frage überhaupt stellte, zeigte, dass irgendetwas nicht in Ordnung war.

Anstatt zu antworten, stellte er eine Gegenfrage: »Wo ist Nick denn?«

»Er ist wieder in Indiana.«

Fünf Worte. Margot hatte nicht gesagt: »Wir haben in Indiana einen neuen Kunden, den Nick gerade betreut.« Oder: »Dienstreise, er ist am Mittwoch wieder da.« Also legte Horndeich nach: »Neuer Kunde?«

»Nein, alte Mama.«

Drei Worte. Und eine große Pause. Das klang nicht gut.

Seine ehemalige Kollegin hantierte an der Kaffeemaschine, dann drehte sie sich um und wandte sich Horndeich zu: »Es ist – ein wenig kompliziert. Nicks Mama lebt noch in Indiana. Und es geht ihr nicht wirklich gut.«

Horndeich kommentierte das nicht. Denn er wusste, da kam noch ein Nachsatz. Und er hatte recht.

»Nick will wieder zurück. Er will nicht hier in Deutschland alt werden.« Margot schluckte. Und Horndeich wusste genau, wenn sie von sich aus in den ersten drei Minuten seines Besuchs so viel Privates von sich preisgab, dann war es ernst. Gleich darauf beendete sie das Thema: »Lass gut sein. Lass uns frühstücken. Und ich bin gespannt auf deine Fragen. Worum geht es?«

Für Horndeich war klar: Der Teil des privaten Dialogs war abgeschlossen. Zumindest, was Margots Befindlichkeiten anging. Sie würde ihm sicher gern zuhören, wenn er über *sein* Privatleben sprach. Aber da gab es derzeit nicht viel zu erzählen. Und Horndeich registrierte einmal mehr: Das war gut so. Seine Familie funktioniert. Ohne fulminante Höhen jeden Monat. Aber auch ohne Tiefen. Ja, er fühlte sich wohl.

Horndeich packte die Croissants in ein Brotkörbchen. Sechs Stück. Dimensioniert für drei am Tisch. Überdimensioniert für zwei.

Margot schenkte Kaffee in die Tassen, Horndeich gab ein wenig Milch hinzu. Er tunkte ein Croissant in seine Tasse und biss vom getränkten Teig ab. Zwar zierten das Büffet auf dem Tisch Butter, drei Marmeladen, ein Nutellaglas, vier verschiedene Sorten Käse und zwei Sorten Wurst – aber Teig und Kaffee waren immer noch die beste Kombination.

»Schieß los«, sagte Margot.

Und Horndeich tat, wie ihm geheißen: »Erinnerst du dich an eine Nadine Seidel? 2003? Du hast damals Kollegen unterstützt, aus Griegtal. Die haben Marco Seidel, den Mann von dieser Nadine, festgenommen. Klingelt da ein Glöckchen?«

»2003? Da haben wir doch schon zusammengearbeitet. Erinnerst du dich nicht selbst daran?«

»Ich hatte da Urlaub. War im Juli 2003.«

Margot runzelte die Stirn. »Nadine Seidel? Klingelt gar nichts.«

»Es ging dabei um den Mord an einer Schlagersängerin. Susanne Fricke. Künstlername: Susanna. Umgebracht in Griegtal. Erstochen. Im Schlafzimmer ihrer Villa.«

Margot wurde blass. Als ob Horndeich auf irgendetwas in ihrem Privatleben angespielt hätte, auf etwas Unangenehmes. Horndeich wartete. Margot würde reden. Was sie wenige Sekunden später auch tat: »Ja, die tote Schlagersängerin. Ich erinnere mich.«

»Was ist damals passiert? In meinen Notizbüchern habe ich nur ein paar Stichworte notiert, aus denen ich heute nicht mehr wirklich schlau werde.«

Margot trank einen Schluck Kaffee. Horndeich hatte den Eindruck, dies diente nur dazu, etwas Zeit zu gewinnen, um die Gedanken zu sortieren.

»Ich erinnere mich. Die Kollegen aus Griegtal hatten bei uns angerufen, ob wir sie unterstützen könnten. Der Tatverdächtige im Mordfall Susanne Fricke lebte in Darmstadt, eben dieser Marco Seidel, wie du schon gesagt hast. Wir sollten ihn festnehmen und dann nach Griegtal überführen. Sie hatten uns den ganzen Papierkram zugefaxt – auch den Durchsuchungsbeschluss für seine Wohnung. War soweit alles ganz normal. Wir sind dann angerückt, mit sechs Leuten vom SEK. Die waren vorsichtig. Ich war mit von der Partie, blieb aber im Hintergrund. Der SEK-Beamte hat geklingelt, Seidel hat geöffnet, und bevor er auch nur bis zwei zählen konnte, waren seine Hände auf dem Rücken fixiert. Ich kam dazu, sagte ihm, dass er festgenommen wäre, spulte ihm seine Rechte herunter – so weit, so gut. Seidel wehrte sich nicht, auch nicht, als ich ihm den Durchsuchungsbeschluss unter die Nase hielt.« Margot legte eine Pause ein. Abermals ein Schluck Kaffee.

»Und?« Horndeich spürte, dass erst jetzt das eigentlich Interessante folgen würde.

»Dieser Seidel, er ließ sich ohne jeden Widerstand festnehmen. Aber dann tauchte seine Frau auf. Nadine Seidel. Wie du gesagt hast. Sie hatte die Beschuldigung gehört, dass wir ihren Mann wegen Mordverdachts festnähmen. Und sie wurde zur Furie. Sie schrie und tobte, schlug sogar einem unserer SEK-Beamten ins Gesicht, sodass der sich über einen Nasenbeinbruch freuen konnte. Die Kollegen zögerten etwas, sie körperlich anzugehen, denn die Frau war hochschwanger.

Vielleicht lag es an meiner weiblichen Stimme. Ich konnte sie beruhigen. Zumindest so weit, dass sie nicht weiter um sich schlug. Ich, die überhaupt nichts mit dieser Frau zu tun hatte, ich nahm sie in den Arm. Na ja, irgend so eine Mischung zwischen Umarmung und Schwitzkasten. Wir gingen dann in die Küche, während die Kollegen die Wohnung auf links drehten.

Diese Nadine, sie saß dann am Küchentisch und stammelte die ganze Zeit ›Mein Mann hat nichts getan.‹ – wie ein Mantra. Ich kochte einen Tee, sie schlürfte ihn. Aber als nach einer Stunde die Durchsuchung beendet war und alle abrückten – da verlor sie wieder gänzlich die Fassung. Sie schrie, sie zeterte, sie schlug um sich, auch ich konnte sie nicht mehr beruhigen, konnte sie kaum im Zaum halten. Ich rief nochmal die Kollegen, die einen Arzt anschleppten. Der hat ihr dann einen Gnadenhammer gespritzt – und sie ins Krankenhaus einliefern lassen.«

Aus dem Dunkel seiner Erinnerung tauchte das Bild auf. Margot hatte ihm all das auch 2003 bereits erzählt, nachdem er aus dem Urlaub zurückgekommen war. Vielleicht hatte jene Urlaubsbekanntschaft seine Aufmerksamkeit damals ein wenig getrübt. Erst jetzt tapste die Rückschau an Margots Schilderung langsam von den hinteren Räumen wieder zurück in sein Gedächtnis. »Und das war's dann? Ich hab da noch was von Vernehmung stehen.«

»Nadine lag zwei Tage im Krankenhaus, dann hatten sie sie wieder entlassen. Kurz danach haben wir sie vernommen, auf dem Präsidium. Also, ich hab sie befragt. Wir haben das aufgezeichnet und den Bericht und das Videoband den Kollegen in Griegtal geschickt.« Wieder pausierte Margot.

»Und dann war der Fall für uns erledigt?« Horndeich versuchte, den Bericht bis zum Ende voranzutreiben.

»Ja und nein. Offiziell wurde Nadine Seidel nicht weiter vernommen. Aber sie rief mich mehrfach an. Ich hatte bei der Festnahme ihres Mannes irgendeinem Arzt mein Kärtchen gegeben. Ich weiß nicht, wie das zu ihr gelangt ist, aber sie rief mich dann halt an. Sie war im siebten Monat oder so. Ihre eigene Mutter saß im Knast, der Vater war auf Hartz 4, Wohnadresse ›Unter der Brücke‹. Ich weiß nicht mehr, was sie mir alles erzählt hat. Irgendwie hatte ich damals meine Mutter-Theresa-Phase. Also hab ich mit ihr gesprochen, auch ab und an nach ihr geschaut. Und jedes Mal, wenn wir miteinander sprachen, betonte sie, dass ihr Mann kein Mörder sei.«

Horndeich griff zum zweiten Croissant. Goss sich noch eine Tasse Kaffee nach. »Du hast ihr geglaubt?«

Margot zuckte die Schultern. Horndeich hatte Margot stets als sehr gute Polizistin erlebt. Die nüchtern prüfte, Puzzleteile auf die richtige Art zusammenfügte, die stets einen analytischen

Blick auf alle Geschehnisse wahrte. Dass sie auf seine Frage mit den Schultern zuckte, war das Äußerste an Emotion, was sie zeigen würde. Es bedeutete nichts weniger, als dass die Antwort auf seine Frage war: »Ja.«

Margot sprach weiter: »Im Herbst war dann die Verhandlung. Ein paar Wochen zuvor hatte sie ihre Tochter geboren. Ihre Freundin passte auf das Baby auf, aber sie hatte niemanden, der sie zur Verhandlung fahren würde. Sie wünschte auf jeden Fall, dabei zu sein. Und sie wollte auch nicht allein dorthin fahren. So bat sie mich, ob ich sie begleiten würde. Horndeich, ich habe das später nie wieder getan. Aber damals habe ich diese junge Frau tatsächlich nach Griegtal gefahren, an den letzten Tagen der Verhandlung. Ich hatte mir extra Urlaub genommen. Es ging ja auch relativ schnell. Alle Indizien sprachen für diesen Marco Seidel als Täter. Ich hatte mich damals weniger als Begleitung gesehen als vielmehr als Dompteur. Denn diese Nadine stand immer kurz vor der Explosion. Horndeich, ich habe Händchen gehalten. Kannst du dir das vorstellen?«

Horndeich grinste. Nein, das konnte er nicht. Margot als eine Frau, die ein Bombenpaket in Schach hielt. Durch Händchenhalten.

Margot erwiderte das Grinsen. »Ich war ja lernfähig. Den Fehler, mich irgendeiner Person, die in irgendeinen von unseren Fällen involviert war, persönlich zu nähern – diesen Ausrutscher habe ich mir danach nie wieder gegönnt.«

Horndeich war der Letzte, der hier mit Steinen werfen würde, denn er saß ja selbst im Glashaus. Es war bald 15 Jahre her, da hatte er ebenfalls einmal dafür gesorgt, dass die Schwester einer ermordeten Frau nicht zur Rechenschaft gezogen worden war, als sie auf deren Mörderin geschossen hatte – und zum Glück nicht getroffen. »Und Marco Seidel? War er schuldig?«

Wieder zuckte Margot mit den Schultern. »Ich weiß es nicht. Seine Nadine pochte stets hysterisch auf seine Unschuld. Aber was mich am meisten beeindruckt hatte, waren die letzten Worte, die einem Beschuldigten im Verfahren ja zugestanden werden. Seidels Stimme war ganz ruhig, als er damals sagte: ›Hohes Gericht, Herr Rüdiger Fricke – ich kann zum Schluss nur Eines sagen: Ich habe Susanne Fricke, ich habe Ihre Gattin nicht umgebracht.‹ Ich erinnere mich noch an das Gesicht von Rüdiger Fricke. Das war der Ehemann der Ermordeten – mein Gott, dass ich mich an diesen Namen noch erinnere – er hat Seidel damals direkt ins Gesicht geschaut. Und ich habe gedacht: Entweder Marco Seidel hat es wirklich nicht getan, oder Seidel hatte seinen Beruf verfehlt und hätte Schauspieler werden sollen.«

Horndeich ertappte sich, wie er tatsächlich noch das dritte Croissant aß.

Wie auch Margot.

Und Marmelade, Nutella, Butter, Wurst und Käse blieben weiterhin unangetastet.

Der Vormittag war eines Sonntags würdig gewesen. Jana Welzer war bereits um halb neun eine Runde über die Rosenhöhe und das Oberfeld gejoggt. Wenn der Wecker frei hatte, wachte sie immer von selbst früh auf.

Danach hatte sie geduscht und sich ein leckeres Frühstück gegönnt, inklusive Obst und Müsli. Sie hatte rund 100 Seiten gelesen in ihrem derzeitigen obersten Buch des ›SuB‹ – des ›Stapels ungelesener Bücher‹. Das Werk war von Bernhard Jaumann: ›Der Turm der blauen Pferde‹. Jana mochte Franz Marc, der 1913 das titelgebende Bild gemalt hatte. Und ihr gefiel das Buch.

All das hatte die Unruhe in ihrem Innern nicht wirklich übertünchen können. Der Gedanke, derzeit in ihrem Job unzufrieden zu sein, hatte sie auch beim Einschlafen verfolgt. Und nicht nur das. Ihr Privatleben war ebenso alles andere als erfüllend. Alle zwei Wochen aß sie gemeinsam mit ihrer Mutter in einem Restaurant, so auch vor einer Woche. Oftmals gingen sie ins Delfino, einem der guten Italiener in Darmstadt, unweit des Woogs gelegen. Ihr Gespräch hatte nicht recht in Gang kommen wollen, und das, obwohl ihre Mutter wahrlich nicht auf den Mund gefallen war. Sie plauderte viel über sich, auch über Janas Vater, zu dem diese keinen Kontakt mehr hatte. Erst als Jana zu Hause angekommen war, war ihr aufgefallen, was an diesem Gespräch so seltsam gewesen war: Ihre Mutter hatte nicht nach ihren Männern gefragt. Und die Frage, ob sie jemals ein Enkelkind bekommen würde, die hatte sie schon seit Wochen nicht mehr gestellt. Und ja, so etwas wie eine feste Beziehung hatte Jana schon seit Jahren nicht mehr gehabt. Und, wie sie sich einredete, auch nicht vermisst. Ab und zu einen One-Night-Stand mit einem attraktiven Salsa-Tänzer, das genügte ihr. Und doch, wenn sie sich selbst gegenüber ehrlich war, wie es an diesem Vormittag offensichtlich der Fall war, musste sie zugeben, dass da etwas an ihr nagte, in ihr nagte, der kleine Biber der Verdrossenheit.

Sie kannte diese Momente, und meist begegnete sie ihnen, indem sie in ihr Büro ging und sich in Arbeit stürzte. Auch sonntags. Nur heute verspürte sie überhaupt keinen Drang dazu.

Sie griff zu ihrem Laptop, nahm ihn mit auf den Ost-Balkon, klappte ihn auf, setzte sich. Vielleicht konnte Marco Seidel für Ablenkung sorgen. Obwohl sie sich die Artikel am Vorabend schon durchgelesen hatte, glitt ihr Blick abermals über die Zeilen. Beim zweiten Lesen erfuhr man nichts Neues, doch manchmal richtete sich die Sicht auf ein Detail, das man zunächst übersehen hatte, weil es zuvor noch ums große Ganze gegangen war. Ein solches Teilstück war etwa der Name des Verteidigers von Marco Seidel: Ludwig Bergekamp.

Jana gab den Namen in eine Suchmaschine ein. Ludwig Bergekamp war dort kein Unbekannter. Er nannte eine Kanzlei in Frankfurt sein Eigen, wie seine Webseite verriet. Die Seite war eher schlicht gehalten, gab keine Auskünfte über Referenzen oder die Anzahl der Mitarbeiter. Jana las nur ein kurzes Statement der Einleitung: Man fühle sich nicht nur dem Grundsatz verpflichtet, dass jeder Angeklagte das Recht auf Verteidigung habe, sondern vielmehr dem Credo, dass jeder Angeklagte das Recht auf die *beste* Verteidigung habe. Das einzig Konkrete, was sich der Webseite entnehmen ließ, war, dass sich die Kanzlei Ludwig Bergekamp offensichtlich auf Strafrecht spezialisiert hatte. Auf den Fotos wirkte der Anwalt stattlich, groß gewachsen und Vertrauen einflößend.

Jana griff wieder auf die Pressedatenbank zu und fand tatsächlich einige Artikel, in denen Ludwig Bergekamp erwähnt wurde. Einer der umfangreichsten Texte war ein Interview mit ihm in der Frankfurter Allgemeinen Zeitung, geführt 2015. Jana lud den Artikel herunter und überflog ihn. Anlass des Gesprächs war, dass Bergekamp einen Schauspieler in einem Prozess vertreten hatte. Wim Mellers, damals 50 Jahre alt, wurde vorgeworfen, seine Frau erstochen zu haben. Mellers hat in diversen Soap-Operas mitgespielt und auch vor Reality-TV-Formaten der Privatsender nicht Halt gemacht. Dass Mellers der Täter war, war nicht strittig. Er jedoch behauptete, seine Frau habe ihn in der Küche angegriffen, einen massiven Glas-Aschenbecher nach ihm geworfen und er habe sich nur gewehrt und nach einem Messer gegriffen. Bergekamp hatte seinen Mandanten tatsächlich rausgehauen, da er eine Armada eigener Techniker nochmals in die Wohnung geschickt hatte. Diese waren in der Lage gewesen, feinste Glasabriebspuren an der Wand zu sichern, die die Aussage vom Aschenbecher im Tiefflug stützten.

In dem Interview ging der Redakteur auch auf den Beginn der Karriere von Bergemann ein. Der erste Fall, der ihn bekannt gemacht habe, sei wohl der Fall Susanne Fricke gewesen. Bergemann habe damals den Mörder verteidigt – wenn auch nicht erfolgreich. Doch der Fall um die prominente Sängerin habe ihm später Türen geöffnet, was der Jurist in dem Interview nicht abstritt.

Vielleicht konnte sich Bergemann ja noch an seinen ersten großen Mordfall erinnern? Jana griff zum Handy und tippte die Nummer, die auf der Webseite der Kanzlei unter ›Kontakt‹ angegeben war. Sie erwartete, auf einen Anrufbeantworter sprechen zu müssen. Dann würde sie erklären, dass sie im Fall Marco Seidel recherchierte und um ein Gespräch bäte.

Zu ihrer Überraschung meldete sich eine menschliche Stimme: »Bergekamp?«

Jana musste sich kurz sortieren, bevor sie sagte: »Guten Tag, hier spricht Jana Welzer. Ich habe gar nicht erwartet, an einem Sonntag mit dem Kanzleiinhaber persönlich zu sprechen.«

»Das tun Sie aber. Was kann ich für Sie tun?«

Jana war irritiert, dass der Anwalt sie nicht abzuwimmeln versuchte, nach dem Motto: Rufen Sie morgen wieder an und machen einen Termin bei meiner Sekretärin. Doch dann sagte sie gefasst: »Herr Bergekamp, ich recherchiere zum Fall Susanne Fricke und Marco Seidel.« Mehr erklärte sie nicht. Weil sie nicht darauf vorbereitet war. Sollte sie bereits mit der Information herausrücken, dass Marco Seidel jemanden engagieren wollte, der seine Unschuld bewies?

»Von der Polizei sind Sie offensichtlich nicht. Darf ich fragen, in welcher Funktion Sie das tun?«

Tja, in welcher Funktion? Niemand hatte sie beauftragt. Genau genommen in keiner Funktion. Doch sie hatte den Anwalt jetzt persönlich an der Strippe. Da half nur noch eins: Flucht nach vorn. »Ich bin Privatermittlerin.«

»Dann hat Herr Seidel Sie angesprochen?«

Jana wollte lieber von Angesicht zu Angesicht mit dem Anwalt sprechen. »Dürfte ich Sie persönlich sprechen? Hätten Sie einen Termin für mich?«

»Von wo aus rufen Sie mich an?«

»Darmstadt«, antwortete Jana.

»Wenn es Ihnen um 17 Uhr passt? Ich werde noch in der Kanzlei sein. Ich nehme an, Sie wissen, wo diese ist.«

»Ja, weiß ich. Ganz herzlichen Dank. Ich werde um fünf bei Ihnen sein.«

Ihr Gegenüber verabschiedete sich nicht. Nur das Display des Smartphones zeigte das Ende des Gesprächs an.

Horndeich traf Marco Seidel vor dem Trainingsbad am Woog – dem innerstädtischen Badesee Darmstadts. Bereits auf der Fahrt von Margot zurück nach Darmstadt hatte er ihn angerufen und um ein Treffen gebeten. Adresse und Telefonnummer hatte er sich am vorigen Abend von Seidel noch geben lassen.

Seidel war sofort bereit, mit Horndeich zu sprechen, wollte ihn aber nicht in sein Heim bitten. »Ich lebe zusammen mit meiner Frau und meiner Tochter in dieser Wohnung. Und ich möchte nichts aus der Zeit davor in dieses Quartier hineinbringen. Das Thema Susanne Fricke gehört nicht in diese vier Wände.«

Horndeich hatte vorgeschlagen, eine Runde spazieren zu gehen. Gegenüber dem Vortag war es nicht mehr ganz so heiß, das Gewitter hatte die Temperaturen deutlich sinken lassen.

Seidels Kleidung entsprach jener vom Vorabend, nur hatte er die Halbschuhe gegen Turnschuhe getauscht. Sie grüßten einander, dann gingen sie den Froschweg am Woog entlang. Das Gespräch nahm zunächst kaum an Fahrt auf, weil dies zahlreiche Fahrradfahrer auf dem Weg taten. Und immer, wenn ein Bike oder gar ein Rudel davon an ihnen vorbei rauschte, mussten die beiden Männer im Gänsemarsch gehen. Nachdem sie kurz darauf die Schienen am Ostbahnhof überquert und am Pförtnerhäuschen die Rosenhöhe betreten hatten, entspannte sich die Situation.

»Werden Sie sich meines Falles annehmen?«, wollte Marco Seidel wissen.

»Das hängt auch von diesem Gespräch ab«, antwortete Horndeich wahrheitsgemäß. Nach der Rücksprache mit Margot standen die Chancen für Seidel nicht schlecht, aber das wollte er ihm so jetzt nicht sagen. »Ich müsste zunächst einmal wissen, was damals aus Ihrer Perspektive genau geschehen ist.«

»Wo soll ich anfangen?«

»Na, am besten damit, wann, wo und wie Sie Susanne Fricke kennengelernt haben.«

Auf der Höhe des ehemaligen Palais Rosenhöhe setzte sich Marco Seidel auf eine der Bänke. Horndeich tat es ihm nach. Er mochte diesen Ort, an dem früher mal ein richtiges Schlösschen gestanden hatte, das im Krieg beschädigt und leider Anfang der Sechzigerjahre abgerissen worden war. Einer seiner Fälle, die er mit Margot gemeinsam bearbeitet hatte, hatten ihn auch an diesen Ort geführt. War aber auch schon ein paar Jährchen her.

Seidels Worte rissen Horndeich aus seinem kleinen Tagtraum. »Das war einer dieser Zufälle. Meine Frau, sie steht auf deutschen Schlager. Und sie hat irgendwann mal Susannas Hit gehört, Liebe nur für dich oder so. Und Ende des Jahres 2002, wir waren gerade frisch verheiratet, da hat Susanna in Griegtal ein Konzert gegeben, in der Stadthalle. War am frühen Abend. Meine Frau hat das mitbekommen und mich gedrängt, ob wir da nicht hinfahren wollten. Ich willigte ein, ihr zuliebe fuhren wir auf das Konzert. Und meine Frau wünschte sich nichts mehr als eine signierte CD. Sie bekam den Wunsch erfüllt. Auch wenn wir dafür fast eine halbe Stunde nach dem Konzert warten mussten.

Als wir auf den Parkplatz gingen – ein Kumpel von mir hatte uns sein Auto geliehen – stieg Susanne Fricke gerade in ihren Wagen. Sie bog vor uns vom Parkplatz auf die Straße, wir folgten ihr, da dies auch für uns der Weg nach Hause war. Sie bog auf einen Parkplatz vor dem Rewe ein, der hatte ja bis zehn Uhr auf. Und meine Frau rief: ›Wir brauchen noch Milch!‹ Also setzte ich ebenfalls den Blinker.

Im Geschäft haben wir Frau Fricke nicht mehr gesehen, aber als wir bezahlten, stand sie vor der Pinnwand, an der man seine Kauf- und Verkaufswünsche via Zettel anpinnen konnte. Nadine drückte mir die Einkaufstüte in die Hand und ging schnurstracks auf Susanna zu. Die erkannte meine Frau, lächelte, schüttelte ihr nochmals die Hand. In der anderen hielt sie ein DIN-A5-Papier. Nachdem sie noch zwei, drei Worte mit meiner Frau gewechselt hatte, pinnte sie das Papier an die Korkwand. Mein Blick fiel auf den Text: ›Hausmeister und Gärtner für unser Grundstück gesucht‹, so lautete die Überschrift. Ich war in dem Moment arbeitslos.

Susanna hatte das Geschäft schon verlassen, also sprintete ich hinterher. Ich sagte, dass ich den Job gerne übernehmen würde. Ob ich Gärtner sei, fragte sie mich. Das war ich nicht, aber ich hatte als Kind und auch als Jugendlicher immer wieder in der Gärtnerei meines Großvaters ausgeholfen, war auf diesem Gebiet also nicht ganz unbewandert. Ich kürze es ab, Herr Horndeich, wir sind direkt zu ihr gefahren, sie zeigte mir das Haus, zeigte mir den Pool, zeigte mir den Garten. 30 Stunden die Woche, flexible Arbeitszeiten, da ich ab und an auch einmal abends und auch an Wochenenden zugegen sein sollte, wenn sie Gesellschaften gaben und sicherstellen wollten, dass technische Probleme sofort gelöst werden konnten. Ich hab den Job gekriegt. Ich war glücklich, Nadine war glücklich – es hat alles gepasst. Damals.«

Horndeich hörte dem Mann aufmerksam zu. Dann fragte er: »Sie sagten, Sie hätten sich ein Auto geliehen, um zu dem Konzert zu fahren. Von Darmstadt nach Griegtal, das sind ja nun deutlich über fünfzig Kilometer. Wollten Sie jeden Tag pendeln? Gerade, wenn Sie abends bleiben mussten, wie wären Sie zurückgekommen?«

»Ja, das war ein Problem. Ich habe das letzte Ersparte angefasst und mir einen uralten Renault Twingo gekauft. Außerdem hatten die Frickes auf dem Anwesen auch eine größere Gartenhütte. Die eine Hälfte war Schuppen für Geräte, die andere eine 20-Quadratmeter-Mini-Wohnung, mit nachträglich eingebauter Dusche und Klo.«

»Wann haben Sie den Job dann angetreten?«

»Im Januar 2003.«

»Und wussten Sie, dass Susanne Fricke die Ehefrau des Bürgermeisters war?«

Seidel lachte auf: »Ich nicht, aber meine Frau.«

»Und hatte er nicht ein Wörtchen mitzureden, wer eingestellt wurde?«

»Darüber habe ich mir damals gar keine Gedanken gemacht. Aber natürlich, Sie haben recht. Als ich ihn kennenlernte, da hat er zu mir gesagt, dass alles, was die Pflege des Hauses und des Grundstücks anginge, in der Verantwortung seiner Frau läge.«

»Und? War der Job gut?«

»Ja, am Anfang war ich richtig happy. In dem Haus war schon einiges zu richten. Ich habe mich zunächst um die Heizung gekümmert, die immer wieder gezickt hat. Damals fing das erst gerade an, mit irgendwelchen Videos im Internet, die einem erklärten, wie man ein Auto reparierte – oder eine Heizung. Ich habe eines gefunden und so ist es mir gelungen, ein defektes Ventil zu tauschen. Susanne war voll des Lobes. Doch im Frühjahr begann sich alles zu ändern.«

»Wie meinen Sie das?«

»Ich habe sehr schnell gemerkt, dass Susanne und ihr Mann zwar unter einem Dach lebten, aber ansonsten getrennte Wege gingen. Und ich habe auch mitbekommen, dass Susanne Herrenbesuch bekam. Zweimal habe ich den Bruder des Bürgermeisters zu ihr kommen und mit ihr im Schlafzimmer verschwinden sehen. Als es dann wärmer wurde und ich im Garten mehr zu tun bekam, hatte ich den Eindruck, dass sie es darauf anlegte, dass ich mitbekam, wenn da Männer in ihrem Schlafzimmer waren. Es war mir egal, ich hatte einen guten Job und das Privatleben meiner Arbeitgeberin ging mich nichts an.«

Horndeich konnte sich kaum vorstellen, unter solchen Bedingungen zu arbeiten. Aber er war ja auch immer in der Lage gewesen, derartige Jobs nie übernehmen zu müssen. Einmal mehr war er dankbar dafür, dass sein beruflicher Weg erfolgreich gewesen war. »Und das ging gut?«

»Anfangs schon. Anfangs bemühte sie sich, freundlich und eloquent zu wirken. Aber schon nach vier Wochen war klar, dass sie auch sehr launisch sein konnte. Spätestens ab März wurde sie zunehmend laut und übergriffig. Eine kleine Cholerikerin. Das bekam auch ihr Mann mit. Im April wurde es dann richtig schwierig. Der Frühling kam sehr früh in diesem Jahr, und Susanne begann, mich nicht nur anzubrüllen, sondern mir 20 Minuten später Avancen zu machen. Sie zog Hotpants an, trug die adrett geknöpfte Bluse plötzlich nur noch vorn zusammengeknotet, keinen BH mehr, dann schüttete sie versehentlich Wasser auf die Bluse und so weiter. Es war klar, sie wollte, dass ich zu jenen gehören würde, die sie ebenfalls in ihrem Schlafzimmer besuchten.«

»Und Sie? Wie haben Sie darauf reagiert?«

Seidel zuckte mit den Schultern. »Es war mir unangenehm, aber ich konnte damit umgehen und ging ihr aus dem Weg.«

»Hat sie Sie in ihr Bett bekommen?«

Seidel schüttelte den Kopf. »Im Sommer wurde ihr Verhalten immer extremer. Sie beschimpfte mich auf der einen Seite, wurde auf der anderen aber ständig zudringlicher. Immer wieder fuhren ihre Hände über meinen Körper, vermeintlich versehentlich, im Vorbeigehen.«

Horndeich fiel allerdings auf, dass Seidel nur den Kopf geschüttelt hatte, aber kein eindeutiges Nein aus seinem Mund gekommen war. »Und finanziell? Lief denn da alles reibungslos?«

»Ja, wenigstens der Teil des Jobs war fair und unproblematisch. War auch der Grund, dass ich es immer noch ausgehalten habe.«

»Und was passierte an dem Tag, an dem sie ermordet worden war?«

Seidel erhob sich von der Bank. »Lassen Sie uns noch ein wenig gehen.«

Zunächst schritten sie eine Minute schweigend nebeneinanderher. Dann sprach Seidel weiter: »Es war ein Samstag. Sie rief mich an, es gäbe ein paar technische Probleme, ob ich nicht vielleicht jetzt schon Sonntagmittag zu ihr kommen könnte, da abends Gäste erwartet würden. Wochenendarbeit gab es immer mal wieder, besonders, wenn sie in ihrem Garten eine Party gaben. Da wollten sie mich stets im Hintergrund parat haben. Meist saß ich da einfach nur rum. Doch einmal musste ich mich tatsächlich um eine Sicherung kümmern, die rausgeflogen war. Aber ich habe solche Überstunden auch immer abfeiern können. Und so bin ich an diesem vermaledeiten Sonntag, dem 6. Juli 2003, zu ihr gefahren.

Als ich ankam, war ihr Gatte noch im Haus. Das technische Problem, das ich hatte lösen sollen, war schlicht ein Sicherungsschalter der Stromversorgung, der ausgeschaltet war. Im Nachhinein denke ich, dass sie es gewesen war, die ihn bewusst ausgeknipst hatte. Dann sagte sie, da ja abends noch Gäste kämen, würde sie mich bitten, die Nacht im Gartenhaus zu verbringen, falls ein weiteres technisches Problem auftreten sollte.

Um 18 Uhr verließ ihr Mann das Haus. Ich setzte mich auf die Bank vor dem Gartenhäuschen. Fragte mich, warum ich eigentlich da war. Denn es kamen keine Gäste. Ich las irgendeine Fitnesszeitschrift, von denen ich immer ein paar im Gartenhaus bunkerte. Um 19 Uhr bat sie mich zum ersten Mal ins Haus. Irgendwas mit der Klospülung funktionierte nicht. War aber nichts. Um halb neun nochmal, diesmal war die Toilette verstopft. Dann, eine gute Stunde später, sagte sie, mit der Nachttischlampe würde etwas nicht stimmen, das Licht flackere. Ich knipste die Lampe an, und natürlich funktionierte sie problemlos. Susanne war hinter mich getreten und umfasste meine Taille. Ihre Hände wanderten zu meiner Gürtelschnalle. Ich wollte das nicht, wand mich heraus und ging auf die Schlafzimmertür zu. Doch Susanne hatte sie abgeschlossen. Ich will jetzt gar keine Details ausbreiten, ich mache es kurz. Sie bedrängte mich, ich versuchte sie auf Distanz zu halten, aber die einzige Möglichkeit, diese Posse zu beenden, wäre gewesen, handgreiflich zu werden. Und hätte sie blaue Flecken gehabt und wäre damit zum Arzt gegangen, wäre ich nicht nur meinen Job losgeworden …

Nach einer halben Stunde ließ sie mich gehen. Und ich war völlig durch den Wind. Ich wusste nicht, wie das weitergehen sollte. Auf die Art und Weise konnte und wollte ich nicht weiterarbeiten. Aber wir brauchten das Geld. Nadine stand wenige Wochen vor der Entbindung, und wenn das Kind da war, würde sie zunächst zu Hause bleiben müssen. Ich war also auf diesen verdammten Job angewiesen. Und es war mir klar, dass das, was an jenem Abend geschehen war, nicht die letzte Attacke dieser Art gewesen sein würde. Und ich war mir ziemlich sicher, dass sie an diesem Abend überhaupt keine Gäste erwartet hatte.

Sie hatte mich aufgefordert, dazubleiben. Doch ich streifte ziellos durch Griegtal, dann über die Felder und am Waldrand entlang. Es war bereits ein oder zwei Uhr, als ich mich entschloss, nach Hause zu fahren. Ich setzte mich in meinen Twingo und fuhr nach Darmstadt. Legte mich neben Nadine ins Bett. Als Ausgleich für den Sonntag hatte Susanne mir den Montag freigegeben. Am kommenden Tag erfuhr ich erst abends in den Nachrichten davon, dass sie erstochen worden war.«

»Was haben Sie dann gemacht?«

Abermals lachte Seidel auf. »Ich hatte keine Ahnung, was ich tun sollte. Am Dienstagvormittag rief mich Herr Fricke an und sagte, dass ich bis auf Weiteres nicht zu kommen brauche. Er würde sich in wenigen Tagen wieder melden. Dazu kam es jedoch nicht mehr. Am Donnerstag stürmten die Bullen rein, stellten meine Bude auf den Kopf und nahmen mich mit. Ab da saß ich im Gefängnis.«

Horndeich schwieg. Im Moment hatte er keine Fragen mehr.

Aber Seidel offensichtlich: »Glauben Sie mir? Werden Sie den wirklichen Mörder finden?«

Ja, Horndeich war geneigt, den Fall tatsächlich anzunehmen. Und während er weiter schweigend neben Seidel ging, war in seinem Kopf bereits das professionelle Karussell der Überlegungen angeworfen worden. Die große Schwierigkeit lag darin, dass der Fall so lang zurücklag. Und da er nicht mehr zu den *Bullen* gehörte, wie Seidel es gerade formuliert hatte, würde er auf ehemalige Ermittlungsakten auch kaum zugreifen können. Aber er hatte noch genug Kontakte, um vielleicht auch so herauszufinden, welcher Polizist damals federführend ermittelt hatte. »Sie hatten sicher auch einen Anwalt, nicht wahr? Können Sie mir seinen Namen nennen?«

»Ludwig Bergekamp. Ich weiß gar nicht mehr, wo er seine Kanzlei hat. Die ganze Korrespondenz ist beim Umzug meiner Frau verschüttgegangen. Und ich hab ihn ja immer nur im Besprechungsraum im Gefängnis und vor Gericht gesehen. Werden Sie sich meiner Sache annehmen?«

»Lassen Sie mich noch mit Ludwig Bergekamp sprechen. Dann werde ich Ihnen Bescheid geben. Ich weiß natürlich nicht, wann dieser Herr Zeit für mich haben wird.«

»Herr Horndeich, ich habe über 18 Jahre lang im Gefängnis gesessen. Da kommt es jetzt auf zwei Tage mehr oder weniger wirklich nicht an.«

»Nehmen Sie Platz«, sagte Ludwig Bergekamp und wies mit der Hand auf einen Besuchersessel. Groß, wuchtig, ein Exemplar, das man sich sehr gut in der mit Zigarrenrauch geschwängerten Bibliothek eines britischen Clubs hätte vorstellen können. Genau genommen wirkte das ganze Büro völlig aus der Zeit gefallen: Sherlock Holmes hätte sich hier sicherlich wohlgefühlt. Allein der Duft von Nikotin – oder der Gestank, je nach Einstellung – fehlte gänzlich.

Die Kanzlei von Ludwig Bergekamp lag am Rande des Frankfurter Grüneburgparks, nicht weit vom ehemaligen IG-Farben-Haus entfernt, dem seine Funktion als Uni-Gebäude deutlich besser zu Gesicht stand. Beste Lage. Um hier zu residieren, bedurfte es einiger solventer Mandanten …

Der Anwalt wirkte auf Jana wie Günter Strack: ein dicker Mann, in perfekt sitzendem Anzug, der ebenfalls aus der Zeit gefallen zu sein schien. Im Gegensatz zu Günter Strack trug Bergekamp die Haare völlig ungefärbt schwarz. Und auch der Schnauzer unterschied ihn vom Schauspieler. Die Bilder für die Webseite waren jedoch sicher vor ungefähr 25 Kilogramm aufgenommen worden …

Bergekamp ließ sich in einem zweiten Sessel nieder. »Sie kommen also zu mir wegen Marco Seidel?«

»Ja. Sie waren sein Verteidiger im Prozess um den Mord an Susanne Fricke.«

Bergekamp nickte, was die Haut des Doppelkinns in Wallung versetzte. »Sie hielten sich am Telefon zunächst bedeckt bezüglich der Gründe, weshalb Sie mich kontaktierten. Könnten Sie jetzt etwas konkreter werden?« Auch die Formulierungen des Anwalts schienen aus einer anderen Zeit zu stammen.

Jana berichtete von der Begegnung am Vorabend. Wobei sie den Namen Steffen Horndeich unterschlug. Sie fühlte sich nicht wohl dabei, wusste sich aber auch jetzt nicht anders aus der Affäre zu ziehen. All das konnte man später regeln. Und Horndeich wäre sicher froh, wenn sie ihm die Ergebnisse dieser Unterhaltung präsentieren könnte.

»Marco Seidel. Mein erster Fall als Verteidiger in einem Mordfall. Und gleichzeitig das erste Mal, dass ich meinen eigenen Ansprüchen an mich selbst wahrlich nicht hatte genügen können. Eine solch herabwürdigende Situation habe ich in späteren Jahren nie wieder erfahren müssen. Ein Segen. Aber doch ein Fluch für Marco Seidel.«

»Wie kam es, dass Sie die Verteidigung für Marco Seidel übernahmen?«

»Zufall. Verfügung. Ich bin vom Landgericht Gießen als Pflichtverteidiger bestellt worden. Der arme Kerl hatte überhaupt keine Kohle. Und ich wollte ihn da wirklich rausboxen.«

»Sie hielten ihn für unschuldig?«

Bergekamp nickte erneut, was das Doppelkinn abermals in Wellenbewegung versetzte. »Ja. Das tat ich. Ich war überzeugt davon, dass er nicht der Täter gewesen war. Sondern dass es einem anderen gelungen war, mit einer Tat davonzukommen, während mein Mandant dafür ins Gefängnis geschickt werden sollte.«

»Wie kamen Sie zu der Annahme?«

»Frau Welzer, Marco Seidel war mein erster Mordfall. Ich habe mich nach dem Referendariat gleich selbstständig gemacht. Das Geld meines Vaters hat mir das ermöglicht. Bevor man mich für diesen Mordfall anheuerte, hatte ich Junkies vertreten, Discoschläger, Geldeintreiber – eher Kleinkram, wenn ich das einmal despektierlich so bezeichnen darf. Ich hatte mein zweites Staatsexamen mit Prädikat abgeschlossen – aber im richtigen Leben kannte ich mich nicht wirklich aus. Ich bin sehr, sehr behütet aufgewachsen.

Und dann: der Mord an Susanne Fricke, alias Susanna. Ich wurde Seidels Pflichtverteidiger. Der junge Mann im Besprechungsraum im Knast wirkte wie ein Häufchen Elend. Er war am Ende. Erzählte mir seine Geschichte. Zunächst nur in groben Zügen. Ich habe ihm zugehört, und ich habe ihm geglaubt. Auch wenn das für einen Strafverteidiger eher eine untergeordnete Rolle spielen sollte. Wie die Theorie es besagt.«

Bergekamp schwieg.

Jana rollte die Augen, aber sie rollte sie nur in Gedanken. Sie kannte diese Kunstpausen bei Menschen, die sich wichtigmachen wollten. Die gebeten werden wollten, weiterzusprechen. Nun, in diesem Fall war sie, Jana, die Bittstellerin. Also tat sie Bergekamp den Gefallen: »Aber warum haben Sie ihm geglaubt, gerade, wenn dies offenbar keine relevante Kategorie ist?«, fragte sie.

Es war für Jana keine Überraschung, dass Bergekamp sofort weitersprach: »Die ganzen Indizien gegen ihn waren unstrittig: sein Sperma in ihrem Bett, ihre Kohle in seiner Wohnung und dann der Film ... All das sprach gegen ihn. Aber es gab eben auch nichts, was dafürsprach, dass er sie erstochen hat. Susanne Fricke war mit 14 Messerstichen hingerichtet worden. Zwei hätten genügt, um sie zu töten. Und sie war verprügelt worden, unmittelbar davor. Da hatte jemand eine Menge Wut gehabt. Und genau diese Wut stellte ich in Abrede. Also, *solch* eine Wut.«

»Was für ein Film?«

»Es gab einen Film, der Marco Seidel und Susanne Fricke zeigte, wie sie sich im Bett miteinander vergnügten. Seidel sagte damals, sie habe den Film heimlich aufgenommen und ihn damit erpresst. Seidel sagte auch, das Vergnügen habe mehr auf der Seite von Susanne gelegen. Mit dieser Prämisse konnte man den Film durchaus aus seinem Blickwinkel interpretieren.«

»Ist das nicht genau der Grund für eine Wut, die einen dazu veranlasst, zuerst auf diese Frau einzudreschen und dann 14 Mal zuzustechen?« Ein Film, mit dem Seidel unter Druck gesetzt worden war? Das klang zugegebenermaßen nach einem Motiv. Und es war das erste Mal, dass Jana Zweifel hegte, ob Marco Seidel am Vorabend tatsächlich die Wahrheit gesagt hatte.

»Natürlich war das ein Motiv. Doch wenn das der Anstoß gewesen wäre, dann hätte Marco Seidel danach wohl das Schlafzimmer und auch das Haus durchsucht, um diesen Film zu bekommen. Er hätte alles darangesetzt, die verräterische Aufzeichnung des Tête-à-Tête zu finden und mitzunehmen. Aber es hatte überhaupt keine Spuren gegeben, dass irgendjemand irgendetwas ge- oder durchsucht hatte.«

»Gab es den Film denn? Tauchte er irgendwo auf?« Jana dachte an beschlagnahmte Smartphones, auseinandergenommene Rechner, gut versteckte Speicherkarten. Dann musste sie sich in Erinnerung rufen, dass diese Technik 2003 noch gar nicht vorhanden war. Filmaufnahmen wurden seinerzeit mit Kameras und Videokassetten gemacht …

»Ja. Sie haben die Kassette mit der Aufnahme in der Schublade des Nachtschränkchens von Susanne Fricke gefunden, zwar im hinteren Bereich, aber nicht wirklich gut versteckt. Hätte Seidel sie finden wollen, hätte er sie gefunden.«

Im Büro von Ludwig Bergekamp befand sich auch ein Kamin. Umrahmt von einer perfekten steinernen Einfassung. Nur leider war es derzeit Sommer. Den Kamin anzufachen, wenn draußen 31 Grad Celsius herrschten, war wohl für die wenigsten Klienten sinnvoll. Deshalb stand zwischen den Mauern auch ein Flachbild-Fernseher. Jana wusste nicht, ob, ganz old school, eine DVD das Bild spendete, oder irgendein Streamingdienst. Dennoch prasselte auf dem Bildschirm ein imaginäres Feuer, tatsächlich begleitet vom Knistern aus Fernsehlautsprechern. An dieser Illusion könnte Ludwig Bergekamp noch ein wenig arbeiten, dachte Jana. Dennoch hatte dieses vermeintliche Kaminfeuer eine beruhigende Wirkung. Jana wandte sich wieder dem Anwalt zu. »Gibt es denn noch irgendwelche Unterlagen aus dem alten Fall? Also, Unterlagen, auf die ich unproblematisch Zugriff bekommen könnte?«

Bergekamps Ähnlichkeit zu Günter Strack manifestierte sich auch in der Art des Grinsens: »Ja. Ich hatte als Anwalt komplette Akteneinsicht. Und ich habe diese Akte kopiert, Blatt für Blatt, als mir dämmerte, dass ich diesen Fall verlieren könnte. Darin finden Sie alle Anschuldigungen, alle Vernehmungen von Zeugen oder anderer Verdächtiger – die es ja durchaus gab. Ich habe die Kopie der Akte aufbewahrt, weil ich auch heute noch davon überzeugt bin, dass Marco Seidel den Mord an Susanne Fricke nicht begangen hat.

Und ich bin froh, dass ich diese Akte behalten habe. Natürlich, ich konnte damals nicht wissen, dass jemals jemand wie Sie in meinem Büro aufkreuzen und mich auf diesen Fall ansprechen würde. Und dennoch: Es war so ein Bauchgefühl, das mich die Akte damals vollständig kopieren ließ. Ich gebe sie Ihnen gerne mit. Wenn Sie sich auf die Suche nach dem wahren Mörder machen – ich fände das nur gut. Wenn Sie mich für einen kurzen Augenblick entschuldigen. Ich hole die Akte.«

Bergekamp erhob sich und verließ das Büro. Wenige Minuten später kehrte er zurück mit drei gefüllten Leitz-Ordnern unter dem Arm. »Das ist die Kopie der Akte. Vielleicht sehen Sie mit frischem Blick etwas, was mir oder uns damals entgangen ist.«

Er legte die Ordner auf den Schreibtisch und ließ sich wieder dahinter nieder. In diesem Moment klingelte das Telefon, das auf dem Pult stand.

»Man sollte meinen, heute sei ein gewöhnlicher Wochentag«, sagte Bergekamp. »Sie entschuldigen?«, fragte er und nahm den Hörer ab. »Bergekamp?«

Jana musste schmunzeln. Er meldete sich genauso knapp und zackig wie vor wenigen Stunden ihr gegenüber. Sie konnte nicht verstehen, was die Person am anderen Ende der Leitung sagte. Sie sah nur Bergekamps Reaktion: Er hob eine Augenbraue und sah Jana direkt an. »Marco Seidel? Und Sie sind Privatermittler?«

Das konnte nur Horndeich sein! Hatte der also seine Hausaufgaben auch schon gemacht. »Das ist mein Kollege«, flüsterte Jana. Das stimmte zwar so nicht ganz, aber jede andere Aussage hätte die Dinge nur unnötig verkompliziert. »Wir arbeiten zusammen an diesem Fall.«

»Herr Horndeich, Ihre Kollegin sitzt mir gerade gegenüber. Alles, was ich ihr erzählt habe, kann sie Ihnen ja dann mitteilen. Ich wünsche einen schönen Abend.« Damit legte er auf. Er sah Jana wieder an, alsdann sagte er: »Ich denke, wir haben alles Nötige besprochen.«

Jana bedankte sich und verabschiedete sich von dem Rechtsanwalt.

Er erhob sich nicht, als sie sich umdrehte, um das Büro mit den drei Aktenordnern auf dem Arm zu verlassen.

Als sie die Tür eben geöffnet hatte, hörte sie noch seine Stimme: »Ich denke, eine etwas bessere Koordination zwischen Ihnen beiden dürfte Ihre Ermittlungen deutlich effizienter machen.«

Sandra war mit den Kindern kurz nach Horndeichs Telefonat mit dem Anwalt zurückgekommen. Einem Telefonat, das ihn ziemlich sauer gemacht hatte. Er hielt es für absolut unangemessen, dass sich Jana bereits mit dem Anwalt in Verbindung gesetzt hatte. Seidel hatte ihn, Horndeich, angesprochen, ob er versuchen wolle, dessen Unschuld zu beweisen. Und Jana schien den Fall offenbar selbst in die Hand nehmen zu wollen und recherchierte auf eigene Faust. Er würde mit ihr reden müssen!

Als seine Frau mit den drei Kindern zur Tür hereinkam, hatte Horndeich die Gewitterwolke spüren können, die über seinen vier Liebsten mit ins Haus schwebte. Die Wolke sah aus, als habe sie schon ein paar Blitze entsandt. Und sie sah auch so aus, als ob sie noch zahlreiche weitere im Köcher hätte …

Stefanie und Alexander hatten kaum einen Gruß über die Lippen gebracht und waren sofort die Treppe hoch in Richtung ihrer Zimmer verschwunden. Antje sagte nur: »Papa« und nahm geradewegs Kurs auf das Wohnzimmer im Erdgeschoss. Dort hatte sie eine kleine Puppenecke eingerichtet. Sandra kam auf Horndeich zu, begrüßte ihn mit einem Kuss. Wenn man jedoch so lange miteinander verheiratet war wie sie beide, dann konnte man Küsse sehr genau differenzieren. Und dieser Kuss war ein nur hingehauchter gewesen. Gerade so kraftvoll, dass man ihn für einen normalen Begrüßungskuss halten konnte, aber auch mit jenem fehlenden letzten Schwung, der deutlich machte, dass Sandra sich bemühte, alles gewöhnlich erscheinen zu lassen und genau darin versagte.

»Was ist los?«, hatte er sie gefragt.

»Nichts ist los«, hatte sie geantwortet. »Was soll los sein?«

»Wie war dein Klassentreffen?«

»Schön.« Eine Silbe als Antwort auf seine Frage? Nachdem der Abend so gut gewesen sein musste, dass sie nachts um vier in offensichtlich recht trunkenem Zustand eine WhatsApp geschickt hatte? »Nun, so wie es aussieht, war es so schön, dass du bis vier ausgehalten hast.«

»Und was passt dir daran nicht?«

»Nichts passt mir daran nicht. Ich finde die Antwort ›schön‹ nun, sagen wir mal, etwas *einsilbig.*«

»Ha ha. Toller Kalauer. *Schön* hat nur eine Silbe!«

»Allem Anschein nach bist du ein wenig auf Krawall gebürstet?«

»Ich?« Sandras Stimme wurde lauter. Etwas, was nur sehr, sehr selten passierte. »Du nörgelst doch gerade an mir rum, dass ich mir die Nacht um die Ohren geschlagen habe und betrunken war.«

»Nichts dergleichen habe ich gesagt.«

»Ich kenne deine Untertöne.«

Wenn Sandra etwas nicht war, dann eine Zicke. Ja, Horndeich hatte erkannt, dass irgendetwas nicht in Ordnung war. Und normalerweise hätte er ihr jetzt übers Haar gestrichen, sie in den Arm genommen, sie hätte die Umarmung erwidert, wenn auch nur kurz. Und ab da hätte Waffenstillstand geherrscht. Was er an ihr schätzte – und sie wohl auch an ihm –, war, dass sie beide in der Lage waren, Konflikte zu besprechen, wenn der Kessel der Emotionen etwas abgekühlt war. Streitereien mit Tiefschlägen oder nutzlosem Rumgebrülle waren nicht ihr Ding.

Normalerweise hätte Horndeich jetzt so etwas gesagt wie: »Soll ich dir einen Tee machen? Oder soll ich uns ein Glas Wein einschenken?«

Aber auch er war geladen, denn dieses Telefonat mit dem Anwalt hatte ihn als Idioten dastehen lassen. *Jana* hatte ihn als Idioten dastehen lassen. Etwas, was er auch von ihr nicht kannte. Sie beide waren in den vergangenen zwei Jahren zu einem guten Team geworden. Selbst stinkig, sagte er deshalb zu Sandra: »Wenn du wegen irgendwas sauer bist, musst du deine Wut nicht an mir auslassen.«

»Das Einzige, was mich wütend macht, bist im Moment du.«

Ja, Horndeichs Eindruck hatte nicht getrogen: Die Gewitterwolke hatte noch zahlreiche Blitze auf Lager... In diesem Moment klingelte sein Handy. Jana. »Da muss ich rangehen«, sagte er.

»Klar. Jeder muss seine Prioritäten setzen, wie sie für ihn passen.« Damit verschwand Sandra in Richtung Küche.

Horndeich nahm das Gespräch an. »Jana?«

»Horndeich, ich war bei dem Anwalt.«

»Ich weiß, dass du bei dem Anwalt warst. Und ich finde es zum Kotzen. Das hättest du mit mir absprechen sollen! Nein, das hättest du nicht mit mir absprechen *sollen*, du hättest mich *fragen* sollen, ob es mir recht ist, wenn du dort allein aufkreuzt.«

Eine kurze Pause im Äther. »Geht's noch? Seit wann muss ich dich um Erlaubnis fragen? Ein ›Super! Wie hast du denn das so schnell hingekriegt?‹ wäre wohl eher angebracht.«

»Wie du mitbekommen hast, habe ich den Namen des Anwalts ja wohl auch rausbekommen.«

»Jetzt klingst du wie der 100-Meter-Läufer, der mit fünf Hundertstelsekunden als Zweiter durchs Ziel gelaufen ist.«

»Nein, jetzt klinge ich wie jemand, dem heimlich jemand seinen Job wegnehmen will!«

»Geht es dir um die Kohle?«

Nein, es ging Horndeich nicht um die Kohle. Also, natürlich ging es auch darum. Aber er hatte selbst darüber nachgedacht, Jana zu fragen, ob sie das Projekt ›Marco Seidel‹ nicht gemeinsam angehen wollten. Er war sich sicher, dass sie auf diese Weise deutlich bessere Chancen hatten, wirklich herauszufinden, wer Susanne Fricke auf dem Gewissen hat. »Es geht mir nicht um die Kohle.«

»Horndeich, darauf habe ich jetzt echt keine Lust. Lass uns morgen darüber sprechen. Ich fahr jetzt heim.« Mit diesem Satz hatte Jana aufgelegt.

Waren zurzeit alle Frauen um ihn herum verrückt geworden?

Horndeich ging in die Küche. Sandra hatte tatsächlich eine Flasche Wein geöffnet und sich ein Drittel Glas eingeschenkt.

Er trat auf sie zu und sagte abermals: »Schatz, was ist denn los?«

Sandra funkelte ihn an. Dann fauchte sie: »Wenn du das nochmal fragst, schütte ich dir den Wein ins Gesicht.«

Unter normalen Bedingungen hätte Sandra so etwas mit einem Lächeln, oder einem schrägen Grinsen im Gesicht gesagt. Und Horndeich hätte die Drohung nicht ernst genommen. Weil sie nicht ernst gemeint wäre. Aber jetzt schauten ihn ihre Augen mit eiskaltem Blick an. Und Horndeich wusste, dass seine Frau es bitterernst meinte. Und er wusste auch, dass er hier und jetzt und an dieser Stelle an der Situation überhaupt nichts ändern konnte.

Ich-Botschaften. Es war immer gut, dem Gegenüber mitzuteilen, wie man selbst dachte und fühlte. Und da seine Frau derzeit offenbar nicht bereit war, ihrerseits etwas von sich zu erzählen, übte Horndeich sich mal wieder in dieser Grundregel der Kommunikation: »In einem Fall von Jana und mir läuft es nicht rund. Ich muss mit ihr sprechen. Und da du offensichtlich derzeit nicht mit mir sprechen möchtest, werde ich jetzt zu ihr gehen.«

Einer der Grundsätze zwischen ihnen beiden war, dass man nicht wütend aufeinander einschlief. Beide hatten lang genug bei der Polizei gearbeitet, um zu wissen, wie schnell und gnadenlos das Schicksal zuschlagen konnte. Umso wichtiger war es, nicht im Zorn auseinanderzugehen, und sei es nur für die Zeit des Schlafes in der Nacht.

Sandra hatte auf seine Aussage nicht geantwortet. Horndeich ging auf sie zu und gab ihr ein Bussi – auf die Wange. Er war sich nicht sicher, welche Reaktion ein Kuss auf die Lippen gehabt hätte. Zu sehr schwang noch ihre Drohung im Raum.

Er griff nach seiner leichten Sommerjacke und machte sich auf den Weg zu Janas Wohnung. Sie wohnte im Lucasweg 13, hundert Meter unterhalb des Hochzeitsturms in einer wunderschönen Altbauwohnung. War ein prima Abendspaziergang.

Als Horndeich vor dem Haus ankam, wollte er sich nicht direkt auf die Stufe vor die Haustür setzen. Er wusste, dass sie noch nicht von Frankfurt aus zu Hause sein konnte. Vielmehr ließ er sich auf den Stufen der Straße gegenüber nieder, Zugang zu mehreren vielstöckigen Häusern.

Der Anwalt von Marco Seidel wohnte in Frankfurt. Jana würde in ihrem metallicrotem Jaguar XF-Kombi mit 3-Liter-Dieselmotor kaum mehr als eine halbe Stunde brauchen, um zu Hause anzukommen. Bei ihrem Fahrstil wohl eher fünfundzwanzig Minuten. Horndeich sah auf seine Omega Speedmaster, jenes Modell, das auch die Astronauten auf der ersten amerikanischen bemannten Mondlandemission trugen. Und eben jene Uhr, die seine Frau ihm einmal geschenkt hatte. Warum verspürte er jetzt diesen Druck hinter den Augen?

Er blinzelte den Schleier weg, dann sah er, dass seit Janas Anruf bereits 30 Minuten verstrichen waren. Er gab ihr noch ein paar Minuten. 45 Minuten nach dem Anruf war er sich nicht mehr sicher, ob er das Gespräch noch richtig erinnerte. Hatte Jana nicht gesagt, dass sie nach Hause fahren wollte?

Er zog das Smartphone aus der Jackentasche, tippte auf ihre Kurzwahl.

Bereits nach dem zweiten Klingeln nahm sie ab. »Horndeich, was willst du denn noch? Morgen, lass uns morgen reden.«

»Ich sitze vor deinem Haus.«

»Vor meinem Haus? Was machst du denn da?«

»Ich warte auf dich. Offensichtlich vergebens.«

»Ich bin im Büro.«

»Prima. Bin schon auf dem Weg.« Bevor Jana widersprechen konnte, war es diesmal er, der einfach auf das rote ›Ich beende jetzt mal das Gespräch‹-Symbol auf dem Display drückte. Und, er musste es zugeben, es war kein schlechtes Gefühl.

Drei Sekunden später klingelte das Handy. Vielmehr leuchtete es nur auf. Horndeich hatte das Gerät auf stumm geschaltet. Jana versuchte, ihn zu erreichen. Gleich konnte sie mit ihm persönlich sprechen. Das Büro in der Pützerstraße lag ja nur zehn Fußminuten entfernt.

Janas Büro befand sich im sogenannten Ernst-Neufert-Haus. Das bis zu achtstöckige Klinkerbauensemble war Anfang der Fünfzigerjahre errichtet worden, seinerzeit als Ledigen-Wohnheim. In dieser Funktion hatte es im Darmstädter Volksmund flugs den Spitznamen ›Bullenburg‹ weggehabt. Im Erdgeschoss neben der Tordurchfahrt zum Innenhof befand sich Janas Büro. 60 Quadratmeter, davon zwei Drittel als Großraumbüro, zudem Toilette, Küche, Archivkammer, Serverraum und Büro der Chefin. Wobei sich die Anzahl der Angestellten in Grenzen hielt: Irina war die Halbtagskraft, die Jana den täglichen Unbill vom Hals hielt, in Form von Buchhaltung und Firewall gegenüber der Außenwelt, wenn es nötig war.

Im Büro brannte Licht. Horndeich klopfte an die Tür. Jana öffnete, drehte sich aber sofort von der Tür weg und ging auf einen der Schreibtische zu.

Horndeich sagte nichts.

Jana sagte nichts.

So langsam war Horndeichs Langmut gegenüber den Vertreterinnen des weiblichen Geschlechts erschöpft. »Lass uns reden. Lass uns das bitte jetzt aus der Welt schaffen.«

Jana wandte sich kurz um, sah ihn an und widmete sich dann wieder ihrer Tätigkeit. Sie schichtete irgendwelche Stapel von Papier um. Horndeich nahm gar nicht richtig wahr, was sie da eigentlich machte.

»Jana. Bitte. Wenn du jetzt auch nicht mit mir redest, dann gehe ich in den Biergarten und betrinke mich sinnlos. Das hält kein Mensch aus, wenn niemand mit einem redet.« Wieder dieser blöde Druck hinter den Augen. Er hatte seine Frau Sandra so noch nie erlebt. Und er konnte dieses Verhalten überhaupt nicht einordnen.

Er merkte gar nicht, dass Jana sich umgedreht hatte und ihn beobachtete. »Biergarten? Sinnlos betrinken? Was ist denn mit dir los?«

Horndeich machte eine betreffende Handbewegung. »Nicht wichtig.«

»Du siehst nicht gut aus.«

Horndeich zuckte nur mit den Schultern und ließ sich auf einem der Stühle nieder.

Jana verschwand in der kleinen Küche und kam mit einer Flasche Wein und zwei Gläsern zurück. Die Weingläser waren eher wuchtig, aus dickerem Glas. Dafür zierten ihre Seiten je vier Lilien – das Symbol des Darmstädter Fußballvereins SV Darmstadt 98. Horndeich schmunzelte.

»Ein bisschen Lokalpatriotismus muss sein.« Jana öffnete die Flasche Lugana und goss beiden ein. Sie hob das Glas: »Prost.«

Horndeich tat es ihr nach, stieß mit ihr an: »Prost.«

Jana lächelte. Und konnte in dem Moment wohl kaum ermessen, was dieses Lächeln Horndeich bedeutete. Auch zwischen Jana und ihm gab es immer wieder eine Meinungsverschiedenheit. Aber danach war es möglich, einander mit einem Lächeln zuzuprosten. Und zu wissen, dass Auseinandersetzungen aus der Welt geschafft werden konnten. Und man sich gegenseitig trotzdem wichtig war. Der Druck hinter den Augen nahm zu. Eine Träne stahl sich Horndeichs Wange entlang, während er einen Schluck Wein nippte.

Er war sich nicht sicher, ob Jana die Träne nicht gesehen hatte oder sie einfach geflissentlich übersah.

»Ich ziehe hier übrigens bald aus«, offenbarte sie Horndeich.

Der sah sich um: »Ausziehen? Warum? Du hast doch immer betont, wie cool dieses Büro sei.«

Jana zuckte mit den Schultern. »Ich verstehe mich nicht mehr mit dem Vermieter. Komischer Typ. Kennst du das, wenn du den Eindruck hast, dass hinter einer freundlichen Fassade ein Mensch steckt, dem du alles zutraust? Alles Schlechte? Aber es nicht – beweisen oder belegen kannst? Spooky. Naja, ich bin raus hier.«

»Hast du denn schon was Neues?«

Wieder zuckte Jana mit der Schulter. »Ja. Ist aber noch nicht ganz in trockenen Tüchern.« Dann streckte sie sich und sagte: »Ich habe die Akte.«

»Welche Akte?«

»Die komplette Akte ›Marco Seidel‹. Vom ersten Anruf bei der Polizei bis zum Urteil des Schwurgerichts. Ludwig Bergekamp hat sie seinerzeit kopiert. Und mir die Kopie mitgegeben. Drei randvolle Leitz-Ordner.«

»Willst du den Fall jetzt annehmen? Weil ich es nicht tue?«

Kurz runzelte Jana die Stirn. Dann sagte sie: »Horndeich, Horndeich. Manchmal schaust du einfach zu böse auf die Welt. Der Polizeidienst hat dir nicht gutgetan. Nicht alle Menschen sind schlecht. Ich bin nicht schlecht. Es ist dein Fall! Wenn du ihn überhaupt annehmen möchtest. Wenn du das tust, dann gebe ich die Akte einfach an dich weiter.«

Horndeich schwieg. Da hatte er Jana wohl unrecht getan.

»Aber wenn du den Fall nicht haben möchtest, dann werde ich ihn annehmen. Ich glaube, dass eine große Chance besteht, dass Marco Seidel nicht der Mörder von Susanne Fricke ist.«

»Das glaube ich inzwischen auch. Und ich möchte den Fall annehmen. Aber ich möchte das nicht allein durchziehen. Ich schlage vor: halbe-halbe. Es sei denn, du hast im Moment zu viel um die Ohren.«

Jana sah Horndeich an, hob das Glas und sagte: »Deal!«

MONTAG, 16. MAI

»Papa, kommst du zum Frühstück?«

Horndeich erwachte, als er die Stimme seiner Tochter Stefanie vernahm. Er drehte sich auf die Seite, der Arm schlang sich automatisch um seine Frau. Wollte sich um sie schlingen. Aber Sandra lag nicht neben ihm. Als er gegen ein Uhr nach Hause gekommen war, hatte sie schon tief geschlafen.

»Mama hat schon einen tollen Frühstückstisch gedeckt!«

Horndeichs Blick fiel auf die Digitalanzeige des Weckers neben seinem Bett. Sechs Uhr dreißig. Dass um diese Zeit schon der Tisch gedeckt war, war eher ungewöhnlich. Dass er hingegen gar nicht mitbekommen hatte, wie seine Frau aufgestanden war, war weniger rätselhaft. Schließlich hatte er keine fünf Stunden Schlaf abbekommen.

»Ich komme gleich, mein Schatz.«

Stefanie polterte die Treppen hinunter ins Erdgeschoss.

Horndeich stand auf, schlüpfte in eine Jogginghose und Sweatshirt. Im Bad putzte er sich schnell die Zähne, dann ging er ins Parterre ins Esszimmer.

Sandra hatte sich schick gemacht, sie war bereits in Hosenanzug und Schminke im Gesicht gestylt. Kam auf ihn zu, drückte ihm einen Kuss auf den Mund: »Guten Morgen, mein Schatz, ich hab dich noch ein paar Minuten schlafen lassen.« Dann näherte sich ihr Gesicht seinem Ohr: »Entschuldigung. Das gestern war nicht richtig. Ich hab mich verhalten wie eine Idiotin.«

»Schau mal, Papa, Mama hat extra Blumen auf den Tisch gestellt.« Alexander. Der zwei Dinge liebte: Musik und Blumen.

Tatsächlich musste Sandra in ihrem Garten die zwei Sträuße gepflückt haben, die in den schicken Vasen auf dem Tisch standen. Servietten lagen neben den Tellern, geschnittenes Obst auf Platten. Und vier Marmeladen sowie fast der gesamte Inhalt an Käse aus dem Kühlschrank. Außerdem fünf Gläser und eine Karaffe Orangensaft. Hier versuchte jemand offensichtlich, etwas gutzumachen.

»Ich fahr die Kinder nachher in die Schule und in die Kita. Dann kannst du dich nochmal aufs Ohr hauen«, führte Sandra weiter aus. »Und jetzt setz dich.«

Auch, was das Frühstücksritual an Wochentagen anging, waren sie ein eingespieltes Team. Während einer um sechs Uhr dreißig die Kinder weckte, bereitete der andere das Frühstück und die Frühstücksboxen für die Kinder vor. In der Regel standen auf dem Tisch eine Marmelade, zwei Sorten Käse, eine Sorte Wurst, Joghurt und Brot. Und natürlich die Kakao- und Kaffeebecher. Aber nicht mehr. Sandra arbeitete vormittags bei der Polizei in der IT-Abteilung, im Polizeipräsidium Südhessen in der Klappacher Straße. Mal fuhr Sandra die Kinder zur Schule und zur Kita, mal Horndeich – und der jeweils andere holte sie ab. Alltag eben. Während Horndeich am Frühstückstisch saß, schenkte Sandra allen Orangensaft ein, danach ihm den Kaffee in den Kaffeebecher.

Stefanie erzählte, dass sie am heutigen Tage eine Mathearbeit schreiben würde. Sie erklärte, worum es dabei ging. Sie war bereits mit ihren 10 Jahren sehr gut darin, Sachverhalte knapp und präzise zu formulieren. Alexander hingegen freute sich auf sein Lieblingsfach Musik. Sandra fragte bei den Kindern nach, was sie vom Tag erwartete, während sie das Brot für Antje in kleine Stückchen schnitt und Horndeich zwischendurch sogar einen Luftkuss zuwarf. Nur Horndeich selbst saß staunend am Tisch und konnte die Verwandlung seiner Frau nicht begreifen.

Der gestrige Abend schien wie weggewischt. Sandra war fröhlich und freundlich wie immer – okay, wie meistens. Aber eben genau diesen Hauch von Tick zu viel.

Auf Horndeich wirkte es so, als habe Vincent van Gogh seine strahlende Sonnenblumen-Landschaft auf ein Gemälde voller Fratzen von Hieronymus Bosch aufgetragen. Und die Farbe war noch ganz frisch. Aber Horndeich wusste, dass die Fratzen darunter lagen …

Jana und Horndeich saßen gemeinsam am Tisch. Es war schon fast halb zehn und dunkel draußen. Vor ihnen stand eine leere Flasche Cola light. Auf ihren Tellern fanden sich nur noch Spuren der Menüs, die sie vor einer halben Stunde bei Asia Dang Dragon um die Ecke in der Dieburger Straße abgeholt hatten. Hühnchen Nr. 52 für Horndeich, Ente Nr. 96 für Jana. Nach wie vor war das Restaurant immer für ein leckeres Essen gut. Nein, sehr gut!

Janas Büro war technisch perfekt ausgestattet: An einer Wand hing ein Smartboard – letztlich nichts anderes als ein riesiges Tablet. Es diente als gigantischer Monitor für den Computer, gleichzeitig als computeranimierte Tafel. Zudem hatte Jana sich ebenfalls ein großes Whiteboard gegönnt, die analoge Version des Smartboards: eine weiße Tafel.

Gemeinsam hatten sie den ganzen Tag damit verbracht, die Akte zum Fall Marco Seidel zu sichten. Die Zusammenfassung deren Inhalts spiegelte sich in der Urteilsbegründung der drei Richter wider, die es als erwiesen angesehen hatten, dass es Marco Seidel gewesen war, der Susanne Fricke am Sonntag, den 6. Juli 2003 ermordet hatte. Zwar gab es keinen Augenzeugen, aber alle Indizien sprachen gegen ihn. So hatte die Spurensicherung überall in Susanne Frickes Schlafzimmer Fingerabdrücke von Marco Seidel gefunden. Und zwar nur von ihm und Susanne Fricke selbst. Am Freitag zuvor hatte die Putzfrau das Haus gereinigt. Und da Susanne Fricke unter einem regelrechten Reinlichkeitstick litt, wurden auch sämtliche Möbel mit Desinfektionsmitteln abgewischt. Gleichermaßen war das Bett am Freitag zuvor neu bezogen worden – und es fanden sich Spermaspuren, die eindeutig Marco Seidel zugeordnet werden konnten. Ebenfalls wies Susanne Frickes Körper deutliche Spuren physischer Misshandlung auf, die ihr vor dem Tod zugefügt worden waren. Hämatome an den Oberarmen deuteten darauf hin, dass der Täter sie aufs Bett gedrückt hatte. Am Ehering von Marco Seidel habe sich zudem Blut von Susanne Fricke gefunden, wie eine DNA-Analyse bestätigte. Und auch das Verletzungsbild passte zu Hand und Ring.

Der Ehemann von Susanne Fricke und auch dessen Bruder bezeugten, dass sich Susanne Fricke gegenüber Marco Seidel äußerst unfreundlich verhalten habe, besonders in den vergangenen Wochen. Die Richterin würdigte zudem die Ermittlungsarbeit der Polizei. Das Verhältnis zwischen Susanne und ihrem Ehemann konnte zwar nicht als herzlich bezeichnet werden. Doch Rüdiger Fricke war am Abend des Mordes bei seiner Geliebten gewesen. Rüdigers Bruder Baltasar befand sich zum Tatzeitpunkt nachweislich in Hamburg. Und auch ein Anlageberater, Hans Koppick, mit dem sich Susanne zuvor ebenfalls mehrmals heftig gestritten hatte, saß zum Zeitpunkt des Mordes in Untersuchungshaft in Heidelberg, wo er auch lebte.

Susannes Ehemann berichtete zwar, dass Susanne sich von einem Stalker belästigt gefühlt hatte, dies auch bei der Polizei angezeigt habe. Doch hatten sich trotz deren Ermittlungen keine weiteren Indizien auf dessen Existenz finden lassen.

In Marco Seidels Haus fand sich Bargeld, versteckt in einer Matratze. Auf den Scheinen fanden sich Susanne Frickes Fingerspuren, und auf einigen wenigen Scheinen auch jene von Marco Seidel – was für einen Diebstahl seitens Seidel sprach, zumal dieser sich in finanziellen Schwierigkeiten befand. Das Gericht sah es zudem als erwiesen an, dass Marco Seidel an jenem Abend mit Susanne Fricke Geschlechtsverkehr gehabt hatte. Danach gerieten sie in Streit. Über das Motiv herrschte keine Klarheit. Möglich wäre der Diebstahl von Susanne Frickes Bargeld. Vielleicht auch der Film des Intimverkehrs, mit dem Susanne Fricke Marco Seidel erpresst haben könnte. Dass Marco Seidel Susanne Fricke danach Gewalt angetan hatte, belegten die Blutspuren an seinem Ring. Weshalb es keinen gerechtfertigten Zweifel daran gab, dass auch die anderen Schläge und die Messerstiche von ihm stammten.

Marco Seidel selbst habe während der gesamten Verhandlung von seinem Recht Gebrauch gemacht, sich zur Sache nicht zu äußern. Ein Geständnis hätte vielleicht mildernde Umstände zum Tragen gebracht. Doch so war nur eine lebenslange Haftstrafe infrage gekommen.

Horndeich sah auf das Whiteboard. Sie hatten von den verdächtigten Personen jeweils ein Foto mit Magneten befestigt. Auf der Tafel blickte man nun ins Antlitz von Marco Seidel, Rüdiger Fricke, Baltasar Fricke und Hans Koppick. Zwei Symbolbilder waren ebenfalls fixiert. Eines war mit ›Der Stalker‹ beschriftet, das andere mit ›Mr. X‹ – also dem großen Unbekannten. Unter den Abbildungen hatten sie mit einem Marker die wichtigsten Eckdaten als Stichworte notiert.

»Was meinst du – sollen wir uns das wirklich antun?« Janas Stimme, die Horndeichs Gedanken aussprach. »Die drei Männer, die nachweislich ein Problem mit Susanne Fricke gehabt hatten, haben alle wasserdichte Alibis. Also können wir nur zwei Phantomen hinterherjagen: Diesem Stalker, den es vielleicht gar nicht gibt, und dem großen Unbekannten, den es vielleicht noch weniger gibt.«

Der Blick auf die Tafel machte für Horndeich die Beantwortung der Frage nicht leichter. »In meiner Zeit in der Mordkommission hatten wir auch Fälle, die ausschließlich auf Indizien beruhten. Manchmal war die Beweislast so hoch gewesen, dass der Beschuldigte einknickte und ein Geständnis ablegte. Nein, nicht manchmal, sondern meistens.« Horndeich machte eine Pause. »Ich kann mich an keinen Mord oder Totschlag erinnern, bei dem nicht zum Schluss ein Eingeständnis des Täters auf dem Tisch lag. Ich habe ein paarmal bei Sokos ausgeholfen, gerade im Bereich der Clans und Gangs. Bis zur schweren Körperverletzung haben die Jungs immer geschwiegen. Eisern. Aber bei Tötungsdelikten wurde zum Schluss doch stets geredet, schon allein, um das Strafmaß zu senken.«

Jana sah nun ihren Kollegen an: »Und was willst du mir damit sagen?«

»Zwei Dinge: Ich habe es nie erlebt, dass jemand, der einen anderen Menschen umgebracht hat, auch im letzten Moment noch steif und fest behauptet hat, nicht der Täter gewesen zu sein. Und das spricht für die Version von Marco Seidel. Denn damit hat er die Chance auf eine vorzeitige Entlassung verspielt.«

»Und zweitens?«

Nun erwiderte Horndeich Janas Blick. Und seine Augen funkelten: »Er hat mich angelogen. Er hat mich eiskalt verarscht, als er den Tatabend geschildert hat. Er hat nicht zugegeben, dass er mit Susanne Fricke geschlafen hatte. Er hat nichts artikuliert, dass er sie offensichtlich geschlagen hatte. Im Gegenteil, er hat mir erklärt, dass er es nicht gewagt hatte, sie anzufassen, um ihr nicht Munition für falsche Beschuldigungen zu liefern.«

Jana gab sich pragmatisch: »Dann sollten wir ihn genau damit konfrontieren. Und danach treffen wir eine Entscheidung.«

Horndeich schüttelte den Kopf. Sah auf seine Uhr. »Nein, ich möchte die Entscheidung heute noch treffen. Ich gehe jetzt direkt zu Marco Seidel. Er wollte zwar die ganze Sache aus seiner Wohnung heraushalten. Das könnte man aber auch so interpretieren, dass er seine Frau da raushalten möchte. Was ohnehin eine Illusion ist, wenn wir anfangen, richtig zu graben ... Dann können wir den Job auch gleich heute Abend erledigen.«

Horndeich griff zum Handy. Wählte die Nummer von Marco Seidel. Der nahm das Gespräch an. Horndeich sagte, dass er jetzt vorbeikommen würde. Unterbrach zwei Sekunden später seinen Gesprächspartner: »Jetzt. Bei Ihnen. Oder ich bin raus.«

Horndeich war nicht laut geworden. Aber jedes einzelne Wort glich einem Leuchtpunkt einer Ampel, die auf Gelb stand und die in wenigen Sekunden umschalten würde. Und Marco Seidel musste sich entscheiden, ob das nächste Licht grün oder rot leuchten würde.

Er gab eine Antwort und Horndeich erwiderte: »Prima, dann bis gleich.« Daraufhin wandte er sich Jana zu: »Kommst du mit?«

»Ist der Papst katholisch?«, antwortete sie.

Marco Seidel war ein stattlicher Mann, das musste Jana zugeben. Doch in diesem Moment? Trotz seiner Körpergröße wirkte er – schmächtiger. Lag es daran, dass der Buckel gekrümmt erschien? Wie auch immer, Marco Seidel war sich ganz offensichtlich bereits bei der Begrüßung bewusst, dass er es verbockt hatte.

»Kommen Sie rein«, sagte er, und auch die Stimme wirkte kleinlaut. Er führte Jana und Horndeich in die Küche. Am Küchentisch saßen Seidels Frau und seine Tochter. Der Tisch war groß, mindestens sechs Personen hätten daran Platz gefunden. Drei Gedecke waren aufgelegt. Und alle Teller leer gegessen. Offensichtlich hatten die Seidels gerade ein spätes Nachtessen zu sich genommen. Auf dem Tisch stand eine Flasche Rotwein, und alle drei hatten, so belegten es die Gläser, davon getrunken.

»Möchten Sie auch ein Glas Wein?«, wollte Seidels Frau wissen. Nadine war der Name, wenn Jana sich recht erinnerte.

Horndeich äußerte sich nicht, weder verbal noch durch seine Körpersprache, doch Jana spürte, dass ein ›Ja‹ die Stimmung etwas lockern konnte. Deshalb sprach sie es aus.

Seidels Tochter hatte sich bislang noch nicht einmal zu einem ›Hallo‹ durchringen können. Wer konnte schon wissen, wie Marco Seidel seiner Familie den bevorstehenden Besuch erklärt hatte.

Nadine Seidel stellte zwei weitere Gläser auf den Tisch, schenkte sie reichlich voll, auch jenes, das sie vor Horndeich platziert hatte. Womit die Rotweinflasche nun nur noch mit Luft gefüllt war.

»Nehmen Sie Platz«, sagte die Frau des Hauses. Jana folgte ihrer Einladung, Horndeich daraufhin ebenfalls.

In allen fünf Gläsern schimmerte der Rotwein. Aber die Situation gebot es nicht, nun das Glas zu heben und anzustoßen. Horndeich übernahm: »Herr Seidel, wir müssen mit Ihnen reden. Über den Abend, an dem Susanne Fricke ermordet worden ist. Und auch über die Tage und Wochen zuvor.«

Damit hatte Horndeich noch etwas untertrieben. Aber er hatte Marco Seidel nicht bezichtigt, die Unwahrheit gesagt zu haben. Offensichtlich war auch ihm daran gelegen, dass Seidel gegenüber seiner Familie das Gesicht wahren konnte. Augenscheinlich gab Horndeich zunächst den Diplomaten. »Sollten wir nicht vielleicht unter vier Augen zusammen reden?« Wenn es drauf ankam, konnte Horndeich nämlich ziemlich direkt sein.

Marco Seidels Blick fiel auf seine Frau, dann auf seine Tochter. Und Miene und Körperhaltung waren die eines geprügelten Hundes. Es tat Jana körperlich weh, den Mann in dieser Situation so gedemütigt zu sehen. Aber sie wusste auch, dass Marco Seidel bereits im Gespräch mit Horndeich die Chance gehabt hatte, reinen Tisch zu machen. Diese Möglichkeit hatte er verstreichen lassen. Und die Konsequenzen davon musste er jetzt tragen …

»Meine Frau darf alles hören, was ich sage.« Ein mutiger erster Schritt. Und gleichzeitig richteten sich danach alle vier Augenpaare auf Daniela Seidel, Marcos Tochter.

Die zog eine Augenbraue hoch und sagte: »Ich bin achtzehn. Nicht acht.«

Auf dem Fußweg zum Haus in der Soderstraße, in dem Marco Seidel mit seiner Familie wohnte, hatten Jana und Horndeich sich abgestimmt. Horndeich würde das Reden übernehmen, Jana würde aufmerksam beobachten.

Horndeichs Blick lag zunächst auf Nadine Seidel, dann auf deren Tochter, dann wanderte er weiter auf Marco Seidel zu. Womit dem klar sein musste, dass Horndeich seine Formulierungen so wählte, dass Frau und Kind nicht erfahren würden, dass Marco Seidel ihn schlicht angelogen hatte. »Herr Seidel, wir haben inzwischen mit Ihrem ehemaligen Anwalt Herrn Bergekamp sprechen können. Über ihn haben wir eine Kopie der Fallakte erhalten. Der *vollständigen* Fallakte.«

Womit Marco Seidel wusste, worum es hier ging.

Zum Erstaunen von Horndeich und Jana ging er in die Offensive: »Ja, Herr Horndeich, ich habe Ihnen nicht die ganze Wahrheit gesagt. Es war mir zu peinlich. Und ich persönlich halte es für völlig irrelevant. Nehmen Sie die Akte, lesen Sie, was darinsteht. Aber alles, was über mich geschrieben steht, ist belanglos. Denn ich habe Susanne Fricke nicht umgebracht. Nehmen Sie die Puzzleteile und sortieren Sie sie neu.« Seidels Ton war lauter geworden, von Wort zu Wort.

»Herr Seidel, wenn Sie Susanne Fricke nicht ermordet haben, dann ist es für uns ausschlaggebend, dass wir Ihre Geschichte kennen. Damit wir wissen, wo genau die Ungereimtheiten zu finden sind.« Im Gegensatz zu Seidel hatte Horndeich leise gesprochen, fast monoton.

Es war eine kleine Geste, die die Richtung des weiteren Verlaufs des Gesprächs aufzeigte. Nadine Seidels Hand legte sich auf die ihres Mannes. Der Blick der Tochter wanderte kurz zwischen Vater und Mutter hin und her, dann ruhte auch ihre Hand auf den beiden anderen. Was nichts weniger bedeutete als: »Was immer du jetzt sagst, nichts kann uns auseinanderbringen.«

Sie sind offensichtlich wirklich eine Familie, dachte Jana. Durch dick und dünn. Blut ist dicker als alles. Als Wasser sowieso. Sie musste an ihren Vater denken, der auch einige Jahre im Knast vergeudet hatte, weil er als Speditionsunternehmer sehr viel Geld durch illegalen Zigarettenschmuggel angehäuft hatte. Sie hatte ihn verachtet dafür. Zutiefst, denn er war es immer gewesen, der ihren Kompass justiert hatte. Nicht zwischen Norden und Süden, sondern zwischen richtig und falsch.

Aber eben nur in der Theorie. Und hier saß sie am Tisch einer Familie, die ihre Hände aufeinanderlegte, und deren Kompass nur in eine Richtung zeigte. Und zwar in Richtung ›Wir gehören zusammen‹. Hatte Jana ihre Prioritäten falsch gesetzt? Noch bevor sie weiter darüber grübeln konnte, begann Marco Seidel zu sprechen. Dabei sah er Horndeich an.

»Ich fange mit dem an, was mir leichter fällt. Dem Geld. Von dem mir unterstellt wurde, dass ich es gestohlen hätte. Nein, es war anders. Susanne hatte mir bereits anfangs Geld zugesteckt. Etwa als mein Twingo seine Lichtmaschine einbüßte. Die Reparatur kostete 500 Euro, und Susanne steckte sie mir einfach zu. Ich habe die Kohle direkt an den Schrauber weitergegeben. Und wenig später wollte Susanne eine Gegenleistung dafür.«

Die Tochter hatte ihre Hand wieder zurückgezogen, ebenso die Ehefrau. Beide sahen nun Marco Seidel einfach an. Der fuhr fort: »Ich habe es Ihnen ja schon gesagt, die Avancen sexueller Natur wurden immer deutlicher. Ich schuldete einem eher unangenehmen Typen 3.000 Euro. Und Susanne machte klar, wenn ich mit ihr schliefe, würde sie mir die 3.000 Euro einfach in die Hand drücken.«

Marco Seidel sah nun seine Frau an. »Ich habe es getan, für meine Familie, denn dann wären wir die Geldsorgen los. Also habe ich mit ihr geschlafen. Dieses eine Mal. Und sie gab mir tatsächlich die Kohle. Bar auf die Kralle.«

Nadine Seidel zuckte nicht einmal mit der Wimper. Offensichtlich schien sie diesen Teil der Geschichte bereits zu kennen.

»Das Problem war der Film. Sie hatte unser Stelldichein gefilmt. Und ihn mir gezeigt. Ohne jede weitere Forderung. Im Gegenteil. Plötzlich fand ich mal einen Hunderter in meiner Tasche, mal wieder einen Zweihunderter unterm Scheibenwischer. Gleichzeitig beschimpfte sie mich öffentlich, wo sie es nur konnte. Vor ihrem Mann, vor ihrem Schwager, vor der Putzfrau.«

Nadines Hand fand wieder jene ihres Gatten. Anscheinend war ihr nie klar gewesen, in welchem Dilemma er sich befunden hatte.

»Konntest du dich nicht wehren?«, wollte nun die Tochter von ihrem Vater wissen.

»Wie gesagt, ich hätte gehen können. Doch sie machte mir klar, dass es für mich zwei Alternativen gab: mich für gutes Geld zu prostituieren. Oder meinen Job zu verlieren. Sie drohte immer, dir den Film zuzuspielen. Und dann hätte ich nicht nur wieder keinen Job und kein Geld gehabt. Sondern unsere Ehe wäre am Ende gewesen.« Dabei sah er seine Frau an.

Seidel nahm einen Schluck seines Glases, und es schien der Auftakt für eine Kettenreaktion: Sie alle tranken einen Schluck. Kurzes Intermezzo in einer gruseligen Geschichte.

»Du hast gesagt, du hast nur zweimal mit ihr geschlafen. Stimmt das?«, wollte Nadine Seidel von ihrem Mann wissen, die zu spüren schien, dass die Version der Geschichte, die sie bislang kannte, vielleicht doch monströser war.

Der zuckte mit den Schultern. »Miteinander schlafen … *Wirklich* mit ihr geschlafen habe ich nur zweimal. Die anderen Male – nun, sie hat sich daran ergötzt, einen Mann, der gar nicht mit ihr zusammen sein will, kommen zu lassen, um es ganz profan auszudrücken. Es ging um Macht, nicht um Sex.«

»Wie oft?«, fragte Nadine.

Seidel zuckte nur mit den Schultern.

Horndeich schaltete sich zum ersten Mal in das Gespräch ein: »Was passierte dann am Abend ihres Todes?«

»Sie rief mich an. An diesem Sonntag. Befahl mir, zu ihr zu kommen. Immer der Film als Drohkulisse im Hintergrund. Am

Telefon sagte sie, wenn ich an diesem Abend zu ihr käme, dann würde sie mir den Film aushändigen. Und es gäbe keine weiteren Kopien, betonte sie. Nicht, dass ich ihr wirklich vertraut hätte. Aber welche Wahl hatte ich? Also fuhr ich zu ihr. Das, was ich Ihnen dann geschildert habe, Herr Horndeich, hat sich ziemlich genau so zugetragen. Sie bedrängte mich, rieb sich an mir, und immer, wenn ich mich wehrte, betonte sie, dass ich bloß keine Spuren an ihrem Körper hinterlassen dürfe, denn dann wäre sie sofort bei einem Arzt und würde mich der Vergewaltigung bezichtigen. Ein einziges Mal noch, freiwillig, dann würde sie mir den Film aushändigen … Zum Schluss habe ich mich nicht mehr gewehrt. Und so kam auch das Sperma auf ihr Laken. Nicht in ihr, um das mal zu betonen …

Danach knöpfte ich meine Hose zu, aber Susanne war keineswegs bereit, mir die Kassette mit dem Film zu geben. Vielmehr sagte sie, sie würde das Band noch für ein weiteres Mal behalten.

Wir sind aneinandergeraten. Ich habe geschrien, habe sie beschimpft und mir war bereits in diesem Moment bewusst, dass ich damit gar nichts erreichen würde. Und jeder körperliche Angriff in ihre Richtung würde mich im besten Fall den Job kosten, im schlimmsten Fall vor Gericht bringen. Das wusste mein Kopf, aber meine Wut wusste es nicht mehr. Ich habe ihr mit meiner rechten Hand, mit der Rückhand, eine gescheuert. Die Haut an ihrer Wange platzte auf, das Blut floss, und das war der Moment, in dem ich zur Besinnung kam. Ich wusste: Entweder, ich prügle nun auf sie ein, oder ich gehe. Ich habe mich für Letzteres entschieden. Ich bin gegangen. Was ich Ihnen erzählt habe, dass ich für ein paar Stunden ziemlich orientierungslos herumgelaufen bin, versucht habe, mich zu fassen, versucht habe, darüber nachzudenken, wie ich mein Leben wieder in eine geregelte Bahn bekommen sollte, das alles entspricht der Wahrheit. Und tatsächlich habe ich mich dann einfach in meinen Twingo gesetzt und bin nach Hause gefahren. Ich hatte vor, mich nicht weiter erpressen zu lassen.«

»Frau Fricke wies aber zahlreiche Blessuren auf. Nicht nur die Schramme an der Wange. Jemand hatte sie verprügelt, bevor er auf sie eingestochen hatte.«

»Das war aber nicht ich gewesen.« Marco Seidels Blick richtete sich nun auf seine Frau: »Ich wollte dir alles gestehen. Die Momente, in denen ich Susanne nachgegeben hatte. Meine Verzweiflung. Meine Ahnungslosigkeit, wie es weitergehen sollte. Ich wollte das alles mit dir besprechen. Aber als ich nach Hause kam, hast du tief geschlafen. Ich habe dich nicht geweckt. Und am nächsten Tag habe ich immer noch überlegt, wie ich es dir am besten sagen würde. Oder, um ehrlich zu sein, ich hatte einfach noch nicht den Mut, es auszusprechen. Ich habe dann beschlossen, mit dir zu reden, wenn wir abends zusammen im Bett lägen. Aber schon am frühen Abend, da kam ja im Fernsehen die Nachricht, dass Susanna ermordet worden war.«

Wieder Schweigen. Wieder griffen fünf Hände zum Glas und alle tranken einen Schluck Rotwein.

»Hast du nicht gedacht, dass sie dich für den Mörder halten würden?«, wollte Nadine nun von ihrem Mann wissen.

Der schüttelte mit dem Kopf. »Nein. Ich hatte sie ja nicht ermordet.«

Wieder Schweigen. Welches nun Jana brach: »Wussten Sie von dem Geld?«, wollte sie von Nadine wissen.

Die schüttelte nur den Kopf. »Ich hatte keine Ahnung. Weder von dem Geld noch von dieser *Bitch*. Ich dachte immer, mein Mann hat einen guten Job, auch wenn er ein bisschen weit entfernt ist. Aber wir würden bald eine Tochter haben und er schaffte Geld ran. Ja, das hat mir genügt. Für den Moment.« Sie schaute in Richtung ihrer Tochter: »Wenn du bereits da und ein wenig älter gewesen wärest, dann hätten wir etwas ändern können. Da hätte auch ich halbtags arbeiten gehen können, wenn du in einer Kita gewesen wärst.« Ihre Stimme wurde so leise, dass Jana die Worte mehr von den Lippen ablas, als dass sie sie verstand: »Aber so weit ist es ja nie gekommen.«

Daniela fragte ihren Vater: »Papa, schwörst du, dass du sie nicht umgebracht hast?«

Nun war es an Marco Seidel, die Hand seiner Tochter zu fassen: »Dani, ich habe niemand umgebracht. Nicht Susanne Fricke und auch sonst niemand. Ich war unglaublich wütend auf Susanne, deshalb habe ich ihr ja eine gelangt. Aber mehr ist nicht passiert. Ich habe sie nicht getötet.«

Nein, Jana Welzers Kontakte zu Soziopathen waren begrenzt. Und Marco Seidel hätte ein solcher sein müssen, um seiner Tochter diese Sätze mit Blickkontakt sagen zu können. Marco Seidel war also entweder ein Psychopath oder unschuldig. Die Wahrscheinlichkeit für Letzteres lag eindeutig höher.

Horndeich hatte Sandra nur zwei WhatsApp-Nachrichten zugeschickt an diesem Tag: Er würde zum Mittagessen nicht da sein und auch am Abend nicht. Der neue Fall brauchte in dieser Anfangsphase mehr Zeit, als er gedacht habe, schrieb er.

Der Abend bei Marco Seidel hatte damit geendet, dass Horndeich und Jana Marco zugesichert hatten, den Fall zu übernehmen. Sie würden die Ermittlungen neu aufnehmen, wenn dies derzeit auch kein staatlich organisiertes Organ tun würde.

Horndeich hatte gesehen, wie die Familie zusammengehalten hatte. Nun, Marcos Frau kannte Marco ja schon sehr viel länger. Zugegebenermaßen war Horndeich erstaunt darüber, dass

Nadine sich während der Jahre ihres Gatten im Gefängnis nicht anderweitig orientiert hatte. Nadine hatte nicht darüber berichtet, aber Horndeich hatte sehr wohl gespürt, dass sie in jenen achtzehn Jahren durchaus den einen oder anderen Galan hatte. Aber jetzt, wo Marco auf freiem Fuß war, hatten all jene Galane keine Chance mehr. Sie stand absolut hinter ihrem Mann.

Was Horndeich jedoch mehr verwundert hatte, war, dass auch die Tochter Daniela hinter ihrem Papa stand, den sie ja kaum gesehen hatte. Nach Marcos Bericht hatten Nadine und Daniela noch ein wenig darüber erzählt, wie schwer es gewesen war, den Vater der Familie immer nur alle paar Wochen im Knast zu sehen. Aber gleichzeitig war das eben die Konstanz gewesen. Jeden Monat zweimal zu Papa, jeden Monat zweimal zum Mann.

Horndeich war froh, dass diese Familie so stark war. Und Horndeich hoffte, dass sich Marco Seidels Beteuern, er wäre nicht der Mörder von Susanne Fricke, bewahrheiten würde. Noch wusste er es nicht. Noch wussten sie es nicht, Jana und er.

Horndeich war von der Soderstraße nach Hause gelaufen, und schloss nun die Tür seines Heims auf. Da die Alarmanlage aktiviert war, ging er auf den kleinen grauen Kasten unweit der Haustür zu, gab eine sechsstellige PIN ein – und bewahrte damit seine Familie davor, durch lautes Heulen der Sirenen im Haus und jener vor dem Haus aufgeweckt zu werden.

Horndeich ging ins Bad, entledigte sich seiner Klamotten, duschte. Dann zog er seinen Schlafanzug an und schlich ins Schlafzimmer.

Sandra schlief, als er sich ins Bett legte.

Sandra erwachte, als er die Decke über seine Schultern zog. Es war eine hauchdünne Decke, denn der Sommer machte seinem Namen alle Ehre. »Wie war dein Tag?«, wollte seine Frau von ihm wissen.

Horndeich war sich nicht sicher, was sie jetzt hören wollte. Ein simples ›Gut‹, damit alle gut schlafen konnten. Oder einen ausführlichen Bericht?

»Ich liebe dich«, sagte sie indes. Und ihre Hand wanderte in Regionen, deren Berührung nicht unbedingt für eine weitere verbale Konversation ausgelegt waren.

Es war sie, die diese nächtliche Vereinigung suchte und beging. Ja, er genoss es, wie sie ihn nach allen Regeln der Kunst verführte. Und es war sie, die nach dem Höhepunkt einfach zur Seite kippte und wenige Minuten später bereits eingeschlafen war.

Er war es, der noch wach lag. Und der es einfach nicht unter einen Hut bekam, die große Zicke des gestrigen Abends, die Ehefrau Plus am heutigen Morgen und jene zugewandte Sexpartnerin vor wenigen Minuten.

Vielleicht lag es daran, dass er mit solchen Wandlungen seiner Frau überhaupt keine Erfahrungen hatte. Was allerdings die Einordnung der Geschehnisse nicht unbedingt einfacher machte.

Wen konnte er fragen?

Über diese Frage schlief er schließlich ein.

DIENSTAG, 17. MAI

Während Jana sich noch tiefer in die Schriftstücke der Akte einarbeiten wollte, hatten sie beschlossen, dass Horndeich zunächst mit dem damaligen Ermittler im Mordfall Susanne Fricke sprechen sollte.

Sein Name, Wilhelm Brenner, stand in der Akte. Doch er arbeitete nicht mehr bei der Kriminalinspektion Wetterau in Griegtal, da er inzwischen pensioniert war. Es hatte Jana keine zwei Minuten gekostet, nicht nur seine Adresse herauszufinden, sondern auch seine Handynummer. Horndeich hatte Brenner angerufen und dieser hatte sich bereit erklärt, mit ihm zu sprechen. Nun saß Horndeich in seinem Wagen und fuhr gen Norden.

Brenner wohnte in Rosbach vor der Höhe, fünf Kilometer südwestlich von Griegtal gelegen. Das bedeutete für Horndeich, die A5 60 Kilometer nach Norden zu fahren. Er hatte eine Country-Playlist vom Handy ans Autoradio übertragen, aber bereits nachdem Charlie Pride in seinem Lied »Does my ring hurt your finger?« darüber rätselte, weshalb sein Schatz ihren Ring immer zu Hause lässt, wenn sie nächtens ausgeht, hatte er die Musik ausgeschaltet. Was die Gedanken nicht stoppte. Hatte seine Sandra auf diesem vermaledeiten Klassentreffen eine Jugendliebe getroffen, bei der sich im Laufe des Abends das ›Jugend‹ im Begriff verabschiedet hatte? Denn es war ja ganz eindeutig, dass sich Sandras Verhalten unmittelbar nach diesem Treffen verändert hatte. Und so sehr er seine Überlegungen im Kopf hin und her drehte wie Elemente bei einem Tetris-Spiel, lief es doch auf eine ganz simple Frage hinaus: Hatte seine Frau einen Anderen?

Horndeich hatte keine Ahnung, wie er damit umgehen sollte. Sollte er sie einfach fragen? »Hey Sandra, hast du dort auf dem Klassentreffen deine große Liebe wiederentdeckt?« Wenn dem so war, wollte er es wirklich wissen? Nun, allein diese Frage war schwachsinnig: Seine Polizistenseele wollte immer *alles* wissen. Geheimnisse waren nicht so sein Ding. Was aber, wenn er sie verdächtigte, und es gab keinen anderen? Würde das nicht ebenfalls einen Graben in ihr Vertrauensverhältnis reißen?

Nein, er konnte sich nicht erinnern, dass es jemals eine solche Situation zwischen ihnen gegeben hatte. Horndeich nahm für sich in Anspruch, eine durch und durch treue Seele zu sein. Und er ging einfach davon aus, dass dies bei seiner Frau genauso war. Als Horndeich an der Raststätte Wetterau Ost vorbeifuhr, registrierte er, dass er die richtige Ausfahrt bereits verpasst hatte. An der nächsten Ausfahrt verließ er die Autobahn und fuhr in Gegenrichtung wieder auf. Zehn Minuten später bog er in die Straße ein, in der Brenner wohnte. Der residierte in einem Reihenhaus. Und Horndeich parkte den Mazda schräg gegenüber.

Auf sein Klingeln öffnete ihm ein Mann, der Horndeich an Brian Cranston aus ›Breaking Bad‹ erinnerte. Volles Haar, gepflegter Bart, eine schlanke, aber kräftige Erscheinung.

»Treten Sie ein«, sagte er mit sonorer Stimme.

Er führte Horndeich in ein Wohnzimmer mit klassischer Ledergarnitur, Couchtisch aus Rauchglas, an der Wand ein Schrank in Eiche rustikal. Während die Einrichtung des Raumes sich seit 1970 offenbar nicht verändert hatte, zierte ein 65 Zoll Plasma-Fernseher eine der Wände, und Horndeich entgingen auch nicht die kleinen, aber feinen Lautsprecher und der Subwoofer einer 5.1-Sound-Anlage.

»Bitte nehmen Sie doch Platz«, gab sich der pensionierte Ermittler weiter gastfreundlich. »Ich habe mir gerade einen Kaffee zubereitet – möchten Sie auch eine Tasse?«

Wenige Minuten später saßen sie am Couchtisch. »Der Fall Susanne Fricke – wieso interessieren Sie sich dafür?« Nun kam der Ex-Kommissar zur Sache.

Horndeich erklärte, dass er als privater Ermittler für Marco Seidel arbeitete, der nach wie vor behauptete, Susanne Fricke nicht ermordet zu haben. Und nun würde er, Horndeich, noch einmal mit allen Personen sprechen, die damals in den Fall involviert waren.

»Wie geht es Margot?«

»Margot?«

»Na, Margot Hesgart. Sie haben doch viele Jahre mit ihr zusammengearbeitet.«

Darauf war Horndeich nicht vorbereitet gewesen. Brenner kannte Margot? Auf der anderen Seite war es logisch. Schließlich musste es Brenner gewesen sein, der seinerzeit Margot in Darmstadt um Amtshilfe gebeten hatte.

»Gut«, antwortete Horndeich knapp.

Brenner grinste verschmitzt. »Sie werden sicher bereits wissen, dass sie damals bei der Verhaftung und bei der Hausdurchsuchung von Marco Seidel mit dabei gewesen war. Aber ich habe sie auch bei zwei Fortbildungen kennengelernt. Eine sehr patente Frau.«

»Ja«, bekräftigte Horndeich Brenners Eindruck.

»Ich habe gehört, sie ist in die USA ausgewandert?«

»Ja, das stimmt, aber inzwischen ist sie wieder zurückgekehrt«, antwortete Horndeich knapp. Er war eigentlich nicht hierhergekommen, um den Lebenslauf seiner ehemaligen Kollegin zu erörtern.

Sein Gegenüber schien Horndeichs Gedanken lesen zu können. »Schon gut, Sie wollen über Marco Seidel reden. Was möchten Sie wissen?«

Horndeich war froh, dass er nun in medias res gehen konnte. Er erzählte Brenner, dass er die Akte des Falles eingesehen habe. »Aber jetzt möchte ich einfach mit Ihnen persönlich reden. Gibt es etwas, woran Sie sich noch erinnern, was nicht in der Akte steht? Oder, ich frage ganz direkt: haben Sie es damals für möglich gehalten, dass Marco Seidel nicht der Mörder von Susanne Fricke war?«

Wilhelm Brenner ließ sich Zeit, bevor er zu einer Antwort ansetzte: »Herr Horndeich, der Fall Susanne Fricke war einer der großen Fälle in meinem Leben. Ich meine, hier in der Wetterau, da werden nicht so viele Menschen umgebracht. Und schon gar keine Prominenten. Das Opfer war ein Schlagerstar und sie war die Frau des Bürgermeisters. Deshalb erinnere ich mich ziemlich gut an diesen Fall. Aber es war auch einer der einfacheren Fälle, so im Rückblick. Wir hatten von Anfang an vier Menschen auf der Liste, die mit Susanne Fricke Probleme hatten. Und wenn Sie die Vernehmungsprotokolle gelesen haben, dann wissen Sie, dass Susanne Fricke eines nicht war: eine Sympathieträgerin. Sie hatte Ärger mit ihrem Mann, mit ihrem Schwager, mit ihrem Gärtner, sogar mit ihrem Anlageberater. Und, ich spreche hier ja nicht mehr als Polizist, sondern als Privatmann, der mit einer anderen Privatperson eine Unterhaltung führt: Diese Frau muss ein richtiger Drachen gewesen sein.«

»Wer war Ihr Verdächtiger Nummer eins?« Aus seiner eigenen Erfahrung wusste Horndeich, dass man selbstverständlich unbefangen an so einen Fall herangehen musste. Aber er wusste ebenfalls, dass sich zumeist sehr schnell jemand als der Hauptverdächtige herauskristallisierte.

»Das war, ganz klar, zunächst natürlich ihr Mann, der Bürgermeister. Ich hätte es sehr schade gefunden, denn ich habe ihn damals gewählt. Und ich habe die beiden öfters zusammen erlebt, bei offiziellen Anlässen. Frau Fricke war nicht nur Schlagersängerin, sie war auch eine großartige Schauspielerin. In der Öffentlichkeit wirkten die beiden wie ein Herz und eine Seele. Aber es sind ja meist die nächsten Angehörigen, die im Affekt zum Messer greifen.«

»Aber Susanne Frickes Mann hatte ein Alibi. Seine Geliebte. War das wirklich belastbar? Die Geliebte als großzügige Alibigeberin?« Johanna Türk war ihr Name, erinnerte sich Horndeich. Er hatte ihn gestern in den Akten gelesen.

»Ja, das Alibi war zunächst sehr dünn. Deshalb haben wir auch die Kameras der Verkehrsüberwachung ausgewertet. 2003 gab es da noch nicht so viel, aber auf einer Kamera fuhr der Wagen unseres Bürgermeisters am Abend noch vor dem Mord genau in Richtung seiner Geliebten. Und das Auto fuhr am Morgen des nächsten Tages in der Gegenrichtung wieder an der Kamera vorbei. Und in der Zwischenzeit war er dort nicht mehr aufgetaucht. Natürlich konnten wir auf diesen Bildern den Fahrer oder die Fahrerin nicht erkennen. Die Bildqualität der Überwachungskameras war damals grottig. Aber zusammen mit den Angaben der Frau erschien es glaubhaft.«

»Und die anderen?«

»Rüdiger Frickes Bruder Baltasar mochte die Frau seines Bruders ein wenig mehr, als er es hätte tun sollen. Griegtal ist ein Dorf. Und jeder, der glaubt, er kann hier etwas geheim halten, ist ein Narr. Rüdiger Fricke hat davon gewusst, und ich weiß nicht, ob es ihm nicht einmal egal gewesen wäre, wenn seine Frau Baltasars Flehen erhört hätte. Er hatte seine Johanna Türk. Aber Baltasar war am Abend des Mordes überhaupt nicht in Griegtal, sondern in Hamburg. Irgendein Business-Meeting mit gefühlt 500 Zeugen. Ich weiß nicht mehr aus welchem Anlass. Aber er war definitiv raus. Blieb dieser komische Anlageberater, dieser Koppick. Heinz Koppick?«

»Hans Koppick«, soufflierte Horndeich.

»Genau. Hans Koppick. Mit ihm hat sich Susanne Fricke wohl ein paarmal getroffen, bei sich zu Hause. Und sowohl Susannes Ehemann als auch ihr Bruder waren Zeuge geworden, wie die beiden mindestens zweimal heftig gestritten hatten. Den haben wir uns dann natürlich auch genauer angeschaut. Aber er hatte das beste Alibi der Welt: Zu der Zeit, als Susanne Fricke ermordet worden war, war er mit seiner Frau im Wald mit dem Fahrrad unterwegs gewesen. Auf dem Heimweg von einem Biergarten. In Heidelberg, also mehr als 100 Kilometer weit weg von hier. Die beiden sind in Streit geraten und dieser Koppick hielt sein Rad an. Seine Frau tat es ihm nach. Und dann wurde er handgreiflich und hat seine Frau mit dem Kopf gegen einen Baumstamm gestoßen. Anschließend hat er sich auf sein Fahrrad gesetzt, ließ seine Frau einfach blutend liegen und ist allein nach Hause geradelt. Ein nächtlicher Jogger hat sie dort gefunden, den Rettungsdienst angerufen – und dann erzählte sie, was passiert war. Koppick hat sich noch in der Nacht widerstandslos festnehmen lassen. Was also auch immer zwischen ihm und Susanne Fricke vorgefallen war – er konnte sie nicht ermordet haben.«

Ja, Horndeich hatte die Geschichte in der Akte gelesen. Blieb außer Seidel nur noch eine Spur: »Und was war mit dem Stalker?«

Brenner seufzte tief. »Der Stalker? Meine persönliche Meinung? Es gab keinen Stalker. Susanne Fricke hatte eine nette Stimme. Und sie hat ein paar ausgesprochen hübsche Lieder auf

CD veröffentlicht. Aber der Wahrheitsgehalt ihrer Reden und Äußerungen entsprach ungefähr dem Wahrheitsgehalt ihrer Schlagertexte. Nochmals meine persönliche Meinung?«

Es war nur eine rhetorische Frage, aber Horndeich tat dem ehemaligen Polizisten den Gefallen und sagte: »Gern.«

»Dieser Stalker war eine Geschichte, die sie erzählt hatte, damit ihr Name mal wieder in der Zeitung auftauchte.«

»Also gab es den Stalker nicht?«

Brenner zuckte mit den Schultern. »Ich gehe davon aus. Aber ich weiß es nicht. Es gab genau zwei Personen, die von dem Stalker berichtet hatten: Susanne Fricke persönlich und ihr Manager.«

»Ihr Manager?«

»Johannes Lord – ich erinnere mich sogar noch an seinen Namen. Liegt vielleicht daran, dass ich schon immer ein großer Deep Purple-Fan war.«

Oh ja, auch Horndeich war die Rockband durchaus bekannt. Während die Welt zumeist ›Smoke On The Water‹ mit dem Namen assoziierte, war es für ihn eher der frühe Hit ›Hush‹, den er besonders schätzte. Und natürlich ›Child In Time‹. Und Jon Lord war nun einmal der Mann am Keyboard der Supergruppe gewesen ... »Aber ein Johannes Lord, der taucht in der Akte gar nicht auf.«

»Lord gab uns ein vermeintliches Foto des Stalkers von der Überwachungskamera vor Susanne Frickes Haus, aufgenommen ein paar Wochen vor dem Mord. Nur war darauf dessen Gesicht nicht zu erkennen. Und es war nicht einmal belegbar, dass es überhaupt aus der Überwachungsanlage des Hauses stammte. Susanne Fricke hat zudem noch ein Phantombild anfertigen lassen, weil der Stalker mal vor ihrem Fenster gestanden haben soll. Aber: Das Foto konnte von überall herstammen, und für das Phantombild hatte Susanne Fricke sich an einen privaten Zeichner gewandt. Da war nichts, was auf einen weiteren Verdächtigen in der Tatnacht hingewiesen hätte.«

»Und wo finde ich diesen Johannes Lord?«

»Kann ich nicht sagen. Aber Sie finden ihn ganz bestimmt irgendwo im Netz. War eher ein schillernder Vogel.«

»Und Marco Seidel – wann rückte er in den Fokus?«

»Das ging dann sehr schnell. Während wir noch die Alibis von Mann, Schwager und Anlageberater überprüften, lieferte die Spurensicherung bereits die Fingerspuren von Marco Seidel. Und es waren, wenn ich mich richtig erinnere, auch ausschließlich seine Fingerabdrücke in Susanne Frickes Schlafzimmer. Also, außer denen von ihr. 24 Stunden später hatten wir die DNA aus dem Laken. Und als wir die dann mit der von Seidel verglichen hatten, hatte er keine guten Karten mehr. Schließlich fanden wir ja noch Frickes Blut an seiner Hand, nein, es war an seinem Ring. Wenn man eins und eins zusammenzählt und ungefähr bei zwei rauskommt – das war der letzte Nagel in den Sarg der Freiheit für Herrn Seidel. Dann noch die Kohle, die er in der Matratze versteckt hatte …«

»Haben Sie persönlich eigentlich Seidel für schuldig gehalten?«

»Ach, Herr Horndeich, Sie haben den Job doch auch ein paar Jahre lang gemacht. Sie schauen nach den Alibis, Sie legen alle Fakten auf den Tisch. Und im besten Falle deutet dann alles auf einen einzigen Täter. Und genauso war das bei Marco Seidel. Kennen Sie nicht genau diese Fälle?«

Natürlich kannte Horndeich diese Fälle. Wo sich nach und nach ein Berg von Indizien auftürmte, der ganz klar auf einen Täter deutete. Hatte er oft erlebt. Aber wie gesagt, das hatte bei ihm stets mit einem Geständnis geendet.

»Die Staatsanwaltschaft hat den Fall vor Gericht gebracht, das Gericht hat die Fakten genauso interpretiert wie ich. Akte geschlossen.«

»Und Sie hatten keine Zweifel?«

»Herr Horndeich, ganz ehrlich? Ich hatte nicht nur keine Zweifel, ich *habe* keine Zweifel. Sie werden nichts anderes finden als das, was wir nicht auch gefunden haben.«

»Und der Stalker?«

Brenner seufzte. »Bitte, beißen Sie sich daran die Zähne aus. Ich weiß ja nicht, ob Sie wetten. Dann würde ich darauf wetten, dass Sie den Stalker nicht finden, weil es den Stalker nicht gibt.« Dann lachte Brenner auf: »Okay, das wäre eine ziemlich schwachsinnige Wette, denn man kann nicht beweisen, dass etwas nicht existiert.«

Horndeich war während seiner Polizistenlaufbahn immer froh gewesen, wenn die Staatsanwaltschaft aufgrund seiner Ermittlungen Anklage erhoben hatte. Damit wanderte der Fall vor Gericht, aber er selbst musste keine Urteile sprechen. Er war sehr gut darin, kleinste Puzzleteilchen zu finden und zusammenzusetzen. Und in all seinen Fällen hatte es nie ein vollständiges Bild gegeben. Mal fehlte ein einzelnes Teil, mal fehlte ein Drittel aller Teile. Auch damit zeichnete sich immer noch ein deutlicher Eindruck des Geschehens ab.

Brenner schien das anders zu sehen. Er war sich seiner sehr sicher. Und da war plötzlich dieses kleine Teufelchen auf Horndeichs linker Schulter, das ihn anstupste und ihm ins Ohr flüsterte: »Wette!«

»Sie glauben nicht, dass es den Stalker gab?«

»Ja. Ich glaube, es gab keinen Stalker.«

»Da nehme ich Ihre Wette an. Entweder, ich präsentiere Ihnen in den kommenden drei Monaten den Stalker, dann habe ich gewonnen. Oder mir gelingt das nicht, dann haben Sie gewonnen. Die Wette geht worum?«

Brenner grinste breit. »Eine Flasche guten Rotweins?«

Horndeich schlug ein.

Als er wieder nach Darmstadt fuhr, konnte er das Grinsen in seinem Gesicht kaum unterdrücken. Das Leben als Privatdetektiv war netter als das Leben als Ermittler. Denn als solcher hätte er eine derartige Wette niemals eingehen dürfen. Aber er würde diese Wette gewinnen. Denn nach allem, was in Marco Seidels Akte stand, war die Spur des Stalkers mit Abstand die heißeste. Wenn man davon ausging, dass Marco Seidel nicht der Mörder war. Und daran glaubte Horndeich inzwischen.

Nachdem Horndeich mit dem Ermittler gesprochen hatte, telefonierte er noch mit Jana und gab ihr ein kurzes Update. Dann machte er sich auf zu seinem nächsten Termin: Die Kontaktdaten von Hans Koppick, die in den Akten vermerkt gewesen waren, hatten sich als nicht mehr zutreffend erwiesen – bis auf die Mobilfunknummer von Koppick. Der Mann war dieser während der vergangenen 20 Jahre treu geblieben. Auch Hans Koppick hatte sich bereit erklärt, mit Horndeich zu sprechen. Er lebte in dem kleinen Vorort Atzbach zwischen Gießen und Wetzlar. Das bedeutete für Horndeich nochmal knapp 50 Kilometer Fahrstrecke. Und vor allem bedeutete es, dass er dort noch mehr als zwei Stunden Zeit haben würde. Denn der Termin mit Hans Koppick war auf 14 Uhr festgelegt, und das Gespräch mit dem Ermittler Wilhelm Brenner war um 11 Uhr beendet gewesen. Horndeich hatte sich sofort in seinen Wagen gesetzt und war keine Stunde später am Ortsschild Atzbach vorbeigefahren. Es wäre sinnlos gewesen, zwischenzeitlich zurück nach Darmstadt zu fahren.

Horndeich stellte seinen Wagen auf einem Parkplatz ab und beschloss, etwas zu essen und noch ein wenig spazieren zu gehen. Er kaufte sich einen Döner, eine Cola dazu, setzte sich an einen der kleinen Plastiktische vor der Dönerbude ins Freie. Nach diesem kulinarischen Highlight klappte er den Laptop auf und gab die Notizen zum Gespräch mit Wilhelm Brenner ein. Dann machte er sich auf in Richtung Lahn. Die kleine Ortschaft lag unmittelbar am Fluss.

Horndeich ließ sich auf einer Bank nieder. Die Sonne schien in sein Gesicht. Wieder kreisten seine Gedanken um die Familie, um das Gespräch mit Sandra, das ihm nach wie vor keine Ruhe ließ.

Dann schob sich das Bild von der kleinen Antje vor sein geistiges Auge. Sie hatte schneller als die beiden anderen das Sprechen gelernt und nahm inzwischen aktiv am Familiengeschehen teil. Dann Alexander, der ein musikalisches Wunderkind war, auch wenn Horndeich sich verbot, dies auszusprechen. Nichtsdestotrotz war seine Musikalität herausragend. Er genoss Klavierunterricht, spielte auf einer Kindergitarre und nachdem seine Schwester Stefanie ihre musikalische Karriere an den Nagel gehängt hatte, hatte er darauf bestanden, auch ihrem Cello Töne zu entlocken. Er hatte eingesehen, dass das Cello definitiv zu groß war für seine Finger, aber gleichzeitig darauf bestanden, dass es nicht verkauft werden würde, denn er würde ja noch wachsen. In der Zwischenzeit hatte er sich dann der Flöte gewidmet…

Und dann war da Stefanie, ebenfalls sehr intelligent. Sie hatte eingesehen, dass sie den musikalischen Wettkampf gegen ihren Bruder niemals würde gewinnen können. Und Musik nur um der Musik willen zu machen, das war nicht ihr Ding. Sie hingegen interessierte sich für alles, was man mit dem Grips erledigen konnte. Mathe war ihr Ding, Geschichte war ihr Ding, Deutsch ebenfalls. An ihrer Schule hatten die Lehrer eine AG gegründet, ähnlich dem, was in den USA Debattierclub genannt wurde. Was Horndeich als Vater das Leben nicht unbedingt einfacher machte: Denn seine Tochter hatte sich bereits vier ›Fridays for future‹-T-Shirts bedrucken lassen. Vor wenigen Wochen hatte er mit seiner Tochter seine erste politische Diskussion führen müssen, wie ihm im Nachhinein bewusst geworden war. Klima statt Cello, das war jetzt die Devise der Tochter.

All dies hatte sich Jahr für Jahr, Monat für Monat, kontinuierlich entwickelt. Und Horndeich war kaum bewusst gewesen, wie eingespielt, organisiert, respektvoll und liebevoll ihr Alltag gewesen war – bis zu jenem Abend vor knapp 48 Stunden, als Horndeich das Gefühl gehabt hatte, alles würde implodieren.

Der Fluss plätscherte dahin. Spaziergänger flanierten an seiner Bank vorbei. Ein Paar mit einem weißen Spitz schritt an ihm vorbei. Der Hund schnupperte an seinen Schuhen, seinen Strümpfen und Horndeich ließ es einfach geschehen. »Filia, Aus!«, mahnte das Frauchen ihren Vierbeiner. Der Hund sah zu Horndeich auf, schaute ihm in die Augen. *Mach dir nicht zu viele Gedanken*, schien dieser Blick zu sagen. Der Hund trottete weiter. Und Horndeich dachte nur: *Hast du eine Ahnung!*

Er stand auf und folgte dem Navi auf seinem Smartphone, das ihn zu der Adresse von Hans Koppick leitete, Goethestraße 4. Von der Lahn aus ging es steil bergauf.

Koppicks Haus hatte einen Anbau. Horndeich tippte darauf, dass dieser ursprünglich vielleicht einmal ein Stall gewesen war. Jetzt schien es das Bürogebäude von ›Koppick Immobilien‹ zu sein. Drei Klingeln zierten das Klingelschild. Neben ›Koppick Immobilien‹ fand sich noch ein Schild mit dem Namen Koppick und ein weiteres mit dem Namen Ratz. Horndeich betätigte die beiden Klingelknöpfe neben Koppick.

Die Haustür wurde geöffnet von einem drahtigen Mann. »Herr Horndeich?«

Horndeich nickte und trat auf ihn zu.

Der Hausherr trug einen hellen Anzug und Krawatte. Letztere hätte Horndeich aufgrund der Temperaturen eher als obsolet angesehen.

Koppick führte ihn in sein Büro. Darin stand ein kleiner Tisch, um den sich vier Personen gruppieren konnten, unweit daneben ein alter, dunkelbrauner Schreibtisch. Hinter diesem verdeckte ein gut gefülltes Bücherregal die Wand. Ein weiteres Regal war ebenfalls reichlich bestückt – mit Fotoalben. Horndeich musste schmunzeln. Seine Fotoalben ruhten alle auf Festplatten des Servers. Sandra hatte fast all ihre eigenen und Horndeichs Fotos aus der prädigitalen Zeit eingescannt.

»Darf ich Ihnen etwas zu trinken anbieten?«, wollte Koppick wissen.

Auf dem Tisch standen bereits drei Mineralwasserflaschen und mehrere auf dem Kopf stehende Trinkgläser. Horndeich deutete in diese Richtung.

Koppick nahm Platz, Horndeich ebenso.

»Wie kann ich Ihnen helfen?«, fragte Koppick. »Sie ermitteln nochmal genau worin?«

Horndeich erklärte, dass er im Auftrag von Marco Seidel dessen Fall noch einmal komplett aufrollte und daher mit allen Personen sprechen wollte, die seinerzeit in den Fall Susanne Fricke involviert gewesen waren.

»Wenn Sie sagen, Sie ermitteln im Auftrag von Marco Seidel – glauben Sie, dass er doch nicht der Mörder von Susanne Fricke war?«

»Das kann ich Ihnen noch nicht sagen. Aber ich spreche eben mit allen Menschen, die damals mit dem Fall zu tun hatten. Sie sind ja auch in den Fokus der Ermittler geraten.«

Horndeichs Gegenüber war völlig ruhig. Horndeich konnte kein Zeichen von Nervosität erkennen. Dann sagte er: »Ja. Die Polizei hat auch mich vorgeladen. Und letztlich stand ich bei der Verhandlung im Gerichtssaal. Aber ich konnte nicht der Mörder von Susanne Fricke sein, weil ich zu dieser Zeit ...« Er verstummte.

»Sie hatten ein Alibi«, half Horndeich ihm auf die Sprünge.

Koppick nickte. »Ja. Das war definitiv einer der weniger rühmlichen Momente in meinem Leben. Als Susanne Fricke ermordet worden war, habe ich meiner Frau Gewalt angetan.«

»Mich interessiert vielmehr, worüber Sie eigentlich mit Susanne Fricke gestritten hatten? Es gab mehrere Zeugen dafür, dass sie beide ziemlich lautstark aneinandergeraten sind. Können Sie mir erzählen, wann und wo Sie sie kennengelernt haben?« Natürlich hatte Horndeich Koppicks Aussagen bereits in den Vernehmungsprotokollen gelesen. Aber er wollte die Geschichte noch einmal von ihm persönlich hören.

»Ich habe Susanne Fricke Anfang 2003 auf einem ihrer Konzerte getroffen. Ich mag Schlager und ich mag Livemusik. Nach der Vorstellung habe ich auf ein Autogramm gewartet. Habe fast eine Stunde vor ihrer Garderobe gestanden, zusammen mit zwei anderen unermüdlichen Fans.«

»Haben Sie das schon öfter gemacht? Stundenlang nur für ein Autogramm angestanden? Von einer Sängerin, die, nun, freundlich gesprochen, nicht wirklich überregional bekannt war?«

Koppick zuckte völlig entspannt mit den Schultern. »Mir hat das Konzert gefallen, deshalb wollte ich ein Autogramm auf das Booklet der CD. Und wenn ich dafür ein bisschen warten musste, dann war das völlig okay.«

»Und wie wurde aus dem Autogrammwunsch eine Bekanntschaft?«

Koppick grinste nun breit. Auch wenn er inzwischen wohl um die 50 war, schien das Sunnyboy-Grinsen langsamer zu altern. »Ich habe mein Autogramm bekommen und ihr gleichzeitig zu verstehen gegeben, dass ich, wenn sie Vermögen sicher anlegen wollte, der richtige Ansprechpartner wäre. Und da habe ich ihr mein Kärtchen gegeben. Und sie hat sich bei mir gemeldet.«

»Sie sind Anlageberater?«

»Ja. Das war damals mein Job. Ich habe Versicherungen und Fonds und Lebensversicherungen vertickt. Es war die Zeit nach dem großen Digital-Hype und dem Platzen der Dotcom-Blase im Jahr 2000. Die reicheren Menschen suchten wieder solidere Anlageformen. Das war mein Business.«

»Und Susanne Fricke meldete sich bei Ihnen?«

»Ja. Sie lud mich zu sich ein. Wir saßen im Garten bei lauem Lüftchen und Aperol-Spritz. Ich habe ihr meine Strategien vorgestellt und sie schien sehr angetan. Zwei Wochen später kam ich noch einmal zu ihr, und abermals fragte sie mich über Details der Anlagemöglichkeiten aus. Worauf ich ihr in der Woche darauf konkrete Angebote zusandte.«

»Was für Angebote?«

Koppick seufzte. »Ich weiß es nicht mehr en detail. Denn es gab später ich weiß nicht wie *viele* Angebote. Immer wieder hatte sie etwas zu meckern, zu ergänzen, wollte hier etwas erweitert, da etwas gekürzt haben, ich machte eine neue Offerte, und abermals schien es nicht zu passen. Ich habe da ziemlich viel – unbezahlte – Arbeit reingesteckt. Und ich hatte irgendwann das Gefühl, diese Frau wollte mich nur zum Narren halten. Das waren auch die Momente, in denen ihr Mann und ihr Schwager mitbekommen hatten, dass ich im Garten ihres Hauses laut geworden bin.«

»Das war wann genau?«

»Wenn Sie die Akte gelesen haben, und davon gehe ich aus, werden Sie wissen, dass sich die ganzen Vertragsverhandlungen auf die sechs Wochen vor ihrem Ableben konzentriert hatten.«

Schweigen kehrte ein. »Aber Sie wissen auch, dass das ziemlich irrelevant ist, weil ich exakt zum Zeitpunkt ihrer Ermordung den größten Fehler meines Lebens begangen habe.«

Horndeich nickte. »Sie haben damals noch in Heidelberg gewohnt, nicht wahr?«

»Ja. Meine Frau und ich hatten ein gemeinsames Hobby: Mountainbike fahren. Und das haben wir an diesem Abend auch gemacht.«

»Und dabei haben Sie sie dann mit dem Kopf gegen den Baum gestoßen?«

»Es war definitiv der unrühmlichste Tag in meinem Leben«, sagte er nach ein paar Sekunden. Nein, er hauchte es mehr, als dass er es deutlich artikulierte.

Horndeich fragte nicht nach, aber Koppick fing von selbst an, weiterzureden: »An diesem Abend haben wir eine Tour gemacht. Sind in den Wald auf dem Heiligenberg gefahren. Waren dort im Biergarten und sind dann nach Hause gefahren. Und wieder brach meine Frau einen Streit vom Zaun, dass ich sie betrügen würde mit einer Anderen. Aus meiner Perspektive war es absolut lächerlich. Ich bin nicht fremdgegangen. Weder damals noch heute. Sie hat mich damit über Monate traktiert. Und ich war es müde, ihr zu versichern, dass es da niemanden gab. Aber man kann nicht beweisen, was es nicht gibt. Man kann nur das beweisen, was existiert.«

Ja, diesen Satz hatte Horndeich heute schon einmal gehört.

»Wir keiften uns an, sozusagen von Rad zu Rad, bis ich irgendwann in die Bremsen gestiegen bin, weil ich es nicht mehr ertragen habe. Auch Evelin, meine Frau, bremste. Sie schrie herum, ich schubste sie, sie schubste zurück, und dann kam der Moment, den ich mir bis heute nicht verzeihe: Ich habe sie an ihren Haaren gegriffen und mit dem Kopf gegen diesen verdammten Baum geschlagen. Sie rutschte am Baum herunter. Und ich hab mich nicht mehr um sie gekümmert. Es war mir nicht klar, dass ich sie wirklich schwer verletzt hatte. Ich war nur froh über die Ruhe. Kein Gekeife mehr. Können Sie das verstehen?«

Das war wohl eher eine rhetorische Frage. Gleichzeitig machte sie ihm klar, dass er, Horndeich selbst, niemals in solche Situationen geraten war. Weder er noch seine Frau waren besonders eifersüchtige Menschen. Wobei sich das bei ihm gerade ein wenig zu wandeln begann.

Ohne Horndeichs Antwort abzuwarten, fuhr Koppick fort: »Ich radelte nach Hause, setzte mich auf die Terrasse, hörte ein wenig Musik. Die Ouvertüre von Lohengrin von Wagner – sie erdet mich, wenn der Blutdruck gestiegen ist. Habe mir dann die ganze Oper angehört und eine Flasche Wein vernichtet. Ich dachte damals, Evelin wäre zu einer Freundin gefahren. Dann klingelte es an der Tür. Und es war nicht meine Frau, sondern die Polizei. Als Evelin im Krankenhaus wieder ansprechbar gewesen war, hatte sie erzählt, was passiert war.«

»Wie kam sie denn ins Krankenhaus?«

»Da war ein Jogger, der hatte sie gefunden. War Glück, dass der eine spätabendliche Runde gedreht hat. Hatte den Notruf abgesetzt. Evelin war nicht ansprechbar gewesen. Erst später wieder, im Krankenhaus. Die Ärztin hat die Polizei informiert, und die schlugen dann bei mir auf. Nachts um eins. Nach dem Prozess bin ich für drei Monate in den Bau gegangen. Zu Recht.«

Koppick machte eine Pause. Und Horndeich kam nochmal auf Susanne Fricke zu sprechen: »Haben Sie irgendeine Ahnung, wer Susanne Fricke ans Leder wollte?« Koppick war als Täter ausgeschlossen. Aber vielleicht hatte er noch eine Information, die Horndeich weiterbringen konnte. Eventuell kannte er jemanden, der Susanne Fricke Böses wollte.

»Nein, Herr Horndeich, habe ich nicht. Ich kannte Frau Fricke nur als Sängerin und als potenzielle Kundin für meine Finanzprodukte. Über ihr Umfeld weiß ich nichts. Heute genauso wenig wie damals.«

In diesem Moment klopfte eine Frau an die Glastür zum Büro. Koppick nickte, und sie trat ein. Offensichtlich war es Koppicks Frau Evelin. Eine zierliche, schlanke Person mit wallendem blondem Haar. Und wenn man um den Hintergrund wusste, erkannte man auch die schwache Narbe auf der Stirn.

Koppick bestätigte dies, indem er sie beide einander vorstellte. »Ich wollte nur fragen, ob ich euch einen Kaffee bringen soll?«

Koppick schüttelte den Kopf, und so tat es ihm Horndeich nach. Mehr musste er nicht wissen. Und mehr konnte er offensichtlich nicht erfahren. Wozu dann noch einen Kaffee?

Jana und Horndeich hatten inzwischen ein funktionierendes System für das gemeinsame Arbeiten eingerichtet. In der Cloud gab es für jeden Fall, den sie zusammen bearbeiteten, einen eigenen Ordner mit weiteren Unterordnern, auf die sie beide

– und nur sie beide – Zugriff hatten. Auch und gerade für diesen Fall war dies besonders nützlich: Es fanden sich zahlreiche Ordner mit den Namen der Befragten und zu befragenden Personen. Darunter dann die Gesprächsprotokolle, deren Dateinamen immer mit Datum versehen waren.

Zudem hatten sie ein gemeinsames Dokument angelegt, in dem jeder von ihnen eintrug, wann er mit wem welches Gespräch geführt hatte. Mit einem Link auf das jeweilige Protokoll.

Horndeich war fleißig gewesen, er hatte an diesem Tag bereits mit dem ehemaligen Ermittler des Falles Marco Seidel gesprochen sowie mit einem der ursprünglich Verdächtigen, der aber durch ein unumstößliches Alibi aus dem Rennen war: Hans Koppick. Horndeich hatte von ihm auch nichts Neues erfahren. Der Ermittler hingegen hatte Horndeich den Namen von Susanne Frickes ehemaligem Manager genannt – das war ein gänzlich neuer Name im Spiel.

Jana hatte bereits recherchiert, wo sie diesen Johannes Lord aufspüren konnten. Alle Recherchen zu Johannes Lord waren ins Leere gelaufen. Erst als sie in der Suchmaschine ›Jon Lord‹ eingegeben und gleichzeitig den Suchbegriff ›Deep Purple‹ ausgeschlossen hatte, war sie fündig geworden: Jon Lord arbeitete als unabhängiger Musikproduzent in Berlin. Das traf sich gut, denn Jana hatte inzwischen auch Susanne Frickes Schwager Baltasar Fricke ausfindig gemacht, den Bruder ihres Gatten Rüdiger Fricke. Auch der residierte derweil in der deutschen Hauptstadt.

Sie hatte mit beiden telefoniert. Jon Lord würde Jana am kommenden Morgen empfangen, aber definitiv vor neun Uhr. Denn danach habe er ein wichtiges Meeting, ließ seine Sekretärin Jana wissen. Baltasar Frickes Terminplan schien ebenfalls eng getaktet, er erwartete Jana um 14 Uhr. Das hieß für sie: einen Flug nach Berlin buchen. Für gewöhnlich reiste sie lieber mit ihrem Wagen. Aber für diesen Trip schien das Auto die schlechtere Wahl zu sein. Es war halb vier. Ihr Flug ginge um Viertel vor sechs, dann wäre sie um sieben in der Hauptstadt. Perfekt. Sie liebte es, schnell zu fahren. Aber selbst der Jaguar würde keine Möglichkeit bieten, den Flieger zu überholen.

Sie hatte sich seit Jahren angewöhnt, immer eine gepackte Reisetasche griffbereit zu haben. Die stand in der Ecke des Archivraums. Sie brauchte also nur das Ticket auf dem Handy, einen Personalausweis und diese Tasche. Womit sie jetzt starten würde.

Sie schulterte die Tasche und lief die Erich-Ollenhauer-Anlage am Kongresszentrum entlang. Für sie war es ideal, dass sich dort die Haltestelle für den sogenannten ›AirLiner‹ befand: eine direkte Busverbindung zum Frankfurter Flughafen. Denn so sehr Darmstadt auch Großstadt sein wollte – die Schienenanbindung zum Flughafen brachte gegenüber einem ambitionierten Fußmarsch kaum Minutenvorteile – sie hätte erst mit der S-Bahn nach Dreieich fahren müssen, dann mit dem Bus OF-64 wieder. Aber mit dem Shuttle-Bus war sie in 25 Minuten direkt am Terminal.

Diese Haltestelle war ein Luxus, den sich das Kongresszentrum leistete. Jana war eine der Nutznießerinnen dieses direkten Drahts zur großen weiten Welt – auch wenn ihr Beitrag zum wirtschaftlichen Erfolg des ›Darmstadtiums‹, wie das Gebäude offiziell hieß, eher übersichtlich war.

Auf dem Weg zum Bus rief sie noch kurz ihre Mutter an.

»Du fliegst nach Berlin?«, fragte sie erstaunt und fügte an: »Triffst du dich mit Ben?«

»Ben? Mama, der ist in Amerika.«

»Na, nett auf jeden Fall, dass du mir Bescheid sagst. Wann kommst du denn zurück?«

»Ich denke, übermorgen. Morgen habe ich den ganzen Tag Besprechungen vor Ort.«

Ihre Mutter versicherte ihr nochmals, dass sie sich freue, dass Jana sich gemeldet habe. Dann verabschiedete sie sich von ihrer Tochter. Jana war kurz irritiert: Für gewöhnlich beendete sie zumeist derartige Telefonate, weil ihre Mutter stets noch irgendein Thema fand, zu dem sie – nur ganz kurz! – noch etwas sagen wollte …

Jana erreichte den Flughafen pünktlich. Sie absolvierte alle Unannehmlichkeiten mit stoischer Gelassenheit. So war es nicht klug gewesen, eine Jeans anzuziehen, denn bei der Sicherheitskontrolle musste sie den Gürtel aus allen Schlaufen ziehen und ablegen. Zum Glück hatte sie wenigstens keinen Koffer aufgeben müssen, die Tasche hatte genau das Format, das im Flieger als Handgepäck durchging, und wog auch nicht zu viel. Dementsprechend erreichte sie den Boarding-Bereich sehr zügig – auf eine Runde Shoppen im Duty-free-Shop verspürte sie wenig Lust. Das, was man dort an Steuern einsparen konnte, schlugen die Händler an Gewinn drauf – ein Null-Summen-Spiel für die Käufer.

Es würde noch 30 Minuten dauern, bevor das Boarding beginnen würde. Jana ließ sich nicht auf einem der Hartschalensitze nieder, sondern ging auf die große Fensterscheibe zu, durch die man auf das Flugfeld schauen konnte. Von links schwebte eine Boeing 747 auf die Landebahn zu – das einzige Flugzeug, das sie mit Sicherheit identifizieren konnte. Die individuelle Silhouette des Höckers im Frontbereich war unverkennbar. Verspürte sie Fernweh? Nicht wirklich, konstatierte sie. Sie hatte viele, viele Jahre ihres Lebens beim Technischen

Hilfswerk gearbeitet, ehrenamtlich und später sogar hauptamtlich. In dessen Auftrag war sie an zahlreiche Orte der Welt geflogen. Wenn sie dort jedoch gelandet war, zeichnete sich diese Gegend kaum als touristisch attraktive Destination aus. Wenn das THW anrückte, dann immer nur aus einem Grund: Es hatte sich eine Katastrophe ereignet. Und so war ihre Sicht auf die Stätten der Welt eine ziemlich bittere gewesen. Ja, sie hatte auch den einen oder anderen Urlaub in Griechenland verbracht, bei Sommer, Sonne, Strand und Meer. Aber sie hatte feststellen müssen, dass die Eindrücke ihrer beruflichen Einsätze viel nachhaltiger waren als jene flüchtigen Erinnerungen an Sonnenbrände und Planschen im Meer. Sie wandte sich ab vom Panorama der einfliegenden Aeroplane und sah auf ihre Uhr. Noch 20 Minuten. Vielleicht doch Zeit, sich zu setzen.

Sie wandte sich um und sah einen freien Platz. Wobei ›freier Platz‹ für sie bedeutete, dass auch die Areale links und rechts vom anvisierten Sitzmöbel nicht belegt waren. Wenn sie etwas nicht mochte, dann waren es Enge und unfreiwillige Nähe zu fremden Menschen. Der angestrebte Sitzplatz schien hingegen perfekt. Drei Plätze weiter saß ein älterer Herr, graue Haare, grauer Bart, ein dickes Bäuchlein, aber elegant gekleidet. Zwei Plätze in die andere Richtung hatte sich ein Mann niedergelassen, sie schätzte ihn etwa auf ihr eigenes Alter – und hielt inne. Das Gesicht kannte sie! Das Gesicht war ihr vertraut. Auf diesem Sitz saß: Benjamin Lorenz, für sie nur Ben. Das Antlitz war ihr wohlbekannt, aber in diesem Moment nur die Physiognomie. Ben trug die Haare sehr kurz. Nun, Schwankungen in der Mode der Frisuren waren ihr bei Männern durchaus geläufig. Doch Ben trug keine Jeans, sondern einen schicken Anzug. Eine Weste. Eine Krawatte. Und das bei diesen Temperaturen. *War das wirklich …?*

Wie es schien, hatte sie ihn zu lange angestarrt. Denn der Mann öffnete die Augen und erwiderte ihren Blick. Er sagte nichts. Das Einzige, was sprach, waren seine Gesichtszüge. Zwei seiner Muskeln spannten sich an, der *Zygomaticus major*, der die Mundwinkel hochzieht und der *Orbicularis oculi pars lateralis*, der die Wangen hebt und so Falten in den Augenwinkeln hervorruft: Ben lächelte.

Jana hatte keine Ahnung, in welchen Untiefen ihres Gehirns die Namen der Muskeln gespeichert waren, die ein Mensch beim Lächeln aktivierte. Musste vor Jahren einmal die Antwort in einem dieser ganz abgehobenen Fernsehquiz gewesen sein, die sie immer wieder mal im Fernsehen verfolgte. Sie war sich nicht mal sicher, ob sie die Namen richtig erinnerte. Aber Fakt war: Der Mann vor ihr war Ben.

Sie hatte Benjamin Lorenz zum letzten Mal vor über zwei Jahren gesehen. Und davor hatten auch rund fünf Jahre Pause gelegen. Dabei war Ben Lorenz eine der wenigen Konstanten in ihrem Leben als Erwachsene gewesen. Vor 20 Jahren – mein Gott, war das wirklich schon 20 Jahre her? – hatte sie ihn kennengelernt. Sie hatte in Berlin angefangen zu studieren und sich parallel dazu beim Technischen Hilfswerk Kreuzberg-Friedrichshain engagiert. Sie war 19, er war 20 gewesen, sie Studentin, er in der Ausbildung zum Kfz-Mechaniker. Er hatte ihr alles beigebracht, was es beim THW zu wissen gab. Sie hatte damals sehr wohl gespürt, dass er sich mehr von ihr erhofft hatte. Und als ihre Mutter sie einmal in Berlin besucht hatte, hatte sie Ben augenblicklich zum besten Schwiegersohn in spe erkoren. Aber da hatte Jana auch noch ein Wörtchen mitzureden gehabt.

Ben hatte kurz nach der Ausbildung gemeinsam mit einem Freund eine Firma aufgebaut, die IT-Dienstleistungen anbot. Und als Computercrack hatte er sie vor zwei Jahren in einem

Fall unterstützt, bei dem ein Mann in Darmstadt vermeintlich Selbstmord begangen hatte. Ben war damals auch als Erbenermittler tätig geworden. Den Job, den jetzt Horndeich machte. Wegen Bens linkem Bein, auf das Jana sehr undamenhaft starrte.

»Jana?«

Die nickte nur.

»Das gibt es ja gar nicht!«

Doch. Anscheinend gab es das.

Ben sprang von seinem Plastiksitz auf. Trat drei Schritte auf sie zu, nahm sie in den Arm.

In diesen wenigen Sekunden war Jana bereits aufgefallen, dass Ben keine Schwierigkeiten gehabt hatte, aufzustehen, und ebenso wenig auch nur im Ansatz hinkte, als er auf sie zu trat. Das war alles andere als selbstverständlich. Denn Ben hatte einen Tumor gehabt, der ihm die Kontrolle über sein linkes Bein sukzessive genommen hatte. Vor zwei Jahren war er in die USA geflogen, zu einem Experten, der auf solche Operationen spezialisiert war, deren Scheitern ein Leben im Rollstuhl bedeutet hätte. Die OP war erfolgreich gewesen, das hatte ihr Ben noch per WhatsApp mitgeteilt. Wenig später dann, dass er mit seiner Physiotherapeutin Jane ein Leben in den USA beginnen wollte. Jana erwiderte die Umarmung. Sie war völlig überwältigt. Warum war Ben hier? Warum auf einem Inlandsflug von Frankfurt nach Berlin? Und wo war Jane?

»Jana, fliegst du auch nach Berlin?«

Nun, das war ja wohl offensichtlich. Jana nickte.

»Wie cool ist das denn! Ich wollte mich immer bei dir melden, aber…« Er sagte nichts weiter.

Jana ebenfalls nicht.

So kannte sie ihn überhaupt nicht. Ben war immer ein eher schüchterner Typ gewesen. Sie wusste, dass er in ärmlichen Verhältnissen aufgewachsen war. Sie war auch im Bilde darüber, dass er sich damals auf der Straße einen Platz hatte erkämpfen müssen. Und diese Position hatte man ganz bestimmt nicht durch Scheu erlangt. Aber auf dem Feld, auf dem man nicht zutrat, sondern ausschließlich Worte wechselte, war Ben stets zurückhaltend gewesen.

Jana fand ihre Sprache wieder: »Was machst denn du hier? Ich denke, du lebst auf der anderen Seite des Großen Teichs?«

»Nein, schon seit einem halben Jahr nicht mehr. Ich wohne wieder in Berlin. Bin auch wieder in meiner alten Firma. Zwar ist Kevin inzwischen der alleinige Boss, zumindest auf dem Papier. Ich habe ein paar Anteile an der Firma und ich mache meinen Job, fünf Tage die Woche, acht Stunden am Tag. Es könnte schlimmer sein.«

Jana erinnerte sich, dass die beiden die Firma gemeinsam gegründet hatten, es dann jedoch zu Konflikten gekommen war. Aber so, wie Ben es schilderte, schienen sie einen guten Weg gefunden zu haben. »Und warum bist du jetzt hier in Frankfurt?«

»Ich habe heute einen Kunden besucht. Einen Kunden, bei dem man besser einen Anzug trägt.« Wieder grinste Ben. Ein spitzbübisches Grinsen, das sie an ihm so noch nie gesehen hatte. Denn zu einem solchen Grinsen gehört auch immer eine große Portion Selbstvertrauen. Und das war neu am neuen Ben.

»Und du? Was führt dich nach Berlin?«

»Wir haben einen neuen Fall. Also Horndeich und ich. Ich nicht als Nachlasspflegerin, sondern als private Ermittlerin. Eigentlich nur ein marginaler Unterschied.«

Ben hob eine Augenbraue. Spock auf der Enterprise hätte das nicht besser hinbekommen.

»Lange Geschichte…«, drückte sich Jana um eine ausführlichere Erklärung.

Sie setzten sich. Nebeneinander. Jana brauchte keinen leeren Platz zwischen sich und Ben. Hatte sie noch nie gebraucht, auch wenn sie jegliche Versuche von ihm, die Zentimeter zwischen ihnen beiden zu Millimetern zu degradieren, immer erfolgreich abgewehrt hatte. Sie saßen ein paar Minuten schweigend nebeneinander. Jeder in seine eigenen Gedanken vertieft. Und Jana stellte fest, dass es angenehm war, neben einem vertrauten Menschen zu sitzen, mit dem man nicht sprechen musste. Mit dem man reden konnte, wenn man wollte, aber mit dem man hingegen nicht parlieren musste, weil die Stille sonst so laut geworden wäre.

»Meine Damen und Herren, zum Flug LH194 von Frankfurt am Main nach Berlin beginnt jetzt das Boarding.«

Beide erhoben sich und begaben sich in Richtung Einlasskontrolle.

Jana war zuerst da. Sie hatte ein kleines Hotel gebucht, in der Dresdner Straße in Berlin, jener Straße, in der sie während ihrer Studienzeit auch gewohnt hatte.

Viel hatten sie nicht gesprochen, auf dem Flug von Frankfurt nach Berlin. Im neuen Flughafen BER angekommen, hatte sich Ben nochmals entschuldigt, er habe noch einen Termin, aber er würde sich sehr freuen, wenn man sich vielleicht so gegen neun Uhr im ›Dresden‹ treffen würde. Jana kannte das ›Dresden‹ nicht, aber dank Internet war es ja kein Problem, selbiges zu finden. Sie hatte festgestellt, dass ihr Hotel und die Kneipe kaum 150 Meter voneinander entfernt lagen.

Sie war mit der S-Bahn vom Flughafen zum Ostbahnhof gefahren, hatte sich von dort ein Taxi gegönnt. Das Hotel in ihrem ehemaligen Kiez machte jenem alle Ehre: Es war, freundlich formuliert, sehr einfach gehalten. Jana hatte geduscht, sich umgezogen und war danach ins ›Dresden‹ gelaufen.

Ben hatte reserviert, auf seinen Namen, und sie nahm auf einem der beiden Barhocker Platz, die an einem etwas höheren Tisch standen.

Jana hatte die Karte studiert, jener auch entnommen, dass es die Kneipe seit etwas über zehn Jahren gab. Weshalb sie es nicht kennen konnte. Seitdem sie Berlin 2005 mit dem Bachelor in der Tasche verlassen hatte, war sie nicht mehr zurückgekehrt.

Ben verspätete sich um zwei Minuten. Nun trug er Jeans, ein Hemd, das über die Hose fiel, dazu ein Jackett, schmucke Halbschuhe – ja, er hat sich nicht nur ein wenig verändert.

Was sich jedoch nicht gewandelt hatte, war sein warmes Lächeln. Abermals begrüßte er sie mit einer Umarmung. Die sie, abermals, erwiderte.

»Also, zuerst müssen wir hier ein Weizengras zu uns nehmen!«, bestimmte er und orderte bereits zwei Gläser des Getränks.

»Was ist das denn?«

»Erstens: lecker. Zweitens: ohne Alkohol. Drittens: Du trinkst eins davon und hast so ziemlich alle Vitamine und Nährstoffe intus, die dein Körper an einem Tag braucht.«

Okay, dachte Jana.

Wenig später wurde der grüne Trank bereits serviert. So richtig grün. Grüner als eine Gemüsesuppe mit Spinat.

»Cheers«, sagte Ben und hob das Glas.

Jana nickte, hob es ebenfalls und sie stießen an.

Das Gesöff schmeckte nicht einmal schlecht. Aber Jana war froh, danach auf einen anderen Drink umsteigen zu können. Vielleicht ein Lugana?

Ben bestellte ein Kreuzberger Zwick'l und Jana hatte tatsächlich Glück, als sie um ein Glas des italienischen Weins bat.

Ben fragte erneut, was Jana nach Berlin verschlagen hatte. Und sie antwortete ihm ausführlich. Offen, mit allen Details. Bei Ben brauchte sie keine Angst zu haben, dass irgendetwas, was sie sagte, diesen Raum verlassen würde. Ben war die Diskretion in Person. »Und so werde ich morgen den ehemaligen Manager von Susanne Fricke befragen und auch ihren Schwager, Baltasar Fricke.«

Ben trank einen Schluck Bier. Dann sagte er: »Das hätten wir sein können, oder?«

Jana runzelte die Stirn. »Was meinst du?«

»Naja, wäre ich nicht nach Amerika abgehauen, dann würden wohl wir beide heute diesen Fall gemeinsam angehen, oder?«

Da erlag Ben einem Denkfehler. Marco Seidel hatte ja nicht sie, Jana Welzer, angesprochen, sondern ganz bewusst Steffen Horndeich. Aber Ben hatte irgendwie auch recht. Sie waren vor zweieinhalb Jahren ein richtig gutes Team gewesen, als sie den vermeintlichen Selbstmord eines Mannes als Mord enttarnt hatten. Und damit mehr geleistet hatten als die Polizei seinerzeit. Doch Jana musste auch zugestehen: Es war Bens Spürnase geschuldet gewesen, dass sie all jene Indizien zu Tage befördert hatten, die den Selbstmord als Mord entlarvt hatten. Ja, sie waren ein gutes Team gewesen.

»Was ist mit dir und Jane?« Nein, sie hatte die Frage nicht laut stellen wollen, aber ihre Zunge hatte den Gedanken einfach simultan zum Synapsenfeuer im Gehirn ausgesprochen.

Wieder dieses Anheben einer Augenbraue. Doch Ben antwortete. »Jane hat mir geholfen, dass du heute nicht mehr siehst, dass ich mit meinem linken Bein ein paar Probleme hatte. Es hat Monate gedauert, aber es hat funktioniert. Sie war die Kaiserin im Reich der Therapie meines Beins. Ich hatte damals daraus fehlgeschlossen, dass sie auch die Kaiserin der Therapie meines Herzens wäre. Sie wollte mit mir jedoch unbedingt in die Suburbs ziehen, diese gesichtslosen Vorstädte amerikanischer Metropolen. Wo du nicht mal ein Bier kaufen kannst, ohne fünf Kilometer zu fahren. Geschweige denn einen anständigen Whisky. Es hat nicht funktioniert. Es hat im Alltag nicht funktioniert. Und deshalb bin ich vor einem halben Jahr nach Berlin zurückgekommen.«

»Warum hast du dich nicht bei mir gemeldet?«

Ben sagte nichts. Er sah Jana nur an.

Ein Blick sagt mehr als tausend Worte, dachte Jana. Und sie hatten einander vor noch nicht einmal fünf Stunden wiedergesehen – und schon war da wieder die alte Diskrepanz: Ben wollte sie. Und sie wollte Ben nicht.

»Genau deshalb«, sagte Ben.

Womit alles gesagt war.

In der kommenden Stunde schwelgten sie in gemeinsamen Erinnerungen, aßen einen der leckersten Flammenkuchen, die Jana jemals gegessen hatte.

Als die Teller mit den Krümeln und die leeren Gläser abgeräumt waren, fragte Ben: »Noch einen gemeinsamen Absacker?«

Jana nickte nur.

Ben orderte zwei gute Whisky, die keine Minute danach vor ihnen standen. »Ich freue mich sehr, dass das Schicksal uns heute zusammengeführt hat.«

Wieder nickte Jana.

»Ich habe immer wieder das Handy in der Hand gehabt, um dir eine Nachricht zu senden. Die Version dieses Treffens finde ich natürlich viel besser.«

Jana stieß mit Ben an.

Ja, auch sie war froh, den alten Weggefährten wiedergetroffen zu haben.

Ben zahlte – und intervenierte, als Jana das übernehmen wollte. »Jana, so gut solltest du mich kennen: Da bin ich ganz Chauvi. Oder Gentleman. Such's dir aus.«

Jana ließ es geschehen. Und ließ ebenfalls geschehen, dass er sie zu ihrem Hotel brachte.

»Wo wohnst du denn jetzt eigentlich?«

»Prenzlauer Berg«, antwortete er.

»Und wie kommst du da jetzt hin?«

»Mit einem Taxi.«

Jana umarmte ihren Freund. Er küsste sie auf die Wange, dann drehte er sich von ihr ab und ging. In Richtung U-Bahnhof? In Richtung Taxiplatz? Jana wusste es nicht. Aber Ben ging. Ohne sich noch einmal umzudrehen.

Erst, als sie in ihrem Bett lag und Morpheus' Arme sie schon fast umschlossen hatten, blitzte ein Gedanke in ihrem Kopf auf: Wie war ihre Mutter auf den Gedanken gekommen, dass Jana in Berlin hätte Ben besuchen wollen? War sie ihr schon wieder einen Schritt voraus gewesen und hatte gewusst, dass ihr langjähriger Freund nicht mehr in den USA weilte? Und ihr davon nichts gesagt?

Bevor sie den Gedanken weiter entwickeln konnte, umarmte sie Morpheus vollständig.

MITTWOCH, 18. MAI

Die Matratze im Bett des Hotels war einigermaßen in Ordnung gewesen. Jana war sich jedoch nicht sicher, ob dieser Vorzug das schlechte Frühstück aufwog. Ja, auch sie mochte Rührei und grobe Bratwürstchen, aber nur, wenn die Würstchen durch waren und die Eier den Status ›ungebraten‹ deutlich überschritten hatten. Man mochte das damit verzeihen, dass sie eine der ersten Frühstücksgäste gewesen war. Denn schließlich musste sie bereits vor acht Uhr den Firmensitz von Johannes Lord erreicht haben.

Lord residierte in Berlin Mitte, unweit des Regierungszentrums, unweit des Brandenburger Tores. Natürlich war der Bau ein restaurierter Gründerzeitbau – von denen es in diesem Teil der Stadt nicht wirklich viele gab. Lord unterstrich deutlich, in welcher Liga er spielte.

Jana war dann mit einem Taxi vor dem Gebäude vorgefahren, hatte vor dem Bauwerk den Lippenstift nochmals nachgezogen und am Empfang auf ihren Termin mit Herrn Lord verwiesen.

Wenige Sekunden später hatte ein Herr, der wirkte wie ein Butler aus dem vor-vorigen Jahrhundert, sie zum Fahrstuhl geleitet und in den sechsten Stock gebracht, dem obersten Stockwerk dieses Gebäudes. Mit einer Handbewegung deutete der Butler an, dass Jana sich nun aus dem Fahrstuhl in den Wartebereich begeben dürfe.

Über Jana bereitete sich ein Glasdach aus, das sicher nicht im 19. Jahrhundert entstanden war, welches aber die Mauern des Gebäudes graziös überspannte. Die Pflanzen rechts und links der Couch waren echt. Unter dem Glas konnten sie prächtig gedeihen.

»Jana Welzer«, ertönte es plötzlich von der gläsernen Tür her. Johannes Lord betrat den Empfangsraum wie ein König. Die Schuhe waren weiß, die Gamaschen ebenso, ebenfalls die Hose, desgleichen die Weste unter dem weißen Jackett. Ganz, als ob ein König des 18. Jahrhunderts Hof halten wollte. Fehlte nur das Zepter in seiner Hand.

Jana erhob sich.

Johannes Lord trat auf sie zu, ergriff ihre Hand, hauchte einen Kuss auf die Oberfläche ihrer Haut. »Ich bin sehr erfreut, Sie zu sehen.«

Jana nickte. Sie hätte nicht gewusst, was sie sagen sollte. Sie fühlte sich wie mit einer Zeitmaschine 200 Jahre zurück katapultiert.

»Bitte folgen Sie mir!«, sagte Lord. Der Weg zu seinem Büro war kurz. Und der Raum selbst in seiner Nüchternheit ernüchternd. So sehr Lord den König gab, so sehr war die Einrichtung seines Büros den aktuellen Notwendigkeiten geschuldet. Ein Schreibtisch, zwei Monitore, ein Rechner, Tastatur, Maus – auf all das konnte man auch als König nicht verzichten.

»Meine Werte, ich habe in 20 Minuten den nächsten Termin. Lassen Sie es uns schnell angehen.« Nicht so ganz der Wortlaut eines Königs, aber für Jana war das okay.

»Sie haben gefrühstückt? Ein paar Croissants? Cappuccino? Wasser? Ein Ei im Glas?«

»Sehr gern einen Cappuccino. Mehr nicht.« Nach dem ersten Biss in die Wurst und einem Blick auf das Rührei hatte sie im Hotel auf das Frühstück verzichtet. Ihr Appetit war im flüssigen Eiweiß fortgeschwommen.

Johannes Lord schwang den Arm im Gestus eines Dirigenten. Jana hatte keine Ahnung, welche Kamera das aufzeichnete, aber keine zehn Sekunden später kam eine Dame ins Büro und stellte vor ihr eine Tasse Cappuccino ab. Jana war sich sicher, dass in dieser Geschwindigkeit alle Optionen wie Kaffee, Espresso, Cappuccino und Latte macchiato bereits vorbereitet gewesen sein mussten.

»Frau Welzer, in welcher Angelegenheit genau möchten Sie mich denn sprechen?«

Jana war der Meinung gewesen, dies bereits im Telefonat mit der Sekretärin von Jon Lord deutlich gemacht zu haben. Aber der König wollte offensichtlich persönlich instruiert werden. Jana hasste derlei Attitüden.

»Herr Lord, Sie waren seinerzeit der Manager von Susanna alias Susanne Fricke. Also bis zu ihrem Tod im Jahr 2003. Und ich untersuche nochmals die Umstände ihrer Ermordung.« Danach schwieg Jana. Sie war neugierig auf die erste Reaktion von Jon Lord.

»Ja. Ich war ihr Manager. Und wäre sie nicht ermordet worden, dann stünde Helene Fischer heute definitiv nur auf Platz zwei. Ganz sicher!«

»Sie haben Susanne entdeckt?«

Der König nickte. »Ja. Ich habe sie entdeckt. Ich habe aus ihr einen Star gemacht. Und ich habe sie beschützt und verteidigt, als es notwendig war.«

»Erzählen Sie«, forderte Jana ihn auf, und er nahm den Staffelstab gern an.

»Ich habe sie entdeckt, 1977. In Frankfurt, in jener wunderbaren Metropole am Main, jener Stadt mit dem atemberaubenden Dom. Haben Sie jemals den Dom in Frankfurt besucht?«

Jana zögerte, dann antwortete sie: »Nein. Ich war zwar oft in Frankfurt, aber den Dom habe ich noch nie von innen gesehen.«

Lord gab ein tadelndes »Tztztz« von sich, wie zu einem Kind, das man ertappt hatte, als es unerlaubterweise in die Keksdose gegriffen hatte. »Das ist ein großer Fehler. Sie kommen aus Darmstadt, das ist keine 30 Kilometer vom Dom entfernt.«

Er sagte es, als ob der Dom den Mittelpunkt seiner Welt darstellte, von dem aus sich jegliche Entfernung bemaß.

»Ich gelobe Besserung«, sagte Jana. Und sie war sich nicht sicher, ob Lord die Ironie verstand.

»In dem Jahr, in dem ich sie entdeckt habe, war ich selbst 27. Ich habe in einigen Bands gespielt, zumeist Bass, manchmal auch Gitarre. Aber ich habe sehr schnell bemerkt, dass meine Stärke weniger in der Produktion von Musik bestand als in deren Vermarktung. Natürlich sind dies Erkenntnisse, die ich damals so noch nicht hätte formulieren können. Aber ich war der, der sich um die Gigs gekümmert hat. Der die Gagen ausgehandelt hat. Und auch der, der tatsächlich mit ein paar Leuten aus der Plattenbranche – wie das damals noch hieß – gesprochen hatte. Ich wusste immer, dass ich über die Musik meinen Lebensunterhalt verdienen würde, wenn ich auch noch nicht genau wusste, wie.«

Nun, mit 27 sollte man das eigentlich wissen, dachte Jana, sprach den Gedanken aber nicht aus. Jon Lord war offensichtlich froh darüber, jemandem seine Geschichte erzählen zu können, der sie noch nicht kannte …

»Wissen Sie, wann ich das gespürt habe?«

Natürlich wusste Jana es nicht, aber sie wusste, dass dies nur eine Frage war, die sie mit einem Nein beantworten musste, wenn das Gespräch nicht abrupt enden sollte. Unauffällig sah sie auf ihre Uhr. Es war 20 vor neun. Lords Sekretärin hatte insistiert, dass ihr Chef um neun Uhr den nächsten Termin hatte. Wenn der nun seine Lebensgeschichte erzählen wollte, blieb für die wesentlichen Fragen nur noch wenig Zeit. Jana war sich nicht sicher, ob sie ihn unterbrechen sollte oder ihm besser die Gestaltung des Gesprächs überließ. Sie entschied sich für Letzteres und gab dem Hund den verbalen Knochen, um den er bettelte: »Nein.«

»Wissen Sie, wo Jimi Hendrix sein letztes Konzert gegeben hat? Also, sein letztes großes Konzert vor richtigem Publikum?«

Kurz schloss Jana die Augen. Denn sonst hätte Jon Lord gesehen, dass sie die Augen gerollt hätte. Eine Frage zu stellen, nachdem die Frage, die man zuvor gestellt hatte, noch nicht einmal beantwortet war – das zeugte nicht eben von Interesse am Gegenüber. Sie schüttelte nur leicht den Kopf. Jedes Zeichen, das sie von sich gegeben hätte, außer einem konsequenten Aufstehen und den Raum verlassen, hätte Jon Lord dazu veranlasst, einfach seinem eigenen Drehbuch weiter zu folgen.

»Am 6. September 1970. Und nicht in den USA. Nicht in England. Sondern in Deutschland: auf Fehmarn.«

Wieder eine Pause, in der Jana nichts sagte.

»Ja, Sie haben richtig gehört: An diesem Tag hat Jimi Hendrix sein letztes Konzert gegeben auf dem Festival ›Love & Peace‹. Die Veranstaltung war eine Katastrophe gewesen. Es hat gewindet und gestürmt, unser Zelt ist davongeflogen, mein bester Freund ist von den Rockern, die das Festival eigentlich sichern sollten, vermöbelt worden, aber das Konzert von Hendrix – es war, als hätte der Finger Gottes auf mich gezeigt und mir gesagt: ›Das ist das, wofür du leben möchtest.‹ Als Jimi auf die Bühne gegangen ist, brach die Sonne durch die Wolken. Ich habe noch einen Super-8-Film davon, ohne Ton. Aber den Moment, in dem Jimi das Solo seines Songs ›Red House‹ spielte, da habe ich ihn gefilmt. Und jede Faser meines Körpers hat gespürt, dass ich dazu geboren wurde, guter Musik zu ihrer Verbreitung zu helfen.« Er sammelte sich kurz, dann fuhr er, in wesentlich nüchterneren Tonfall, fort: »1977. Frankfurt.

Sachsenhausen. Eine Eppelwoi-Kneipe. In der Susanne auftrat. Und ich zufällig mit einem Kumpel im Publikum saß. Ihre Songs waren grottenschlecht. Aber sie spielte zumindest halbwegs professionell: Der gesamte Instrumenten-Teil kam vom Band – also von einer Kassette. Da war mir schon klar, dass sie das nicht allein durchgezogen haben konnte. Irgendjemand musste die Songs mit einer kleinen Band im Studio eingespielt haben. Ich hatte auch sehr schnell den Typen in der Kneipe ausgemacht, der offensichtlich ihr Freund war. Und der ganz sicher aus Frankfurt kam. Denn Lieder mit Textzeilen wie ›Beim ersten Eppler haben wir uns geküsst‹ oder ›Aaans, zwaaa, Eppler!‹ – die konnten kaum in Köln erdacht worden sein. Die Texte waren so grottenschlecht, da wäre sogar Heinz Schenk in seinem ›Blauen Bock‹ im Boden versunken.«

Er sah Jana an, griff zu seiner Tasse, nahm einen Schluck. Dann sah er auf seine Uhr. »Nun, ich kürze es etwas ab: Die Lieder waren entsetzlich, die Klamotten waren erbärmlich, die Musikaufnahme der Instrumente war okay – der Freund schien zumindest davon etwas zu verstehen. Aber ihre Stimme und ihre Ausstrahlung – das war großes Kino. Ich wusste sofort, da kann man was draus machen. Es war das erste Mal, dass ich das spürte. Und ich wusste: Mit ihr kann ich und damit auch sie erfolgreich werden. In dem Jahr, da brachte Marianne Rosenberg den Song ›Marleen‹ raus. Und Michael Holm seinen Erfolg ›Musst du jetzt gerade gehen, Lucille?‹ Und genau in diesem etwas melancholischeren Bereich – dafür war ihre Stimme perfekt. Und ihre Person.«

Jana sah abermals auf ihre Uhr. Nein, so konnte das nicht weitergehen. Natürlich war der berufliche Werdegang von Susanne Fricke interessant für ihre Ermittlungen. Aber wann sie welchen Pups gelassen hatte, das war wohl für ihre Ermordung kaum relevant. Jana versuchte, bildlich gesprochen, die Taste mit schnellem Vorlauf zu drücken: »Wann wurden Sie dann ihr Manager?«

Lord runzelte die Stirn. »Das erzähl ich Ihnen doch gerade.«

Nein, Jana rollte auch jetzt nicht mit den Augen, sie seufzte auch nicht, sie sackte auch nicht in sich zusammen. Sie war so was von geerdet in der Kategorie ›Es dauert, so lange es dauert‹, dass sie den Dingen nun ihren natürlichen Lauf ließ. Völlig unsinnig, sich dagegen auflehnen zu wollen. Es gab in Darmstadt ein Café, in dem man immer mindestens 10 Minuten auf den Cappuccino warten musste. Trotz Selbstbedienung und obwohl bis zu drei Personen hinter der Theke stehen konnten. Es war die organisierteste Desorganisation, die dazu führte, dass das, was eigentlich als Café gedacht war, vielmehr einem buddhistischen Zentrum glich, in dem man in der Wartezeit auf die Tasse Bohnensud genügend Muße hatte, die innere Mitte zu finden, selbst dann, wenn diese deutlich in Schräglage geraten war. So ähnlich fühlte sich Jana in diesem Moment. Wenn der *Cappuccino* auch direkt vor ihr stand. Zeit für einen Schluck. Ommh.

»Noch an diesem Abend habe ich Susanne gesagt, dass ich ihr Manager werden würde. Es gab noch eine kleine Schlägerei mit diesem Typen, der bis dahin ihr Freund gewesen war, aber auch ich hatte auf Fehmarn einiges gelernt: Wer ein bisschen Karate kann, ist stets im Vorteil. Was Susanne, glaube ich, ein wenig beeindruckt hatte.

Ich hatte ein Tonstudio damals und ich hatte eine Exfreundin. Diese Exfreundin hat Gedichte geschrieben. Die waren viel zu schlecht, um jemals in irgendeinem Feuilleton erwähnt zu werden. Aber sie waren gut genug, um zu Schlagertexten umgedichtet zu werden. Ich habe dieser Freundin die Gedichte abgekauft, dann die Texte selbst zum Vierviertel-Rhythmus umgeschrieben. Und, ganz ehrlich, der Refrain beim Schlager, mit dem steht und fällt alles. Die Strophen waren nicht das Problem, der Refrain musste sitzen und mit der Melodie perfekt harmonieren. Und ich war da nicht schlecht drin. Ganz ehrlich: eine Nacht, zweieinhalb Flaschen Wein. Am nächsten Morgen: ein riesen Kater und sechs gute Refrains. Kein schlechter Schnitt. Dann habe ich aus Susanne Fricke ›Susanna‹ gemacht. Hat auch gut funktioniert. Und dann, nur ein Jahr später, die erste LP. Okay, nicht bei einem großen Label wie CBS oder Polydor. Aber trotzdem.«

Jon Lord unterbrach sich selbst.

Jana musste keine Psychologin sein, um zu erkennen, dass jetzt der Teil kam, der nicht mehr steil nach oben zeigte, sondern bestenfalls Stagnation ankündigte. Sie konnte nicht umhin, ein bisschen zu sticheln: »Und dann? Die LP hat eingeschlagen?« Sie wusste ja schon, dass dem nicht so gewesen sein konnte, aber es bereitete ihr ein wenig Schadenfreude, den weißgekleideten selbsternannten Musikkönig ein bisschen zu triezen.

»Wir haben eine Tournee gemacht. Durch Hessen. Bis hoch nach Kassel. Immerhin. Aber so richtig hat Susanna damals noch nicht eingeschlagen. Ich mach es kurz: In den kommenden vier Jahren haben wir zusammen vier LPs aufgenommen, immer wieder Konzerte gegeben, wenn auch nur in Hessen und nur in kleinen Hallen. Der Durchbruch wollte sich nicht einstellen.«

Jana fragte sich, welch langer Pfad zwischen diesem Eingeständnis und seiner heutigen Position lag. Denn Jon Lord war ganz offensichtlich ein erfolgreicher Musikproduzent. Ein sehr erfolgreicher.

»1982 haben wir ›Liebe nur für dich‹ aufgenommen. Ich hatte es im Gespür, das würde der Megahit werden. Und tatsächlich haben ein paar Radiostationen den Song gespielt. Und ich hatte schon die große Tour geplant. Aber dann hat Susanne ihren Rüdiger getroffen. Damals Stadtverordneter, später Bürgermeister von Griegtal. Und es war – eine Katastrophe. Ein Armageddon.« Wäre Jon Lord nicht als Musikproduzent erfolgreich geworden, so wäre ihm vielleicht eine gewinnbringende Karriere als Schauspieler möglich gewesen. Denn die Theatralik, mit der er die letzten drei Sätze unterstrichen hatte, wäre zumindest auf einer Volksbühne sicher gut angekommen.

»Ich sage es, wie es ist: Rüdiger, damals bereits Abgeordneter im Stadtparlament, dachte, die kleine Schlagerfee würde ihn im Volk populärer machen. Und Susanne dachte, ein Politiker an ihrer Seite – wenn auch nur ein kleiner Lokalpolitiker – könnte ihrer Karriere zu einem Schub verhelfen. Ich wusste, dass beides Blödsinn war. Für Rüdiger sang die Schlagerfee noch in einer viel zu tiefen Liga. Und ein Bürgermeister konnte einem Schlagersternchen auch nicht wirklich nützlich sein, wenn sie eine Karriere in der ganzen Republik anstrebte. Ich stieß auf taube Ohren.«

»Aber?«

»Aber? Welches Aber? Susannes Karriere hörte in diesem Moment auf. Ihr größter Moment war auf dem Hessentag 1985 in Alsfeld. Ja, sie sang weiter. Ich habe mit ihr kurz danach sogar noch eine CD aufgenommen. Aber der Durchbruch war ihr nie gelungen. Und ich konnte auch nichts mehr für sie tun. Sie hätte damals mit ›Liebe nur für dich‹ bundesweit durchstarten können – so eine Chance kommt indessen nur einmal.«

»Aber Sie sind doch ein großer Produzent geworden, oder?«

»Ja. Durch ›Liebe nur für dich‹. Susanne und ich hatten den Text gemeinsam geschrieben. Und Susanne hat ihn nie für eine andere Interpretin freigegeben. Aber in unserem Business kennt man einander. Und alle wussten, dass es letztlich mein Song war. Er war meine Referenz, auch wenn er in den Hitparaden nicht durch die Decke gegangen ist. Hätte Susanne damals den Song anständig promotet, mit einer großen Tournee, mit Auftritten in der Hitparade und Disco, die plötzlich angefragt hatten – ich habe schon gesagt, Helene Fischer wäre heute auf Platz zwei.«

»Zwischen damals und ihrem Tod lagen dann ja noch einmal 20 Jahre. Keine Chance, quasi ein Comeback zu feiern?«

Jon Lord schüttelte den Kopf. Es war nur eine kleine Bewegung, die große Resignation zeigte. »Susanne war, ich formuliere das einmal sehr freundlich, kein einfacher Mensch. Und ihre Sicht auf ihre Person unterschied sich bisweilen deutlich von der anderer Menschen. Sie dachte, sie wäre zur Prinzessin geboren, während ihr Umfeld in ihr das arrogante Aschenputtel sah, von dem sich sogar die Tauben abgewandt hatten. Sie trank zu viel und sie hat auch ihr Privatleben, vorsichtig gesagt, nie wirklich auf die Reihe bekommen. Das alles stand zwischen ihr und einer Karriere. Auch ihre Stimme hatte zum Schluss nachgelassen. Klar, immer wieder ein paar Konzerte. Immer wieder ein paar Fans, die sich an ›Liebe nur für dich‹ erinnerten. Aber das langte natürlich nicht. So blieb sie, was sie war: Ein kleines Lokal-Sternchen. Auch wenn sie sich selbst immer anders sah.«

»Wie war das Verhältnis zu ihrem Mann?«

»Fragen Sie mich das jetzt, weil Sie nochmal alle Verdächtigen abklopfen wollen, die damals auf der Liste standen?«

»Ja«, antwortete Jana kurz und knapp.

»Frau Welzer, ich habe den Prozess damals sehr genau verfolgt. Weil mir wirklich etwas lag an Susanne, so ätzend sie sich auch anderen Menschen gegenüber benehmen konnte. Mir gegenüber hat sie sich immer korrekt verhalten – was vielleicht daran lag, dass ich ihr zu dem bescheidenen Erfolg verholfen hatte, den sie immer noch genoss, als sie starb. Das Verhältnis zu ihrem Mann war distanziert. Er hatte seine Geliebte, sie hatte ihre Lover, und nach außen mimten sie das perfekte Ehepaar, der Bürgermeister und der Star. Rüdiger hätte ihr kein Haar gekrümmt. Und auch nicht Baltasar, Rüdigers Bruder – Sie kennen ihn?«

»Nein, noch nicht persönlich.« Jana hielt es nicht für sinnvoll, Jon Lord auf die Nase zu binden, dass sie den Bruder des einstigen Witwers heute noch treffen würde.

»Baltasar war in Susanne verschossen. Keine gute Konstellation, aber da Rüdiger ja seinerseits Johanna hatte, machte er gute Miene zum bösen Spiel. Dann war da noch dieser komische Anlageberater, mit dem sich Susanne ein paarmal gefetzt hatte. Der hatte ein Alibi und der hatte ja auch kaum mit Susanne zu tun gehabt. Und der, den sie dann verurteilt haben? Dieser Gärtner und Poolboy? Also ehrlich, ich konnte mir nie vorstellen, dass er Susanne auf dem Gewissen hatte. Ich hab ihn ein paarmal gesehen, auf der einen oder anderen Fete, auf der ich eingeladen war. Da habe ich auch ein paar Worte mit ihm gewechselt. Er war eine arme Socke. Er war Susannes Launen und Allüren ausgeliefert, denn er war finanziell vollkommen abhängig von ihr. Er als Mörder? Er, der sich selbst den Geldhahn abdrehte? Und das, wo seine Frau bald ein Kind gebären würde? Ich konnte es mir nicht vorstellen, auch wenn die Indizien gegen ihn sprachen. Und außerdem gab es ja diesen Stalker, der Susanne seit Wochen verfolgt hatte. Aber da hat uns niemand ernst genommen. Die Polizei nicht und dadurch auch das Gericht nicht.«

So langsam bewegte sich Jon Lord mental in die Richtung, die für Jana interessant war. Endlich. »Erzählen Sie mir von dem Stalker.«

Mehr bedurfte es nicht, Jon Lord legte augenblicklich los: »Das fing im Winter an. Zunächst ganz harmlos. Briefchen im Briefkasten, eine Rose unter die Briefkastenklappe gesteckt. Aber eine Rose im Winter – auch nicht ganz billig. Dann folgten E-Mails. An die offizielle E-Mail-Adresse. Dann Anrufe. Er hat keinen Namen genannt, sondern nur ins Telefon gestöhnt und geschnaubt. Wir reden vom Jahr 2003. Bei der Telekom musste man damals noch viel Geld dafür bezahlen, um digitale Dienste nutzen zu können. Etwa die Anzeige der eigenen Rufnummer. Der Typ hat aber immer von einem analogen Anschluss aus angerufen – keine Nachverfolgung möglich. Zumindest keine Nachverfolgung für eine Privatperson. Ich wurde da ziemlich schnell sehr nervös. Susanne nicht und auch Rüdiger sah das eher gelassen.

Ich hab mich damals durchgesetzt. Ich habe der Familie eine Alarmanlage im Haus installieren lassen und drei Kameras im Außenbereich. Wer immer der Typ war, ganz blöd war er nicht. Er hat das mitbekommen, das mit den Kameras. Er wusste genau, wo sie angebracht waren. Nur so war damals zu erklären, dass er einen Brief in ihren Briefkasten warf, ohne dass eine der Kameras sein Gesicht erfasst hätte. Es wirkte fast, als habe er uns verhöhnen wollen. Und ich habe auch einen Fehler gemacht bei der Konzeption für die Standorte der Kameras: Der Bereich, in dem der Briefkasten lag, der war nur teilweise von den Kameras erfasst worden.«

»Warum?«, warf Jana spontan ein. »Und warum nur drei Kameras?«

»Frau Welzer, bitte versetzen Sie sich 20 Jahre zurück. Eine Kameraüberwachung im Außenbereich eines Privathauses – das war großes Kino damals, sozusagen. Die Kameras waren sauteuer, für jede Kamera gab es einen eigenen, speziellen Videorekorder, damit man überhaupt länger als die normalen drei Stunden einer damaligen Videokassette aufzeichnen konnte. Von so etwas, dass Sie mit einem Standard-PC gleichzeitig acht Kameras anschließen und in bester Qualität ein paar Tage aufnehmen – davon waren wir vor zwanzig Jahren meilenweit entfernt! Die Kameras damals zeichneten noch analog auf VHS-Bänder auf – wenn auch langsamer. Sonst wäre das kaum zu finanzieren gewesen.«

»Haben Sie nicht die Polizei eingeschaltet?«

»Doch. Ende Mai. Aber wir hatten gar nichts. Wir hatten ein paar Briefchen, Computerausdrucke. Ein paar Rosen im Briefkasten. Ein paar Anrufe mit Gestöhne. Und wir hatten ein paar Videoaufzeichnungen, bei Nacht aufgenommen, graue Schatten auf grauem Grund. Sozusagen. Unterm Strich: nichts.«

»Hat die Polizei denn gar nichts unternommen?«

»Nein. Damals hat das die Gesetzeslage überhaupt noch nicht hergegeben. Erst nach 2002 gab es eine klare Rechtsgrundlage durch das Gewaltschutzgesetz. Aber wie der Name schon sagt: Dazu musste es erst einmal Gewalt geben. Erst 2007 wurde im Strafgesetzbuch der Tatbestand der ›Nachstellung‹ eingeführt und so einige Lücken im Gesetz geschlossen. Aber da war Susanne ja schon seit vier Jahren tot.«

»Und Sie glauben, dass dieser Stalker Susanne umgebracht hat?«

»Ich weiß es nicht. Aber dieser Kerl ist damals ganz schön massiv aufgetreten. Und wenn ich mir ihn anschaue und dann diesen armen Gärtner – da würde ich eine ziemlich hohe Wette eingehen, dass der Stalker der Täter war.«

»Susannes Anwalt erwähnte noch eine Zeichnung, die man von diesem Stalker angefertigt hatte?«

»Ja. Er stand im Mai an ihrem Fenster. Susanne war total erschrocken. Es war mitten in der Nacht. Rüdiger war nicht da. Sie war ganz allein im Haus. Und hat sich dann natürlich auch nicht vor die Tür getraut. Sie hat mich angerufen, aber ich war nicht zu Hause. Und so kam ich erst am nächsten Tag zu ihr. Sie wollte, dass wir wieder zur Polizei gingen, aber ich riet ihr, zuerst eine Zeichnung von diesem Typ anfertigen zu lassen. Eine Freundin von mir ist Zeichnerin. Sie arbeitet auch heute noch oft bei Prozessen als Gerichtszeichnerin. Sie hat damals so ein professionelles Phantombild-Programm gehabt, wie es die Polizei erst später als Standard einsetzte. Hat sie irgendwie aus den Staaten bekommen. War ja noch die Zeit, zu der man ein Programm auf ein paar Disketten raubkopieren konnte. Wie auch immer, sie kam mit ihrem Laptop und hat mit Susanne eine Zeichnung angefertigt. Aber damit sind wir ebenso wenig weitergekommen. Die Polizei hat sich einfach nicht dafür interessiert. Susannes Anwalt hat unseren Stalker zwar erwähnt, aber nichts und niemand brachte ihn mit der Tat in Verbindung. Nicht einmal unsere Aufnahmen waren eindeutig dem Haus von Susanne zuzuordnen. Was eben sicher auch an der Qualität der Videos lag. Heute läge der Fall völlig anders.«

»Gibt es diese Zeichnung noch? Oder vielleicht sogar einen Abzug aus dem Überwachungsvideo?«

Es war das erste Mal, dass Jon Lord nicht den König gab, sondern Jana ein gänzlich offenes Lachen schenkte. »Aber selbstverständlich. Susanne war eine Chaotin. Ich war immer der, der alles Wichtige für sie sortierte und auch aufbewahrte. In ihrem Chaos war es unmöglich, relevante Dinge so abzulegen, dass gewährleistet war, sie auch nur drei Tage später wiederzufinden. Was ich sagen will: Selbstverständlich habe ich die VHS-Bänder von damals. Und auch das Phantombild gibt es noch, sogar als Datei. Stelle ich Ihnen gerne zur Verfügung.«

Horndeich saß im Arbeitszimmer im Souterrain seines Hauses. Er hatte das Büro in einen Empfangsraum und einen Arbeitsraum unterteilt. In diesem standen der Schreibtisch und seine Rechner, sowie das Regal mit Nachschlagewerken und Leitz-Ordnern. Auf dem Tisch stand eine Kanne Tee, daneben der kleine Teebecher.

Schon seit dem frühen Morgen saß er hier, konzentriert und ganz bei der Sache. Er hatte sich jene Teile von Seidels Akte vorgenommen, denen etwas zu Susanne Frickes Lebensgeschichte zu entnehmen war. Laut Personalausweis, dessen Kopie den Akten beigelegt war, war sie in Bremen geboren. Horndeich mochte diese Stadt. Noch vor der Geburt ihrer Kinder hatte er mit Sandra dort ein verlängertes Wochenende verbracht. Gerade die Böttcherstraße hatte es ihm angetan. Einige Künstler hatten sich dort verewigt, aber Horndeich mochte besonders die Arbeiten von Bernhard Hoetger. Dessen Kunstwerke waren auch auf der Darmstädter Mathildenhöhe zu sehen. Auf den großen Plastiken tollten sogar seine Kinder gern herum.

Er zwang sich wieder dazu, sich auf die Akten zu konzentrieren. Die Eltern von Susanne waren Matthias und Henriette Schneider. Der Vater führte zudem einen Doktortitel. Mehr gab die Akte nicht her. Horndeich gab den Namen ›Dr. Matthias Schneider‹ in die Maske der Suchmaschine ein. Zahlreiche Treffer wurden angezeigt. Und Dr. Matthias Schneider hatte einen eigenen Eintrag in Wikipedia, wenn es sich denn um denselben Matthias Schneider handelte, nach dem Horndeich suchte. Er klickte auf den Link und landete auf dem Artikel des Online-Lexikons:

»Dr. Matthias Schneider (4.4.1926 bis 12.12.1986) war ein deutscher Psychologe und Psychiater. Die nach ihm benannte Schneider-Klinik in Ehrenberg/Rhön wurde 1970 eröffnet.« Der

Name der Klinik war ebenfalls mit einem Link versehen. Horndeich las weiter: *»Er war verheiratet mit Henriette Schneider, geborene Linke (1930–1985). Sie haben zwei Kinder, Marianne (* 1950) und Susanne (* 1955).«*

Nun, es schien sich um den richtigen Matthias Schneider zu handeln. Schnell überflog Horndeich den Artikel und landete dann in dem für ihn interessanteren Bereich: den Quellenangaben. Eine Quelle tauchte immer wieder auf: die Webseite jener Schneider-Klinik. Horndeich klickte darauf.

Dort fand er ein ganzes Kapitel zu Dr. Matthias Schneider. Er war in Fulda geboren, als Sohn des Fabrikanten Werner Schneider. Mehr über Matthias Schneiders Eltern konnte er dem Abriss nicht entnehmen.

Dr. Matthias Schneider war unmittelbar nach dem Abitur 1944 noch eingezogen worden, in britische Kriegsgefangenschaft geraten, aber bereits 1946 wieder in seine Heimatstadt zurückgekommen. Er studierte in Frankfurt Medizin und ließ sich zum Nervenarzt ausbilden – nach heutiger Nomenklatur zum Facharzt für Psychiatrie und Neurologie. Ab 1957 war er am Philipshospital in Riedstadt beschäftigt. Bereits zu dieser Zeit galt sein Interesse insbesondere der Heilung von Suchtkrankheiten. Alkohol war damals bereits ein Thema, ebenso aber die Abhängigkeit von Opiaten oder Amphetaminen. Ab den 60er Jahren sorgte dann auch in Deutschland die nächste Drogengeneration für Elend: LSD und insbesondere Heroin.

1968 starb sein Vater und hinterließ ihm ein beträchtliches Vermögen. Einen Teil dieses Vermögens investierte Schneider in eine Stiftung. Diese Stiftung wurde zur Grundlage für die Schneider-Klinik für Suchtkranke. Er kaufte ein altes Hofgut östlich von Fulda in Ehrenberg, fast unmittelbar an der Grenze zur DDR gelegen. Er richtete es ein, stellte Ärzte, Psychologen und Pfleger ein. Und mit dem unerschütterlichen Optimismus, dass man Suchtkrankheiten heilen könne, hatte er sich ans Werk gemacht. Er selbst lebte mit der Familie in seinem ehemaligen Elternhaus – einer weitläufigen Villa am Rande von Fulda.

Susannes Vater scheint ein Mann mit Visionen gewesen zu sein, dachte Horndeich.

Er klickte einen anderen Reiter des Menüs an: *Geschichte des Hauses.* Den ersten Teil las er quer, denn er glich ungefähr dem Lebensbericht über Dr. Matthias Schneider. Nachdem Matthias Schneider 1986 verstorben war, musste ein Nachfolger gefunden werden. Horndeich las zwischen den Zeilen, dass dies offenbar nicht ganz einfach gewesen war. Die ältere Tochter von Schneider, Marianne, hatte Biologie studiert und kein Interesse an der Klinik gezeigt. Die jüngere Tochter Susanne war Zahnarzthelferin und Sängerin – und daher für die Leitung einer solchen Klinik ebenfalls wenig qualifiziert. Die Stiftung fand einen Geschäftsführer, den Psychiater Dr. Helmut Helmuth.

Danach folgten drei weitere Absätze, die den Werdegang der Klinik bis in die Gegenwart nachzeichneten. Es gab sie noch heute, und natürlich gab es auch ein paar Zeugnisse ehemaliger Patienten. Einige der Namen sagten Horndeich sogar etwas: Schauspieler und Sängerinnen.

Zu Susanne Schneiders Mutter Henriette fand Horndeich im Netz schlicht gar nichts. Diese Frau hatte demnach keine eigene Karriere verfolgt. Vielleicht war sie einfach Gattin und Mutter gewesen. Und auch zur Tochter Marianne fand Horndeich im Netz rein gar nichts.

Er blätterte durch die virtuelle Akte. Es gab eine Notiz, die zeigte, dass ein Polizeikollege nach dem Mord an Susanne Fricke versucht hatte, die Schwester Marianne ausfindig zu machen.

Es war ihm nicht gelungen. Laut Einwohnermeldeamt war die letzte Meldeadresse 2003 jene im Haus ihrer Eltern in Fulda gewesen. Nur hatte ihr Vater da bereits seit 17 Jahren nicht mehr gelebt. Der Polizist hatte die hinterlegte Festnetznummer mehrfach angerufen. Aber es gab nicht einmal einen Anrufbeantworter. Die Polizei hatte sie dann auch zweimal per Brief angeschrieben – aber auch da war keinerlei Reaktion erfolgt. Danach hatte man die Suche nach der Schwester nicht mehr weiterverfolgt, da der Täter, Marco Seidel, ja bereits identifiziert und überführt worden war. Eine Aussage der Schwester war nicht mehr nötig gewesen.

Horndeich machte eine mentale Notiz. Vielleicht lohnte es sich, der Adresse in Fulda mal einen Besuch abzustatten. Horndeich wandelte die mentale Notiz in eine digitale, als virtuellen gelben Zettel, den er auf seinen Bildschirm klebte. Natürlich gab es tausende von Programmen, mit denen man seinen Alltag strukturieren und planen konnte. Aber die kleinen gelben Klebezettel waren einfach die eindringlichste Art, einen an etwas zu erinnern, was noch nicht erledigt war. Horndeich hätte niemals einen echten gelben Zettel auf den Bildschirm geklebt. Aber dieser virtuelle Post-it würde ihn seinen Gedanken nicht vergessen lassen.

Es gab noch einen weiteren Namen, nach dem er im Netz suchen wollte: Johanna Türk. Sie war vor 19 Jahren die Geliebte des ehemaligen Bürgermeisters von Griegtal gewesen. Sie hatte ihm ein Alibi gegeben. Auch hier lohnte es sicher, noch einmal nachzuhaken.

In der Akte lag Frau Türks Adresse im Jahr 2003 in Niddatal. Dort war Rüdiger Fricke auch angeblich in der Mordnacht seiner Frau gewesen. Er gab den Namen und die Ortschaft in die Suchmaschine ein und fand tatsächlich eine Johanna Türk an besagter Adresse. Sie war Vorsitzende eines Vereins in Bad Nauheim, der das dortige Tierheim unterhielt.

Horndeich rief zunächst die Privatnummer der Dame an, aber dort meldete sich niemand. Dann wählte er die Nummer des Tierheims. Johanna Türk nahm tatsächlich höchstselbst ab: »Tierheim Wetterau, Johanna Türk, wie kann ich helfen?«

Horndeich hatte gar nicht damit gerechnet, die Dame gleich persönlich in der Leitung zu haben. Er musste sich kurz sortieren, dann sagte er: »Frau Türk, mein Name ist Steffen Horndeich. Ich bin privater Ermittler. Und ich beschäftige mich gerade mit dem Fall des Mordes an Susanne Fricke aus dem Jahr 2003. Und ihrem vermeintlichen Mörder Marco Seidel. Wäre es vielleicht möglich, dass ich mit Ihnen sprechen dürfte?«

Am anderen Ende der Leitung eine vernehmliche Pause. Dann eine knappe Antwort: »Können Sie in zwei Stunden hier sein? Dann ist meine Schicht zu Ende – und Sie können mich gern nach Hause fahren.«

Horndeich hatte die Karte rund um Griegtal nur unzureichend im Kopf. Aber dass zwischen Bad Nauheim und Niddatal ein paar Kilometer lagen, das war ihm klar. Insofern schien das Angebot recht verlockend. Wenn die Dame erst mal in seinem fahrenden Auto saß, konnte sie auch vor seinen Fragen nicht fliehen. »Frau Türk, perfekt. Ich bin in zwei Stunden bei Ihnen am Tierheim.«

Horndeich sah auf seine Uhr. Keine Apple-Watch, kein Fitbit – er trug eine Omega Speedmaster an seinem Handgelenk, ein Geschenk seiner Frau an ihn vor vielen, vielen Jahren. Er liebte diese Uhr, ganz besonders, weil es genau jenes Modell gewesen war, das Edwin ›Buzz‹ Aldrin am Handgelenk getragen hatte, als er aus der Apollo-Kapsel auf die Oberfläche des

Mondes trat – nicht Neil Armstrong, wie oft fälschlich behauptet worden war. Horndeichs Uhr war auf dem Mond gewesen. Nicht dieselbe, aber wenigstens die gleiche. Seine Speedmaster zeigte zwölf Uhr mittags.

Er hatte mit seiner Frau ausgemacht, dass diese die Kinder von der Schule und der Kita abholen würde. Das sollte gegen 14 Uhr der Fall sein. Sein Job wäre es gewesen, das Mittagessen zuzubereiten. Frisch und gesund. Kartoffeln standen auf dem Speiseplan, dazu ein Mischgemüse aus frischen Brokkoli, Möhren und Spinat, weiterhin ein paar Hühnerbrustfilets. Horndeich war inzwischen leidlich gut darin, auch solche Gerichte zuzubereiten. Nun aber hatte er gerade eine Verabredung für 14 Uhr getroffen. Nicht sehr schlau.

Mit seiner Frau hatte er diesbezüglich eine Vereinbarung: Zweimal im Monat durfte jeder einen vereinbarten Mittagsplan platzen lassen. Sandra war beim Polizeipräsidium angestellt, ihre Arbeitszeiten in der IT-Forensik waren eigentlich exakt nach den Vorgaben ihres Arbeitsvertrags für Halbtagsarbeit getaktet. Aber auch bei ihr kam es immer mal wieder vor, dass ihre Qualitäten kurzfristig gefragt waren. Er selbst wusste ja genau, wie es war: Wenn in Darmstadt jemand ermordet wurde, wirbelte die Mordkommission im roten Bereich. Und das war ja durchaus wünschenswert.

Gleichfalls gab es bei ihm bei einigen Ermittlungen Momente, in denen er schnell reagieren musste. So wie jetzt bei Frau Türk. Natürlich hätte er über die Uhrzeit ihres Termins debattieren können. Aber daraus wäre dann eine Diskussion über ein Datum geworden, nicht über eine Uhrzeit. Und so zog er jetzt den Joker. Keine Brokkoli, keine Kartoffeln, kein Hühnchen. Fertiglasagne. Er würde sie jetzt auftauen und backen. Und dann würde er sie bei ganz niedriger Temperatur im Backofen belassen. Das alles natürlich nur, nachdem er sich mit Sandra abgesprochen hatte.

Zeit für ein Telefonat.

Er wählte ihre Durchwahl, aber sie ging nicht dran. Nach wenigen Sekunden hörte er die Ansage der Zentrale der Kriminalpolizei. Er ließ sein Smartphone die Nummer Ihres Handys wählen. Doch es ging nur die Mailbox dran. Dann rief er die Zentrale der Kripo an. »Ich versuche meine Frau, Sandra Horndeich, zu erreichen. Aber es geht niemand ran.«

»Ich schau da mal nach«, sagte die Frau am anderen Ende der Leitung. Nach wenigen Sekunden meinte sie: »Herr Horndeich, Ihre Frau hat sich bei uns um zehn Uhr abgemeldet. Sie hat auf uns umgestellt. Soll ich ihr etwas ausrichten?«

Horndeich schüttelte den Kopf. Merkte, dass diese Geste sich nicht durchs Telefon teleportieren ließ, und sagte: »Nein, danke, ist nicht so wichtig.«

Stimmte nicht. War wichtig. Sandra meldete sich bei ihrem Arbeitgeber ab, aber nicht bei ihm? Wo war sie? Was machte sie? Dieses Verhalten kannte er gar nicht. Sandra hatte ihm immer Bescheid gesagt, wenn irgendetwas Unvorhergesehenes passierte. Hätte sie ihren Arbeitsplatz verlassen müssen, um zehn Uhr, dann hätte sie ihm eine kurze Nachricht geschickt: »Muss nochmal raus. Aber ich hole die Kinder ab.« Oder vielleicht auch: »Muss nochmal raus. Schaffe es vielleicht nicht, die Kinder abzuholen. Melde mich spätestens bis zwölf Uhr.« Irgend so was halt.

Aber Horndeich erschrak über sich selbst, dass ihn dieses Verhalten nicht überraschte. Nicht nach der kryptischen WhatsApp in der Nacht ihres Klassentreffens. Nicht nach ihrem Ausraster am Abend danach. Nicht nach ihrem Wohlfühl-Frühstück am Montagmorgen. Und gleichzeitig dem Schweigen über all das.

Antje war in der Kita, die für andere Kinder sogar bis um 16 Uhr geöffnet hatte. Stefanie und Alexander würden ebenfalls in die Aufsicht bis 16 Uhr übersiedeln, wenn niemand sie abholen würde. Seinen Kindern konnte nichts geschehen. Es konnte nur ein wenig Ärger mit ihnen, den Eltern geben. Aber er war stinkig. Würde Sandra es wagen, die Kinder nicht abzuholen? Ohne ihn zuvor zu informieren, dass irgendetwas schieflief?

Es war nicht sein Problem. Es war das Problem von Sandra. Er würde jetzt die Lasagne in den Ofen schieben, bis sie durch war. Dann würde er den Herd auf ›Wärmen‹ einstellen und sich dann in seinen Mazda setzen und nach Bad Nauheim fahren.

Genauso würde er es machen. Und heute Abend würde er ein Gespräch führen mit seiner Frau.

»Haben Sie Interesse an einem kleinen Hund?«

»An einem Hund?«

»Ja. Fidel. Ist ein etwas zu groß geratener Chihuahua, mit langem Haar. Ist aber kräftiger, steckt wohl eine gute Prise Terrier drin. Ist eine traurige Geschichte, Autounfall, beide Eltern und der Sohn tot, nur der Hund hat's überlebt. Ist jetzt seit drei Monaten bei uns und der perfekte Familienhund.«

Deshalb also hatte sie Horndeich unmittelbar nach der Begrüßung gefragt, ob er Familie habe. Er blickte zu der Dame auf dem Beifahrersitz hinüber. Sie strahlte ihn mit jugendlichem Lächeln an, auch wenn sie, wie Horndeich wusste, bereits 72 Jahre alt war. Doch nur die Falten verrieten etwas über ihr Alter, ansonsten weder Stimme, Statur oder Kleidung. Sie trug ein fliederfarbenes Sommerkleid, das auch einer Vierzigjährigen gut zu Gesicht gestanden hätte.

Eigentlich war Horndeich nicht zum Tierheim gefahren, um für seine Familie und sich nach einem Hund Ausschau zu halten. ›Fidel‹ – das war natürlich so ironisch, dass es kaum Zufall sein konnte: Bis zum vergangenen Jahr hatte bei ihnen der Chihuahua ›Che‹ gewohnt – einstmals benannt nach dem Revolutionär Che Guevara. Er war vor einem halben Jahr gestorben. Eingeschlafen und nicht mehr aufgewacht. Während Alexander das einigermaßen weggesteckt hatte, Sandra ebenso, war Stefanie untröstlich gewesen. Und mit schöner Regelmäßigkeit fragte sie bei ihren Eltern nach, wann denn endlich ein neuer Hund in ihr Haus Einzug erhielte. Nach Che Guevara jetzt sein Revolutionskumpel Fidel Castro?

»Nein, Frau Türk, ich bin nicht zu Ihnen gekommen, weil ich einen neuen Hund für meine Familie suche.«

»Wenn Sie nicht nach einem *neuen* Hund suchen, heißt das, dass Sie schon mal einen hatten. Vielleicht überlegen Sie es sich ja nochmal.«

Horndeich war einen Kilometer gefahren, als er nun endlich die Frage stellen konnte, die er eigentlich bereits zu Beginn des Gesprächs hatte stellen wollen: »Frau Türk, wie ich am Telefon schon gesagt habe, rolle ich gerade den Fall Susanne Fricke noch einmal auf.«

»Ja, das haben Sie gesagt, wenn es für mich auch überhaupt keinen Sinn macht. Dieser Gärtner, Seidel war, glaube ich, sein Name, der ist es doch gewesen. Hat lebenslang bekommen. Was erhoffen Sie sich, da zu finden?«

Horndeich ignorierte ihre Frage geflissentlich, konzentrierte sich seinerseits ganz auf den Verkehr, als er wissen wollte: »Sie waren damals die Geliebte von Rüdiger Fricke, nicht wahr?«

»Ach, Herr Horndeich, das ist ein hässliches Wort. Ich sah mich eher als die Frau an seiner Seite. Eine Position, die seine Gattin nicht auszufüllen bereit war. Es sei denn, sie konnte dabei im Rampenlicht stehen. Wir kannten uns schon länger als zehn Jahre, als Susanne starb.«

»Ich frage Sie das jetzt ganz direkt: Ihre Trauer hielt sich nach Susanne Frickes Ableben sicher in Grenzen. Sie haben danach aber nicht geheiratet.«

»Nein, wir haben alles so gelassen, wie es war. Danach haben wir sehr viel mehr Zeit miteinander verbracht. Ich auch in seinem Haus. Aber weder er noch ich sahen die Notwendigkeit, zu heiraten.«

Horndeich manövrierte den Wagen durch Griegtal, dann auf die Straße Richtung Niddatal.

»Ich verstehe aber immer noch nicht, wieso Sie mich das alles fragen.«

»Sie haben Rüdiger Fricke damals ein Alibi gegeben. Er soll zwischen 19 Uhr an diesem Sonntag und acht Uhr Montag früh bei Ihnen gewesen sein.«

»Wenn Sie das sagen. Ich habe keine Ahnung mehr, wann Rüdiger zu mir kam und wann er wieder gefahren ist. Das ist 20 Jahre her!«

Horndeich sah auf die Mitteilungen seines Navis. Sie waren keinen halben Kilometer mehr von Johanna Türks Zuhause entfernt.

»Sein Wagen ist damals von einer Verkehrsüberwachungskamera erfasst worden.«

Horndeich hatte nun damit gerechnet, dass Johanna Türk einen Satz sagen würde wie: Na, habe ich es Ihnen doch gesagt!

Stattdessen sah sie ihn mit großen Augen an. »Aber er ist doch gar nicht mit seinem Wagen gefahren!«, sagte sie, die Stimme war tonlos.

Horndeich spürte sofort, dass hier etwas nicht stimmte. In diesem Moment hatten sie ihr Ziel erreicht. Der Mazda rollte vor das Haus, in dem Johanna Türk lebte. Es war ein schmales Reihenendhäuschen am Rande der Ortschaft.

Horndeich antwortete zunächst nicht. Dann schlug er vor: »Wollen wir das vielleicht drinnen klären?«

Johanna Türk nickte und schien in den vergangenen Sekunden um jene Lebensjahre gealtert zu sein, die man ihr bislang nicht angesehen hatte.

Horndeich entstieg seinem Xedos, ging um den Wagen herum, hielt Johanna Türk die Tür auf.

Zwischen Gartentor und Haustür fiel kein Wort, und auch nachdem Frau Türk das Haus betreten hatte, sagte sie nur: »Sie müssen die Schuhe nicht ausziehen.«

Der Flur führte in ein Wohnzimmer, an dessen Ende eine Terrassentür den Weg in den Garten freigab. »Setzen Sie sich doch bitte draußen hin, ich mache uns einen Kaffee. Ich brauche jetzt einen.«

Horndeich tat, wie ihm geheißen, ließ sich auf einem der Gartenstühle nieder. Er konnte nicht nachvollziehen, wie Johanna Türk das gemeint hatte, dass Rüdiger Fricke nicht den eigenen Wagen benutzt hatte.

Frau Türk trat mit einem Tablett durch die Terrassentür, stellte das Service und die Kanne auf dem Tisch ab, füllte die Tassen und ließ sich auf dem zweiten Gartenstuhl nieder. »Wo ist der denn aufgenommen worden?«

Horndeich war sich nicht sicher, ob er dieses Geheimnis gleich lüften sollte. Er versuchte es mit einer Gegenfrage. Meistens ging diese Taktik nicht auf, aber vielleicht hatte er ja Glück: »Was glauben Sie denn, wo?«

»Wahrscheinlich in der Nähe des Hauptbahnhofs.«

Okay, der Bahnhof in Griegtal verfügte, wenn Horndeich das recht in Erinnerung hatte, über fünf Bahnsteige und neun

Gleise. Parallel dazu lagen weitere Schienen, die vornehmlich dem Güterverkehr vorbehalten waren. Dennoch war der Begriff Hauptbahnhof doch ein wenig hoch gegriffen. Oder meinte Frau Türk etwa gar nicht den Bahnhof in Griegtal? »Die Aufnahmen der Überwachungskamera zeigen eindeutig den Wagen von Rüdiger Fricke.«

»Das verstehe ich überhaupt nicht. Der Wagen stand doch die ganze Nacht hier, bei mir, vor der Tür.«

»Und mit welchem Wagen war Herr Fricke unterwegs?«

»Na, mit meinem! Das haben wir doch immer so gemacht. Es wäre für ihn zu peinlich gewesen, wenn er entdeckt worden wäre. Das hätte ihn vielleicht sogar sein Amt als Bürgermeister kosten können.«

Jetzt verstand Horndeich überhaupt nichts mehr. »Wohin ist denn Ihr Geliebter –«, Horndeich unterbrach sich selbst, weil er das letzte Wort für unangemessen hielt, »wohin ist Ihr Freund denn gefahren? Zu seiner Frau?« Bereits während er die Frage aussprach, hielt er sie für albern. Rüdiger Fricke war wohl kaum mit seinem eigenen Wagen zu seiner Geliebten nach Niddatal gebraust, um dann in deren Wagen zu steigen und den Weg zurückzufahren. Also, vielleicht, wenn er den Mord hatte begehen wollen. Aber Johanna Türks Worte klangen eher nach einer regelmäßigen Aktion. Womit der Mord an der Ehegattin nicht mehr zu den Optionen zählte …

»Quatsch, doch nicht zu seiner Frau!«

»Frau Türk, ich denke, wir reden irgendwie aneinander vorbei. Rüdiger Frickes Wagen wurde kurz vor 19 Uhr und am kommenden Morgen um 8 Uhr 15 von einer Überwachungskamera aufgenommen, die in Griegtal an der Hauptstraße angebracht war.«

Johanna Türk lachte auf. Laut, schrill. »In Griegtal! Wie komme ich Kuh denn darauf, dass er in Frankfurt aufgenommen wurde …«

»Er war in der Nacht des Mordes also nicht bei Ihnen zu Hause?«

Johanna Türk schüttelte wortlos den Kopf.

»Dann kann es doch sein, dass er seine Frau ermordet hat?«

Abermals wandte die Dame ihr Haupt nach rechts und links, aber nur noch mit einer sehr kleinen Bewegung.

»Was macht Sie da so sicher?«

»Ich habe Rüdiger sehr geliebt. Von Anfang an. Wir haben uns bei irgendeiner Bürgerversammlung kennengelernt. Ich war es, die ihm zunächst einen Brief geschrieben hat – wegen einer lokalpolitischen Sache, an die ich mich kaum mehr erinnere.«

»Einen Brief?«

»Herr Horndeich, das war 1992. Keine SMS, keine E-Mails. Briefe.«

»Und er hat geantwortet?«

»Natürlich hat er geantwortet. Sonst wären wir ja nie zusammengekommen. Er hat mich eingeladen, ins Rathaus, in sein Büro, wollte das Thema persönlich mit mir besprechen. Das war nicht gänzlich ungewöhnlich. Er hat sich immer als sehr bürgernah gegeben und gezeigt. Und das war nicht gespielt.«

Johanna Türk schenkte Horndeich ein Lächeln, das aber sehr nach innen gewandt war. Leiser fuhr sie fort: »Es hat noch zweier weiterer Briefe bedurft. Dann lud er mich zum Essen ein. Nach Limburg. Er wollte nicht, dass wir zusammen beim gemeinsamen Abendessen gesehen würden. Tratsch war ihm zuwider. Für mich war es okay, dass wir so weit gefahren sind. Denn wenn er nicht wollte, dass wir zusammen gesehen würden, bedeutete das, dass er diesem Treffen auch einen anderen

Wert beimaß als nur einen rein dienstlichen. In seiner Garage standen drei Autos. Der Jaguar seiner Frau, sein dicker Benz, den er für gewöhnlich fuhr, und dann ein älterer Opel Kadett E in Grau, das Synonym aus Blech für den Begriff ›unscheinbar‹. Ihn benutzte er, wenn er inkognito unterwegs sein wollte. Alle zwei Jahre verkaufte er seinen ›Tarnkappenbomber‹ und ersetzte ihn durch eine etwas neueres, aber ebenso langweiliges Modell. Und mit dem Kadett sind wir damals nach Limburg gefahren.«

»Wieso sind Sie so sicher, dass Ihr Freund seine Frau nicht umgebracht hat?«

»Wir hatten wenig Geheimnisse voreinander. Ich glaube, das hat er am meisten genossen: Dass er mir vertrauen konnte und dieses Vertrauen nicht enttäuscht wurde. Mit seiner Frau hatte er solch positive Erfahrungen eher nicht gemacht. Susanne hat sich stets nur um einen Menschen bemüht und sich für dessen Vorteile eingesetzt: Das war sie selbst. Das mag für Ihre Ohren jetzt klingen wie die Worte einer verletzten oder gedemütigten Frau. Aber es ist einfach nur die Wahrheit. Nun, wir haben alle unsere schwachen Seiten. Jene, von denen wir nicht wollen, dass andere sie sehen. Und als Bürgermeister stand Rüdiger ja noch viel mehr im Licht der Öffentlichkeit als der Handwerker um die Ecke.« Sie hielt kurz inne, dann fragte sie: »Was ist denn Ihre größte Schwäche?«

Obwohl ihm auf Anhieb keine einfiel, wurde er fast reflexartig rot. Seine größte Schwäche waren wohl seine Kinder. Nicht immer brachte er die nötige Konsequenz in der Erziehung auf, von der Sandra meinte, dass sie nötig wäre. Womit sie sicher recht hatte. Ansonsten, so glaubte er zumindest, hatte er keine Leichen im Keller. Und wenn, würde er sie jetzt ganz bestimmt nicht mit dieser Frau erörtern.

Die zeigte sich als schlechte Gedankenleserin, indem sie sagte: »Sehen Sie, genau das meine ich. Das, woran Sie gerade gedacht haben.«

Horndeich zuckte nur mit den Schultern. Sollte sie glauben, was sie mochte. Wichtig war Horndeich in diesem Moment nur die Schwäche des Bürgermeisters. »Sie haben mich ertappt«, erwiderte er. Es lag ihm auf der Zunge, zu erwidern: ›Und Ihre?‹ Er fragte aber nicht. Er wollte den Redefluss der Dame nicht unterbrechen.

»Rüdiger gestand mir nach drei Jahren, dass sein Laster das Pokerspiel wäre. Natürlich hätte er dies völlig legal in einer Spielbank ausleben können. Aber dort hätte ihn früher oder später jemand erkannt – und das wäre seiner Karriere sicher nicht förderlich gewesen. Und so spielte er heimlich. Illegal. In irgendwelchen Clubs in Frankfurt. Es war für ihn heikel, dorthin zu fahren. Und so fragte er mich eines Tages, ob er meinen Wagen nutzen dürfe, um nach Frankfurt zu fahren. Ich bin eine Freundin klarer Absprachen. Und so ließ ich mich darauf ein, aber unter ein paar Bedingungen. Eine Bedingung war, dass er, wenn er von mir losführe, nur Führerschein, Personalausweis, Fahrzeugpapiere und die Menge in Bargeld mitnehmen würde, um die er spielen wollte. Keine teuren Uhren, keine Kreditkarten nichts dergleichen. Ich wollte nichts damit zu tun haben, wenn er bei einem solchen Spiel anfing, sich seiner Existenzgrundlage zu berauben. Er hat sich drauf eingelassen. Ich glaube, er war mir sogar dankbar. Dafür, dass ich gar nicht erst versuchte, ihm das Spielen auszureden. Aber ebenso, dass ich ihm half, dieses Laster zu leben, ohne die Gefahr, dass er sein Leben ruinierte. Und so fuhr er von mir aus nach Frankfurt, ungefähr alle vier Wochen. Und auch an diesem verdammten 6. Juli 2003.«

»Wissen Sie, wo er gespielt hat? War das immer am selben Ort?«

»Herr Horndeich, ich habe da nie nachgefragt. Ich wollte es auch gar nicht wissen. Es lief so, dass er telefonisch eine Einladung bekam, und bei dem Gespräch wurden Ort und Zeit genannt.«

»Um welche Beträge ging es da?«

»Er hat zum Schluss immer rund 20.000 mitgenommen. Mal kam er ohne einen Cent zurück, mal kam er mit 30.000 zurück. Übrigens auch am Morgen des 7. Juli. Er war ganz glücklich.«

»Und das kann nicht gespielt gewesen sein? Von langer Hand vorbereitet?«

Johanna Türk zuckte mit den Schultern. »Natürlich ist es rein theoretisch möglich. Aber in der Praxis? Er und seine Frau hatten ein Gentlemen's-Agreement. Nach außen wahrten Sie den Schein des glücklichen Ehepaars, innerhalb der eigenen vier Wände lebte jeder sein eigenes Leben. Sie waren beide sehr reich: Sowohl Rüdiger als auch Susanne hatten geerbt, jeder besaß unter anderem mehrere Immobilien. Sie kokettierte immer damit, dass ihr Mann Bürgermeister sei, und ja, wenn die Kameras auf sie gerichtet waren, sonnte er sich durchaus in ihrem Glanz. Das waren die Momente, wo er ein eitler Gockel war. Es waren die Momente, in denen ich ihn am wenigsten gemocht habe. Aber solche Augenblicke, in denen wir den anderen nicht wirklich mögen, die gibt es ja nun eigentlich in jeder Partnerschaft.«

Zum Beispiel, wenn man wegen nichts und wieder nichts angemacht wird. Zum Beispiel, wenn man darüber danach nicht redet. Zum Beispiel, wenn man nicht Bescheid gibt, wenn man sich im Job beurlauben lässt, um irgendetwas Wichtiges zu erledigen. Ja. Diese Momente gab es. Bislang hatte er sie mit Sandra nur sehr, sehr selten erleben müssen. Aber jetzt?

»Haben Sie irgendwelche Hinweise darauf, wo diese Pokerspiele stattfanden? Dann könnte ich nämlich herausfinden, ob es vielleicht noch Zeugen gibt, die diese Angaben bestätigen.«

»Ich verstehe das immer noch nicht. Warum fragen Sie das alles? Der Mörder ist damals verhaftet worden, er sitzt lebenslang ab.«

»Das ist richtig. Er ist verhaftet worden, und er saß 18 Jahre in Haft. Er ist jetzt wieder in Freiheit und behauptet nach wie vor, den Mord nicht begangen zu haben. Deshalb schaue ich mir den Fall nochmals an und spreche mit allen Menschen, die damals involviert gewesen sind. Sie zum Beispiel haben der Polizei seinerzeit nicht gesagt, dass Rüdiger Fricke nicht bei Ihnen gewesen ist.«

»Nein. Natürlich habe ich das nicht getan. Denn ich wusste ja, dass er seine Frau nicht umgebracht hatte. Wie ist das bei der Polizei: Für einen Mord müssen Sie erstens in der Lage gewesen sein, ihn zu verüben, Sie brauchen zweitens das Motiv und drittens die Gelegenheit. Eins und drei waren gegeben. Zwei nicht. Aber das wussten nur ich und Rüdiger.«

»Sie sagten gerade, dass beide vermögend gewesen waren. Wer hat denn dann das Vermögen von Susanne Fricke geerbt?«

»Natürlich hat das Rüdiger geerbt. Nun besaß er noch sechs Häuser mehr. Aber ihm ging es ja auch zuvor gut. Er war bereits ein reicher Mann, bevor seine Frau starb.«

»Sie haben eine Frage noch nicht beantwortet. Wissen Sie, wo diese Pokerspiele stattfanden?«

»Nein. Aber wir waren ein paarmal zusammen in Frankfurt. Sind dort auch gemeinsam essen gegangen. Da haben wir uns eigentlich immer nur im Westend bewegt. Das muss nichts heißen. Aber er wirkte in dem Viertel sehr vertraut. Kannte die Wirte der Restaurants, die wir besuchten. Vielleicht lief da was in deren Hinterzimmern? Keine Ahnung.«

Horndeich und Johanna Türk schwiegen. Dann ergriff die alte Dame nochmals das Wort: »Herr Horndeich, hätte Rüdiger seine Frau umgebracht, hätte er mir davon erzählt. Nicht gleich danach. Das meine ich nicht. Aber bevor er starb – das kam ja mit Ansage. Er hatte Bauchspeicheldrüsenkrebs. Er wusste, dass er nur noch ein paar Wochen zu leben hat. Er hat nach der Diagnose alle seine Sachen geregelt. Wir haben viel gemeinsam geredet. Auch über die Dinge, die im Leben nicht gut gelaufen waren. Hätte er seine Frau Susanne umgebracht, hätte er mir das spätestens in seinen letzten Tagen gestanden. Schon allein deshalb, weil dann wegen ihm ein unschuldiger Mensch Jahre seines Lebens im Gefängnis verbracht hätte und er dafür verantwortlich gewesen wäre. Nein, das hätte er nicht mit ins Grab genommen. Also nochmals: Ich bin der tiefsten Überzeugung, dass Rüdiger sie nicht umgebracht hat.«

Horndeich glaubte ihr das. Und war doch auf ein Alibi gestoßen, das quasi implodiert war. Er erhob sich: »Frau Türk, danke für Ihre offenen Worte. Danke für dieses Gespräch.«

Die Dame stand ebenfalls auf. »Danke, dass Sie mich nicht verurteilen. Oder mir sagen, ich hätte nur Blödsinn erzählt.«

»Ich finde allein raus, danke.«

Als er schon drei Schritte getan hatte, sagte Frau Türk: »Wollen Sie sich Fidel nicht vielleicht doch einmal anschauen?«

Horndeich hielt inne.

»Ich hab hier ein paar Bilder.«

Horndeich blieb stehen. Horndeich drehte sich noch einmal um. Und Horndeich wusste, dass sich dies später im Rückblick als großer Fehler erweisen könnte.

Johanna Türk hielt lächelnd ihr Handy in die Höhe, auch ein iPhone. Sie sendete ihm zehn Bilder über AirDrop – diese wunderbare Erfindung, die es erlaubt, Daten zwischen zwei iPhones direkt übertragen zu können, ohne dem anderen seine Telefonnummer preisgeben zu müssen.

Horndeich sah die Bilder. Und wusste, dass auch Johanna Türk wusste, dass jemand diese Bilder aufgenommen hatte, der genaue Kenntnis davon hatte, wie man Hunde aufnehmen muss, damit sie möglichst süß wirkten. Bei Fidel war es dem Fotografen hervorragend gelungen. Und Horndeich wusste wirklich nicht, ob er diese Bilder jemals seiner Frau geschweige denn seiner ältesten Tochter zeigen würde.

»Nach Susannes Tod bin ich nach Berlin gezogen. Ich musste raus aus dem allen. Neu beginnen. Mein Leben neu sortieren.«

Baltasar Fricke war auf seine Art ein ähnlicher Paradiesvogel wie Jon Lord. Gekleidet mit einem gestreiften Anzug, setzte die Fliege den optischen I-Punkt. Er wirkte auf Jana ein wenig wie ihre Vorstellung von Sherlock Holmes. Fricke hatte Jana in seiner privaten Residenz empfangen. Ein kleines Schlösschen, unweit des Wannsees. Unter finanziellen Problemen schien dieser Mann auf jeden Fall nicht zu leiden. Sie saßen auf der rückwärtigen Terrasse des Hauses, mit Blick auf den See. Kaffee und Kekse hatte nicht etwa der Hausherr nach außen getragen, sondern eine Dienstbotin, tatsächlich in schwarzem Kleid und mit weißem Häubchen bekleidet.

Baltasar Fricke zeigte sich gegenüber Jana sehr offen. »Ja, ich hatte mitbekommen, dass dieser Gärtner verurteilt wurde. Ich weiß nicht, sprach ja alles gegen ihn. Aber ich konnte mir kaum vorstellen, dass er Susanne umgebracht hatte. Auch wenn ich zunächst natürlich unglaublich wütend auf ihn war.«

»Wie war Ihr Verhältnis zu Susanne Fricke?«

Baltasar Fricke taxierte sein Gegenüber. »Ich bin mir nicht sicher, ob ich verstehe, was Sie von mir wollen. Der Mörder an meiner Schwägerin ist damals verurteilt worden. Und ich war derzeit in Hamburg. Dafür gab es Zeugen im dreistelligen Bereich. Warum quälen Sie sich mit diesem alten Fall?«

Die schwarz Bekleidete mit dem weißen Häubchen trat auf die Terrasse und fragte mit kieksiger Stimme: »Soll ich Ihnen noch etwas bringen?«

Jana empfand sich nun noch mehr an die Zeit von Sherlock erinnert. Und fühlte sich dabei alles andere als wohl.

Baltasar Fricke machte eine wegwerfende Handbewegung, die sich nicht von jener unterschied, mit der man eine Fliege verscheuchte. Weißhäubchen verschwand.

»Oh, Herr Fricke, ich quäle mich keineswegs. Es ist mein Beruf. Ich hinterfrage Dinge.«

Mit dieser Antwort konnte der Hausherr offenbar wenig anfangen.

»Ich frage also nochmals: Wie war Ihr Verhältnis zu Susanne Fricke?«

»Ich hab sie mit meinem Bruder bekannt gemacht. Großer Fehler.«

»Wie darf ich das verstehen?«

»Es ist ein offenes Geheimnis, also kann ich offen darüber sprechen: Ich habe Susanne kennengelernt, ein Jahr, bevor ich sie mit meinem Bruder bekannt gemacht habe. Und ich war damals sehr verliebt in Susanne. Sehr.«

»Dann haben Sie sie 1981 kennengelernt?« Jana hatte den Kalender des Falls ziemlich gut im Kopf.

»Ja. Auf einem ihrer Konzerte. Susanne hat damals nur auf relativ kleinen Bühnen gespielt. 1981 war sie im Kurpark in

Wiesbaden gewesen. Ich war nur zufällig auf dem Konzert. War an einem frühen Freitagabend. Ich war geschäftlich in Wiesbaden, war damals gerade dabei, meine Vertriebskette für Computer aufzubauen. War einmal der letzte Schrei: Heimcomputer. Computer in den eigenen vier Wänden. Nicht mehr nur die riesigen Rechenschränke in irgendwelchen Institutionen oder Konzernen. Wir bauten damals die Kette ›Avarus‹ auf. Computer zum billigen Preis. *Avarus* ist lateinisch und heißt Geiz. Geiz ist geil – wir waren unserer Zeit weit voraus. Und dann bin ich mit meinem Geschäftskumpel in den Kurpark gegangen, und da sang Susanne. Also natürlich unter ihrem Künstlernamen Susanna. Ich war hin und weg. Mein Kumpel auch. Sie hatte damals einen Freund, und so sind wir zu viert danach noch in irgendeiner Kneipe versumpft. Dann bin ich zum Groupie geworden, sozusagen. War auf allen Konzerten, wo immer ich es einrichten konnte. Hab mich zweimal mit ihrem Freund geprügelt. Daher auch meine etwas schräge Nase heute. Aber war egal. Ich war so was von verknallt.«

Baltasar Fricke schien in die Vergangenheit abgetaucht zu sein. Er sammelte sich wieder und sagte: »Ich habe meinen Bruder bekniet, auf ein Konzert mitzukommen. Zu sehen, für wen mein Herz da entflammt war. Rüdiger ist vier Jahre älter als ich. Und dann, nach ein paar Monaten, da tat er mir den Gefallen.«

Jana konnte sich lebhaft vorstellen, was Baltasar Fricke nun erzählen würde.

Seine Beschreibung unterschied sich schließlich auch kaum von ihrer Vorstellung: »Rüdiger ging es genauso wie mir. Er hat sie gesehen, und Amors Pfeil hatte sein Herz quasi zerfetzt. Das einzige Problem bei der Sache: Sie erwiderte seine Gefühle stante pede. Susanne beachtete mich nicht mehr. Sondern hatte nur noch Augen für meinen Bruder. Was unserer Geschwisterbeziehung nicht eben förderlich war. «

»Sie haben sich damit aber abgefunden, oder?«

»Was soll ich sagen? Diese Tage der Schmach liegen 40 Jahre zurück. Würde ich heute etwas anders machen? Ja, wahrscheinlich. Ob das dann besser wäre? Das sei dahingestellt. Ein Jahr nach ihrem Kennenlernen haben sie bereits geheiratet, das war 1983. Ein Jahr später habe ich Bettina kennengelernt. Verkäuferin in unserer Eisdiele. Sie hat mir den Hof gemacht. Und ein Jahr später haben wir geheiratet. Objektiv gesehen: Sie war der Trostpreis. Das hätte ich nicht tun sollen. Subjektiv gesehen: Mit ihr habe ich zwei wunderbare Töchter gezeugt. Denen ich inzwischen zum Glück wieder nahestehe. In den Jahren des Chaos haben sie jeden Kontakt zu mir vermieden.«

»Jahre des Chaos? Was meinen Sie denn damit?«

»Frau Welzer, das ist so ein wundervoller Tag, den darf man nicht wie einen gewöhnlichen Tag abhaken.«

Jana hatte keine Ahnung, was er damit meinte, Sekunden später stand Weißhäubchen wieder auf der Terrasse, mit Sektkübel und zwei Gläsern. Sie stellte die Utensilien auf den Tisch ab, nahm die Sektflasche aus dem Eis, öffnete sie und schenkte beiden ungefragt ein. Danach verschwand sie so leise und unauffällig, wie sie gekommen war.

Baltasar Fricke hob das Glas: »Auf diesen schönen Tag. Und auf die bittere Erkenntnis, dass wir die Dinge im Nachhinein nicht mehr ändern können.«

Sekt? Alkohol? War das eine gute Idee? Sie sah auf die Uhr. Die Zeiger zeigten knapp 16 Uhr.

Baltasar Fricke stellte das Glas wieder ab und fragte: »Interpretiere ich Ihren Blick auf den Chronographen richtig? Möchten Sie heute noch zurückfliegen?«

»Ja, ich habe mit dem Gedanken gespielt.«

Wieder erschien Weißhäubchen auf der Bildfläche. Jana hatte keine Ahnung, wie Baltasar Fricke seine Bedienstete zu sich zitierte. Drückte er einen für sie nicht sichtbaren Knopf an seinem Stuhl? Hatte er einen Sender in der Hosentasche? »Bitte kümmern Sie sich darum, dass Frau Welzer heute noch zurück nach Darmstadt kommt.« Dann wieder die betreffende Handbewegung, die Weißhäubchen sofort zum Verschwinden veranlasste.

Abermals erhob Baltasar Fricke das Glas: »Nun noch einmal: auf diesen schönen Tag. Und darauf, dass wir die Vergangenheit leider nicht ändern können. Oder vielleicht auch zum Glück.«

Jana hob ihrerseits das Glas. Wobei ihr das Prozedere mit dem Flugticket nun nicht wirklich klar war. Hatte Fricke vor, ihr ein Ticket zu schenken? Hatte sie genug Bargeld dabei, um es auszulösen? Das würde sich klären … Sie stieß mit ihm an.

»Ich habe Bettina geheiratet, und wie gerade gesagt, haben wir zwei Töchter, Jahrgang 1986 und 1988. Ich habe mich bemüht, ein redlicher Mann zu sein. Aber sowohl Rüdiger und Susanne als auch unsere kleine Familie haben alle in Griegtal gewohnt. Wir liefen uns über den Weg. Rüdiger war inzwischen sogar Bürgermeister unserer Gemeinde. Und somit traf ich auch immer wieder auf Susanne.

Ich bin gut darin, knallharte Geschäftsabschlüsse zu tätigen. Aber ich war Wachs in ihren Händen. Daran hatten all die Jahre nichts geändert. Und Anfang der Neunziger, da hat sie mich erhört. So habe ich es zumindest damals interpretiert. Geheime Stelldicheins in Frankfurter Hotels, Sex, Raserei – ich hätte mir nie vorstellen können, wie wild diese Frau im Bett war. Ich weiß, das gehört nicht hierher, und dennoch: Irgendwie gehört es hierher. Ich hatte sie immer als Prinzessin gesehen. Aber sie war wohl mehr ein Cowgirl. Es stieß mich eher ab – und gleichzeitig band es mich noch enger an sie.« Er machte eine kurze Pause. »Was erzähle ich Ihnen hier eigentlich?«

Das fragte sich Jana auch. Nicht, dass es sie nicht interessierte, wie Baltasar Frickes Lebensgeschichte aussah. Doch seine Offenheit machte sie ein wenig verlegen. Weshalb sie seine Frage nicht kommentierte.

Baltasar Fricke schien auch keine Antwort erwartet zu haben. Er fuhr von sich aus fort: »Natürlich dauerte es nicht lang, bis meine Frau davon erfuhr. 1985 hatten wir geheiratet, 1993 waren wir geschieden. Mein Bruder hatte alle Hände voll zu tun, diese Geschichte in der Presse einigermaßen unter Kontrolle zu behalten. Selbstverständlich wusste auch er, wie der Hase lief. Aber der Igel musste natürlich schneller sein. Zum Glück lebten wir da noch in einer Zeit, in der nicht jede Sensation, oder jedes kleine Sensatiönchen, weltweit viral ging.

Ich traf mich immer noch mit Susanne. Und mir war klar, dass mein Bruder das wusste. Aber zu dieser Zeit hatte er bereits seine Johanna. Seinen Ruhepol. Bis heute verstehe ich nicht ganz, warum er sich nicht hat scheiden lassen, Johanna heiratete und einfach ein glückliches und zufriedenes Leben führte. Während er mit seiner Johanna glücklich war, musste ich mir meine Susanne mit diversen anderen Männern teilen. Nicht zuletzt mit dem Gärtner. Aber ich war an einem Punkt meines Lebens angelangt, an dem ich akzeptiert hatte, dass mein Leben in ihrem Schatten verlief, ich mich zum Affen machte, und es dennoch für mich die beste Form, die einzig mögliche Form der Existenz darstellte.«

Hui, dachte Jana, der Mann hat den Fortgeschrittenen-Kurs in ›Pathetische Reden‹ erfolgreich absolviert. Bevor Jana das Gespräch mit Fricke begonnen hatte, hatte sie noch eine

WhatsApp von Horndeich empfangen: »Rüdiger Frickes Alibi ist implodiert.« Horndeich hatte noch keine Details dazu geschickt. Aber wenn Horndeich davon sprach, dass ein Alibi implodiert war, dann war es nicht mehr existent. »Herr Fricke, halten Sie es für möglich, dass Ihr Bruder Rüdiger seine Frau ermordet hat?«

»Mein Bruder? Blödsinn! Er war doch bei Johanna in dieser Nacht.«

»Nun, es scheint, als ob dies nicht mehr sicher sei.«

»Was erzählen Sie denn da für einen Blödsinn? Er hat es mir doch selbst mehrfach bestätigt.«

»Und Sie sind sicher, dass er dabei die Wahrheit gesagt hat?«

Das Zögern dauerte eine halbe Sekunde zu lang. »Ja, natürlich.«

»Also nicht?«

»Ich war damals erstaunt darüber, wie gut es ihm gelungen war, nach der Affäre mit der Scheidung meiner Ehe die Medien zu manipulieren. Mir ist nicht bekannt, dass sich auch nur einer getraut hätte, eine Verbindung zwischen Susanne und mir nur anzudeuten. Er muss das Spiel sehr gut beherrscht haben, wer wem einen Gefallen schuldete. Und dass dabei die Wahrheit auf der Strecke blieb – das gehörte wohl zu diesem Spiel. Insofern: Nein, ich kann mir nicht ganz sicher sein. Aber ebenso gilt: Ich glaube nicht, dass er es war. Seine Emotionen gegenüber Susanne waren dermaßen abgekühlt, er hatte seine Johanna an seiner Seite – er hatte überhaupt kein Motiv, sie umzubringen. Und, ja, er hat danach ein paar Häuser geerbt. Sie hatten sich gegenseitig als Alleinerben eingesetzt. Hatten ja auch keine Kinder. Aber mein Bruder brauchte das Erbe nicht. Er hatte ja davor schon ein paar Häuser besessen. Wie auch ich ein paar Häuser besitze. Unsere Eltern haben uns viel hinterlassen. Und, da kann ich natürlich nur für mich sprechen, ich würde das niemals gefährden, indem ich irgendjemand anderem das Lebenslicht auslösche. Was hätte ich davon?«

Weißhäubchen erschien wieder auf der Terrasse, in der Hand einen DIN A4-Ausdruck. Baltasar Fricke nickte nur kurz. Dann reichte die junge Dame Jana das Ticket. Diese überflog die Daten: Um 19:45 Uhr hob der Flieger in Berlin-Brandenburg ab. Keine Stunde später würde sie in Frankfurt landen.

»Was schulde ich Ihnen?« Eine rhetorische Frage. Auf dem Ticket stand die Summe von 160 Euro.

Abermals jene Handbewegung, die offensichtlich eine Standardgeste seines Bewegungsrepertoires war: das abfällige Wegwischen in der Luft. »Ein Geschenk des Hauses«, sagte Baltasar Fricke. »Dafür, dass Sie mir den Nachmittag versüßt haben. Mein Chauffeur wird Sie zum Flughafen fahren.«

Wieder einmal war Jana froh darüber, dass ihr Gepäck in solchen Fällen in genau eine Tasche passte, die sie stets bei sich trug.

Horndeich hatte am Nachmittag noch versucht, Jana telefonisch zu erreichen, doch es antwortete nur die Mailbox. Dann würden sie einfach morgen miteinander sprechen. Er hatte ohnehin vor, sie am kommenden Morgen im Büro aufzusuchen. Sie mussten sich gegenseitig auf den neusten Stand bringen und ihr weiteres Vorgehen absprechen. Der übrige Nachmittag war dann allerdings anders verlaufen, als Horndeich sich das erhofft hatte. Er hatte mit Sandra sprechen wollen, vielleicht eine Viertelstunde im Garten, ohne, dass die Kinder dazwischenfunken würden.

Doch zunächst musste Alexander verbunden und getröstet werden, nachdem er sich beim Basteln mit der Schere in den rechten Zeigefinger geschnitten hatte. Nicht der Schmerz war seine größte Sorge, sondern die felsenfeste Überzeugung, dass er jetzt nie wieder würde Klavierspielen können. Um ihm diese Angst zu nehmen, hatte Horndeich fast eine halbe Stunde lang mit ihm sprechen müssen.

Danach kam Stefanie auf ihn zu und brauchte Hilfe in Mathematik. Wenn Horndeich auch kein Mathe-Crack war, so verfügte er doch über ein gerüttelt Maß an didaktischen Fähigkeiten, was gerade bei Mathe von Vorteil war. Seine Stefanie lernte ohne größere Probleme. Umso schlimmer war es, wenn sie tatsächlich einmal etwas nicht auf Anhieb verstand, wie am heutigen Tag. Sie wurde dann immer unruhiger, dadurch unkonzentrierter, sodass es für sie unmöglich wurde, überhaupt noch etwas zu verstehen. Dies endete dann meist in einer zehnminütigen Tränen-Kaskade. Darauf folgte zehnminütiges Trösten. Danach konnte es weitergehen. Und zumeist verstand Stefanie daraufhin auch wieder auf Anhieb, was zu lernen war. Diese Sessions dauerten meist zusammengerechnet eine gute Stunde.

Seine Frau kümmerte sich um Antje, die offensichtlich mit irgendwelchen Verdauungsproblemen zu kämpfen hatte, Durchfall bekam und dies durch konstantes Weinen akustisch untermalte. Auf Deutsch: Der Nachmittag war gelaufen.

Nach dem Abendessen brachte Horndeich seine beiden älteren Kinder ins Bett, Sandra kümmerte sich weiter um Antje, und erst gegen neun Uhr abends kehrte Ruhe ein. Horndeich war todmüde.

Dennoch setzte er sich zu Sandra ins Wohnzimmer. Er überlegte, noch ein Glas Wein zu trinken, aber ihm war nicht nach Alkohol. Seiner Frau auch nicht. Während er auf der Couch saß, fläzte sie sich neben ihn und kuschelte sich an ihn.

»Wie war dein Tag?«, wollte sie von ihrem Gatten wissen.

Horndeich war dankbar, dass nicht er diese Frage zuerst hatte stellen müssen. Er berichtete von der Recherche über das Elternhaus von Susanne Fricke und seinem anschließenden Gespräch mit Johanna Türk.

»Bei einem Tierheim hast du sie abgeholt?«

»Ja«, antwortete er knapp. Denn er wollte jetzt ganz bestimmt nichts von Fidel erzählen.

»Und? Hat sie dir sofort eine Katze andrehen wollen? Oder vielleicht sogar einen Hund?«

Horndeich schwieg.

»Einen Hund? Tatsächlich? Hast du Bilder?«

Das Gespräch lief in eine völlig falsche Richtung. Abermals schwieg Horndeich.

»Zeig!«, giggelte Sandra und zwickte ihn in die Seite.

Horndeichs Tablet lag auf dem Wohnzimmertisch. Die Fotos von Handy und dem flachen Computer synchronisierten sich automatisch. Also griff sie nach dem Tablet, klappte die Abdeckung nach hinten und öffnete die Foto-App.

Sandra wischte durch die kleine Bildergalerie. Und sagte gar nichts. Horndeich kannte seine Frau. Die Reaktion des Schweigens war deutlich gefährlicher als ein hochfrequentes, laut ausgestoßenes »Ist der süüüüß!« Letztere Reaktion war ihr beim Anblick diverser Katzenbilder immer mal wieder über die Lippen gekommen. Doch eine Katze wollte sie definitiv nicht in ihren eigenen vier Wänden dulden. Ihr Schweigen ließ auf eine viel tiefere Zuneigung zu dem kleinen Kerl schließen, den sie noch nicht einmal persönlich gesehen hatte.

Horndeich hörte die Schritte seiner Tochter, die die Treppe hinunter tapste. Die Tür zum Wohnzimmer öffnete sich, Stefanie trat herein. »Ich kann nicht schlafen«, maunzte sie. Es kam selten vor, dass sie diesen Satz zu ihnen sagte. Für gewöhnlich schlief sie ein und im Weiteren durch.

»Was schaust du dir da an, Mama?« Das Maunzen war verschwunden und ihrer normalen, festen Stimme gewichen. Auch sie war sehr gut darin, Stimmungen in den Gesichtern ihrer Eltern zu lesen. Und dass ihre Mama gerade nicht auf einen Zeitungsartikel starrte, das musste ihrer Tochter sofort klar gewesen sein.

Nur die Reaktion seiner Frau überraschte Horndeich: »Schau mal«, sagte sie zu ihrer Tochter.

Oh, oh, jetzt begab sich seine Frau auf vermintes Terrain. Hätte sie die Schutzhülle über den Bildschirm geklappt und das Tablet auf den Wohnzimmertisch zurückgelegt, nichts wäre geschehen. Doch es passierte das Unausweichliche: Wenn das Meereswasser sich zurückgezogen hatte, folgte unabwendbar der Tsunami. Stefanie trat hinter das Sofa und schaute ihrer Mama über die Schulter.

Sie riss die Augen auf und stieß das hochfrequente, laute »Ist der süüüüß!« aus. Im Gegensatz zu ihrer Mutter bedeutete bei ihr diese Reaktion, dass sie erwartete, dass sie den potenziellen neuen Mitbewohner morgen in der heimischen Stube streicheln könne.

Zwar reagierte Sandra und sagte: »Den können wir nicht einfach holen.«

Stefanie hakte sofort nach: »Gehört der schon jemand anderem?«

Wie definiert man ›Notlüge‹? Hätten er oder Sandra jetzt mit einem simplen Ja geantwortet, wäre die Sache erledigt gewesen. Aber Horndeich konnte sich nicht dazu durchringen, zu lügen. Und seine Frau offensichtlich ebenso wenig. »Er wohnt in einem Tierheim.«

Tierheim, den Begriff kannte seine Tochter. Sie waren mit der Schulklasse einmal im Darmstädter Tierheim gewesen. Und für Stefanie war das ganz einfach: Das Tierheim war der Ort, an dem die Tiere wohnen, die gerettet werden mussten.

»Ich nenne ihn Pucky«, verkündete seine Tochter, als ob alle anderen Zwischenschritte vom Tierheim ins eigene Heim bereits gegangen worden wären. Und es war ein Reflex von Horndeich, dass er seine Tochter korrigierte: »Er heißt Fidel.«

»Fidel? Nach *Che* nun *Fidel?*« Sandra fing an zu lachen und konnte sich nicht mehr einkriegen.

»Was ist daran so lustig? Was ist das für ein Name?«, wollte Stefanie wissen.

Seine Frau lachte immer noch, und Horndeich hatte keine Lust, jetzt Nachhilfeunterricht über die Geschichte Kubas zu geben. »Das erkläre ich dir morgen.«

»Okay«, antwortete Stefanie knapp und wandte sich wieder ihrer Mutter zu. »Wann holen wir ihn ab?«

Jetzt kam der schwierigere Teil. Der Tochter klarzumachen, dass niemand Fidel abholen würde. Seine Frau hatte dem Töchterchen die Bilder gezeigt, dann sollte sie jetzt bitteschön auch diesen Part übernehmen.

»Wir können im Moment keinen Hund haben«, sagte Sandra mit viel entschlossenerer Stimme, als Horndeich ihr das im Augenblick zugetraut hätte.

»Warum nicht?«, wollte seine Tochter wissen.

Das war der Moment, in dem die Diskussion begann, sich danach über 20 Minuten hinzog und von so vielen Tränen begleitet war, dass Horndeich sich fragte, wie diese Wassermassen überhaupt in solch einem kleinen Körper produziert werden konnten, ohne dass der in Minuten völlig austrocknete.

Die Notlüge wäre die bessere Wahl gewesen.

Aber jetzt war es zu spät.

Am Ende hatte Stefanie sich so weit durchgesetzt, dass Sandra versprach, am morgigen Tag im Tierheim anzurufen und zu fragen, ob Fidel noch da war oder vielleicht bereits an diesem Tag vermittelt worden war.

Galgenfrist.

Ein paar Stunden, in denen man die eigene Haltung zur Notlüge noch einmal überdenken konnte.

Es dauerte noch eine Viertelstunde, bis Stefanie wieder eingeschlafen war. Und wenn Horndeich auf irgendetwas an diesem Abend keine Lust mehr hatte, dann war es eine weitere, unangenehme Diskussion.

Er und seine Frau gingen in Richtung Schlafzimmer. Und im Gegensatz zu Stefanie war Horndeich bei der ersten Berührung seines Kopfes mit dem Kopfkissen schon eingeschlafen.

DONNERSTAG, 19. MAI

»Rüdiger Fricke ist also wieder im Rennen? Glaubst du wirklich, dass er seine Frau umgebracht hat und dann seinen Gärtner dafür hat in den Knast wandern lassen?« Horndeich hörte die Skepsis in Janas Stimme.

»Ich weiß es nicht. Auf jeden Fall ist sein Alibi in der Tonne gelandet.«

»Tja, für ein Wiederaufnahmeverfahren langt es auf jeden Fall nicht.« Damit brachte Jana den Sachverhalt kurz und bündig auf den Punkt. »Was wollen wir in dieser Sache weiter unternehmen? Was willst *du* weiter unternehmen?«

Die beiden saßen in Janas Büro am großen Tisch. Es war halb neun morgens. Auf dem Whiteboard mit den Fotografien war das Porträt von Rüdiger Fricke mit einem roten Kreis des Eddings umrahmt worden.

»Ich kenne da noch jemand, der vor 20 Jahren im Bereich ›Organisierte Kriminalität‹ in Frankfurt gearbeitet hat. Ich werde ihn fragen, ob wir irgendeine Chance haben, da noch etwas Licht ins Dunkel zu bringen. Ich glaube es eigentlich nicht, es ist schon zu lang her. Aber trotzdem. Ich werde es versuchen.«

»Der heißeste Kandidat, wenn es Seidel nicht gewesen ist und auch Rüdiger Fricke unschuldig ist, wäre dann wohl der Stalker. Für den Fall, dass es ihn gibt.«

»Lass uns das Material von diesem Johannes Lord anschauen«, schlug Horndeich vor.

Jana hatte Tastatur und Maus vor sich liegen, das Smartboard an der Wand diente als Monitor. Mit wenigen Klicks hatte sie das Phantombild auf den Bildschirm gezaubert.

Die Zeichnung konnte unter der Überschrift ›Schmal‹ verbucht werden: Sie zeigte einen Mann mit schmalem Gesicht, schmaler Nase, schmalem Mund mit schmalen Lippen. Und eine schmale Narbe auf der rechten Wange. Vielleicht eine Schnittverletzung. Er trug, zumindest auf diesem Bild, keinen Bart.

»Okay, wie groß ist der Kerl?«

Jana öffnete eine Datei, die sie selbst angelegt hatte mit dem Titel: Phantombild, Background.

Das Word-Dokument bestand exakt aus drei Worten, einem Satzzeichen und einer Zahl: »Größe: zirka 185 Zentimeter.«

»Aha. Na, dann sollten wir ihn ja erkennen, wenn er uns über den Weg läuft.« In dem Moment, in dem sich dieser Kerl einen Bart stehen ließ, wäre seine Narbe auf der rechten Wange schlicht verschwunden.

Jana kommentierte Horndeichs ironische Anmerkung nicht weiter.

»Kannst du mir die Bilder der Videoüberwachung zeigen?«

»Nein, das kann ich im Moment nicht. Jon Lord hat mir drei Videokassetten mitgegeben, jeweils 24 Stunden Material pro Kassette, von jeweils einer der drei Kameras.« Jana stand auf, ging in ihr Büro, kam danach mit drei VHS-Bändern wieder zurück.

»Frage Nummer eins: Gibt es irgendeinen Hinweis, an welcher Stelle während dieser 24 Stunden unser Mann zu sehen ist?«

Jana fingerte aus dem Spalt zwischen Kassette und Hülle einen Zettel. »13 Stunden, 42 Minuten und 30 Sekunden. Die Kassetten haben einen Timecode.«

»Super! Hast du einen Videorekorder?«, stellte Horndeich die nächste folgerichtige Frage.

»Einen Videorekorder? Ich? Ich bin froh, dass ich ein Gerät habe, mit dem ich ausgeliehene Blu-Ray-Discs und DVDs abspielen kann. Hast *du* nicht so ein Teil?«

Natürlich hatte auch Horndeich kein solches Gerät greifbar. Aber er hatte eine Idee. Wenn jemand einen Zugriff auf einen Videorekorder hatte, dann war es der Vater seiner ehemaligen Kollegin Margot Hesgart. Als er noch gemeinsam mit Margot ermittelt hatte, hatte ihnen der alte Herr mehrmals mit technischem Gerät ausgeholfen, mit dem sie exotische Beweisstücke ansehen konnten, zum Beispiel einen Schmalfilm. Ihm wurde bewusst, dass er nicht einmal bei Menschen seiner Generation voraussetzen durfte, dass sie sich unter diesem Begriff etwas vorstellen konnten. Sebastian Rossberg jedenfalls hatte ein kleines privates Technikmuseum unterhalten, erst in seiner Wohnung in der Erbacher Straße 8, danach in einem der Kellerräume von Horndeichs Haus. Doch Horndeich entsann sich, dass diese Kellerräume nun seine Kellerräume waren. Sebastian Rossberg war mit seiner Lebensgefährtin Chloe inzwischen aus dem Souterrain dieses Hauses in ein Altersheim gezogen, dem Seniorenstift Goldenstern, das keinen halben Kilometer vom Haus im Richard-Wagner-Weg entfernt lag.

Dennoch, einen Versuch war es wert. Er griff zu seinem Handy und wählte die Nummer des Festnetzanschlusses im Appartement von Rossberg.

Sebastian Rossberg ging sofort an den Apparat. »Steffen! Wie schön! Ich hoffe, es geht dir gut und du willst mir keine Hiobsbotschaft überbringen?«

»Nein, alles ist bestens«, sagte er.

Rossberg erkundigte sich nach dem Wohlbefinden von Steffens Frau und den drei Kindern.

Horndeich plauderte ein paar Minuten mit ihm, wobei ihm bewusst wurde, dass er sicher acht Wochen lang nicht mehr mit dem alten Herrn gesprochen hatte. Er hasste diese Momente, in denen ihm gewahr wurde, wie sehr der Alltag von den Dingen ablenkte, die er doch bewusst pflegen wollte.

Nachdem Rossbergs Wissensdurst gestillt war, vermeldete auch er, dass es ihm und seiner Chloe den Umständen entsprechend gut ging. Chloe konnte nur noch mit Rollator laufen. Aber die beiden führten immer noch ein erfülltes Leben, da sie beide völlig klar im Kopf, intellektuell stets auf der Höhe der Zeit und an der Welt interessiert waren.

»Es wird Zeit, dass ich mal wieder den Grill anschmeiße, damit du den Grillmeister geben kannst.«

»Das würde mich sehr freuen, nein, das würde *uns* sehr freuen.«

Horndeich musste schlucken. Beide waren über 80. Und solch eine Verabredung dann einfach mal um ein Jahr verschieben – das konnte schnell schiefgehen.

»Aber, Steffen, du hast mich aus einem bestimmten Grund angerufen. Kann ich dir irgendwie helfen?«

»Ich schalte dich jetzt auf Lautsprecher, ich bin im Büro von Jana.«

»Hallo, Jana! Ich hoffe, es geht Ihnen gut?«

Jana antwortete, und auch mit ihr wechselte Sebastian Rossberg ein paar freundliche Worte. Dann übernahm Horndeich wieder: »Sebastian, ich bin auf der Suche nach etwas – Exotischem. Ich brauche einen VHS-Rekorder.«

Er hörte den alten Herrn am anderen Ende der Leitung lachen. »*Exotisch!* Herrlich! Die ersten VHS-Rekorder kamen auf den Markt, da war ich noch nicht mal 40. Und ich hätte mir nie träumen lassen, dass ich ihren Niedergang erleben würde! Na ja, inzwischen sind ja auch DVDs schon fast old school …«

»Hast du noch so einen Rekorder?«

»Nein, als wir hierhergezogen sind, habe ich mich ja von allem alten Tand getrennt. Ist mir nicht leichtgefallen. Aber meine ganzen Video- und Filmgeräte hat der Darmstädter Film- und Videoclub dankend angenommen. Vielleicht fragst du bei denen mal nach?«

Klar, das wäre durchaus eine Möglichkeit gewesen. Und Sebastian Rossberg hätte sicher sofort den Kontakt zum richtigen Mitglied des Vereins herstellen können. Aber Horndeich fürchtete, dass das alles wiederum einige Tage in Anspruch nehmen würde. Und er verspürte wenig Lust, noch länger darauf zu warten, dass er diese Aufzeichnungen betrachten konnte. Diese Spur mit dem Stalker musste geklärt werden. Je eher, desto besser.

»Okay, ich merke schon, du hättest gern eine schnellere Lösung. Gib mir eine Stunde Zeit. Ich gehe mal durchs Haus und frage, ob nicht irgendjemand einen Rekorder hat. Und du kommst am besten gleich her. Nimm deine Kassette unter den Arm. Dann sehen wir gleich, ob Kassette und Rekorder kompatibel sind.«

Horndeich verabschiedete sich von Sebastian Rossberg und versprach, in 20 Minuten bei ihm zu sein.

Horndeich saß in dem Appartement, das Sebastian Rossberg mit Chloe teilte.

»Noch eine Tasse Kaffee?« Chloe hatte es sich nicht nehmen lassen, für den Gast eine Kanne zuzubereiten und ein paar Kekse auf den Tisch zu stellen. Horndeich bedankte sich und die alte Dame schenkte ihm nach.

»Er wird sicher gleich hier sein. Und ich glaube, er wird bestimmt so einen Videorekorder auftreiben. Ich hatte ja damals in meiner alten Heimat auch ein paar Kassetten, habe sie sogar mit nach Deutschland gebracht. Aber das war ja im amerikanischen System NTSC, und daher mit dem europäischen PAL-System nicht kompatibel. Sebastian hat dann sofort einen gebrauchten NTSC-Rekorder über eine Kleinanzeige gekauft.«

Horndeich schmunzelte. Da hatte jemand viel Wissen von seinem Lebenspartner aufgenommen.

Während das Schlafzimmer der Wohnung eher bescheiden war, maß der Wohn-Ess-Bereich fast 30 Quadratmeter. Auch die Küche war klein, doch die beiden fühlten sich hier ausgesprochen wohl, wie sowohl Sebastian als auch Chloe immer wieder beteuerten.

Sekunden später öffnete sich die Tür des Appartements und Sebastian Rossberg trat ein. Unterm Arm hielt er einen Videorekorder, in der Hand eine Fernbedienung. »Geht doch nichts über gute Kontakte!«, lachte er und war sichtlich stolz. »Hat mir Herr Seitz geliehen. Und mir auch das Scart-Kabel mitgegeben.«

Mit wenigen Griffen schuf er auf dem Sideboard, auf dem auch der Fernsehapparat stand, Platz und stellte den Videorekorder dort ab. Es dauerte keine weiteren 20 Sekunden, dann war der Rekorder mit Strom versorgt und das Kabel zwischen Fernseher und dem Gerät ebenfalls sicher verlegt.

»So, Steffen, dann gib mir mal die Kassette.«

Horndeich tat, wie ihm geheißen, und reichte dem älteren Herrn das Tape. »Wir haben es gerade nochmal mit einem seiner Bänder ausprobiert – das Gerät funktioniert tadellos.« Er führte die Kassette in den Schacht ein, drückte auf Start und sah – Rauschen. Zwar konnte man mit ein bisschen Fantasie erahnen, dass unter dem Rauschen ein Bild lag, das den Eingangsbereich zu einem Garten zeigte, mit Gartentürchen und einem Teil des Briefkastens daneben. Horndeich drückte auf Stopp, dann auf schnellen Vorlauf. Er ließ das Gerät das Band ein paar Sekunden vorspulen. Anschließend drückte er wieder auf Start. Das Ergebnis war unverändert.

»Oh je, das sieht gar nicht gut aus.« Sebastian Rossbergs Stimme klang bei Weitem nicht mehr so euphorisch wie noch vor wenigen Minuten. »Das ist eine Kassette aus einer Überwachungsanlage, nicht wahr?«

»Ja. Woher weißt du das? Und warum ist das wichtig?«

»Zuerst das Fazit: Auf einem normalen Videorekorder wirst du nichts erkennen können. Dazu brauchst du ein ganz spezielles Gerät, am besten das gleiche Modell, mit dem dieses Band auch aufgezeichnet worden ist.«

»Ich verstehe gar nichts mehr.«

»Setz dich, Steffen, ich erkläre es dir. Aber das ist eine kniffige Aufgabe, bei der ich dir selbst mit den Geräten aus meinem damaligen Museum nicht hätte helfen können.«

Horndeich setzte sich, nahm noch einen Schluck Kaffee. Und schob sich aus reiner Frustration drei Kekse in den Mund. »Ich höre?«

»Ich nehme an, diese Aufnahme ist nicht älter als 30 Jahre und wahrscheinlich nicht jünger als 15. Anfang der Neunziger fing es an, dass richtig reiche Menschen sich im trauten Heim eine Videoüberwachung wünschten. Das Problem war meistens, dass man mit normalen Videorekordern auch mit Longplay immer nur maximal zehn Stunden aufnehmen konnte – das war definitiv das Ende der Fahnenstange bei handelsüblichen Geräten. Es wurden damals aufwändige Verfahren entwickelt, auf einer gewöhnlichen VHS-Kassette viel mehr Informationen unterzubringen. Normalerweise besteht eine Sekunde Film aus 25 Einzelbildern. Wenn man jetzt nur noch zwei Bilder pro Sekunde aufnimmt, wird die Aufnahmezeit gleich zwölfmal so lang – wir sprechen jetzt von über 120 Stunden am Stück. Also mehr als vier Tage. Ich will dich jetzt nicht mit dem ganzen technischen Schnickschnack langweilen. Aber wenn du dieser Kassette ein brauchbares Bild entlocken willst, brauchst du einen sogenannten ›Time Lapse-Rekorder‹. Vielleicht ein Sony SVT 3050 oder der SVT 5050 – die waren ziemlich weit verbreitet.«

Horndeich sah Sebastian Rossberg entgeistert an. Der hatte tatsächlich noch Typenbezeichnungen von uralten VHS-Spezialrekordern im Kopf. »Und wo kriege ich jetzt so ein Teil her?«

»Mit viel Glück bei eBay. Sonst kann es schwierig werden. Ist halt gut 20 Jahre alt.«

»Noch einen Kaffee, Steffen?«, fragte Chloe.

Steffen Horndeich machte sich wieder auf den Weg von der Seniorenresidenz zu Janas Büro. Das Wetter war perfekt und der Spaziergang tat ihm gut. Es gab Menschen, die zeichneten alle ihre Bewegungen des Tages mit irgendeinem Fitnesstracker auf. Ihm genügte es, ab und zu auf sein Fahrrad zu steigen oder spazieren zu gehen. Denn er spürte sehr gut selbst, wann er außer Atem war und wann nicht.

Während er die Dieburger Straße entlanglief – inzwischen mit deutlich weniger Parkbuchten versehen, aber einem betont breiteren Radweg, stetes Politikum in Darmstadt –, dachte er nach.

Seine Arbeit als Hauptkommissar vermisste er nur selten. Aber mit seinem Team hatte er sehr gern zusammengearbeitet. Das waren insbesondere Leah Gabriely und Richard Feller, beide im Rang von Hauptkommissaren. Die beiden waren, nach ihrem letzten gemeinsamen Fall vor drei Jahren, ein Paar geworden. Leah arbeitete immer noch als Hauptkommissarin im Polizeipräsidium Südhessen, Richard Feller hatte die 60 bereits überschritten, arbeitete nicht mehr bei der Polizei und war nach wie vor als freiberuflicher IT-Experte aktiv. Es gab Menschen, die sagten, man müsse ihm eine Festplatte einfach nur in die flache Hand legen, und er könne bereits dann sagen, was darauf gespeichert wäre. Horndeich überlegte, ob Feller ihnen vielleicht auch in diesem Fall irgendwie weiterhelfen könnte. Der wusste ganz bestimmt, wie man aus dem analogen Pixel-Chaos ein Bild zaubern konnte. Eventuell hatte er auch noch eine Quelle, über die man an einen dieser ominösen Super-Videorekorder kommen konnte.

Als Horndeich die Brücke über die Eisenbahnschienen überquerte, steckte er sich seine Airpods ins Ohr und rief Richard Feller an. Die kleinen Bluetooth-Geräte im Ohr sorgten dafür, dass er sprechen konnte, ohne das Handy ans Ohr halten zu müssen oder über die Freisprecheinrichtung des Smartphones auch jeden anderen Passanten an Fellers Wortbeiträgen teilhaben zu lassen.

»Horndeich! Schön, von dir zu hören!«

Es gab nur wenige Menschen, die Steffen Horndeich bei seinem Vornamen nannten. Wohl niemand außerhalb der engeren Familie. Und Sebastian Rossberg zählte er irgendwie zur Familie. Für alle anderen war er – Horndeich.

Er kam gleich zur Sache: »Richard, ich habe da ein kleines Problem. Ich habe drei VHS-Bänder, die aus einer Videoüberwachungsanlage von vor 20 Jahren stammen. Das Format ist ein anderes als bei gewöhnlichen VHS-Kassetten. Ich kann mir das Ergebnis nicht ansehen. Du hast doch so ein riesiges Arsenal an Rechnern. Kennst du vielleicht auch jemanden, der so einen Videorekorder hat? Herr Rossberg – also Margots Papa – sprach irgendwas von einem Sony-Gerät. Ich konnte mir den Namen nicht genau merken, aber irgendwie kam eine 50 drin vor. 3050 und 5050, genau, so hießen die Dinger.«

»Wow! Du steigst aber tief hinab in die Geschichte der Videoaufzeichnung!«

»Ja. Das habe ich gemerkt.«

»Wie geht es Jana?«

Wie kam Feller denn jetzt darauf? »Gut«, antwortete er.

»Ihr löst immer noch den einen oder anderen Fall gemeinsam?«

»Ja. Wie kommst du darauf?«

»So ein VHS-Band hast du ganz bestimmt nicht im Familienregal entdeckt. Sondern wahrscheinlich bei irgendwelchen Recherchen. Und wenn du recherchierst, steckt meistens Jana dahinter. Oder sie sitzt zumindest mit im Boot.«

»Ja, da hast du recht. Aber was hat das jetzt mit der Kassette zu tun?«

»Die wird wohl aus einem Sony STV 5050P stammen. Wenn du sagst, die Kassette stammt aus einem Sony-Gerät, irgendwas mit -50, dann tippe ich genau darauf. War ein tolles Gerät damals. Mit einem angeschlossenen Kameraumschalter konntest du sogar das Bild von mehreren Kameras aufzeichnen. Aber natürlich nicht parallel.«

»Genau. STV 5050. Davon hat Sebastian Rossberg gesprochen.«

»Na, da hast du ja Glück.«

»Wieso?«

»Nun, das war auch meine erste Überwachungseinheit. Ein STV 5050P mit drei Kameras.«

»Den benutzt du heute noch?«

»Quatsch. Das geht inzwischen deutlich effizienter und ohne Bandsalat.«

Dann stellte Horndeich die alles entscheidende Frage: »Du hast also noch so eine Wunderkiste?«

»Yepp. Ist zwar im Moment nicht angeschlossen, aber er hat noch eine gute alte RS232-Schnittstelle.«

Horndeich hatte keine Ahnung, was das sein sollte, geschweige denn, was deren Funktion war. Es war ihm auch völlig egal. Er fragte nur: »Das heißt, wenn ich dir jetzt eine Kassette bringe, dann kannst du die Bilder darauf sichtbar machen?«

»Ja. Und ich kann den Rekorder sogar über meinen Rechner steuern.«

»Wann passt es dir?«

»Na, so in zehn Tagen hätte ich vielleicht mal eine Stunde Zeit.«

Horndeich stieß die Luft aus. Das konnte nicht sein Ernst sein, oder? »In zehn Tagen?«

»Horndeich, das war ein Sche-herz! Hol Jana, packt die Kassetten ein, dann kommt ihr zu mir. Und dann schauen wir, was wir retten können.«

Jana war beeindruckt. Der Raum, in dem sie saßen, hatte eine wunderbare Glasfront nach außen. Es war eine ins Dach eingelassene Gaube. Die Wohnung befand sich in einem der Gründerzeitbauten in der Heinrich-Fuhr-Straße. Die Glasfront zeigte nach Norden. Wenn Richard Feller am Schreibtisch saß, konnte er über den Badesee Woog blicken und sah auch die goldenen Kuppeln der Russischen Kapelle und das Wahrzeichen der Stadt Darmstadt: den Hochzeitsturm. Janas Büro lag dem Turm zwar näher, aber sehen konnte sie ihn vom Erdgeschoss heraus nicht.

Die Seitenwände des Raumes waren rechts und links von Regalen verdeckt. Im rechten Regal befanden sich zahlreiche technische Geräte und auch einige Rechner. Der Blick Richtung Hochzeitsturm wurde nur getrübt von den drei Monitoren, die auf dem Glastisch standen. Feller hatte dafür gesorgt, dass alle Kabelstränge sauber geführt waren, in eigenen Führungsschienen, mal breiter, mal schmaler. Auf dem Tisch befanden sich zwei Tastaturen und zwei Mäuse. Jana war nur an dem Raum vorbeigegangen und hatte durch die Tür gespäht. Sie war noch nie in der Privatwohnung von Leah Gabriely und Richard Feller gewesen. »Komm«, forderte Richard sie auf, »wir setzen uns auf den Balkon.« Seine Partnerin Leah Gabriely hatte einen freien Tag, war also mit von der Partie.

Der Balkon zeigte nach Süden. Auf dem runden Tisch war für vier Personen gedeckt. Leah Gabriely brachte mit einem Tablett noch Leckereien aus der Küche nach draußen.

Schick, dachte Jana. Das Kleid, das Leah trug, stammte definitiv nicht von der Stange. Es bestand aus schwarzen und roten Stoffen, wobei das Rot ziemlich exakt jenem der Haarfarbe der Trägerin entsprach. Leah hatte volles Haar, das sie offen trug. Sie hatte die Polizistin bereits kennengelernt, vor gut einem Jahr, als sie den ersten gemeinsamen Fall mit Horndeich gelöst hatte. Aber hier, im Privaten, gab sich Leah viel freier und offener.

Feller und Leah hatten darauf bestanden, dass sie erst zusammen brunchen würden, bevor er sich Horndeichs Videokassetten annahm. Jana war das nicht unrecht. Sie kannte die beiden nicht gut, aber sie mochte sie. Und wenn sie ihren Kollegen Horndeich richtig einschätzte, war der sehr froh über diese kleine private Runde, bevor man gemeinsam an die Arbeit ging. Schließlich waren die beiden seine engsten Mitarbeiter gewesen. Und Horndeich hatte ihr einmal verraten, dass er sich sehr gefreut hatte, dass die beiden doch noch ein Paar geworden waren. Denn sie waren lange, sehr lange umeinander herumgeschlichen.

Leah hatte den halben Inhalt des Kühlschranks auf den Tisch gepackt. Nicht einmal der Lachs fehlte. Jana genoss den Blick nach Süden. Ja, in dieser Wohnung ließ es sich leben.

Leah, Feller und Horndeich tauschten ein paar Anekdoten aus der gemeinsamen, guten alten Zeit aus. Und Jana störte sich nicht daran, dass sie nicht aktiv an der Unterhaltung teilnehmen konnte. Aber lange hatte sie Steffen Horndeich nicht so entspannt und gelöst erlebt wie in dieser Stunde.

»Vielleicht solltet ihr jetzt doch langsam ins Reich meiner besseren Hälfte umziehen«, schlug Leah vor.

Horndeich begann sofort, Marmelade und Honig aufs Tablett zu stellen. »Lass mal, ich geb heut mal ganz die Hausfrau. Geht ihr zu den Rechnern, ich kümmere mich um den Haushalt.«

Jana musste schmunzeln. Sie war sich sicher, dass Leah ganz gewiss nicht das untertänige Weibchen war, dessen Rolle sie jetzt gerade freiwillig einnahm.

Keine drei Minuten später saßen Horndeich, Feller und sie im Arbeitszimmer des Meisters.

»Ich hab mir erlaubt, das schon ein wenig vorzubereiten. Da ist das gute Stück«, sagte der Technikfreak und deutete auf einen in mattgrau gehaltenen Videorekorder.

Sieht völlig unscheinbar aus, dachte Jana.

»Ich hab ihn bereits mit dem Rechner gekoppelt.«

Horndeich reichte seinem ehemaligen Kollegen die erste der Kassetten. Der schob sie in den Schacht, klickte mit der Maus auf einen Button und schon war der Eingangsbereich zu einem

Haus zu sehen. In Schwarz-weiß. Oder besser in Grau-grau. Die Bildqualität war wahrlich nicht überragend. Unten rechts im Bild war ein Timecode eingeblendet. In einem Programmfenster, das Feller auf dem mittleren Bildschirm geöffnet hatte, erschienen weitere Daten. »Ja, das Band lief im 24-Stunden-Modus. Also rund drei Bilder pro Sekunde. Gibt es irgendeine bestimmte Stelle, zu der ich spulen soll?«

Jana schaute auf ihr Handy. Sie hatte diese Information inzwischen ebenfalls digital abgelegt. »13 Stunden, 42 Minuten und 30 Sekunden.«

Feller klickte mit dem Mauszeiger auf ein Eingabefenster. Dort gab er den Timecode ein. Er drückte die Return-Taste, und der Videorekorder setzte sich wie von Geisterhand in Bewegung. Keine Minute später stoppte das Gerät, der Rekorder sortierte das Band an die richtige Stelle. Dann trat er ins Bild, der Mann: schmal, schlaksig. Die Kamera zeigte ihn nur ab den Knien aufwärts. Er trug einen Kapuzenpulli in dunkler Farbe.

Wie Jon Lord bereits gesagt hatte, war sein Gesicht nicht zu sehen. Vielmehr trat die ganze Gestalt durch das Bild. Ging auf das Gartentörchen zu, warf offensichtlich einen Brief in den Briefkasten und trat auch schon zur anderen Seite wieder aus dem Bild heraus.

»Das ist alles?«, fragte Horndeich.

»Das gibt es zumindest aus drei verschiedenen Perspektiven«, antwortete Jana. Sie zog die beiden anderen VHS-Kassetten aus ihrer Tasche.

Richard Fellers Finger glitten über die Tastatur, er schob die Maus hin und her, schaute konzentriert auf dem Bildschirm. Jana hatte keine Ahnung, was er da machte. Kurz darauf klickte er auf einen Button, dann wurde die Kassette ausgeworfen.

»Die nächste bitte«, bat er Jana.

Feller legte das Band ein, gab wieder den Timecode ein, wenig später sahen sie die gleiche Szene, aufgenommen von der Kamera auf der anderen Seite. Die Kamera war unter dem Vordach der Haustür angebracht und zeigte die Szene quasi im Weitwinkel. Da konnte man nur den Schatten erkennen, der den Weg zum Gartentörchen ging, dort kurz innehielt und weiterlief. Wieder hantierte Feller danach für drei Minuten mit Maus und Tastatur. Und auch die dritte Variante gab dem Stalker kein Gesicht. Und dennoch zelebrierte Feller abermals ein seltsames Ritual mit Maus und Tastatur.

»Das ist alles, was wir von dem Mann haben?«, erkundigte sich Horndeich.

»Nein, eine Zeichnerin hat noch ein Phantombild angefertigt.« Jana rief das Bild auf ihrem Handy auf und Feller griff nach seinem Tablet, ebenfalls von der Marke mit der angebissenen Frucht, die Eva zum Verhängnis geworden war. Jana sendete das Bild mit zwei Tipps auf den Bildschirm ihres Mobiltelefons. Keine drei Sekunden hatte Feller auch dieses Bild auf einen der Monitore gebeamt.

Dann reihte er eine ganze Reihe von Fotografien aus den Überwachungsvideos auf dem Monitor daneben auf.

»So, ich habe die einzelnen Bilder alle isoliert. Die stehen uns nun als Fotos zur Verfügung.«

»So viel erkennt man darauf nicht wirklich. Und es ist nirgends das Gesicht zu sehen«, murmelte Horndeich.

»Nein, das Gesicht nicht. Aber schau mal hier«, sagte Feller und deutete mit einem Stift auf den Hoodie, der auf dem Monitor zu erkennen war. »Da ist irgendetwas auf dem Rücken. Ein Bild, ein Symbol, ein Buchstabe.«

»Damit kommen wir nicht wirklich weiter«, erwiderte Horndeich, und in seiner Stimme schwang Frustration mit.

»Nur nicht so vorschnell.«

So überschwänglich Horndeich zuvor gewesen war – davon war im Moment nichts mehr übrig. Vielleicht hatte er sich erhofft, ein deutliches, klares Bild des Mannes geliefert zu bekommen. Aber der Überwachungstechnik vor 20 Jahren standen einfach noch nicht die technischen Möglichkeiten der Gegenwart zur Verfügung. Gerade was die Lichtempfindlichkeit der Kameras anging, stammten die Aufnahmen einfach aus einer anderen Ära. »Nun, Richard, dann danke ich dir ganz herzlich. Es war einen Versuch wert.«

»Oh, meine Arbeit ist noch nicht getan. Sie fängt jetzt erst an.«

»Wie meinst du denn das?«

»Jetzt fang ich an zu zaubern.«

Horndeich sah seine Kollegin an. »Jana, dann würde ich dich einfach bitten, hierzubleiben. Vielleicht findet ihr ja tatsächlich noch irgendetwas raus. Ich würde zu mir ins Büro gehen und nochmal versuchen, ob ich irgendwelche Daten über die Schwester von Susanne Fricke finden kann.«

»Klingt wie ein guter Plan«, sagte Jana.

Die Uhr zeigte zwölf Uhr mittags. Seit 20 Minuten hatte Horndeich die entsprechenden Seiten in der Akte Marco Seidel nochmals aufgerufen. Aber sie enthielten keine weiteren Angaben zu Susannes Schwester Marianne. Horndeich tippte auf gut Glück *Marianne Schneider* in das Eingabefeld der Suchmaschine. Über 71.000 Treffer in 0,59 Sekunden, wie ihm augenblicklich angezeigt wurde. Er wusste nur, dass Marianne Schneider 1950 geboren worden war und Biologie studiert hatte. Er gab die Jahreszahl und das Studienfach ein. Immer noch 2.580 Ergebnisse.

Er machte sich tatsächlich die Mühe, die ersten 50 Ergebnisse anzuschauen, aber es war ihm sofort klar, dass er sich hier in eine Sackgasse begab. Entweder war von den 1950er Jahren die Rede, oder die angezeigte Marianne Schneider war deutlich jünger oder eben deutlich älter. Nein, so kam er nicht weiter.

Und mit der Konzentration klappte das auch nicht, wie er es gewohnt war. Nachdem er sich von Jana und Feller verabschiedet hatte, brachte ihn Leah noch zur Tür. »War schön, dich mal wiedergesehen zu haben«, sagte sie.

Und Horndeich war immer noch Polizist genug, um festzustellen, dass in ihrer Stimme ein Unterton mitschwang, der in diese Aussage nicht hineingehörte. Also fragte er direkt: »Was ist?«

Leah lächelte. »Du kriegst auch heute noch immer alles mit, nicht wahr?«

Horndeich zuckte nur mit den Schultern. Sein Bedarf an Spielchen war derzeit gedeckt.

»Ich wollte dich nur fragen, ob mit Sandra alles in Ordnung ist? Auf der Arbeit ist sie so komisch in den vergangenen Tagen. Ich weiß, es steht mir gar nicht zu, diese Frage zu stellen. Aber hätte ich es nicht getan, hätte ich mir später vielleicht irgendetwas vorgeworfen.«

»Ich weiß es nicht«, antwortete Horndeich wahrheitsgemäß. Dann hatte er sich umgedreht und war gegangen.

War mit seiner Frau alles in Ordnung? Das hätte er auch gern gewusst.

Jetzt saß er hier vor dem Rechner, fand keine Antworten und war eigentlich wieder für das Mittagessen verantwortlich. Er stellte den Rechner auf Standby, dann erhob er sich und ging ein Stockwerk nach oben, ins Erdgeschoss, in die Küche. Die

Kinder und Sandra wären gegen 14 Uhr zurück. Er war dran mit Kochen.

Und er konnte beide Vorstellungen nicht ertragen: Entweder am Familientisch auf heile Welt zu machen oder mit all der Spannung zwischen ihm und seiner Frau das Essen zu überstehen.

Er beschloss, den zweiten Joker in diesem Monat zu ziehen. Er schob drei Lasagnen in den Ofen. Und abermals schrieb er seiner Frau die WhatsApp, dass er wegen des Falles nochmal fortfahren müsse, nach Fulda.

Die WhatsApp-Antwort klang nicht begeistert, aber auch nicht pampig.

Um ein Uhr saß Horndeich in seinem Mazda und fuhr in Richtung des Oberzentrums Osthessens.

Jana konnte nichts dazu beitragen, um Feller zu unterstützen. Deshalb saß sie einfach neben ihm und schaute gespannt auf die Bildschirme. Zuerst hatte Feller die Fotobearbeitung aufgerufen. Und aus den Bildern, die auf den ersten Blick einfach nur grau in grau gewesen waren, waren per Zauberhand richtige Schwarz-Weiß-Fotos entstanden. Dadurch konnte man das Gesicht des Mannes zwar auch nicht erkennen, aber die Bilder waren schon beeindruckend klarer.

Was danach kam, verstand Jana überhaupt nicht. Feller kopierte aus den einzelnen Fotografien Teilstücke heraus. Dann veränderte er sie perspektivisch: Die einen zog er ein bisschen in die Breite, verzerrte sie, indem er mit dem Mauspfeil an einer der Ecken des Ausschnitts zog.

Sie schaute ihm minutenlang zu, dann fragte sie: »Richard, was machen Sie da gerade?«

Er sah sie an, mit offenem Lachen. »Sie möchten doch wissen, was der Kerl angehabt hat, oder?«

»Ja. Aber das sehen wir doch?«

»Aber sie erkennen nicht, was er auf dem Rücken getragen hat.«

»Richtig. Auf keinem der Bilder ist das ganz zu sehen.«

»Aber wir haben die Aufnahmen von der rechten und die Aufnahmen von der linken Seite, die jeweils immer wieder ein Stückchen zeigen. Was ich versuche, ist das Puzzle der Einzelteile zusammenzusetzen. Vielleicht erkennen wir dann, was auf der Rückseite seines Hoodies abgebildet ist.«

Jana nickte nur.

Und Feller setzte seine Arbeit fort. Es wirkte auf Jana wie künstlerisches Schaffen.

Richard Feller schob die einzelnen Ausschnitte nebeneinander, entzerrte hier noch ein bisschen, da noch ein wenig, und ganz langsam ahnte Jana, was dort zu sehen war. »Ist das …?«

»Ich würde sagen, ja.«

Jana betrachtete das Puzzle. Die zusammengesetzten Einzelteile zeigten eine helle Lilie. In einem dunklen Kreis. Also exakt das Logo des Darmstädter Fußballklubs SV98 – der ›Lilien‹.

»Unser Stalker ist also ein Fan der Darmstädter Lilien«, sagte Jana mit ein wenig Ehrfurcht in der Stimme. Aus einem leeren Hut hatte Feller das Kaninchen gezaubert. »Ja, er hat Stil. Hätte auch ein Adler der Eintracht sein können«, frotzelte Feller.

»Damit wissen wir aber immer noch nicht, wer der Kerl ist«, konnte sie sich dennoch nicht verkneifen hinterherzuschieben.

»Aber wir können es herausfinden. Mir liegt auf der Zunge zu sagen: Ganz einfach. Aber das ist es natürlich nicht. Ihr Stalker ist 2003 aufgenommen worden. Das war die Zeit, als das Internet gerade anfing, den Kinderschuhen zu entwachsen. 2004 kam dann die Plattform, die unseren ganzen Umgang mit dem Netz verändert hat: Nicht das erste soziale Netzwerk, aber das erste, das Stück für Stück in den Alltag eines großen Teils der Gesellschaft einzog. Facebook.«

»Aber wie können wir den Kerl auf Facebook finden?«

»Wenn ich auf dieses Phantombild schaue, ist das kein junger Kerl von 18 Jahren. Sie haben gesagt, er hat eine Sängerin gestalkt?«

»Ja. Aber die war damals schon 53.«

»Dann gehen wir doch mal davon aus, dass er damals vielleicht so um die 35 war. Dann wäre er heute 55. Vielleicht sogar 60. Und wenn er damals mit einem Lilien-Hoodie durch die Welt gelaufen ist, als doch schon erwachsener Mann, dann können wir davon ausgehen, dass er heute auch noch in der Fan-Szene aktiv ist.«

»Sie meinen, wir finden ihn auf Facebook?«

»Ich meine, das ist der beste Ansatzpunkt. Ein schon etwas älterer Mann, aktiver Fan, Narbe über der rechten Wange. Ich denke, wir sollten uns die Fanseite des Vereins auf Facebook anschauen. Und es gibt bestimmt auch geschlossene Fan-Gruppen, denen wir beitreten können.«

»Na, dann los!«

Sie riefen die Seite des sozialen Netzwerks auf. Richard Feller loggte sich ein. Jana wunderte sich nur, dass sein Name dort Rainer Bechstein lautete. Das Foto zeigte auch nicht den Mann, der da neben ihr saß.

Feller bemerkte ihren Blick, grinste. »Früher war es noch einfacher, ein Profil anzulegen, das nicht so genau geprüft wurde. Und da auch ich mich manchmal gern anonym im Netz bewege, ist Rainer Bechstein, ebenfalls wohnhaft in Darmstadt, zu meinem besten Freund geworden.«

Fellers Finger flogen über die Tastatur, dann öffnete er ein paar Tabs. »So, da hätten wir die offizielle Seite des Vereins.«

»Kann man da sehen, wer sich die Seite ansieht?« Jana war in diesem Metier nicht ganz so sicher wie in vielen anderen.

»Nein. Der Verein erstellt einen Beitrag – und wir können sehen, wer den Beitrag mit einem ›Gefällt mir‹ versehen hat – und wer einen Kommentar verfasst hat. Und die Profile können wir uns dann anschauen. Und mit ein bisschen Glück auch die Beiträge, die diese Personen selbst erstellt haben. Aber das nur, wenn die User das explizit für alle User freigeschaltet haben, nicht nur für die, die Facebook als ›Freunde‹ bezeichnet…«

Feller klickte auf den nächsten Tab im Browser. »Und hier ist die Gruppe ›Fans der Lilien‹. Fast 2.000 Mitglieder. Die können wir sehen. Und durcharbeiten.«

»Ich bin beeindruckt«, sagte Jana.

»Ich auch. Jetzt liegt ein bisschen Arbeit vor uns.«

»Können Sie mir das Puzzle-Bild der Jacke gerade zuschicken?«

Zwei Sekunden später gab Janas Handy ein leises ›Pling‹ von sich. Sie öffnete das Bild ihrerseits und sendete es an Horndeich: »Das ist die Jacke unseres Stalkers. Feller und ich machen uns jetzt auf die Suche. Rein virtuell.«

Und sie verspürte ein Hochgefühl und einen Optimismus, wie sie ihn seit Tagen nicht erlebt hatte.

Horndeich war inzwischen auf der A66 Richtung Fulda unterwegs. Sein Ziel war die Schneidersche Suchtklinik in Ehrenberg. Während die Lasagne im Backofen garte, hatte er noch einmal Janas Account bei der Pressedatenbank ›Genios‹ genutzt und versucht, ob über Matthias Schneiders Tochter Marianne in irgendwelchen Zeitschriften etwas veröffentlicht worden war. Er schaute in die biologischen Fachzeitschriften und in die überregionalen Wochenzeitschriften wie Spiegel, Zeit, FAZ oder Süddeutsche. Das Ergebnis war genauso hilfreich wie jenes von Google …

Er hoffte nun, in der Klinik, die Mariannes Vater aufgebaut hatte, vielleicht noch etwas mehr über die junge Biologiestudentin zu erfahren. Obwohl, jung war sie nicht mehr. Und Studentin natürlich auch nicht mehr. Sie war inzwischen über 70. Wenn sie noch lebte. Er hoffte, in der Klinik Weiteres herauszubekommen. Vielleicht konnte er die Zeit im Auto nutzen, um zu seinem ehemaligen Bekannten von der organisierten Kriminalität in Frankfurt Kontakt aufzunehmen. Wenn Horndeich sich richtig erinnerte, war Tennert inzwischen auch über 70. Er hatte Xaver Tennert kennengelernt, als Spuren in einem Mordfall in Darmstadt in Frankfurts Drogenmilieu geführt hatten. Er hatte sich gut verstanden mit dem erfahrenen Kollegen. Und er erinnerte sich sogar, dass sie einmal gemeinsam in Frankfurt ein Bier getrunken hatten. Nun, es war nicht bei *einem* Bier geblieben. Und Horndeich war tunlichst nicht im eigenen Wagen nach Hause gefahren. Sie waren in ihrem Gespräch damals außerdem auf das Thema illegale Spielclubs gekommen. Hinterzimmer in Kneipen oder manchmal auch edlen Restaurants, in denen um viel Geld gezockt wurde.

Er hatte es zu schätzen gelernt, dass er beim Autofahren telefonieren konnte, ohne dabei die Hände vom Lenkrad nehmen zu müssen. Für gewöhnlich hatte er den Sprachassistenten seines Mobiltelefons abgeschaltet. Nur bei Autofahrten schaltete er ihn an. Das Handy war mit dem Bluetooth-System des Wagens gekoppelt, ein kleines Mikrofon neben der linken A-Säule nahm die entsprechenden Schallwellen auf. »Siri, rufe Xaver Tennert an«, forderte er den Sprachassistenten seines Smartphones auf.

Horndeich wusste nicht, ob er den Kontakt überhaupt noch gespeichert hatte, aber der kleine elektronische Sklave würde darauf gleich eine Antwort liefern.

»Privat oder mobil oder dienstlich?«, fragte die männliche, künstliche Stimme aus den Lautsprechern seiner Autotüren. Vielleicht sollte er sich tatsächlich einmal nach einer freundlicheren Stimme umschauen. Horndeich entschied sich kühn für: »Mobil.«

»Ich wähle die Nummer von Xaver Tennert mobil.«

Noch bevor Horndeich auch nur angefangen hatte, nachzudenken, sagte er automatisch: »Danke.«

Es langte schon, dass er sich bei einem Gerät bedankte. Zum Glück hatte dieses nicht geantwortet: »Bitte, gern geschehen.«

Nein, er würde die künstliche Stimme aktiviert lassen. Bei einer angenehmen, weiblichen und vor allem menschlichen Stimme hätte Horndeich wahrscheinlich das »Bitte, gern geschehen« erwartet …

Weiter kam er nicht in seinem Gedankenfluss, denn es meldete sich eine echte Stimme aus den Lautsprechern. »Steffen Horndeich? Hallo! Was verschafft mir die Ehre?«

»Hallo, Herr Tennert! Das ist ja schön, dass ich Sie erreiche.«

»Horndeich, Horndeich. Wir waren doch schon beim Du. Das sollte man nicht leichtfertig aufgeben.«

»Xaver, klar, gern.«

»Wenn du mich nach so vielen Jahren anrufst, dann hast du ein Problem. Wie kann ich helfen? Bist du immer noch bei den Kollegen in Darmstadt? Oder hat es dich inzwischen ganz woandershin verschlagen?«

Horndeich gab dem ehemaligen Kameraden einen kurzen Abriss über seine Situation, gipfelnd in dem Fazit, dass er sich vor drei Jahren als Privatermittler selbstständig gemacht hatte.

»Okay, da bin ich ja mal gespannt. Was möchtest du von mir wissen? Und warum möchtest du es von *mir* wissen? Und was kann ich dir dafür in Rechnung stellen? Ich bin nämlich inzwischen pensioniert.«

»Über die Kohle können wir uns gerne unterhalten, wenn ich dir gesagt habe, was ich brauche.«

»Horndeich! Das war ein Witz! Aber wenn du mir freiwillig Geld anbietest, heißt das im Umkehrschluss, dass du welches hast, auf das du verzichten kannst. Dann muss es dir ziemlich gut gehen. Und das freut mich.«

»Ich meine das ernst, du kannst mir wirklich –«

»Ich meine das auch ernst. Bin froh, wenn es tatsächlich noch Menschen gibt, die an meinem Wissen Interesse haben.«

Es sollte scherzhaft klingen, das spürte Horndeich. Aber genauso deutlich vernahm er, dass in Tennerts Tonfall ein bleierner Unterton lag, der den Scherz mit ganzem Gewicht erdrückte. Horndeich schilderte Tennert sein Problem. Und resümierte dann: »Ich müsste also wissen, ob Rüdiger Fricke am Sonntag, dem 6. Juli 2003 in Frankfurt an einer illegalen Pokerrunde teilgenommen hat. Höchstwahrscheinlich irgendwo im Westend.«

»Ich hab das aufgeschrieben. Aber ich mache dir da keine allzu großen Hoffnungen. Ich meine, das ist fast 20 Jahre her. Und das war ein illegales Spiel. Und über illegale Spiele werden kaum jahrzehntelang Aufzeichnungen festgehalten.«

Genau so etwas hatte Horndeich ja schon selbst überlegt.

Doch Tennert fuhr fort: »Aber du hast zwei Asse im Ärmel, Horndeich. Das erste ist, dass ich nicht mehr im aktiven Dienst bin. Da reden die Leute eher. Das zweite, dass ich nach wie vor die führenden Gestalten im großen Spiel kenne. Auch die ehemaligen. Ich habe also ein paar Telefonnummern, die wohl kaum ein anderer hat. Und ich bin gern bereit, dich zu unterstützen, weil …« Er sprach nicht weiter.

»Weil …?«, hakte Horndeich nach.

Tennert seufzte tief. Dann fuhr er fort: »Weißt du, ich bin jetzt seit fünf Jahren pensioniert. Vor viereinhalb Jahren hat mich meine Frau verlassen. Als ich zwölf Stunden am Tag gearbeitet habe, da hat unsere Ehe funktioniert. Als wir jeden Tag aufeinanderhingen, da hat sie ganz schnell die Panik bekommen. Und jetzt kommst du und stellst mir diese Aufgabe. Freut mich sehr! Auch dass du an mich gedacht hast. Und außerdem: Ich weiß nicht, wie viele Leute ich hinter Gitter gebracht habe. Aber ich hab mich immer mal wieder gefragt, haben wir nur die Richtigen eingebuchtet? Wenn dieser Typ, der da auf dich zugekommen ist, die Wahrheit sagt, dann ist es nur recht und billig, dass er zumindest die Kohle bekommt, dafür, dass er so viele Jahre unschuldig im Knast gesessen hat. Also, um das abzukürzen: Ich geb mir alle Mühe. Und ich melde mich bei dir.«

»Danke«, sagte Horndeich, und schon war Tennert aus der Leitung.

»Hey Siri, spiele ABBA«, sagte Horndeich. Ihm war jetzt nach der Musik des Quartetts. Horndeich hatte auf seinem Handy alle Alben der Schweden. Und Siri half ihm jetzt bei der Titelauswahl – indem es willkürlich Songs der Gruppe aus dem eigenen Repertoire spielte. Der erste Titel war sogar auf Deutsch von der Gruppe selbst eingesungen worden: » … unser Himmel war wolkenlos, war das alles eine Täuschung bloß?«, erklang es in der ersten Strophe von ›Wer im Wartesaal der Liebe steht‹, der deutschen Version von ›Another Town, Another Train‹ auf deren allerersten Album von 1973. Auch eine Beschreibung seiner aktuellen Situation.

»Hey Siri, stoppe die Musik.«

Und er hörte nur noch sehr leise und dezent das ruhige Schnurren des Sechszylinders seines Mazdas. Und er hätte nie gedacht, dass er dieses Geräusch einmal tröstlicher finden würde als Musik.

Gegen drei Uhr hatte er die Schneider-Klinik erreicht. Nachdem er mit Tennert gesprochen hatte, hatte er in der Klinik angerufen. Und gefragt, ob er eventuell mit dem Geschäftsführer sprechen dürfe, es ginge um den Klinik- und Stiftungsgründer Matthias Schneider. Vielleicht hatte er ein wenig den Eindruck erweckt, er wäre von der Presse und wolle einen wohlwollenden Artikel schreiben. Wenn dem so war, war es Horndeich nur recht.

Er fuhr mit dem Auto durch die breite Toreinfahrt auf den Hof der Anlage und damit auf das stattliche Herrenhaus zu. Wo links einmal Ställe gewesen waren, waren diese inzwischen zu Wohnhäusern umgebaut worden. Die Gesindehäuser zur Rechten waren ebenfalls auf nobel getrimmt. An Geld schien es nicht zu mangeln. Horndeich hatte sich nicht weiter darüber informiert, was nach Matthias Schneiders Tod mit der Suchtklinik geschehen war. Aber so, wie das Anwesen wirkte, wurde es definitiv nicht nur durch Kassenleistungen finanziert.

Horndeich parkte den Wagen, ging durch den Haupteingang und wurde am Empfang freundlich begrüßt. Eine junge Dame geleitete ihn ins Büro ihres Chefs. Das polierte Namensschild aus Messing neben dem Türrahmen offenbarte, dass ein gewisser Adam Prahl der Leiter der Einrichtung war.

Nein, Adam Prahl war nicht begeistert, als er feststellte, dass Horndeich keineswegs Journalist des Spiegels oder des Sterns war, sondern ein kleiner privater Ermittler, dessen Erkenntnisse die Klinik in der Wahrnehmung der Welt nicht besser erscheinen lassen würden. Viel scheint von der ursprünglichen Idee des

Matthias Schneider nicht mehr übrig geblieben zu sein, dachte Horndeich. Auf dem Weg zum Büro hatte er bereits die Porträts einiger bekannter Schauspielerinnen, Schauspieler, Sängerinnen und Sänger aufgereiht gesehen, veredelt jeweils mit einem Original-Autogramm. Er war sich nicht sicher, wie die rechtlichen Rahmenbedingungen lauteten. Aber ganz offensichtlich mussten diese Promis der Nennung ihres Namens im Zusammenhang mit einem Suchtproblem wohl zugestimmt haben.

Adam Prahl machte keinen Hehl daraus, dass er viel zu jung war, um Matthias Schneider noch persönlich kennengelernt zu haben. Und dass ihn dies auch nicht wirklich interessierte. Aber sehr gerne würde er Horndeich die Broschüre zum fünfzigjährigen Bestehen der Klinik überreichen, die 2020, also vor zwei Jahren, erschienen war. Darin fand sich auch ein Kapitel über den Gründer der Klinik. Über weitere Informationen verfüge er hingegen nicht, und schon gar nicht über welche zu den Angehörigen von Matthias Schneider.

Bereits zehn Minuten später saß Horndeich wieder im Xedos 9, seinem persönlichen Refugium. Er hatte mit Sandra ein paar Diskussionen geführt, ob die Familie wirklich zwei eigene Autos brauchte. Ob es nicht vielleicht auch ein Auto täte und zusätzlich eine Mitgliedschaft beim Car-Sharing. Sandra hatte nicht zu Unrecht eingeworfen, dass der Benzinverbrauch seines Wagens nicht mehr wirklich zeitgemäß wäre. Horndeich hatte dagegengehalten, ob er sich dann nicht vielleicht einen Audi SUV kaufen solle, vielleicht den Q8? Sandra hatte im Gegenzug darauf bestanden, dass sie dann wenigstens als Zweitwagen ein Elektroauto kauften. Und in der Garage eine Ladebox einrichteten. Die Ironie des Ganzen: Da die Zufahrt zur Garage so steil war, kam kein Wagen mit gewöhnlicher Bodenfreiheit infrage. Sie hatten sich also für einen günstigen Elektro-SUV entschieden, von Dacia. Und Horndeich durfte seinen Mazda behalten. Bis der sich von allein von ihm verabschiedete. Aber Horndeich war zuversichtlich: Noch zwei Jahre und er würde ein H-Kennzeichen bekommen. Und so lange würde der Wagen mindestens noch durchhalten. Da war er optimistisch.

Horndeich blätterte die Jubiläumsschrift durch. Von den 100 Seiten waren dem Klinikgründer genau zwei gewidmet. Die Informationen waren noch dürftiger als jene auf Wikipedia. Horndeich wälzte sich auch durch die anderen Seiten. Allein sechs Paginas nahmen die Zeugnisse von geheilten Prominenten ein. Was die Reise vom Beginn bis zur Gegenwart ziemlich gut dokumentierte.

Er legte die Broschüre zur Seite und schaute auf sein Handy. Darauf sah er, dass Jana ihm eine Mitteilung geschickt hatte. Er tippte auf den Balken und sah das Foto eines Hoodies mit Lilien-Emblem. Und darunter ihre Nachricht, dass Feller die Jacke des Stalkers quasi wiederhergestellt habe. Und dass sie sich im Netz auf die Suche machen würden, den Hoodie-Träger zu finden. Wenigstens auf dieser Baustelle kamen sie also tatsächlich voran.

Nachdem das Gespräch mit dem Klinikleiter als absoluter Flop eingestuft werden musste, überlegte Horndeich, wie er nun vorgehen sollte. Er konnte den Motor anlassen und einfach nach Hause fahren. Was er nicht wollte. 400 Kilometer für nichts und wieder nichts?

Dann würde er wenigstens noch zu der Adresse fahren, an der Marianne Schneider ihre letzte Meldeadresse hinterlegt hatte. Dem ehemaligen Wohnsitz ihres Großvaters, danach Villa für ihre Eltern und die eigene Familie. Und Sandra würde sich um die Lasagne kümmern müssen …

Die Schneider-Villa lag auf dem Frauenberg zu Füßen des gleichnamigen Klosters. Das Gebäude stach unter den anderen Häusern hervor. Zum einen, weil es verschachtelt gebaut worden war, zum anderen durch die auffällige Bemalung der hölzernen Reliefs an der Hauswand. Das Gebäude hatte zwei Stockwerke und ein Dachgeschoss mit zahlreichen kleinen Gauben.

Horndeich parkte seinen Wagen und erklomm die Stufen zur Haustür. Deren Vorraum war überdacht und zu zwei Seiten durch Wände vor Wind geschützt. In eine war ein Buntglasfenster eingelassen. Horndeich war beeindruckt.

Das Klingelschild zierten drei Klingeln mit jeweils unterschiedlichen Namensschildern. Horndeich begann einfach bei der untersten Wohnung und drückte den Knopf neben dem Namen ›Walter‹. Aus der Gegensprechanlage ertönte eine weibliche Stimme: »Ja?«

»Guten Tag, mein Name ist Steffen Horndeich aus Darmstadt. Ich recherchiere über den früheren Besitzer dieser Villa, Matthias Schneider. Er lebte hier mit seiner Familie bis 1986.«

»Weiß ich nichts darüber, mein Mann und ich wohnen hier erst seit vier Jahren.«

»Dürfte ich mit Ihnen …?«, setzte Horndeich an, als ihm ein Knacken im Lautsprecher deutlich machte, dass das Gespräch bereits beendet war.

Die mittlere Klingel. Hier gab es keine Reaktion auf deren zweimalige Betätigung.

Blieb die oberste Schelle, neben dem Namen ›Lutz Berg‹. Ein letzter Versuch.

Abermals erklang aus der Gegensprechanlage: »Ja?«, allerdings in der männlichen Bass-Variante.

Horndeich wiederholte seine Ansprache wortgetreu.

»Kenne ich nicht. Ich bin mit meiner Frau 1990 hier eingezogen. Aber wir haben Schneiders Tochter noch gekannt.«

»Würden Sie mit mir sprechen?«

»Klar. Kommen Sie hoch. Ganz oben.«

Der Türsummer ertönte, Horndeich öffnete das Portal. Die Eingangshalle war mindestens so beeindruckend wie das Äußere des Hauses. Holzvertäfelung zierte die Wände, auch das Treppenhaus war aus Holz gefertigt. Das Gebäude schien offenbar vor nicht allzu langer Zeit komplett restauriert worden zu sein. Das Holz war so ebenmäßig, dass Horndeich sich kaum traute, einen Fuß auf die unterste Stufe der Treppe zu setzen. Auch der Handlauf am Geländer glänzte. Horndeich nahm sich ein Herz und schritt nach oben.

Die Wohnung von Lutz Berg fügte sich ins edle Ambiente. Schwere Eichenholzmöbel dominierten im Flur und Wohnzimmer auf dunklem Parkettboden. Für Horndeichs Geschmack war das etwas zu düster, doch strahlte das Holz Wärme aus.

»Nehmen Sie Platz«, sagte der Hausherr. Er schien eigens für dieses Ambiente kreiert worden zu sein. Ein Zwei-Meter-Mann, mit Karohemd und rauschendem Vollbart. Hätte er noch eine Lederhose und einen Hut mit Gamsbart getragen, hätte man annehmen müssen, ein Waldschrat wäre aus seinem geliebten Bayern entführt worden. Fehlte nur noch die Pfeife zwischen den Lippen.

Horndeich ließ sich auf das Ledersofa nieder, Berg ging zu einem der Eichenschränke, öffnete dort eine der Türen. »Auch einen?«, wollte er wissen und zeigte auf eine Flasche, die wohl Cognac enthielt. Und außerdem redete er wirklich in leicht bayerischem Akzent.

»Nein, danke, ich muss ja noch mit dem Auto zurückfahren.«

Berg zuckte mit den Schultern, als ob er dies für ein eher schwaches Argument hielt. Er selbst schenkte sich einen Cognac-Schwenker großzügig ein, dann verschloss er Flasche und Schrank und setzte sich Horndeich gegenüber.

»Was hamms Sie denn mit den Schneiders zum Tun?«

Horndeich überlegte, wie viel Offenheit hier hilfreich war oder die Gesprächsbereitschaft seines Gegenübers eher hemmen würde. Ihm fiel auf die Schnelle keine überzeugende Lügengeschichte ein. Da hatte er auf der Fahrt hierher über 30 Kilometer lang Zeit gehabt, sich etwas auszudenken. Und hatte die ganze Zeit nur an Sandra gedacht. Jetzt war es zu spät, irgendetwas halbwegs Stimmiges zu konstruieren. Daher antwortete er: »Matthias Schneiders Tochter Susanne – sie ist vor knapp 20 Jahren umgebracht worden.«

Der Waldschrat nickte nur.

»Ich bin Privatermittler und schaue mir den Fall nochmal neu an.«

Wieder ein Nicken. Horndeich wertete es als wohlwollend, solange der Mann ihm gegenüber nichts Gegenteiliges formulierte.

Der nahm einen tiefen Schluck aus dem Glas, womit dessen Inhalt bereits um die Hälfte dezimiert war. »Ich hab des damals ja mitbekommen. Eine schreckliche Sache. Aber sie hamms den Mörder ja schnell g'schnappt.«

Horndeich kommentierte das nicht, sondern fragte: »Ich bin auf der Suche nach der älteren Schwester des Opfers, Marianne.«

»Ich weiß, dass Susanne Schneider eine ältere Schwester g'habt hat. Aber ich hab die nie gesehen. Meine Frau auch nicht. Wie gesagt, wir sind ja erst 1990 daher zog'n.«

»Wissen Sie etwas über Marianne Schneider?«

»Mein Gott, dös iss ja no so lang her! Die beiden Mädels haben alles von ihrem Vater geerbt. Deshalb war Susanne ein paarmal hier. Ihr hat des Haus auch bis zu ihrem Tod g'hört. Ich erinner mich nur, dass sie damals g'sagt hat, dass ihre Schwester immer im Ausland wär.« Er hielt kurz inne, dann sprach er weiter: »Genau, sie hatte Biologie studiert und sich irgendwie auf die Tiere von Südamerika spezialisiert. Keine Ahnung, wie man da draufkommt. Auf jeden Fall war sie deshalb kaum mehr in Deutschland.«

Das erklärte nun auch, wieso die Polizei nach der Ermordung von Susanne die Schwester nicht hatte erreichen können.

»Wissen Sie, ob sie vielleicht über ihre Universität ins Ausland gefahren ist?«

»Das weiß ich nicht. Ich weiß auch gar nicht, wo sie studiert hat. Also hier in Fulda ganz bestimmt nicht, da gibt es gar keinen Studiengang für Bio.«

Das war eine Art Wissen, das Horndeich für sich nicht in Anspruch nehmen konnte. Er hatte keine Ahnung, was man in Darmstadt studieren konnte oder eben nicht. Klar, die Technische Universität Darmstadt hatte ganz besonders im Bereich Maschinenbau und Co. einen hervorragenden Ruf. Aber konnte man dort auch Biologie studieren? Er nahm es an, aber er wusste es nicht.

»Ich hab hier an der Hochschule gelehrt. Deswegen weiß ich, dass es keinen Studiengang Bio gab. Wir haben zwar Labore für Mikrobiologie und für Molekular- und Zellbiologie, aber das alles unter dem Dach des Fachbereichs Oecotrophologie.«

»Öko- was?«

»Das ist eine Kombination aus Ernährungswissenschaft und Haushaltswissenschaft. Hat also definitiv nichts mit Regenwald oder Ameisenbären zu tun.«

»Nach Susanne Frickes Tod – wer war danach Ihr Vermieter?« Das würde ihm sicher nicht helfen, Marianne Schneider aufzuspüren, aber wenn er schon einmal hier war, konnte er auch diese Frage stellen.

»Ach, das hat inzwischen mehrfach gewechselt. Damals war ihr Witwer mein Vermieter. Aber er hat das Haus dann verkauft. Heute ist es irgendeine anonyme Immobilienfirma. Die haben das Haus innen und außen komplett saniert, da mussten wir dann sogar für zwei Jahre ausziehen, in irgendeine Ersatzwohnung, die auch diesem Unternehmen gehört. Aber jetzt bin ich wieder hier. Leider allein. Meine Frau ist vor fünf Jahren gestorben.«

»Das tut mir leid«, sagte Horndeich reflexartig.

Der Waldschrat nahm noch einen tiefen Schluck. Der Cognacschwenker war leer. Und damit ein Spiegel dieser Konversation: Alle Worte waren aufgebraucht.

Jana empfand es als ein wenig befremdlich. Diese Fußballwelt war definitiv nicht die ihre. Jedes gewonnene Spiel schien bei den Fans Glückshormone im Tonnenbereich freizusetzen. Jedes verlorene Spiel hingegen war Anlass zu tiefster Trauer. Oder zur Wut, am liebsten gegen Schiedsrichter.

Was Jana vollends irritierte, war, dass ein Schiedsrichter eigentlich völlig überflüssig war. Denn alle Fans, zumindest jene, die sich hier äußerten, waren jeder für sich zwanzigmal kompetenter als jeglicher Referee. Nach eigenem Dafürhalten.

Jana konzentrierte sich auf die Dopamin-Posts mit Foto: Sich unter der Lilien-Fahne küssende Pärchen. Massenumarmung von acht Männern nach einem Tor. Oder jene ganz skurrilen Fotos: Männer, die im Jahr 2015 Rasenbüschel vor sich hertrugen, sie auf einigen Selfies sogar küssten. Jana traute sich nicht, Feller zu fragen, was in diese Männer gefahren war. Sie googelte selbst. Am 24. Mai 2015 war Darmstadt nach dem Spiel gegen St. Pauli in die 1. Bundesliga aufgestiegen. Und die Fans hatten danach den Rasen des Stadions am Böllenfalltor gestürmt – und sich Trophäen mit nach Hause genommen.

Feller war es binnen einer Stunde gelungen, in die Facebook-Fangruppe des Darmstädter Fußballvereins aufgenommen zu werden. Mit seinen Logindaten hatte sie die Beiträge in dieser Gruppe inzwischen sieben Jahre zurückverfolgt. Aber ihr war nirgends ein Post des Narbengesichts aufgefallen.

Sie sah auf ihre Uhr: Es war bereits halb sieben. Sie hatten einige Stunden in diese Recherche investiert. Jana stand auf, streckte sich.

»Pause?«, kommentierte Feller die plötzliche Bewegung von Janas Körper diesseits der rechten Maus-Hand.

»Ja, gern.«

»Ich bin auch nicht wirklich weitergekommen. Ich bin jetzt im Jahr 2014. Das Wunder von Bielefeld. Aber ich bin auf niemanden gestoßen, auf den unsere Beschreibung annähernd zutrifft.« Auch Feller erhob sich aus seinem Bürostuhl. »Vielleicht ein Glas Wein auf dem Balkon?«

Jana nickte nur.

Auf dem Balkon saß bereits Leah Gabriely, die Füße hochgelegt, ein Buch in der Hand. Auf dem Tisch stand ein Glas Rotwein, die Flasche auf dem Balkonboden im Schatten. »Na, ihr Bildschirm-Trolle. Pause gefällig? Auch ein Glas Cabernet Sauvignon? Ich habe die Flasche gerade geöffnet.«

Feller und Jana setzten sich an den Balkontisch, Leah erhob sich und kam wenig später mit zwei Rotweingläsern zurück. Sie schenkte die Gläser ein.

Sie saßen einige Sekunden schweigend um den Tisch. »Okay. Wenn ihr so gar nichts sagt, dann heißt das, ihr seid nicht wirklich weitergekommen«, postulierte Leah.

»Nein«, sagte Feller und sprach damit auch für Jana, »leider noch nicht. Und wir haben uns durch Jahre von Facebook-Posts gewühlt – aber nicht gefunden, was wir suchen.« Er wandte sich an Jana: »Jetzt sind wir schon viele Jahre zurückgegangen. Vielleicht ist meine Theorie auch einfach nur für die Tonne. Und unser Fan nur ein Fan ohne jeden Bezug zu Social Media.«

»Ich kann mir nicht vorstellen, dass er nicht irgendwo mit auf einem Bild ist«, erwiderte Jana.

»Das ist schon richtig. Vielleicht ist er tatsächlich an irgendeiner Stelle im Hintergrund mit drauf. Das bringt uns aber nicht weiter. Was wir brauchen, ist irgendein Beitrag, den er selbst gepostet hat oder in dem auf ihn Bezug genommen wird. Sonst können wir seine Identität nicht knacken. Und davon war bislang absolut nichts dabei.«

Feller hatte recht. Er hatte genau umrissen, was sie suchten. Und was sie bislang nicht gefunden hatten. Also: weiter. Jana nahm ihr Glas in die Hand und stand auf. »Ich geh wieder rüber. Wir werden den Kerl finden. Und wenn wir 48 Stunden hinter dem Monitor sitzen.«

Sie stellte das Weinglas nicht auf der Glasplatte ab. Sie entnahm der Altpapierkiste neben dem Tisch ein bedrucktes DIN A4-Blatt, faltete es und benutzte es als Unterlage für das Glas.

›Das Wunder von Bielefeld‹, das Feller gerade erwähnt hatte, sagte Jana ebenfalls überhaupt nichts. Abermals befragte sie Google. Sie gab die Wortfolge ein, und fünf Minuten später war sie bestens informiert: Die Darmstädter Lilien hatten es in der Saison 2013/14 der dritten Bundesliga auf den Relegationsplatz geschafft. Als Dritter der Tabelle mussten sie gegen den 16. in der

Tabelle der Zweiten Bundesliga spielen: Bielefeld. Diese Relegation bestand aus zwei Spielen, dem Hinspiel und dem Rückspiel. Nun, das Hinspiel lief nicht so gut: 1 zu 3 verloren die Lilien. Am 19. Mai 2014 dann das Rückspiel. Die Lilien brauchten nicht nur einen Sieg, sondern auch eine Tordifferenz von mindestens zwei Toren. Und in der Nachspielzeit gelang es Elton da Costa, den Ball in der 122. Minute im gegnerischen Kasten zu versenken. 4 zu 2. Darmstadt war aufgestiegen.

Ein kurzer Impuls wollte sie dazu verleiten, direkt zum Mai 2014 zurückzuspringen. Aber sie ließ es. Beitrag für Beitrag hangelte sie sich weiter in die Vergangenheit.

20 Minuten später kam Feller ebenfalls zurück und setzte sich auf seinen Stuhl. »Ich mach dann jetzt auch mal weiter«, sagte er. Sein Tonfall klang eher resigniert. Aber Jana weigerte sich, sich davon die Laune verderben zu lassen. 2004 war Facebook gegründet worden. Und es hatte sicher nicht lange gedauert, bis die Lilien auch dort präsent gewesen waren. Sie hatten also noch ein paar Jahre Recherche rückwärts vor sich. Oder hinter sich, je nach Perspektive. Jana würde sich auf jeden Fall jeden einzelnen Beitrag angeschaut haben, bevor sie aufgab.

Horndeich verließ die Villa. Viel schlauer war er jetzt nicht. Susannes Schwester Marianne schien also in Südamerika gewesen zu sein, als ihre Schwester ermordet worden war. Das brachte ihn jedoch kein Stück weiter bei der Frage, wo er diese Frau jetzt finden würde. Marianne Schneider war nun auch kein Name, dem man eine gewisse Exklusivität hätte bescheinigen können. Horndeich seufzte, als er auf seinen Mazda zuging.

Eine alte Dame, auf einen Rollator gestützt, ging auf dem Bürgersteig an der Beifahrerseite seines Wagens vorbei. Er hatte den Schlüssel für seinen Wagen schon ins Schloss der Fahrertür gesteckt. Die Dame sah ihn unvermittelt an. Horndeich erwiderte den Blick.

Die Dame bog ab in Richtung Haustür des Nachbargebäudes der Villa. Und Horndeich fasste einen Entschluss. Er zog den Schlüssel wieder aus dem Schloss der Fahrertür und folgte der alten Dame. »Entschuldigen Sie«, rief er ihr zu, während sie die Tür bereits geöffnet hatte.

Ihr Blick wandte sich zu Horndeich.

»Darf ich Ihnen eine Frage stellen?«

»Sie wollen mir jetzt keine Versicherung verkaufen? Und mich auch nicht dazu bringen, dass ich mein Bargeld einem Boten übergebe, der es angeblich sofort zur Polizei bringt? Denn dann können Sie sich gleich wieder verpissen!«

»Nein, ich will Ihnen gar nichts verkaufen. Und ich möchte auch nicht Ihr Bargeld. Ich möchte, wenn ich darf, kurz mit Ihnen sprechen.«

»Worüber?«

»Über die Schneiders. Die damals neben Ihnen gewohnt hatten.«

Der Ausdruck in ihrem Gesicht veränderte sich. Die Feindseligkeit war gewichen. Jemand, der die Schneiders von nebenan kannte, konnte kein schlechter Mensch sein, so wirkte es auf Horndeich.

»Warum?«

Er war heute schon einmal mit seiner Offenheit gut gefahren, infolgedessen behielt er die Taktik bei. »Ich ermittle im Tod von Susanne Schneider. Also, Susanne Fricke, wie sie hieß, als sie starb.«

»Ermitteln? Das ist doch alles aufgeklärt gewesen, oder?«

»Würden Sie mir den Gefallen tun, dass ich trotzdem mit Ihnen sprechen darf?«

»Sie überfallen mich nicht? Sie berauben mich nicht?«

Früher hätte Horndeich in solchen Fällen seine Dienstmarke gezückt. Aber da gab es ja nichts mehr zu zücken. Da gab es nur noch die Aufrichtigkeit, die er auszustrahlen vermochte.

»Ach, kommen Sie rein. Bei mir gibt es ohnehin nichts zu holen.«

Horndeich folgte der Dame. Sie schloss die Wohnungstür im Erdgeschoss auf, dann bat sie ihn hinein. »Ist nicht so mondän wie nebenan.«

Die Wohnung bestand, so Horndeich es auf den ersten Blick einzuordnen vermochte, aus zwei Zimmern, einer Küche und einem Bad. Alle Türen, außer jener zum Bad, standen offen. Das Schlafzimmer war klein, die Küche ebenfalls, das Wohnzimmer maß vielleicht 20 Quadratmeter.

Die Dame ging jedoch nicht ins Wohnzimmer, sondern in die Küche. Neben der Küchenzeile fand sich ein kleiner Tisch, an dem zwei Stühle standen. Einer abgewetzt, der andere schien fast neu.

»Was wollen Sie denn wissen über die Schneiders?«

Horndeich setzte sich auf den unbenutzten Stuhl, der mit dem Rücken zum Fenster stand. »Sie haben das mitbekommen? Den Mord an Susanne Fricke, also an Susanne Schneider?«

»Klar. Hat jeder hier aufgeschnappt. Ich hab Susanne ja öfters gesehen. Wenn das auch am Anfang ein bisschen seltsam war.«

»Was meinen Sie mit seltsam?«

»Kaffee?«

Horndeich nickte nur, sah aber nirgendwo eine Kaffeemaschine. »Wie heißen Sie?«, fragte er, als ihm auffiel, dass er Ihren Namen gar nicht kannte.

»Völker. Ariane Völker.«

»Steffen Horndeich«, stellte er sich vor.

Ariane Völker kochte Wasser im Schnellkochtopf. Dann goss sie es in einen Kaffeebecher, in den sie zuvor Instant-Kaffee gefüllt hatte.

»Ja, das war seltsam mit der Susanne. Die Schneiders sind ja schon 1970 eingezogen. Aber da habe ich von Susanne noch nichts mitbekommen. Ich hab sie erst später hier gesehen.«

»Und was war daran seltsam?«

»Na ja, die Schneiders haben später immer gesagt, ihre Tochter wäre im Internat gewesen. Ich hab sie auch nie gesehen. Also die jüngere Tochter, Susanne eben. Und die Schneiders haben sie auch nie erwähnt. Und in den Schulferien, da war sie auch nicht da. Sie kam erst viel später. Aber dann war sie immer da. Also, dann ist sie hier in Fulda zur Schule gegangen. Auch wenn sie dafür eigentlich schon ein bisschen zu alt war. Also, für die Schule. Ich konnte mir das nie erklären. Aber – wer bin ich?«

»Haben Sie denn auch die ältere Tochter Marianne kennengelernt?«

Ariane Völker schüttelte den Kopf. »Wissen Sie, ich war ja noch so jung, als ich hier eingezogen bin. Mit meinem Mann. Das war 1968. Da war ich 21 Jahre alt. Die Schneiders sind erst 1970 eingezogen. Das weiß ich genau, weil meine Tochter ja 1969 geboren worden ist. Wir haben uns immer wieder unterhalten. Und auch die andere Tochter von Schneiders war da, diese …«

»Marianne«, half Horndeich aus.

»Ja, Marianne. Hat damals Biologie studiert, hatte schon Abitur. Ich weiß gar nicht, wo sie studiert hat, aber sie war nur selten zu Hause. Ich habe mich mit ihr einmal unterhalten, da hat sie auf ihren Vater gewartet, hatte ihren Schlüssel vergessen, und ich habe ihr einen Tee gemacht, bei mir in der Wohnung, damit sie nicht draußen im Schnee warten musste.

Damals hat sie mir viel erzählt, über ihr Studium. Ich hab nicht alles verstanden. Aber es ging um Artenschutz, wie man es heute nennt. Ich weiß gar nicht, welches Wort sie damals benutzt hat. Doch sie hat besonders von Riesenschildkröten, Meeresschildkröten und Pinguinen gesprochen. Alles Dinge, die in meinem Leben nun so überhaupt keine Rolle spielten. Und ich bringe da wohl gerade auch was durcheinander. Ich meine, wo leben Pinguine und Riesenschildkröten nebeneinander? Marianne war auf jeden Fall eine junge Frau, die für das brannte, was sie tat. Das hatte ich so noch nie bei einer Frau erlebt. Das, wovon sie mir erzählte, war für sie ihr Lebensinhalt. Und der war weit entfernt von Mann und Kind und Familie. Ja, es hat mich irritiert, was sie damals gesagt hat. Und gleichzeitig hat es mich fasziniert. Vielleicht kann ich mich deshalb auch noch so gut daran erinnern. Aber ich habe sie danach nie wieder gesehen. Ganz im Gegensatz zu Susanne.«

»Haben Sie denn mitbekommen, wohin Marianne gegangen ist? Lebt sie überhaupt in Deutschland?«

»Ich weiß es nicht, Herr Horndeich. Ich weiß, dass sie sich für die Pflanzen und Tiere in Südamerika interessiert hat. Und, so wie ich sie kennengelernt habe, gehe ich davon aus, dass sie auch dorthin gegangen ist. Ich habe nie wieder von ihr gehört. Und nachdem ihre Eltern verstorben waren, war ja jeglicher Bezug hierher abgeschnitten. Es war schon traurig.«

»Und Susanne? Fällt Ihnen noch irgendetwas zu ihr ein?«

»Ach, Susanne … Ich habe mitbekommen, dass sie Sängerin geworden ist. Als sie Griegtal verlassen hatte, da ging sie nach Frankfurt. Ihr Vater war noch ganz stolz. Zahnarzthelferin wollte sie dort lernen. Und singende Zahnarzthelferin ist sie geworden. Ich kann mit diesen ganzen Schlagern überhaupt nichts anfangen.«

Horndeich schwieg.

»Sie ist dann ja wohl eine Bürgermeisterfrau geworden. Kein schlechtes Ergebnis für ein – Bankert.«

In seiner Laufbahn als Kommissar war ihm dieses alte deutsche Wort öfters untergekommen: Ein uneheliches Kind. »Bankert?«

»Internat? Blödsinn! Für drei Jahre haben wir sie hier nie gesehen. Und dann tauchte sie auf, wie aus dem Nichts? Nein, mit Susanne Schneider hatte irgendetwas nicht gestimmt.«

»Was denn?«

»Ich weiß es nicht. Aber als Matthias Schneider mit seiner Frau hierher gezogen ist, da waren die beiden allein. Die älteste Tochter studierte bereits. Und von der jüngeren hatte niemand irgendetwas mitbekommen.«

»Und was schließen Sie daraus?«

»Ich denke mal, die kleine Schneider war ein uneheliches Kind. Eine Tochter, die Schneider gezeugt hat. Und die nach vielem Hin und Her dann bei ihm geblieben ist. Ich weiß nur nicht, wie seine Frau das mitgetragen hat. Aber offensichtlich hat sie das getan. Denn Susanne lebte hier seit der Mitte der siebziger Jahre.«

»Schaut ihr beiden die ›Tagesschau‹ mit?«

Jana erschrak richtiggehend. Sie war so vertieft in die Untiefen des Internet-Universums im Monitor, dass sie Leah gar nicht hatte kommen hören. Auch Feller zuckte kurz zusammen.

»Nein«, sagte der kurz angebunden und löste nicht einmal den Blick von der Mattscheibe.

Tagesschau? Jana war irritiert. Schaute auf ihre Uhr. Tatsächlich, es war fünf Minuten vor acht.

Leah verschwand genauso leise, wie sie erschienen war.

»Bei dir irgendetwas Neues?«

Feller schüttelte nur den Kopf. »Ich bin jetzt bereits bei 2011 angekommen.«

»Welcher Monat?«

»Oktober.«

»Dann bin ich dir voraus. Ich bin im September 2011.«

Feller grinste schräg. »Na, dann versuche ich mal, dich zu überholen.« Er macht eine kurze Pause, fuhr anschließend fort: »Nein, ich glaube, ich bleibe lieber bei Gründlichkeit.« Daraufhin fügte er noch kryptisch hinzu: »Im Mai wird es recht spannend!«

Jana arbeitete sich weiter Woche für Woche zurück in die Vergangenheit. Schließlich erreichte sie den 28. Mai 2011. Posts über Posts füllten jetzt die Seite. Sie scrollte kurz weiter nach unten. Die Bilder glichen jenen, die sie vor wenigen Stunden beim sogenannten Wunder von Bielefeld gesehen hatte. Schon wieder Männer, die Grasbüschel in die Höhe hielten oder sogar küssten. Darmstadt war mit 4 zu 0 gegen Memmingen von der Regional- in die Dritte Bundesliga aufgestiegen.

Jana scrollte wieder nach oben. Und sah sich Bild für Bild für Bild genau an. Dann sah sie ihn: Das schmale Gesicht, die Narbe auf der rechten Wange. Und seine Lippen den Rasen küssend. Es war eine Portraitaufnahme. Narbengesicht war ganz allein auf der Fotografie zu sehen. »Richard?«

»Ja?«

»Ich glaube, ich habe ihn. Schaust du mal?«

Feller rollte sofort mit seinem Bürostuhl neben Jana. Schaute auf das Foto. Klickte das Phantombild wieder in den Vordergrund auf den Monitor.

»Verdammt. Du hast recht. Du hast ihn gefunden!«

Erst in diesem Augenblick fiel Jana auf, dass sie einander geduzt hatten. Aber es war wohl der beste Moment, vom Sie zum Du überzugehen.

»Jana«, sagte sie und hielt ihm die Hand hin.

Kurz war Feller verdutzt, dann grinste er, schlug ein und sagte: »Richard.«

Jana klickte auf den Namen und damit das Profil des Gesuchten. *Einbau* stand dort. Jana runzelte die Stirn. Vorname: ›Einbau‹. Nachname: ›Küche‹. Sehr witzig.

»Darf ich?«, fragte Feller und übernahm Maus und Tastatur. Natürlich war es ihr Erfolg. Aber sie spürte eine tiefe Müdigkeit und war daher ganz dankbar dafür, dass Richard nun übernahm. Und wäre die Rollenverteilung andersherum gewesen, hätte sie also die offizielle Seite des Fußballvereins gescannt und er den Fanclub – dann wäre er auf das Narbengesicht gestoßen.

»Einbau Küche war wohl auch kein Mensch, der viel auf Privatsphäre gibt«, sagte Feller, nachdem er eine Minute lang durch das Profil gescrollt war. »Viel hat er nicht gepostet, aber alles für die Öffentlichkeit sichtbar. Er wohnt in Darmstadt – wenn diese Angabe korrekt ist – und der Beziehungsstatus ist auf ›Es ist kompliziert‹ gesetzt.«

»Irgendetwas, durch das wir ihn identifizieren können? Geburtsdatum?«

»Nein. Nichts. Und was mir am meisten Sorgen macht, ist, dass dieser Post vom 28. Mai 2011 offensichtlich der Letzte ist, den er veröffentlicht hat.«

Was konnte das bedeuten? Nichts Gutes, so viel war Jana klar. »Du meinst, er hat sich danach bei Facebook abgemeldet?«

»Das hat er auf jeden Fall nicht getan, sonst würden wir sein Profil hier nicht finden. Vielleicht war er zu faul, es weiterzupflegen. Aber so regelmäßig, wie er gepostet hat – ich fürchte eher, dass er nicht mehr lebt.«

»Aber wäre sein Account dann nicht von Facebook gelöscht worden?«

»Nicht unbedingt. Nur, wenn sich jemand aktiv darum gekümmert hätte. Es gibt viele Artikel darüber, dass bei Facebook eine ganze Armee von Toten gespeichert ist. Die Kunden werden nur gelöscht, wenn jemand der Hinterbliebenen Facebook eine Nachricht zukommen lässt.«

»Sollen wir uns den Account dann jetzt überhaupt noch anschauen?«

»Dass er nicht mehr aktiv ist, *kann* bedeuten, dass er tot ist. Aber das muss es nicht.«

»Und wie wollen wir jetzt herausfinden, was mit Einbau Küche passiert ist?« Mein Gott, was ein bescheuerter Name, dachte Jana nochmals.

Feller übernahm wieder das Scrollen durch die Beiträge von Einbau Küche.

Je mehr Fotografien Jana von Mr. Küche sah, desto klarer wurde ihr, dass sie tatsächlich auf den Stalker von Susanne Fricke gestoßen waren. Auf einem Bild hatte er den Hoodie an, den er auf dem Band der Videoüberwachung getragen hatte. Das Bild stammte von 2010. Einbau Küche trug seine Kleidung wohl, bis sie sich in ihre Fäden auflöste.

Jana und Feller schauten sich Beitrag für Beitrag an, aber nichts deutete irgendwie darauf hin, wer dieser Mann gewesen war. Natürlich waren einige seiner Beiträge mit einem Daumen nach oben markiert worden. Und man konnte davon ausgehen, dass irgendjemand dieser Menschen Narbengesicht auch persönlich gekannt hatte und vielleicht sogar seinen richtigen Namen wusste. Aber wie um alles in der Welt sollten sie das herausfinden? Dazu müssten sie Kontakt zu all denen aufnehmen, die sie überhaupt klar identifizieren konnten. Die also nicht unter so bescheuerten Namen wie ›Einbau Küche‹ auf Facebook unterwegs waren.

Feller arbeitete sich mit stoischer Gelassenheit durch alle Beiträge von Narbengesicht durch. Und dann tauchte jenes Foto auf, bei dem Feller innehielt. »Bingo!«

Jana merkte, dass sie fast eingeschlafen war. Aber die zwei Silben aus Fellers Mund wirkten auf sie wie der Kuss des Prinzen: Dornröschen war sofort hellwach. »Ja?«

»Schau mal, hier!« Feller deutete auf einen Kommentar, den jemand zu einem Selfie von Einbau Küche abgegeben hatte. Es war zu einer Zeit aufgenommen worden, als es diesen Begriff noch gar nicht gab. Einbau Küche hatte sich einfach selbst im Bad im Spiegel fotografiert. In der Hand hielt er eine Sony Cybershot-Kamera. Im Spiegel war auch ein Teil seiner Brust zu sehen. Spärliche Behaarung, keineswegs so dicht wie der Rasen im Böllenfalltor-Stadion, dachte Jana.

»Das hier ist der interessante Kommentar«, sagte Feller und ließ den Mauspfeil um ein paar Zeilen Text kreisen.

Jana las: »Sexy Outfit, lieber Cousin!«

»Jetzt wissen wir schon ein wenig mehr über seine Familienverhältnisse.«

Da hatte Feller natürlich recht. Aber so wirklich erhellend fand Jana das nicht. Denn der Cousin, der diesen Kommentar gepostet hatte, nannte sich selbst: Feld Küche.

Feller klickte bereits auf das Profil. Auch hier keine Angaben zum Geburtstag, nicht mal zum Beziehungsstatus oder zum Wohnort. Genauso kryptisch. Und die Profilbilder ließen nicht auf den ersten Blick erahnen, dass die beiden Männer verwandt waren. Feld Küche war klein, untersetzt, nein schwabbelig. Er trug Glatze – und Jana hätte ihm sofort das Attribut ›unattraktivster Mann des Abends‹ zugeteilt.

»Da hab ich dich«, flüsterte Feller.

Jana hatte keine Ahnung, was er meinte. »Was hast du?«

»Eine E-Mail-Adresse!«

»gfzgu@xmg.de – wie, bitte, soll uns das weiterhelfen? Willst du dem Knaben jetzt eine E-Mail schreiben? Und hoffen, dass er antwortet?«

»Ja, das wäre Plan B. Aber der tritt erst in Kraft, wenn Plan A gescheitert ist.«

»Und was ist Plan A?«

»Schaue und lerne!«, sagte Feller und blinzelte Jana zu. Dann gab er die E-Mail-Adresse in das Suchfenster von Google ein.

»Auch wenn es kryptische E-Mail-Adressen sind, die zunächst keinen Rückschluss auf eine konkrete Person zulassen, so verwenden die Personen, die diese E-Mail-Adresse benutzen, um nicht entdeckt zu werden, sie meistens ganz oft. Wer will schon 60 verschiedene E-Mail-Konten haben?«

»Was willst du damit sagen?«

»Ganz einfach. Wenn dieser Cousin von Einbau Küche diese E-Mail-Adresse bei Facebook verwendet, dann wird er sie ganz bestimmt auch noch auf anderen Seiten genutzt haben.«

Und tatsächlich zeigte die Google-Suche einige Treffer an.

»Ah, da haben wir dich! Du spielst also gern am Computer!«

»Was ist das für eine Seite?«

»Ein Forum. Für ein Fantasy-Spiel. ›Lords of the Wings‹.« Wieder umkreiste der Mauspfeil einen Textbeitrag. »Hier beschwert sich Feld Küche – er nennt sich dort tatsächlich genauso – über irgendeine Rüstung, die seiner Meinung nach viel stärker gepanzert sein müsste.«

Feld Küche, Einbau Küche, wie kam man nur auf solche Namen?

»Hilft uns aber nicht weiter.«

Dann entdeckten sie Feld Küche auf einer Datingseite. Auch wenn Google den Treffer auflistete – lesen konnte man ihn nur, wenn man selbst Mitglied auf dieser Seite war. Während Jana noch darüber nachdachte, wie man nun auch auf die restlichen Informationen zugreifen könnte, hatte Feller bereits mit seinem Alter Ego ein komplettes Profil angelegt. Und 30 Euro bezahlt, damit er alle anderen Profile vollständig lesen konnte.

Fünf Minuten später konnten sie die Seite von Feld Küche auf der Dating-Plattform begutachten. Inklusive Fotos. Es handelte sich eindeutig um denselben Mann, der auch auf Facebook aktiv war. Leider waren auf dieser Seite weitere Informationen über ihn nicht ersichtlich, sah man einmal davon ab, dass er Hunde liebte, die Darmstädter Lilien, einen gemütlichen DVD-Abend und lieber Wurst statt Käse. Leider gab das Profil keinerlei Auskünfte über Beruf, genauen Wohnort und ähnliche Details, die sie dringend benötigten. Dennoch speicherte Feller das Profil und löschte seinen eigenen Account wieder.

Nach diesem Fehlschlag arbeitete Feller die Google-Treffer weiter Stück für Stück ab. Schon nach ein paar Minuten schien er Erfolg zu haben. Es war der fünfzehnte Treffer der Liste. Auf der Seite eines Kindergartens war ein Mann im Elternbeirat, der genau diese E-Mail-Adresse als Kontaktadresse angegeben hatte. Felix Küchler – so lautete der Name des Mannes, der fünf Jahre zuvor im Elternbeirat des Kindergartens in Arheilgen Mitglied gewesen war.

Felix Küchler – daraus ließ sich natürlich Feld Küche ableiten. Womit es nicht gänzlich abwegig war, davon auszugehen, dass ihr Stalker ebenfalls Küchler hieß.

Fellers Finger flogen über die Tasten, die Maus musste Schwerstarbeit leisten, und Minuten später verkündete Feller: »Felix Küchler. Jahrgang 1963. Wohnt in der Bornstraße in Arheilgen. Und hier gibt es auch tatsächlich eine Handynummer, die zum Namen gehört.«

Während er das sagte, wählte er diese bereits.

Es war zehn Uhr, als Horndeich zu Hause eintraf.

Das Haus war ruhig.

Sandra saß auf dem Sofa, eine Zeitschrift in der Hand. Sie sah auf: »N'Abend, Schatz.«

Horndeich nickte und setzte sich neben sie. »Dein Fall nimmt dich ganz in Anspruch, was?«, wollte sie wissen.

Horndeich nickte nur. Er war müde. So müde.

Sandra sprach nicht weiter.

Er auch nicht.

Solche Situationen war er nicht gewohnt. Dass sie beide nicht miteinander reden konnten, das kannte er nicht.

Er sah sie an.

Sie erwiderte den Blick. »Stefanie will, dass wir zum Tierheim fahren.«

Tierheim? Horndeich musste ein paar Sekunden lang das Gedanken-Puzzlestück in seinem Kopf hin- und herschieben, bis es an der richtigen Stelle ins Bild rastete. »Du hast ihr nicht gesagt, dass Fidel bereits ein anderes Herrchen oder Frauchen hat?«

Sandra schüttelte nur den Kopf. »Ich konnte unsere Tochter nicht anlügen. Ich hab Mist gebaut. Ich hätte ihr niemals das Bild auf dem Tablet zeigen sollen.«

Da hast du wohl recht, dachte Horndeich, sprach es aber nicht aus.

»Wäre das für dich in Ordnung, wenn wir wieder einen Hund hätten?«

Einen Hund? Sprach Sandra jetzt tatsächlich darüber, ob sie wieder ein Haustier bei sich aufnehmen sollten? War das das dringendste Problem der Familie derzeit? »Wo warst du gestern? Ich habe dich angerufen. Aber sie sagten, du wärst bereits um zehn gegangen.«

Horndeich sah seiner Frau in die Augen, und sie sah nicht weg. Es war ein stummer Dialog ohne Worte. Ein Schlagabtausch. Mit Lichtschwertern. Über zehn Sekunden. Über zehn sehr lange Sekunden.

»Was soll das? Spionierst du mir nach?«

»Nein. Ich dachte nur, dass, wenn sich irgendetwas im Tagesablauf ändert, wir uns gegenseitig informieren. So wie wir es bislang immer getan haben.«

Sandra lenkte ab: »Habe ich die Kinder etwa nicht abgeholt? War nicht alles genau so, wie es nach unserem Zeitplan hätte sein sollen?«

Du kannst das Programm auch einhalten, wenn du zwischendrin eine Stunde mit deinem Lover im Hotel verschwindest, dachte Horndeich. Sprach es aber nicht aus. »Ich war beim Frauenarzt. Habe immer wieder so ein Ziehen in der Gebärmutter. Wollte das nicht an die große Glocke hängen. Ist aber nichts.«

Horndeich sah seiner Frau wieder in die Augen. Und es war der gleiche Kampf im Ring wie wenige Minuten zuvor. Glaubst-du-mir-oder-glaubst-du-mir-nicht?

Die Müdigkeit, die Horndeich seit Betreten des Eigenheims überfallen hatte, brach nun über ihm zusammen. Er hatte keine Kraft mehr für weitere Nachfragen, für weiteres Misstrauen. Er nahm Sandra in den Arm. Und es dauerte einige Sekunden, bevor sie diese Umarmung erwiderte. Auch kein gutes Zeichen. Aber keines, an das er heute auch nur noch einen einzigen Gedanken verschwenden würde. »Lass uns schlafen gehen«, sagte er.

»Was wollen Sie von mir?« Felix Küchler stand im Durchgang zum Hof des Hauses, in dem er wohnte.

So zuvorkommend er am Telefon gewesen war, so kratzbürstig gab er sich nun, da Jana und Feller vor ihm standen. Sie hatten ihm bereits am Telefon gesagt, dass sie Informationen über seinen Cousin benötigten. Küchler hatte sich bereit erklärt, sie tatsächlich an diesem Abend noch zu empfangen. Und so waren Feller und Jana nach Arheilgen gefahren. In die Bornstraße, zur Adresse von Felix Küchler.

Jana übernahm die Gesprächsführung: »Herr Küchler, wir sind nicht von der Polizei. Wir sind einfach zwei Privatpersonen, die sich ein wenig Sorgen machen über die Aktivitäten Ihres Cousins. Wir würden gern mit Ihnen sprechen. Und wir würden gern auch mit Ihrem Cousin sprechen.«

»Ach, Scheiße, immer nur Ärger. Immer nur Ärger mit Eibe. Selbst jetzt, wo er eigentlich gar keinen Ärger mehr machen kann, macht er Ärger!«

»Dürfen wir …?«, unternahm Jana einen weiteren Versuch, sich mit Felix Küchler vielleicht in dessen Wohnung unterhalten zu können und nicht auf der Straße.

Küchler gab den Weg frei. Jana und Feller folgten ihm. Seine Wohnung lag im Erdgeschoss. Eine größere Wohnung in einem Haus, an dem schon viel an- und umgebaut worden war.

Küchler leitete sie an den Esstisch im Wohn- und Ess-Bereich. »Was wollen Sie eigentlich von mir?«

Jana zückte ihr Handy, zauberte das Phantombild von Felix' Cousin auf das Display. »Das ist Ihr Cousin, oder?«

Küchler warf nur einen flüchtigen Blick auf das Bild, dann nickte er.

»Ihr Cousin hat einmal eine Schlagersängerin gestalkt. Im Jahre 2003. Susanne Fricke alias Susanna. Wissen Sie etwas davon?«

»Gestalkt?«

»Wie würden Sie es denn nennen, wenn er ständig anonym Briefe, Rosen und ähnliche Zuneigungsbekundungen hinterlässt?«

»Von einer Susanne, da hab ich nichts von mitbekommen. Aus Darmstadt?«

Jana ignorierte die Gegenfrage: »Herr Küchler, wie heißt Ihr Cousin? Lebt er noch?«

»Ob er noch lebt? Was ist denn das für eine bescheuerte Frage! Eibe Küchler lebt, logisch.«

Feller schaltete sich ein: »Nun, seit 2011 hat er nichts mehr gepostet auf Facebook.«

Der andere Küchler lachte auf. »Ist ein bisschen schwierig, aus dem Gefängnis raus.«

»Gefängnis?«

»Ja. Eibe ist eingebuchtet. Seit Juni 2011. Er war im Nachhinein so glücklich, dass er das Spiel gegen Memmingen noch hat sehen können. Drei Tage später haben sie ihn festgenommen. Kam dann nach Weiterstadt in U-Haft, und nach der Gerichtsverhandlung in die JVA Preungesheim. Und da sitzt er auch heute noch.«

»Was hat er verbrochen?«

Felix Küchler zuckte mit den Schultern. »So ganz abwegig ist das nicht, dass er eine Sängerin gestalkt hat. Ist danach ja nochmal passiert. Mit einer Schauspielerin aus Michelstadt. Und dann eben mit Veronika.«

»Was ist passiert?«, fragte Feller, aber von der U-Haft in den Knast, und das vor zehn Jahren. Ladendiebstahl schied als Grund aus …

»Mein Cousin, er ist ein feiner Kerl. Aber wenn es um Frauen geht, dann ist er eine wandelnde Abrissbirne. Er redet sich immer ein, dass die Frauen seine Anfälle von Liebeswahn erwidern. Und dass er sie nur davon überzeugen muss, dass sie das tun. Hat aber nie funktioniert. Sie haben ihn nie geliebt. Und all seine Kreuzzüge endeten traurig. Oder, wie bei Veronika, in einer Katastrophe.«

»Hat er sie …?«, deutete Jana an.

»Ich habe keine Ahnung, wie Eibe ins Darmstädter Theater gekommen ist. Schauspiel und Oper, das war ja eher nicht so sein Ding. Aber trotzdem, plötzlich war er Gast im Staatstheater. Und da war diese Sängerin, Veronika Fischer. Er hat sie auf der Bühne gesehen. Und war von diesem Moment an besessen von ihr. Ich habe ihm versucht, das auszureden, aber das habe ich in den vergangenen Jahren, nein, Jahrzehnten, immer wieder versucht. Keine Chance. Mein Cousin Eibe war davon überzeugt, dass Veronika Fischer ihn liebte.« Er sprach nicht weiter.

»Was ist mit ihr passiert?«, hakte Jana erneut nach.

»Sie ist tot. Eibe hat sie erstochen. Als er ihr seine Liebe gestand und ihre Reaktion nur aus einem Lachen bestand.«

»Wollen Sie damit sagen, Eibe Küchler, Ihr Cousin, hat eine Frau erstochen, die seine Liebe nicht erwidert hat? Eine Prominente, die er sich zum Ziel seiner Liebe auserkoren hatte?«

»Ja. So kann man es nennen. Ich hätte es jetzt nicht ganz so hochgeschraubt formuliert.«

»Und er sitzt nach wie vor im Knast in Preungesheim?«

»Yepp. Wenn alles gut geht, hat er in zwei Jahren die erste Chance, rauszukommen.«

FREITAG, 20. MAI

Sie hatten via WhatsApp verabredet, sich um neun Uhr in Janas Büro zu treffen. Jana hatte Horndeich von ihrem Erfolg des vorigen Abends berichtet: Sie hatten den Stalker identifiziert. Und der saß in Frankfurt Preungesheim im Knast. Weshalb sie ihn dort besuchen müssten.

Horndeich hatte Croissants mitgebracht, Jana den Kaffee gekocht.

Butter und Marmelade standen auf dem Tisch.

»Feller kümmert sich um die Besuchserlaubnis im Knast. Aber ich denke, heute Nachmittag können wir dorthin.«

Horndeich berichtete seinerseits von den Ergebnissen in Fulda. Dass die Familie Schneider dort gelebt habe, dass er von der Schwester Marianne nur wisse, dass sie Biologie studiert habe und dann wohl nach Südamerika gereist war. Und auch, dass es Gerüchte gab, dass Susanne Fricke nicht die gemeinsame Tochter von Matthias Schneider und seiner Frau gewesen war, sondern eventuell ein uneheliches Kind von Papa Schneider.

Jana hatte all die Informationen auf dem Whiteboard eingefügt.

»Du gehst also heute Nachmittag nach Frankfurt in den Knast?«, wollte Horndeich wissen.

»Das ist der Plan. Was machst du?«

»Ich werde nach wie vor versuchen, dieser Schwester Marianne Schneider näher zu kommen. Irgendwo muss man sie ja finden können.«

»Vielleicht kann dir Katharina helfen?«

Horndeich wusste sofort, wen Jana meinte. Katharina Hochnagel war eine Studentin der Philosophie seit gefühlt 50 Semestern. Immer, wenn Jana Hilfe brauchte, gerade beim Sortieren von Bergen von Kisten verstorbener Menschen, eben ihr Job als Nachlasspflegerin, dann rief sie Katharina an. In einem Fall vor einem Jahr, da hatte Katharina insbesondere ihre Spanischkenntnisse einbringen können. Und wenn Marianne Schneider in Südamerika verschwunden war, waren diese Sprachkenntnisse Katharinas vielleicht tatsächlich eine Option, mehr über diese Schwester herauszufinden. Wenngleich Horndeich auf diesen Kontakt lieber verzichtet hätte. Katharina war jung, also aus seiner Perspektive, und sie war – *überheblich*, wenn auch dieses Wort allein davon zeugte, dass sein Benutzer zielstrebig mindestens auf die Fünfzig zusteuerte.

»Vielleicht«, fasste Horndeich all seine komplexen Gedanken in einem Wort zusammen.

Jana trank einen Schluck Kaffee. Draußen vernahm Horndeich das tiefe Blubbern eines großvolumigen Motors. Das Geräusch im Standgas ließ die Fensterscheiben bereits erzittern. Klang für Horndeich nach einem amerikanischen Achtzylinder. Dies allein entlockte Horndeich kaum Aufmerksamkeit. Anders hingegen Janas Reaktion auf das Geräusch. Ihr Blick flog direkt in Richtung Fenster.

Janas Büro lag unmittelbar an der Einfahrt zu einem Parkplatz im Innenhof des Gebäudekomplexes, in dem auch ein Restaurant zum Dinieren einlud. Das tieffrequente Geräusch eines Motors sollte da nicht für besondere Aufmerksamkeit sorgen. Horndeich vernahm, wie der Wagen an der Eingangstür zu den Büroräumen vorbei durch die Toreinfahrt in Richtung Innenhof fuhr.

Janas Blick hatte sich wieder auf den Tisch gewandt, aber ihre Stimmung hatte sich verändert. Als 20 Sekunden, nachdem das Geräusch des Motors erstarb und eine offenbar schwere Autotür zugeschlagen worden war, jemand an die Tür klopfte, zuckte Jana regelrecht zusammen.

»Wer ist das denn?«, fragte Horndeich.

Jana stand auf und ging an die Tür. Öffnete sie.

»Was machst du denn hier?«, fragte sie den Mann, der im Türrahmen stand. Horndeich konnte ihn nur aus den Augenwinkeln sehen. Er musste ungefähr in Janas Alter sein, war ein bisschen größer als sie, durchtrainiert, gutaussehend. Horndeich war nicht wirklich informiert über Janas soziales Netzwerk. Er wusste nicht, ob sie viele Freunde hatte, viele Bekannte, ob sie eine, zwei oder drei beste Freundinnen hatte. Einen festen Partner hatte sie wohl derzeit nicht, überschlug Horndeich. Aber auch das war nicht ausgeschlossen. All das hatte bei den Fällen, um die sie sich gemeinsam gekümmert hatten, nie eine Rolle gespielt.

Aber dieser Mann, der spielte eine besondere Rolle in Janas Leben, das konnte Horndeich auf Anhieb sagen. Denn alles an Jana hatte sich plötzlich verändert. Horndeich hatte sie immer als tough erlebt, als eine Frau, der niemand etwas sagen konnte. Als eine Frau, die, wenn sie vor einem Berg stand und jenen dazu aufforderte zu weichen – der dies danach tatsächlich in Erwägung zog.

Sie gab den Weg frei. Der Mann trat ein.

»Steffen, das ist Ben Lorenz. Ein langjähriger Freund von mir. Ben, das ist Steffen Horndeich, der private Ermittler, von dem ich dir erzählt habe.«

Ben trat auf Horndeich zu, reichte ihm die Hand. Und auch wenn Ben ganz normale Klamotten anhatte, Jeans, Hemd, Turnschuhe – so konnte sich Horndeich des Gefühls nicht erwehren, *Mad Max* gegenüberzustehen. Ein wenig glich die Physiognomie des Kerls ohnehin jener von Mel Gibson. Zum anderen hatte er ein unglaublich selbstbewusstes Auftreten.

Ben erwiderte den Händedruck. Kräftig genug, um das Selbstbewusstsein zu unterstreichen. Aber auch nicht zu fest, um überheblich zu wirken.

»Wir haben gerade ein kleines – Dienstfrühstück. Croissant? Kaffee?«

»Gern«, sagte der Unbekannte. Lorenz?, versuchte Horndeich sich des Nachnamens zu erinnern.

»Jana hat mir von Ihrem Fall erzählt. Wir haben uns vorgestern Abend in Berlin getroffen.«

»Hm-m«, kommentierte Horndeich die Aussage so knapp wie möglich.

Jana brachte diesem Ben eine Tasse Kaffee. Und einen Teller. Und legte ihr eigenes Croissant auf den seinen.

»Du hast mir von den Verdächtigen erzählt. Also jenen, denen damals auf den Zahn gefühlt worden ist«, wandte sich Ben an Jana. Ohne das Croissant auch nur eines Blickes zu würdigen. Jana hatte offensichtlich in Berlin ihren Fall mit diesem Ben erörtert. Horndeich war – irritiert.

»Ja.« Jana hielt kurz inne, dann fragte sie: »Ben, was zur Hölle machst du hier?«

Horndeich kannte die Varianten von Janas Äußerungen natürlich nicht so gut, wie etwa jene von seiner Frau oder jene seiner ehemaligen Kolleginnen Leah Gabriely oder Margot Hesgart. Aber er hatte schon ein wenig dazugelernt. Dieser Tonfall war eine Mischung aus Unverständnis, Irritation, mit einer kleinen Prise Unmut darüber, dass Ben unangemeldet hier auftauchte. In einem anderen Bereich der analytischen Abteilung seines Gehirns stellte Horndeich fest, dass Ben und der Achtzylinder-Motor zusammengehörten.

Ben ignorierte Janas Frage und fuhr ungerührt fort: »Koppick. Du hast gesagt, er hat das beste Alibi von allen.«

»Ja. Das hat er auch«, sagte Jana.

»Ich hab mir trotzdem erlaubt, ihn nochmal unter die Lupe zu nehmen.«

»Und was hast du herausgefunden?«, wollte Jana wissen. Offenbar war ihr bewusst, dass ihre Frage zuvor nicht beantwortet werden würde.

»Nun, ein ganz so unbeschriebenes Blatt ist Koppick vielleicht nicht. Ich habe seinen Bruder gefunden.«

»Seinen Bruder? Was hat das mit unserem Fall zu tun?«

... und was hast du mit unserem Fall zu tun, dachte Horndeich erneut. Für Jana hingegen schien Bens Recherche überhaupt nicht seltsam oder unangebracht.

Irgendwo aus dem Nichts zauberte dieser Ben ein Tablet. Wischte darauf herum und zeigte dann ein Foto.

Jana betrachtete es, ebenso Horndeich.

Das Foto zeigte eine Traueranzeige auf einem Trauerportal im Netz, veröffentlicht am 11.11.2015. Vor sechseinhalb Jahren also.

Der Text war schlicht gehalten: »Wir nehmen Abschied von Friedrich Koppick. In tiefer Trauer: Hans Koppick. Die Trauerfeier findet im engsten Familienkreis statt.«

»Könnte für euch doch interessant sein, oder?«, wollte Ben wissen.

Horndeich betrachtete die Anzeige. Das Irritierende daran war, dass das Bild, welches den Verstorbenen zeigte, quasi ein Spiegelbild von Hans Koppick war.

»So wie es aussieht, waren die beiden Zwillinge. Eineiige.«

Jana übernahm: »Okay, Hans Koppick hatte einen Zwillingsbruder, der vor knapp sieben Jahren verstorben ist. Was ändert das an den Tatsachen, die wir zusammengetragen haben?«

»Na, vielleicht das hier«, sagte dieser Ben, wischte abermals über sein Tablet, und zeigte darauf einen Artikel. Die Überschrift lautete: »Anklage gegen Hans K. Ist er schuld am Selbstmord von Christian S.?«

»Was ist das?«, fragte Jana.

»Ich habe all die Unterlagen zusammengetragen, das Ganze ist bereits via Link per E-Mail bei dir gelandet. Aber ich wollte es dir persönlich mitteilen. Dieser Koppick hatte Ende 2001 einen Prozess am Hals. Der Kerl war Finanzberater, um es vornehm auszudrücken. Er hat damals Beteiligungen an Firmen – und auch ein paar Fonds – vermittelt, dafür dick Provision kassiert. Diese Geldanlagen gehörten alle in die Kategorie ›New Economy‹ – also diese ganzen Internet-Start-ups, die seit 1998 wie Pilze aus dem Boden schossen – und nach dem Millenniumswechsel zu 90 Prozent den Bach runtergegangen sind. Aber nicht nur die sogenannten Dotcom-Unternehmen sind fortgespült worden, sondern auch das Geld der Leute, die dort investiert hatten. Und euer Hans Koppick war wohl seinerzeit ziemlich gut darin, angehenden Rentnern dazu zu raten, ihre gesamten Ersparnisse genau in jene Firmen zu investieren, oder, noch ein bisschen perfider, in scheinbar seriöse Fonds, die letztlich aus nichts anderem als diesen Seifenblasen-Unternehmen bestanden.«

Horndeich schwieg. Jana auch.

Horndeich schwieg, weil er doch ein wenig beeindruckt war, dass dieser Kerl ihm gegenüber innerhalb der letzten, sagen wir 34 Stunden, all das über Hans Koppick herausgefunden hatte. Vielleicht sollten wir ihn in unser Team aufnehmen, dachte Horndeich. Ebenso wie er nicht umhinkonnte, zu überlegen, wie man den Beitrag dieses Ben Lorenz finanziell abgelten konnte.

Warum Jana schwieg, war Horndeich nicht klar.

»Wenn dieser Koppick einen eineiigen Zwilling hat und wenn dieser Koppick ein betrügerischer Berater ist, hat er nicht vielleicht Susanne Fricke ebenfalls versucht ein Betrugspaket an Aktien oder Fonds zu verticken? Und vielleicht hat sie ihn auffliegen lassen wollen? Und vielleicht hat er mithilfe seines Zwillings ein perfektes Alibi? Ich meine, was kann besser sein als Alibi als ein Schlag auf den Kopf der eigenen Frau?«

Natürlich. Da hatte er recht.

»Croissant?«, fragte Horndeich.

Für Horndeich war es der richtige Zeitpunkt gewesen, die Segel zu streichen, den Hafen zu verlassen. Ganz offensichtlich hatten die Hafenarbeiter Jana und Ben noch einiges zu erörtern.

Bevor Horndeich sich in seinen Wagen setzte, musste er doch noch einen Blick auf das Auto werfen, das sich vorhin durch den Sound eines Big Block-Motors ausgezeichnet hatte. Er hätte jetzt mit einem Ford Mustang gerechnet oder einer Corvette. Solche Sportwagen standen aber nicht im Innenhof. Der einzige Wagen, der herausstach, war ein russischer Wolga in perfekt gepflegtem Zustand mit Berliner Kennzeichen. Aber den Wolga hatte es ja nur mit einem bescheidenen Vierzylinder gegeben. Was Horndeich jedoch irritierte, war die grüne Umweltplakette hinter der Frontscheibe. Das sprach nicht für einen Originalmotor russischer Bauweise.

Horndeich würde diesem Ben bestimmt nochmals über den Weg laufen. Dann könnte er ihn fragen. Er hatte sich bereits in seinen Wagen gesetzt, als er Hans Koppick auf dem Handy anrief und ihm mitteilte, dass er doch noch ein paar Fragen an ihn hätte.

Koppick hatte sich kooperativ gezeigt, und so fuhr Horndeich einmal mehr die Autobahn A5 gen Norden, um mit dem ehemaligen Anlageberater von Susanne Fricke zu sprechen.

Horndeich hatte von vornherein keine Musik angeschaltet. Sein Mazda, dieser auberginefarbene, rollende faradaysche Käfig, war für ihn derzeit wohl mehr ein Thinktank. Er musste herausfinden, was mit seiner Frau los war. Darüber konnte er am besten in seinem Wagen nachdenken. Das sonore, dennoch sehr dezente Brummen des Motors hatte eine beruhigende, ja fast meditative Wirkung auf ihn. Hier kamen ihm meist die besten Ideen. Wenn auch in Bezug auf Sandra keine wirklich neuen. Alles deutete darauf hin, dass sie ihn betrog. Mit einem Typen, den sie auf dem Klassentreffen wiedergesehen hatte. Aber Horndeich hatte gerade als Hauptkommissar der Mordkommission gelernt, dass es immer wieder Fälle gab, bei denen das Offensichtliche nicht auch das Wahre war. Und Horndeich konnte es sich einfach nicht vorstellen: Sandra im Bett mit einem anderen Mann. War er gut im Bett? War der andere besser? Waren das die Kategorien, in denen Sandra Männer einsortierte?

Vielleicht doch Zeit für Musik. Er schaltete das Autoradio ein, hr1. Bei hr4 war die Gefahr zu groß, auf Songs zu stoßen, die zu sehr auf die Tränendrüse drückten. Oder gar auf Songs von Susanna …

Er fuhr gut eine Stunde, dann bog er wieder in die Goethestraße ein. Er stellte seinen Wagen direkt vor dem Haus ab. Stieg aus. Schloss ab.

Offensichtlich hatte Hans Koppick ihn bereits nahen sehen, denn die Haustür hatte sich schon geöffnet. Der Hausherr stand im Türrahmen.

»Herr Horndeich. Was immer Sie auch zu mir führt, ich hoffe, ich kann Ihnen helfen, offene Fragen zu klären.« Koppick reichte ihm die Hand, die Horndeich ergriff. Mit einer Geste lotste er ihn wieder nach links in den Büroraum. Auch Koppicks Frau Evelin tauchte sofort auf. »Kaffee?«

Horndeich winkte ab. Und auch Hans Koppick schüttelte nur den Kopf. Evelin Koppick schloss die Tür zum Büro und verschwand wieder durch den Eingangsbereich.

»Womit kann ich Ihnen helfen?«, wollte Koppick wissen.

»Nun, wir sind da auf ein paar Informationen gestoßen, die Ihr Handeln im Nachhinein in einem etwas anderen Licht erscheinen lassen.«

»Oh. Da bin ich mal gespannt.« Koppick schien völlig entspannt und sagte nichts mehr.

So fuhr Horndeich fort: »Herr Koppick, Sie waren damals als Anlageberater tätig.« Ein simpler Satz, keine Frage. Mal sehen, was Koppick darauf erwiderte.

Er erwiderte nichts.

Horndeich fuhr fort: »Im Jahr 2001 sind Sie verklagt worden.«

»Und freigesprochen«, fügte Koppick sofort an.

»Sie sind beschuldigt worden, bei einem Ihrer Klienten nicht Ihrer Informationspflicht nachgekommen zu sein. Sie haben ihm, ich formuliere das jetzt mal bewusst etwas einfach, Aktien von Unternehmen empfohlen, die ein Jahr später komplett den Bach runtergegangen sind. Das alles im Zusammenhang mit dem Platzen der Dotcom-Blase. Ein Herr hatte Sie damals angezeigt, Sie hätten ihn dazu überredet, seine gesamten Anlagen für die Altersvorsorge umzuschichten, sein Geld in Unternehmen eben jenes Internet-Hypes zu investieren. Er habe das getan und wäre ein Jahr später völlig pleite gewesen. Seine 300.000 hätten sich in Luft aufgelöst. Nur Ihre Beteiligung, die würde sich nach wie vor auf Ihrem Konto befinden.«

»Herr Horndeich, das klingt jetzt alles so, als ob ich diesen älteren Herrn bewusst in den Ruin getrieben hätte. Das habe ich nicht. Und das hat auch das Gericht bestätigt. Der Markt war seinerzeit irrsinnig. Es baute sich eine Blase auf, von der aber damals niemand wusste, dass es eine Blase werden würde.«

Horndeich war kein Finanzberater, doch er konnte diese Aussage von Koppick kaum als ernst gemeint ansehen. »Wer, wenn nicht Sie, hätte denn sehen können, dass es sich um eine Blase handelte?«

»Unterstellen Sie mir Naivität? Bitte schön. Unterstellen Sie mir böse Absicht? Das hat das Gericht nicht erkennen können. Und Sie dürfen mir glauben, wenn ich Ihnen sage, dass ich damals tatsächlich nach bestem Wissen und Gewissen gehandelt habe.«

So ein Tässchen Kaffee wäre jetzt vielleicht doch nicht schlecht gewesen. Man hätte sich für Sekunden quasi hinter der Tasse verstecken können. War keine Tasse da, also preschte Horndeich nach vorn: »Haben Sie Susanne Fricke damals auch faule Papiere angedreht?«

»Faule Papiere? Herr Horndeich, ich verbitte mir das. Zu dieser Zeit war ich Anlageberater. Und ich habe daran geglaubt, was ich den Menschen angeboten habe. Und für viele hat es sich als sehr lukrativ erwiesen. Für einige wenige nicht. Aber alle meine Klienten habe ich darüber aufgeklärt, dass das, was sie investieren, einen großen Gewinn erzielen kann. Aber eben auch einen Verlust.«

»Ich formuliere jetzt einmal meine These: Sie haben Susanne Fricke ein Angebot gemacht, das sie nicht ablehnen konnte. Aber es zeigte sich sehr schnell, dass die Investitionen nicht taugten. Und Susanne Fricke hatte damit gedroht, an die Öffentlichkeit zu gehen. Und sie war nicht irgendein unbekannter Rentner aus irgendeinem Hinterhof. Nein, sie war die Frau des Bürgermeisters von Griegtal. Und damit würden die Schlagzeilen weit höher kochen. Es hätte Ihren Ruin bedeuten können.«

»Herr Horndeich, ich verstehe Ihren feindlichen Unterton nicht. Ja, ich war Anlageberater. Ja, von hundert Klienten gab es auch drei, die Geld verloren hatten. Das ist alles kein schlechter Schnitt. Aber, mit Verlaub, unterstellen Sie mir nun, ich hätte Susanne Fricke umgebracht, damit sie meinen Ruf nicht hätte schädigen können?«

Horndeich sagte nichts. Wartete auf eine weitere Aussage von Koppick, die dann auch stante pede kam: »Herr Horndeich, es ist ja sehr ehrenwert, dass Sie den Fall noch einmal untersuchen. Und man kann meinen Erfolg als Anlageberater bewerten, wie man will – als Mörder von Susanne Fricke komme ich nicht infrage.«

»Warum eigentlich nicht?«

Koppick zögerte. Dann sagte er: »Das hatten wir doch alles schon mal. Ich habe meiner Frau damals sehr weh getan. Genau zu dem Zeitpunkt, als Susanne Fricke ermordet worden war. Ich kann nicht der Täter sein. Wir können das Gespräch also an dieser Stelle abbrechen.«

»Ja. Das könnten wir. Gäbe es da nicht Ihren Bruder Friedrich. Also, Ihren eineiigen Zwillingsbruder Friedrich.«

Die Gesichtsfarbe hatte Koppicks Antlitz verlassen wie eine Armee von Bogenschützen, wenn die Panzer kamen.

»Friedrich?«, echote Hans Koppick.

»Ja, Ihr Bruder Friedrich. Der erst 2015 verstarb. Und der Ihnen, verzeihen Sie den blöden Vergleich, aber er trifft es einfach, wie ein Ei dem anderen glich. Sie bringen Susanne Fricke um, während er den gewalttätigen Ehemann gibt.«

Hans Koppick sprang auf, donnerte die Faust auf den Tisch zwischen ihnen und brüllte die Worte heraus: »Sie. Haben. Keine. Ahnung! Sie haben nicht den leisesten Schimmer, durch welche Hölle wir gegangen sind! Durch welche Hölle mein

Bruder gegangen ist! Wie können Sie es wagen …« Er beendete den Satz nicht, dafür war seine Stimme am Ende sehr viel leiser geworden.

Horndeich spürte, dass das, was hinter dieser Zwillingsbrüderschaft stand, viel größer war, als das, was Ben Lorenz ermittelt hatte. Horndeich bemühte sich um einen möglichst sachlichen Tonfall, als er sagte: »Dann erzählen Sie es mir.«

»Woher wissen Sie von meinem Bruder?«

»Ein Mitarbeiter von uns stieß auf die Todesanzeige.« Mitarbeiter – das klang jetzt so, als ob Jana und er eine Detektei mit 15 Angestellten hätten …

»Mehr als diese Todesanzeige haben Sie nicht, oder?«, fragte Koppick.

»Nein, wir haben nichts über ihn herausfinden können.«

Koppick lachte auf. Laut. Bitter. »Konnten Sie auch nicht. Denn mein Bruder war Gemüse.«

»Gemüse? Meinen Sie Großhändler?«

Abermals lachte Koppick auf. Immer noch laut. Und mit noch mehr Bitterkeit. »Mein Bruder war mental seit seinem zweiten Lebensjahr auf dem Stand eines Zweijährigen. Er war Gemüse. Sein Gehirn war nutzlos. Er hat nicht einmal richtig Sprechen erlernt.«

Horndeich schluckte. Koppicks Bruder war behindert gewesen?

»Die Geschichte kennen Sie nicht, nicht wahr? Die Geschichte von einer Junkie-Mutter. Oh! Ihr alle habt Christiane F. vom Bahnhof Zoo gelesen. Bravo. Ich klatsche Applaus! Aber ich habe so eine Christiane als Mutter erlebt!«

Auf so eine Geschichte war Horndeich nicht vorbereitet. Es blieb nur: Zuhören. Er sagte nichts, wartete.

»Meine Mama war 14, als sie sich zum ersten Mal eine Spritze mit Heroin gesetzt hat. Heroin ist nicht billig. Und wenn man nicht Vorstandschefin einer Bank ist, dann hat man ein gewisses Problem, seine Sucht kommod zu finanzieren. So eben auch meine Mutter.« Der Moment, in dem er schwieg.

»Sie hat sich …?«

»Sie hat. Sie haben jetzt sicher das Wort ›prostituiert‹ im Kopf gehabt. Aber das trifft es nicht annähernd. Ich sage es, wie es ist: Sie hat sich für Geld ficken lassen.« Wieder schwieg er.

»Das heißt, Sie und Ihr Bruder sind Kinder …« Horndeich wusste nicht, wie er diesen Satz beenden sollte.

Koppick nahm ihm das ab: »Wir sind das Ergebnis genau so eines Ficks. Nicht mehr. Nicht weniger.«

»Und Ihre Mutter? Hat sie sich um Sie gekümmert?«

»Nein. Hat sie nicht. Ich und mein Bruder hätten in unserer eigenen Scheiße gelegen, wenn nicht unsere Großmutter dagewesen wäre. Die musste selbst arbeiten. Das heißt, wir haben schon einmal einen halben Tag in vollen Windeln gelegen. Aber niemals länger als einen Tag. Ohne sie – da wären wir beide draufgegangen.«

»Wie kam es dazu, dass …?« Horndeich konnte den Satz ebenfalls nicht zu Ende formulieren. Was nicht daran lag, dass er auch diesmal um Worte rang. Sondern einzig und allein dadurch, dass Hans Koppick genau wusste, welche Frage nun im Raum stand, die er beantwortete.

»Meine Mutter hat sich nicht um uns gekümmert. Sie war gar nicht in der Lage dazu. Und meine Oma, sie hat die Kohle rangeschafft, indem sie jeden Tag putzen ging. Es hat uns ernährt. Meistens. Nicht, wenn meine Mutter herausgefunden hatte, wo das nächste, bessere Versteck für das Geld von Oma gewesen war. In diesem Fall hatte Mama wieder einen Schuss – und wir hatten wieder nichts zu essen.

Oma hat versucht, mit meiner Mama Deals auszuhandeln. Sie bliebe den halben Tag zu Hause. Dafür bekäme sie von Oma 20 Mark, um sich zumindest einen kleinen Schuss leisten zu können. Klappte mal besser, mal weniger gut. Und so einem *weniger gut* ist mein Bruder zum Opfer gefallen. Im wahrsten Sinne des Wortes. Meine Mutter hatte keinen Stoff, aber Wodka.

Mich hatte sie schon gewickelt, dann kam Friedrich dran. Mit einer Flasche Wodka intus ist die Koordination der eigenen Extremitäten nicht mehr ganz so einfach. Und deshalb fiel Friedrich vom Wickeltisch. Einen Meter bis nach unten. Sein Kopf schlug auf dem Boden auf. Und so lag er da, bis meine Oma Stunden später die Wohnung betrat. Meine Mutter schnarchte immer noch auf dem Boden, als meine Oma den Krankenwagen rief.

Sie haben sein Leben retten können. Aber eben nur sein Leben im Sinne von Einatmen und Ausatmen, Essen und Trinken. Die Hämatome im Gehirn waren einfach zu groß, um ihm irgendeine Chance zu lassen. Und es war 1973, nicht 2022.«

Dann schwieg Koppick. Und Horndeich schwieg mit ihm.

»Seit diesem Tag im Januar 1973 lebte mein Bruder in Pflegeheimen. Sein Gehirn war zu kaputt, um auch nur eine Silbe der Sprache zu lernen. Und der Rest seines Körpers hatte den Überlebenswillen eines verwundeten Tieres. Und so vegetierte er über 40 Jahre seines Lebens einfach vor sich hin. Kaute die Speisen, die ihm per Löffel gereicht wurden. Trank das Wasser, das ihm im Schnabelbecher gereicht wurde. Starb nicht an Dekubitus, weil die Pflegerinnen und Pfleger darauf peinlichst achteten. Über verdammte 40 Jahre hat er so gelebt.«

»Haben Sie Ihren Bruder besucht?«

So sehr Hans Koppick sich gerade noch echauffiert hatte, so sehr war er nun in sich zusammengesunken. »Ja. Ich bin immer mal wieder zu ihm ins Heim nach Köln gefahren. So alle drei, vier Monate. Manchmal lag auch ein Jahr zwischen den Besuchen. Aber er hat mich ja nicht einmal erkannt.«

»Und ist Ihre Mutter jemals zur Rechenschaft gezogen worden?«

Das war das Stichwort. Hatte er beim vorigen Satz noch wie ein Häufchen Elend ausgesehen, so wirkte das Wort ›Mutter‹ wie ein Faden, an dem Koppick sofort wieder in die Höhe gezogen wurde. Horndeich kannte es schon, das dazugehörige, laute, saure Lachen seines Gegenübers.

»Meine Mutter? Nein. Niemals. Sie hat sich dann auch sehr schnell verpisst. War einfach weg. Ich war ja ein Kleinkind damals, habe das alles nicht wirklich mitbekommen. Ich weiß nur, dass meine Großmutter sich um mich gekümmert hat. Bis es nicht mehr ging. Bis auch sie am Ende ihrer Kraft war. Und dann hieß es für mich: Pflegefamilien. Das war noch die bessere Alternative. Denn am unteren Ende der Skala stand: Kinderheim.«

Horndeich schluckte, abermals. Dann sagte er: »Ihr Bruder war also, seit er zwei Jahre alt war, schwerstbehindert? Und Sie waren im System der Jugendhilfe?«

»Ja. So kann man es formulieren.« Er hielt kurz inne. »Auf jeden Fall hätte jeder Deal mit meinem Bruder als Alibi nicht funktioniert. Wie Sie jetzt vielleicht begriffen haben.«

»Haben Sie zu Ihrer Mutter danach nochmals Kontakt gehabt?«

»Herr Horndeich, ich habe das gerade schon gesagt. Meine Mutter hat sich verpisst.«

Okay. Das hatte Horndeich begriffen.

»Und hatten Sie noch Kontakt zu Ihrer Oma?«

Das war erneut das Stichwort, das Hans Koppick weicher werden ließ. »Ja. Auch sie habe ich immer wieder mal besucht. Meine Pflegeeltern sind mit mir einmal im Jahr zu ihr gefahren. Als ich volljährig war und ausgezogen bin, habe ich sie auch allein besucht. Zuletzt hat sie in Marburg in einem Heim gelebt. Ja, ich habe sie besucht. Öfter als meinen Bruder. Bis zu ihrem Ende. Vor inzwischen fast 30 Jahren.«

»Hatte denn Ihre Mutter noch Kontakt zu Ihrer Oma?«

Beide Worte in einem Satz. ›Mutter‹ und ›Oma‹. Ausrasten oder ruhig bleiben?

»Nein. Meine Mutter hat sich nicht einmal mehr bei ihrer Mutter blicken lassen. Nicht mal bei der Beerdigung.«

»Haben Sie denn nie versucht, nochmal von sich aus Kontakt zu Ihrer Mutter zu suchen?«

»Das habe ich tatsächlich. Denn da meine Mutter nicht auffindbar war, sollte meine Oma die Kosten für das Pflegeheim meines Bruders übernehmen. Denn die Behörden haben meine Mutter auch nicht aufspüren können. Nicht lustig. Ich hab sogar einmal einen Privatdetektiv bezahlt, aber auch er hat nichts herausgefunden. Meine werte Mama war wie vom Erdboden verschwunden.«

Abermals ging die Tür zum Büro auf. Evelin Koppick stand im Türrahmen. »Ich habe Mittagessen gemacht. Würden Sie uns die Freude machen, mit uns zu essen?«

Horndeich tat ihnen die Freude. Wobei es wohl mehr Evelin Koppick freute, einen Gast zu haben.

Beim Essen fragte sie: »Haben Sie denn tatsächlich neue Indizien gefunden, die gegen diesen Marco Seidel als Täter sprechen?«

Als Polizist hätte Horndeich ihr gesagt: Darüber darf ich nichts sagen. Was natürlich für den Privatermittler nicht galt, denn ein privater Ermittler war rechtlich ja nichts anderes als eine Privatperson.

»Ja, wir haben tatsächlich ein paar Indizien, die dafür sprechen, dass Marco Seidel nicht der Täter gewesen ist. Aber beweisen können wir noch nichts.« Das war natürlich auch eine Botschaft an Hans Koppick.

Evelin Koppick schien diese Aussage zu reichen. Sie tat Horndeich erneut auf, Kartoffeln, Gemüse, Schweinegeschnetzeltes.

Lecker, dachte Horndeich.

Nein, man konnte nicht sagen, dass Hans Koppicks Schicksal Horndeich nicht berührt hätte. Die These, dass der Zwilling den Bruder irgendwie unterstützt haben könnte, Susanne Fricke umzubringen, war in sich zusammengefallen wie ein Kartenhaus beim ersten Windhauch.

Horndeich fuhr wieder zurück nach Darmstadt. Es war 14 Uhr, als er den Mazda vor seinem Haus abstellte. Zum Glück war heute Sandra dran, all die Kinder einzusammeln und vorher zu kochen.

Sandra hatte bereits das Mittagessen zubereitet, die Kinder waren schon versorgt. Er selbst saß nun am Esstisch, Nudeln à la Bolognese auf dem Teller, dazu ein Schälchen mit Salat.

»Neues herausgefunden in Gießen?«, fragte Sandra.

»Nicht wirklich.« Und Horndeich erzählte ihr davon, was Hans Koppick als kleines Kind erleben musste. Er vertraute es ihr an, wie er ihr sonst auch immer alles anvertraute. Doch in diesem Moment schien es etwas Besonderes zu sein.

»Vorhin hat eine Katharina hier angerufen. Sie hatte dich auf dem Handy nicht erreicht.«

Horndeich hatte sich angewöhnt, bei Treffen mit Menschen, die ihn zu irgendwelchen Fällen Auskunft gaben, das Handy einfach auszuschalten. Kein Klingelton, der klingeln konnte, keine Vibration, die nichts anderes war, als die Klingelton-light-Variante. Einfach nur – Stille.

»Was hat sie gewollt?«

»Na ja, in ungefähr 13 Minuten steht sie bei dir vor der Tür.«

Katharina. Katharina Hochnagel. Der Spanisch-Crack. Horndeich war sich wirklich nicht sicher, ob ihm diese junge Studentin auf Speed – so empfand er es auf jeden Fall – helfen konnte.

»Ist gut. Dann gehe ich mal runter.«

Das waren die letzten Worte gewesen, bevor die Türklingel zum Detektivbüro ertönte. Katharina kannte den Weg. Sie ging automatisch um das Haus herum, ein wenig bergab, um dann vor dem Eingang zum Souterrain zu stehen, dem offiziellen Zugang zu Horndeichs beruflichem Domizil.

»Cool, dass ich wieder für dich arbeiten darf«, sagte sie.

Horndeich war sich nicht so sicher, ob das wirklich cool war.

»Was kann ich denn für dich tun? Wo sind die Spanisch-Probleme?«

»Es geht um eine junge Frau. Also, heute ist sie nicht mehr jung. Damals war sie jung, als sie Bio studiert hat.« Ja, Horndeich war auch schon präziser gewesen in seinen Aussagen. Dieser jungen Dame möglichst effizient alle Informationen zukommen zu lassen, das überforderte Horndeich im Moment.

»Wann?«, fragte jene junge Dame direkt heraus.

»Also, sie hat 1970 Biologie studiert. Und ist dann vermeintlich nach Südamerika gegangen. Aber das passt alles nicht so ganz zusammen.«

»Wieso nicht?«, wollte Katharina wissen. Ja, ihre intellektuelle Effizienz lag definitiv auf dem Niveau von Horndeich.

»In den Aussagen der Menschen, die über sie gesprochen haben, kamen einige wenige Fakten auf den Tisch. Aber selbst diese knappen Angaben passen nicht so richtig zusammen.«

Katharina zog nur eine Augenbraue in die Höhe. Mehr bedurfte es nicht. Jetzt war es wieder an Horndeich, das Rätsel aufzulösen.

»Also. Marianne Schneider hat Biologie studiert. 1970. Plus Minus zwei Jahre. Sie hatte ein Faible für Südamerika, Riesenschildkröten, Meeresschildkröten und Pinguine. Das sind die Fakten, die ich kenne. Und die passen so überhaupt nicht zusammen.«

»Wieso?«, wollte Katharina wissen. Sie hatte es sich bereits auf dem zweiten der Bürostühle in Horndeichs Arbeitszimmer bequem gemacht.

»Na ja. Südamerika. Riesenschildkröten. Die schwimmen im Gegensatz zu Pinguinen definitiv nicht in den Gewässern der Antarktis.«

»Nun, das würde ich jetzt erst mal nicht als Widerspruch sehen.«

Kein Widerspruch? Wie bekam diese junge Dame Pinguine und Landschildkröten unter einen Hut? »Und wie soll das funktionieren? Südamerika, Riesenschildkröten, Meeresschildkröten und Pinguine?«

»Aber dann ist das doch ganz einfach. Marianne Schneider ist auf den Galapagosinseln. Die liegen ziemlich genau auf dem Äquator. Sie sind bekannt für ihre Riesenschildkröten. Sie liegen in Südamerika, also dem Bereich, wo man Spanisch spricht. Und dort gibt es auch die berühmten grünen Meeresschildkröten.«

»Und Pinguine?«

Katharina strahlte. »Auf den Galapagosinseln leben die sogenannten Galapagos-Pinguine. Sie sind die einzigen Pinguine, die sogar in der nördlichen Hemisphäre der Erdkugel leben. Brillenpinguine. Putzige Tierchen. Und vom Aussterben bedroht.«

Wenn Horndeich solche Sätze hörte, fühlte er sich immer, als wäre er der dümmste Mensch auf der Welt. Pinguine auf dem Äquator? Nun, dass die Galapagosinseln auf dem Äquator lagen, wenigstens das war ihm bekannt.

Katharina sagte: »Du musst nicht alles wissen. Ich weiß auch nicht alles.«

Es klang wie tröstliche Worte. Tröstliche Worte von einer nicht einmal Dreißigjährigen? Horndeich war nicht wirklich überzeugt …

»Deine Marianne Schneider ist also auf den Galapagosinseln unterwegs?«

Horndeich zuckte nur mit den Schultern. So, wie Katharina die Fakten präsentiert hatte, konnte Horndeich dem nur zustimmen. Und wenn die Fakten nicht passten? Dann würde Katharina gegen Wände laufen. Was ihm, Horndeich, ja nun auch schon ein paarmal passiert war. »Ja, ich glaube, das ist erst mal der richtige Ansatzpunkt. Marianne Schneider. Galapagosinseln.«

Wie sollte man herausfinden, ob Marianne Schneider vor 50 Jahren tatsächlich dort gewesen war? Wo sie danach gewesen war? Ob irgendeine verdammte Spur in diese Richtung zeigte? Und ob sie überhaupt noch lebte?

Katharina klopfte Horndeich jovial auf die Schulter. »Ich kriege das schon raus«, sagte sie in einem Tonfall, der so völlig frei war von Überheblichkeit. Und deshalb schmerzte. Denn er fürchtete, dass sie einfach recht hatte. Dass sie genau wusste, welche Tasten sie im Internet drücken musste, um zum gewünschten Ergebnis zu gelangen. Er fühlte sich ein wenig alt in diesem Moment. Aber, *well*, sollte diese Katharina mit ihren Methoden doch Erfolg haben. Oder eben auch nicht.

»Ich schlage vor, ich fahr jetzt noch einen Döner essen und dann komme ich in einer halben Stunde wieder vorbei. Dann kann ich die Recherche angehen.«

»Hier?«

»Ich kann auch auf die Galapagosinseln fliegen. Aber ich glaube, von deinem Büro aus ist es billiger und effizienter. Passt auch von der Zeitverschiebung. Sieben Stunden zurück. Wenn ich um drei Uhr hier bei dir anfange, dann ist es dort acht Uhr morgens. Vielleicht nicht die schlechteste Uhrzeit, um mit der Recherche zu beginnen.«

»Und wieso willst du das nicht von dir aus machen?«

»Na, du hast doch die schnelleren Rechner. Und alles, was ich vertelefoniere, landet nicht auf meiner Telefonrechnung.«

Jana war erstaunt. Es war Richard Feller tatsächlich gelungen, für sie kurzfristig einen Gesprächstermin mit dem Gefangenen Eibe Küchler zu arrangieren. Erst im Gespräch mit Feller war ihr bewusst geworden, dass man nicht einfach an der Pforte eines Knasts klopfen konnte, um einen der Insassen zu sprechen. Vielmehr musste man einen Antrag stellen. Und, wie Richard Feller ihr dann mitgeteilt hatte, konnte man sich manchmal auf eine wochenlange Wartezeit einstellen.

Richard Feller hingegen kannte viele Menschen. Unter anderem auch den Leiter des Gefängnisses in Frankfurt. Nein, es war nicht illegal, dass sie jetzt die Möglichkeit hatte, mit Küchler zu sprechen. Aber es war auch nicht selbstverständlich. Das war ihr durchaus bewusst.

Die Bediensteten der Justizvollzugsanstalt leiteten sie in den Besucherraum. Als die Tür sich öffnete, erkannte sie einen

Beamten, der zum Schutz abgestellt worden war. Wobei nicht definiert war, ob der Gefangene beschützt werden musste oder der Gesprächspartner. War ja einerlei.

Ein Beamter geleitete sie an einen Resopaltisch.

Jana setzte sich.

Nun war sie allein mit sich und ihren Gedanken. Gedanken an Ben. Was hatte ihn nach Darmstadt getrieben?

Die Frage war blöd. Und die Antwort war klar: *sie*.

Offenbar hatte er ihren gemeinsamen Abend in Berlin anders interpretiert, als sie es getan hat. Als doch noch eine Chance auf einmütiges Glück?

Mein Gott, wie viel Pilcher-Gehirnwäsche hatte Ben über sich ergehen lassen? Oder sich selbst verabreicht?

Ja, es war toll, dass er das über den Bruder von Koppick herausgefunden hatte. Aber niemand hatte ihn darum gebeten. Und schon gar nicht sie.

Und dennoch. Da war auch jene Stimme in ihr, die sich sehr darüber gefreut hatte, Ben wiederzusehen. Bei sich. In ihrem Revier. In Darmstadt.

Ihre Mutter hatte nie einen Hehl daraus gemacht, dass Ben ihr Lieblingsschwiegersohn gewesen wäre. Aber die Maßstäbe ihrer Mutter musste sie ja nun nicht übernehmen, oder?

In diesem Moment betrat Eibe Küchler den Besucherraum, durch eine Tür am anderen Ende. Er trat zu ihr an den Tisch, ließ sich ihr gegenüber nieder. »Ich kenne Sie nicht. Wer sind Sie? Wieso wollen Sie mit mir reden? Sie sind doch keine Anwältin? Oder?«

Jana schob alle Bilder von Ben zur Seite. Verglich ihr Gegenüber im Kopf mit den Bildern der Überwachungskamera von vor 19 Jahren. Eibe Küchler war deutlich in die Breite gegangen. Er wog sicher an die 90 Kilo.

»Herr Küchler, ich bin hier, weil ich den Mord an Susanne Fricke untersuche.«

»Susanna?«

»Susanna«, erwiderte Jana und hatte damit bereits den Beleg dafür, dass der Mann ihr gegenüber Susanne Fricke offenbar kannte.

»Ich hab sie nicht umgebracht!« Womit er nun auch offiziell bekundet hatte, dass er Susanne Fricke gekannt hatte. Und gleichzeitig hatte er erkennen lassen, dass der Mord durch ihn offensichtlich eine mögliche Option gewesen wäre.

»Herr Küchler, Sie haben Susanne Fricke sehr gemocht, nicht wahr?«

»Ja. Ich hab sie geliebt. Und sie hat mich geliebt. Und ich habe sie ganz bestimmt nicht umgebracht.«

Dann waren sie jetzt ja schon mal ein Stückchen weiter. »Herr Küchler, darf ich Ihnen einige Fragen stellen?«

»Warum denn?«

»Wie gesagt, weil ich den Mord an Susanne Fricke untersuche.«

»Aber da ist doch der Kerl verurteilt worden. Der, der Susanne ermordet hat.«

»Ja. Und trotzdem schaue ich mir den Fall noch einmal ganz genau an.«

Küchler schwieg.

Jana schwieg.

»Sie sind aber keine Polizei?«

War er offenbar doch noch nicht ganz zufriedengestellt. Ach, mit einer Marke war das Leben einfacher, dachte Jana. »Nein, ich bin keine Polizistin. Ich bin … – « Sie zögerte. »Ich bin Privatermittlerin.« Bislang hatte sie sich als Nachlassverwalterin definiert. Insolvenzverwalterin. Es war das erste Mal, dass sie keines der beiden Vorgenannten war. Sie war jetzt Privatdetektivin. Es war dieser Moment, in dem sie spürte, dass sich in ihrem Leben gerade etwas veränderte.

Jana war sich nicht sicher, wie sie die Fragen so formulieren sollte, dass dieser Mann sich ihr gegenüber öffnen würde. »Herr Küchler, Sie haben Susanne Fricke nachgestellt. Sie waren an ihrem Briefkasten, Sie haben Briefe eingeworfen, Sie haben Rosen hinterlassen.«

Küchler sagte nichts.

Jana seufzte. »Wir haben Überwachungsbänder, auf denen Sie eindeutig zu erkennen sind.«

»Überwachungsbänder? Wieso kommen Sie damit erst jetzt? Ich meine, das ist 20 Jahre her! Das ist doch alles verjährt!«

»Sie geben also zu, anonyme Briefe eingeworfen zu haben, Rosen hinterlassen zu haben?«

»Frau Welzer – was wollen Sie von mir?«

»Herr Küchler, die Frage ist ganz einfach. Wo waren Sie am Sonntag, dem 6. Juli 2003? Dem Tag, an dem Susanne Fricke erstochen worden ist.«

»Echt jetzt? Im Ernst?«

»So was von«, sagte Jana.

»Da war ich weg. Irgendwo anders.«

Dieses Alibi klang nicht wirklich glaubwürdig. »Nein, Herr Küchler, Sie waren nirgendwo anders. Sie waren in Griegtal. Auf dem Anwesen von Susanne Fricke. Auf dem Anwesen von Susanna.«

»Nein. Das war ich nicht!«, sagte Eibe Küchler. »Ich hab Susanne nicht ermordet.«

»Aber?« Es war immer gut, offene Fragen zu stellen, die nicht mit einem einfachen Ja oder Nein beantwortet werden konnten.

»Ich hab sie nicht umgebracht.«

»Das haben Sie schon gesagt.«

»Ich hab sie nicht umgebracht.«

Befand sich Jana in einer Zeitschleife? »Das haben Sie schon gesagt.«

»Ich hab sie nicht umgebracht.«

Okay, das war die Stelle, an der man definitiv aussteigen musste. »Aber Sie waren am Abend ihres Todes auf dem Gelände der Frickes?«

Küchler schwieg.

»Waren Sie da?«

Keine Antwort.

Jana musste ihre Taktik verändern. »Sie haben sie doch geliebt, oder?«

Küchler nickte.

»Wie kam es dazu?«

»Ich hab sie gesehen. Auf dem Konzert. Also, 2002. Im Sommer. War in Bad Homburg. Ich hab ganz vorne gestanden. Und gesehen, wie sie mich angelächelt hat.«

»Sie hat Sie angelächelt?« Jana konnte es kaum glauben. Aber für Eibe Küchler war es wohl der Beginn einer wunderbaren Freundschaft gewesen, sozusagen.

»Ja. Sie hat mich angelächelt. Während sie dieses Lied sang, ›Liebe nur für dich‹. Und ich hab gespürt, dass sie es für mich gesungen hatte.«

Da gab es sicherlich noch viele weitere Interpretationsmöglichkeiten, dachte Jana. »Und das haben Sie ihr dann auch gesagt?«

Küchler schüttelte den Kopf. »Nein. Damals noch nicht. Ich wusste nur, wir beide gehören zusammen. Also, damals habe ich gedacht, ich wüsste, wir gehören zusammen. Ich bin da nicht mehr so sicher. Seit ich die Therapie gemacht habe, sehe ich das alles etwas anders. Aber damals? Ja. Sie gehörte zu mir.«

»Sie haben eine Therapie gemacht?«

Küchler nickte nur. »Ist ja nun einiges schiefgelaufen in meinem Leben. Also, besonders mit Veronika. Wenn Sie hier sind, wissen Sie wahrscheinlich auch davon.«

Jana nickte nur.

»Lief nicht so gut. Also, *ich* lief nicht so gut. Scheiße. Würde ich heute anders machen. Und ich weiß auch, dass Susanne Fricke mich nicht geliebt hat. Ich meine, ich bin hier fünf Jahre lang durch den psychologischen Wolf gedreht worden. Ein bisschen mehr weiß ich jetzt schon, wie die Welt funktioniert. Wie ich funktioniere. Und, Susanne Fricke, ja, ich hab ihr nachgestellt. Ich war davon besessen, dass sie mich liebt. Heute, das weiß ich, dass ich mir das nur eingebildet habe. Aber der Abend ihres Todes, das war echt schräg.«

Schräg? Den Begriff konnte Jana im Zusammenhang mit einem Mord nicht einordnen. »Wie meinen Sie denn das?«

»Na ja. Ich war wirklich da, an diesem Abend, da haben Sie recht. Ich war auch im Garten von Susanne. Ich wusste ja schon, dass ihr Mann sonntagabends nie da war. Und es war ja wirklich nicht schwer, da reinzukommen. Dieser eine Zaun zum Waldrand hin, das Loch dort … Ich wollte zu ihrem Schlafzimmerfenster. Weiß nicht mehr, was ich genau wollte. Klopfen? Oder nur schauen? Keine Ahnung. Aber das alles ging ja dann sowieso den Bach runter. Denn da war dieser Typ. Ich mein jetzt nicht den Gärtner. Den habe ich durch das Schlafzimmerfenster gesehen. Sie hat mit ihm – nun, rumgemacht. Ich hab mir das irgendwie schöngeredet. Eigentlich wollte sie ja mich, aber solange wir noch nicht zusammen waren …«

»Also gab es noch einen anderen Typen?«

»Ja. Ich war nicht allein. Da war dieser andere Kerl im Garten. Ich habe ihn nicht erkannt. Ich habe nur gesehen, wie er im Schatten über die Wiese gelaufen ist, hin in Richtung Schiebetür des Schlafzimmers.«

»Da war also *noch* jemand im Garten?«

»Sag ich doch! Und dann bin ich weg. Da habe ich mir fast in die Hosen gemacht vor Angst. Irgendjemand anderes noch im Garten, der würde mir dann ein Bein stellen. Und wenn ich dann am Boden lag, würde er mir mit der Taschenlampe ins Gesicht leuchten. Und Fotos machen. Nein, das war das Letzte, was ich haben wollte. Also bin ich sofort stiften gegangen.«

»Sie haben den Mann aber nicht erkannt?«

»Frau Welzer, es war mir scheißegal, wer das war. Ich hatte einfach nur Schiss. Ich hab mich fortgemacht. Schnell.«

Das musste Jana erst mal verdauen. Da gab es plötzlich noch einen weiteren Protagonisten in dieser Nacht auf dem Gelände der Frickes. Der zugab, dort gewesen zu sein. Der aber gleichzeitig betonte, dass noch ein anderer dort gewesen war. Also nicht nur Seidel, sondern *drei* Männer zur gleichen Zeit.

»Herr Küchler, wie sah dieser Mann aus?«

»Was weiß ich? Ich habe überhaupt nichts genau gesehen.«

»Auch nicht das Gesicht?«

»Das Gesicht? Ganz gewiss nicht. Der Kerl hatte eine dunkle Kapuze über sein Gesicht gezogen. Das weiß ich noch ganz genau.«

»War er alt? War er jung? Hatte er einen Bart?«

»Frau Welzer, ich habe sein Gesicht nicht gesehen.«

»Hatte er ein Grübchen?«

»Wie soll ich das sagen? Ich hab doch sein Gesicht nicht gesehen!«

Der Unbekannte.

Mit dunkler Kapuze.

Wunderbar.

Jana hatte den Eindruck, sie würden wieder ganz von vorn anfangen.

»Ich hab sie aufgespürt«, sagte Katharina zu Horndeich.

Sie war die Treppe nach oben gegangen, vom Souterrain ins Parterre.

Horndeich hatte sie dort unten allein werkeln lassen. Sie hatte im Arbeitszimmer gesessen, telefoniert wie eine Weltmeisterin, dann wieder auf der Tastatur geklappert, dann wieder telefoniert, immer wieder auch auf Spanisch. Es war Horndeich nicht möglich gewesen, im angrenzenden Zimmer irgendetwas produktiv zu Stande zu bringen. Die Ablenkung durch Katharinas Aktionen war einfach zu groß. Also war er nach oben in die Wohnung gegangen, hatte den Laptop mitgenommen und sich im Wohnzimmer aufs Sofa gesetzt.

Horndeich sah Katharina an. »Was heißt das, du hast sie aufgespürt?«

»Die Kurzversion: Du hast übermorgen ein Date mit ihr über Zoom. Also, Videokonferenz. 19 Uhr. Magst du auch die lange Version hören?«

Horndeich machte eine einladende Handbewegung in Richtung seiner Sofaecke. Da war es Katharina innerhalb von einem halben Tag gelungen, was zig Polizisten vor 20 Jahren in mehreren Tagen Arbeit nicht vollbracht hatten. Mental zog Horndeich den Hut vor der jungen Dame. »Was hast du herausgefunden?«

Katharina zog einen Zettel aus der Gesäßtasche. Ein mehrfach gefaltetes DIN A4-Blatt. »Ich war so frei, den Drucker zu benutzen. Hab das alles in einer Datei zusammengefasst. Aber ich kann es dir auch gern erzählen.«

»Bitte! Ich bin ganz Ohr.«

»Du meintest, Marianne Schneider wäre bereits in den Siebzigern nach Südamerika gegangen. Also habe ich zuerst nach Umweltschutzorganisationen gesucht, die damals schon auf Galapagos aktiv waren. Es mussten ja Organisationen sein, die auch in Deutschland bekannt waren. Sonst hätte sich Marianne ja kaum dort melden können.«

Guter Ansatz, dachte Horndeich.

»Und tatsächlich gab es eine Organisation, ›Turtles count!‹, von denen sich tatsächlich jemand an Marianne Schneider erinnerte. Sie hatten lange mit ihr Kontakt. Bis hinein in die ersten Jahre unseres Jahrtausends.«

»Was hat sie da gemacht?«

»Sich für den Umweltschutz eingesetzt. Sie war eine der ersten vor Ort, die begriffen hat, welch ein Schatz Flora und Fauna der Galapagosinseln ist. Sie und viele Mitstreiter haben damals Lobbyarbeit geleistet. Was sich ausgezahlt hat. 1978 wurden die Galapagosinseln als Welterbe der UNESCO eingetragen. Und Marianne hat ihr Leben dem Wunsch verschrieben, dass das auch Konsequenzen hat.«

»Und das hast du in diesen paar Stunden herausbekommen?«

»Klar.«

»Die Polizei hat vor 19 Jahren gar nichts herausgefunden.«

Katharina rollte mit den Augen. »Wie auch? Konnte von denen jemand fließend Spanisch? Und, mit Verlaub, das Internet steckte echt noch in den Kinderschuhen. Mit allen Kinderkrankheiten auf einmal.«

»Okay, wie ging es dann weiter mit Marianne Schneider?«

»Sie hat lange bei ›Turtles count!‹ gearbeitet, eine Organisation, die es heute so nicht mehr gibt. Ich musste mich am Telefon über drei Ecken weiter durch die Telefondrähte weiterleiten lassen, bis ich eine Dame an der Strippe hatte, die tatsächlich damals mit Marianne gearbeitet hatte. Die wohl so etwas wie ihre Mentorin war.«

»Und wie hast du die aufgespürt?«

»Nun, diese Organisation ist immer wieder erwähnt worden, wenn es um die Geschichte des Umweltschutzes auf Galapagos ging. Hier ein Telefonat, da ein Telefonat – dann hatte ich die Dame in der Leitung. Lucia Delgado.«

»Und warum war Marianne danach nicht mehr bei der Organisation?«

»Marianne verschwand. Diese Lucia hat gesagt, dass Marianne schon damals große Zweifel daran hatte, ob es gut wäre, dass immer mehr Touristen auf die Inselgruppe kämen. Lucia hat es als Chance begriffen, finanzielle Mittel zu bekommen. Marianne hingegen war eher der Ansicht, dass das Geld, das die Touristen brächten, den Schaden, den sie anrichteten, nicht aufwiegen könne. Und so war sie plötzlich weg. War so um 2002 herum.«

»Und dann?«

»Marianne Schneider war Geschichte. Sie tauchte nicht mehr auf.«

Horndeich runzelte die Stirn. »Aber ich dachte, wir hätten ein Telefon-Date mit ihr? Oder ein Video-Date, was auch immer.«

Katharina strahlte, heller als der Sonnenschein über einem Gletscher. »Ja. Ein Zoom-Date. Weil ich gut bin!« Dann schwieg sie.

»Also?«

»Ah, Horndeich, ich glaube, wir müssen nochmal über etwas reden. Über Geld.«

Horndeich hatte keine Ahnung, was Jana Katharina an Stundenlohn zugestand. Er ging davon aus, dass dieser wohl deutlich über dem Mindestlohn lag. Er ging sogar davon aus, dass es unter der Überschrift ›Großzügig‹ verbucht werden konnte. Was also wollte Katharina jetzt von ihm? »Geld? Worum geht es?«

»Horndeich, es ist jetzt 20 Uhr. Um 15 Uhr habe ich angefangen zu telefonieren. Ich nehme an, ich habe dir Telefonkosten von 250 Euro verursacht – was zweistündige Telefonate mit Ecuador in etwa kosten. Wahrscheinlich war es noch mehr, es waren auch Gespräche zu Satellitenhandys dabei. Und nicht alles lässt sich über die Flatrate deines Datenvolumens abwickeln.«

»Das werde ich dir nicht berechnen.«

»Wie großzügig«. Sarkasmus troff aus den Worten, wie Wasser aus den Klamotten nach der Wandertour durch den Regenguss. »Das meinte ich überhaupt nicht. Das solltest du dich trauen, mir diese Kosten in Rechnung zu stellen! Schließlich arbeite ich für dich. Und deine Interessen.«

»Also?«

»Jana hat nur grob umrissen, worum es ging. Dass die Aussage dieser Schwester vielleicht dazu beitragen könnte zu beweisen, dass ein Mann, der lange wegen eines Mordes im Gefängnis gesessen hat, eventuell gar nicht schuldig war.«

»Ja, das trifft es ziemlich genau.«

»Wenn jemand wegen Mord einsitzt, dann sind das mindestens 15 Jahre.«

»Ja. Auch das ist unstrittig. Aber was hat das mit deinem Job zu tun?«

»Ein Tag Haft, den man ungerechtfertigterweise abgesessen hat, ist heute 75 Euro wert. Ich weiß nicht, wie lange dein Klient gesessen hat. Aber bei Mord mindestens 410.000 Euro lang. Ich weiß nicht, was du bekommst, wenn der Kerl tatsächlich unschuldig ist. Ich will es auch gar nicht wissen. Was ich aber weiß: Ich habe jetzt fünf Stunden telefoniert. Weil ich so gut bin. Jemand anderes hätte dafür vielleicht eine ganze Woche gebraucht. Und dafür, dass ich so gut bin, soll ich von dir jetzt 100 Euro bekommen. Das, mit Verlaub, empfinde ich nicht als gerecht.«

Dem konnte Horndeich nicht widersprechen. Und zwei Gedanken schossen ihm gleichzeitig durch den Kopf. Zum einen: Ja, wenn es Katharina tatsächlich gelungen war, einen Kontakt zu Marianne Schneider herzustellen, dann war das auf jeden Fall deutlich mehr Entlohnung wert. Der zweite Gedanke, der Horndeich durch den Kopf schoss, war jener: Marco Seidel war nicht nach 15 Jahren entlassen worden. Also nicht nach der ersten Haftprüfung. Warum? Er stellte doch wohl kaum mehr eine Gefahr für die Gesellschaft dar? Warum hatten sie ihn erst nach mehr als 18 Jahren aus dem Knast gelassen? Darauf hatte Horndeich keine Antwort. Und es gefiel ihm gar nicht, dass er darauf keine Antwort hatte. Und es gefiel ihm noch weniger, dass ihm das jetzt erst durch Katharinas Bemerkung bewusst geworden war.

»Also?«, forderte Katharina Horndeich zu einer spontanen Gehaltserhöhung auf.

»Ist gut. Du bekommst nicht die fünf Stunden bezahlt, sondern zwei Tage.«

Katharinas Gesichtsausdruck war jedoch alles andere als zufrieden zu nennen.

»Und wenn sich herausstellt, dass das Gespräch mit Marianne Schneider irgendwie dazu beiträgt, zu beweisen, dass

Marco Seidel kein Mörder gewesen ist, dann bekommst du nochmal 1.000 Euro extra. Aber nur dann.«

»Nur dann?«, empörte sich Katharina. »Ich kann den Videocall auch platzen lassen.«

»Mach das. Dann verspielst du dir die 1.000 Euro extra. Wenn der Anruf zu Marianne das wert ist.«

Katharina verzog das Gesicht zu einem Schmollmund.

»Jetzt mach mal halblang. Die Belohnung bei der Polizei bekommt man auch nur, wenn der eigene Hinweis wirklich zur Ergreifung des Täters führt.«

»500.«

»500 was?«

»500 Euro dafür, dass ich den Videocall arrangiert habe.«

Horndeich seufzte. Diese junge Frau schaffte ihn. Er gab auf und nickte nur.

»Dann will ich dir jetzt auch erzählen, wie ich es bewerkstelligt habe, dass du diesen Videocall überhaupt haben wirst.«

Horndeich nickte abermals. Mehr musste er zu dieser Konversation nicht mehr beitragen.

»Wusstest du, dass die UNESCO 2007 die Inseln auf die Rote Liste des gefährdeten Welterbes setzte? Also, so wie ein Jahr zuvor Dresden, wegen dieser blöden Waldschlösschenbrücke. Echt, da kriegen die den Titel Weltkulturerbe und bauen dann so eine Scheißbrücke mitten rein. Waldschlösschen klingt auch noch so putzig wie der kleine Bruder von Schloss Neuschwanstein. Dabei ist sie nix anderes als Beton pur. Ich geh mal davon aus, dass die Dresdner sich inzwischen selbst in den Arsch beißen.«

Sie unterbrach sich kurz selbst, dann fuhr sie fort: »Aber das tut hier ja nichts zur Sache. Auf den Galapagosinseln ist das nicht passiert. Und Marianne Schneider trug einen großen

Anteil daran. Marianne hatte sich ganz besonders um die regenerativen Energien gekümmert. Mehr eigene Energie aus Sonnen- und Windkraft – das war einer der vielen Faktoren, die die UNESCO zum Einlenken bewogen hat. Den Erfolg hat man im Wesentlichen der ecuadorianischen Ministerin für Umweltschutz, Marcela Aguiñaga, zugesprochen. Aber ohne all ihre Helfer im Hintergrund hätte das nie funktioniert.«

Fünf Stunden? Fünf Stunden hatte diese junge Frau dafür gebraucht, all diese Informationen ans Tageslicht zu befördern? Ja, 500 Euro war das ganz bestimmt wert. Die große Tücke des Stundenlohns war, dass, wenn man gut und schnell war, sich selbst um den Lohn brachte.

»Sonnen- und Windkraft? Wie hast du das herausgefunden?«

»Marianne ist ein fürchterlich deutscher Name. Maria oder Mary – das sind Vornamen, mit denen man auch dort gut zurechtkommt. Also habe ich nach diesen Namen gesucht. Und festgestellt, dass Marianne sich tatsächlich Mary genannt hat. Und vor allem, dass sie geheiratet hat. 2003. Da war sie schon 53. Und nun hieß sie Mary Sotuldas. Und plötzlich fand man wieder ganz viel über sie im Netz.«

Mary Sotuldas. Kein Wunder, dass die Polizei von vor 19 Jahren nichts über sie herausbekommen hatte. Und umso erstaunlicher, dass es dieser jungen Frau auf Anhieb gelungen war.

»Mary ist im Moment auf Pinta, der nördlichsten der Galapagosinseln. Der Kontakt war nur über ein Satellitentelefon möglich. Normale Telefonate oder gar Videocalls, das kann man vergessen. Aber sie ist in zwei Tagen in Guayaquil, einer der größeren Städte in Ecuador. Da wird ein Zoom-Meeting möglich sein.«

»Wow! Ich bin beeindruckt. Und du bekommst die 500 Euro auf jeden Fall. Du studierst …?«

»… Philosophie.«

Richtig, das hatte sie ihm ja im vergangenen Jahr schon gesagt. »Als Privatdetektivin, da könntest du es wahrscheinlich weit bringen.«

»Das nehme ich jetzt mal als Kompliment.«

Abermals nickte Horndeich.

»Toller Job! Danke dir!«

»Gern. Jederzeit wieder.«

SAMSTAG, 21. MAI

»Ich bin ja nun echt kein Rechtsanwalt oder Ähnliches. Aber da ist ein Gedanke, der mir nicht aus dem Kopf geht«, sagte Ben.

Sie saßen auf Janas kleinem Ost-Balkon. Zwei Menschen auf schmalen Stühlen, dazu ein kleiner Tisch – mehr war nicht möglich auf diesem Balkon. Weshalb sie beide nur einen Becher voll Kaffee in den Händen hielten.

»Welcher Gedanke?« Ben hatte sich am Vorabend per WhatsApp noch selbst eingeladen, für einen Frühstückskaffee. Um neun Uhr. Sie war versucht gewesen, eine unfreundliche Nachricht zurückzuschicken. Hatte es dann aber gelassen. Das hatte Ben nicht verdient.

»Wenn du lebenslänglich bekommst, ohne besondere Schwere der Schuld, dann wird kurz vor Ende des fünfzehnten Jahres geprüft, ob man dich auf Bewährung rauslassen kann.«

»Und?«

»Na ja, euer Seidel, der kam zwar raus, aber erst nach mehr als 18 Jahren. Oktober 2003 bis Januar jetzt, hast du mir doch gesagt.«

»Was willst du damit sagen?«

»Wenn Seidel wegen des Mordes an Susanne Fricke eingefahren ist und es eindeutig ist, dass er sie damals im Affekt getötet hat, weil sie ihn ständig gedemütigt und erpresst hat, dann frage ich mich, warum er nicht nach 15 Jahren rausgekommen ist. Wenn er sich im Knast gut verhalten hat, dann sollte die Sozialprognose doch günstig sein. War sie aber offensichtlich nicht.«

»Warum bist du nach Darmstadt gekommen?«

Ben schien der plötzliche Themenwechsel nicht aus der Ruhe zu bringen. Er zuckte nur leicht mit den Schultern.

»Ich könnte dir jetzt viel davon erzählen, dass ich in Frankfurt Kunden habe, in Heidelberg, vielleicht sogar in Darmstadt. Du würdest mir das glauben, oder wahrscheinlich nicht. Jana, ich bin wegen dir hierhergefahren. Weil der Abend mit dir so schön war. Weil ich dich wiedersehen wollte. Weil ich nicht nochmal Jahre verstreichen lassen wollte, bevor wir uns wiedersehen. Ich hab da vor sechs Monaten eine ziemlich blöde Erfahrung gemacht. Die meine Perspektive etwas verändert hat.«

Jana war sich nicht sicher, ob sie jetzt nachhaken sollte, um welche Einsicht es sich gehandelt hatte. Sie entschied sich, Bens Aussage nicht zu kommentieren. Vielmehr wollte sie wissen: »Was glaubst du, warum er erst dreieinhalb Jahre später aus dem Knast gekommen ist?«

Ben zuckte abermals mit den Schultern. »Keine Ahnung. Das müsst wohl ihr rausfinden. Aber ich bin mir sicher, dass es dafür einen Grund gibt.«

»Wohnst du im Hotel?«

Ben grinste breit.

Womit alles gesagt war. Janas Eltern wohnten in Darmstadt in einem sehr geräumigen Haus im Komponistenviertel, auch im Richard-Wagner-Weg, also unweit von Horndeichs Domizil. Jana hatte dort ihre eigene Wohnung im Souterrain gehabt. Seit sie flügge geworden war und das traute Heim verlassen hatte, stand dieses Appartement leer. Und schon vor zwei Jahren hatte Ben dort einmal kurzfristig seine Zelte aufschlagen dürfen, als sie gemeinsam an einem Fall gearbeitet hatten. Wie auch jetzt. Da war Jana sich sicher.

»Ja. Soll ich deiner Mutter einen Gruß ausrichten?«

»Lass mal«, sagte Jana und erhob sich. Ende der Audienz. Sie musste Horndeich anrufen.

Sie hatte sich mit Horndeich kurz per Telefon abgesprochen. Sie, Jana, würde nochmals mit Marco Seidel sprechen. Ihn fragen, wieso er erst nach 18 Jahren entlassen worden war. Jetzt war sie zu Fuß auf dem Weg zu seiner Wohnung. Wie schon vor fünf Tagen.

Horndeich hatte inzwischen den Kontakt zu dem Kriminalbeamten hergestellt, der seinerzeit, vor 19 Jahren, die Körperverletzung von Evelin Koppick aufgenommen hatte. Auch wenn Hans Koppick mit seinem Zwillingsbruder am Abend von Susanne Frickes Ermordung keine Show abgezogen haben konnte – Horndeich hatte Jana versichert, dass sich vielleicht ein zweiter Blick auf dieses Alibi lohne. So, wie sie ja auch all die anderen Alibis genau unter die Lupe genommen hatte.

Jana hatte nicht vergessen, dass auch Rüdiger Fricke noch nicht von der Liste gestrichen war, nachdem Horndeich herausgefunden hatte, dass er in der Nacht des Todes seiner Frau nicht bei seiner Geliebten gewesen war. Ja, heute waren sie mit ihren Ermittlungen deutlich weiter, als es die Polizei vor 19 Jahren gewesen war.

Jana klingelte bei den Seidels. Die Haustür öffnete sich. Sie ging das Treppenhaus nach oben.

Marco Seidel begrüßte sie mit Handschlag, neben ihm stand seine Frau.

»Kommen Sie rein.«

Jana folgte ihnen.

Sie saßen wieder in der Küche, an dem Tisch, an dem sie auch am vergangenen Montag gesessen hatten. In vielen Wohnungen war die Küche viel wohnlicher als das sogenannte Wohnzimmer.

»Sind Sie schon ein Stückchen weiter? Haben Sie Hinweise gefunden, dass ich nicht der Mörder von Susanne Fricke bin?«

»Lassen Sie es mich so formulieren: Wir haben inzwischen deutlich mehr Details ermittelt, als es die Kollegen von der Polizei damals getan haben. Oder es damals auch nur getan haben konnten. Wir haben heute ganz andere Möglichkeiten, Dinge zu recherchieren.«

Seidel nickte. Seine Frau brühte ungefragt Kaffee auf.

»Womit kann ich Ihnen dann heute helfen?«

Jana wählte den Weg der direkten Konfrontation: »Sie könnten mir erklären, warum Sie erst im Januar aus dem Knast entlassen wurden. Und nicht schon drei Jahre früher.«

»Wie meinen Sie das? Ich habe lebenslänglich bekommen!«

»Ja. Natürlich. Und nach 15 Jahren wird zum ersten Mal geprüft, ob man Sie entlassen könnte. Wenn Sie keine Gefahr mehr für die Gesellschaft sind. Und genau das ist der Punkt, den ich nicht verstehe. Sie sind verurteilt worden für den Mord an Susanne Fricke. Die Sie immer wieder gedemütigt hatte. Die Sie sogar erpressen wollte. Für all das haben Sie lebenslänglich bekommen. Aber Ihr Fall bezog sich nur und ausschließlich auf Susanne Fricke. Sie hatten keinen anderen Menschen je angegriffen. Susanne starb, und Sie wanderten dafür in den Knast. Meine Frage ist, warum lief die erste Haftprüfung gegen Sie? Warum sind Sie nicht nach 15 Jahren entlassen worden?«

Nadine Seidel hatte sich inzwischen auch am Tisch niedergelassen.

Marco Seidel schwieg.

»Warum?«, hakte Jana nach.

Seidel schwieg immer noch.

»Sag es ihr«, übernahm Marco Seidels Frau das Reden.

Doch Seidel schwieg nach wie vor.

»Marco, du hast es mir gesagt. Dann sag es ihr einfach auch.« Ihre Hand suchte jene ihres Gatten. Der sie zurückzog.

Dennoch fing er an, zu sprechen: »Sie waren nie in einem Knast, oder?«

Jana hob nur die Schultern. Nein. Sie hatte nie eingesessen. War froh darum. Hatte aber dem Staat auch keinen Anlass gegeben, sie einzukerkern.

»Es gibt da eine ganz klare Hierarchie. Die Pädos, also die, die Kinder …« Er sprach es nicht aus. Musste er auch nicht. »Also die, die sind ganz unten in der Hackordnung. Das ist das Klischee. Und das ist die Realität. Ich war ein ganz normaler Mörder. Also irgendwo im Mittelfeld. Nichts, womit ich mich brüsten konnte, aber auch nichts, wofür ich mich in dem Umfeld hätte schämen müssen. Aber es gibt die Gangs im Knast. Irgendwie muss man sich da einreihen. Aber es kommt nicht wirklich gut, wenn man ausgerechnet die auf dem Gewissen hat, die für einen der Bosse der kulturelle Überflieger gewesen war. ›Big Lasse‹ kam vor sechs Jahren in unseren Knast. Verlegt aus Kassel. Und er hatte Susanne Fricke geliebt. Sozusagen. Er trug das ›Big‹ in seinem Namen nicht umsonst. Und er hätte jeden Song von Susanne mitsingen können. Und sie hatte ihm, dank der CDs, die er irgendwie in den Knast geschmuggelt hatte, das Leben versüßt.

Und dann war da ich. Der Kerl, der dafür verantwortlich war, dass ›Big Lasse‹ niemals mehr eine weitere CD seiner Lieblingssängerin erhalten würde.

Das alles klingt wie Kindergarten. Aber der Knast ist halt schlimmer als Kindergarten. Und Lasse hatte mich auf dem Kieker.«

»Und das ist der Grund dafür, dass Sie erst später rausgekommen sind?«

»Ja. Das ist der Grund. Denn ich musste mir Respekt verschaffen. Es gibt all diese blöden Witze vom Bücken nach der

Seife und den Konsequenzen davon. Das Problem: Die blöden Witze sind wahr. Sie werden gefickt. Oder Sie wehren sich. Ich habe mich für Letzteres entschieden. Und dafür teuer bezahlt.

Ich konnte den Boss nicht umbringen. Und es hätte auch nichts genutzt, die untersten Chargen auszuschalten. Ich habe mich ein paarmal nach der Seife gebückt, dann hatte ich kapiert, wer in der Hierarchie wo stand. Nicht nur jene, die das Bücken ausgenutzt hatten. Sondern auch die, die Schmiere gestanden haben. Und so habe ich herausbekommen, wer wo auf der Leiter der Nahrungskette angesiedelt war.

Ich hab mir einen aus der oberen Riege der Mitte herausgesucht. Nachdem ich über ein halbes Jahr trainiert hatte. Und dadurch die Kraft hatte, diese Machtprobe durchzustehen. Ich habe ihn vermöbelt. Nach allen Regeln der Kunst. Das hatte den Vorteil, dass ich danach nicht mehr angetastet wurde. Es hatte den Nachteil, dass es mir keine Entlassung nach 15 Jahren möglich machte. Aber, Frau Welzer – ich sage Ihnen das ganz direkt: Lieber zehn Jahre im Bau, und der Anus bleibt heile, als sieben Jahre und davon zwei auf der Krankenstation. So einfach war das.«

Nein, Jana konnte sich nicht vorstellen, wie es war, im Knast überleben zu müssen. Sie wollte das auch gar nicht wissen. Wenn sie sich dann vorstellte, auch noch unschuldig dort überleben zu müssen – dann konnte sie Seidel sehr, sehr gut verstehen.

Wobei seine Unschuld ja noch nicht bewiesen war …

Für diesen Fall hatte Horndeich bereits einige seiner älteren Kontakte aktivieren müssen. Er hatte mit Hinz und Kunz telefoniert, damit er irgendwann die Verantwortlichen für den Fall Hans Koppick in die Leitung bekam. Ein Kollege der Mordkommission in Heidelberg konnte ihm weiterhelfen, Alexander Gerlach. Er kannte ihn nicht gut, doch er konnte Horndeich mitteilen, wer damals im Fall Koppick ermittelt hatte.

Es handelte sich um Moritz Quinn. Ehemaliger Hauptkommissar der Kripo in Heidelberg. Jenem Kommissar, der damals die Körperverletzung von Hans Koppick gegenüber seiner Frau Evelin aufgenommen hatte. Auch Quinn war vor einem Jahr pensioniert worden. Er lebte jetzt unter ziemlich edler Adresse am Philosophenweg in Heidelberg.

Horndeich war mit seinem Wagen dorthin gefahren. Quinn hatte vorgeschlagen, sich direkt bei ihm zu Hause zu treffen. Die Villa glich weniger einem Haus als vielmehr einem Schlösschen. Quinn interpretierte Horndeichs Blick in alle Richtungen richtig. »Hätte ich mir nie leisten können. Aber der Urgroßvater meiner Frau, er hat dieses Haus erbaut. Ich muss zu meiner Verteidigung sagen, dass ich meine Frau kennengelernt habe, als ich keine Ahnung hatte, über welche Reichtümer ihre Familie verfügte.«

Im ersten Stock befand sich eine Terrasse, auf dem Dach des darunter liegenden Wintergartens. Beide nach Süden gelegen. Horndeich liebte sein Haus. Sehr. Aber dieser Wohnsitz weckte in ihm doch ein klein wenig – Neid. Er gestand es sich ein. Seine Großmutter, die Mutter seiner Mutter, hatte der Legende nach den Spruch geprägt: »Der größte Feind des Guten ist das Bessere.« Genauso fühlte sich Horndeich in dem Moment, als er sich mit Quinn auf den Gartensesseln der Terrasse niederließ.

»Sie wollen von mir etwas hören, zu dem Fall Koppick, nicht wahr?«

»Ja. Genau darum geht es.«

»Welchen der beiden Fälle meinen Sie?«

Horndeich fragte irritiert zurück: »Welche zwei Fälle meinen Sie? Ich kenne nur einen.«

»Es gibt einen Fall, bei dem Hans Koppick im Streit den Kopf seiner Frau gegen den Baum gestoßen hat. Und es gibt den zweiten Fall, in dem er fast erschossen worden wäre.«

»Erschossen?«, echote Horndeich.

»Ja. Der Überfall auf Hans Koppick.«

Die erste Geschichte kannte Horndeich. Die zweite nicht. »Wann ist auf Hans Koppick geschossen worden?«

Quinn zuckte die Schultern. »Wie gesagt, zwei Wochen, bevor er selbst ausgetickt ist.«

»Und was war da?«

»Koppick joggte auf einem Weg über eine Wiese am Neckar. Hat er damals regelmäßig gemacht. Weshalb wir davon ausgingen, dass der Täter ihn zuvor beobachtet hatte. Der Kerl kam auf ihn zu, eine Pistole in der Hand, und schoss. Aber er war kein echter Profi. Kleines Kaliber, der Schütze offenbar nicht sehr in Übung – und Hans Koppick war absolut fit in Selbstverteidigung. Er stürzte sich auf den Schützen, entwaffnete den Mann. Doch auch der Schütze war nicht schlecht, was Kampfsport anging. Unterm Strich: Koppick hatte einen Streifschuss am Arm. Und der Täter hatte sich abgesetzt. Wir hatten die Tatwaffe, darauf sogar DNA-Spuren. Aber der Täter war noch nicht bei uns in der Datenbank. Aufstrebender Killer-Nachwuchs, sozusagen. Aber definitiv B-Riege.«

»Und habt ihr den erwischt?« Horndeich war ohne es selbst gleich zu merken, zum Du übergegangen. Unter Kollegen – auch unter ehemaligen Kollegen war das meistens der Fall.

»Nein. Da waren auch keine Überwachungskameras in der Nähe. Es war ein absolut perfekter Ort für den Killer, aus dessen Perspektive. Er hat einen Hoodie getragen. Wir haben die Bänder der anderen Überwachungskameras ausgewertet. Darauf haben wir ihn gesehen. Aber nicht sein Gesicht. So schlau war er gewesen. Der musste ziemlich genau gewusst haben, wo welche Kamera stand. Wir hatten noch ein paar Beamte drangesetzt, aber das lief alles ins Leere. Irgendwann gingen uns einfach die Spuren aus, denen wir noch nachgehen konnten.«

»Und Koppick? Hatte er nicht Terz gemacht? Ich meine, er ist angeschossen worden! Ich würde da schon wissen wollen, wer das war.«

Quinn zuckte nur mit den Schultern. »Ich war auch nicht glücklich, dass wir den Kerl nie bekommen haben. Koppick hatte ein Phantombild anfertigen lassen. Aber du weißt ja selbst, wie das ist, mit diesen Phantombildern. Haben wir jemals jemanden tatsächlich nur über ein Phantombild gefasst? Ich kann mich nicht daran erinnern. Der Schütze hat sich sicher ins Ausland abgesetzt. Hier in Deutschland sind weder Fingerspuren noch DNA noch einmal aufgetaucht.« Auch Quinn hatte das Du jetzt übernommen.

»Und dann schlägt Koppick zwei Wochen danach seine Frau? Also, schlägt ihren Kopf gegen einen Baumstamm?«

»Ja. Keine Ahnung. War so.«

»Schildere mir doch bitte, was damals genau passiert ist.«

»Bei Koppicks Streit mit seiner Frau?«

»Ja.«

»Wir bekamen den Notruf um 22 Uhr. Ziemlich genau. Plus minus zwei Minuten. Ich kann nachschauen, wenn du das genau brauchst.«

»Passt schon. Was ist passiert?«

»Da war ein Jogger, der hat Frau Koppick aufgefunden. Mit blutender Wunde am Kopf. Bewusstlos. Der hat die 110 gewählt. Und schon waren wir auf der Piste. Also zunächst nur der Krankenwagen und der Notarzt. Es gab dann auch noch zwei Fahrradfahrer, die fast gleichzeitig mit dem Jogger am Tatort waren.«

»Und Frau Koppick, die hat euch gleich erzählt, was Sache gewesen ist?«

»Nein. Die war nicht ansprechbar. Wir waren auch gar nicht vor Ort. Es sah ja auf den ersten Blick so aus, als ob Evelin Koppick gestürzt wäre. Die Sanis und der Notarzt haben sie in den Rettungswagen gepackt und ins Krankenhaus gefahren. Irgendeiner der Rettungssanitäter war so geistesgegenwärtig, die Namen des Joggers und der Fahrradfahrer aufzunehmen. Zum Glück.«

»Wieso das?«

»Nun, im Krankenhaus haben sie die Frau rauf und runter untersucht. Und festgestellt, dass die Verletzungen nicht zu einem Sturz passten. Erst danach hat sie der Arzt gefragt, was ihr passiert wäre. Und hat nicht lockergelassen, weil Frau Koppick zunächst nichts sagen wollte. Dann hat sie doch von dem Streit berichtet. Und vom Ausraster ihres Gatten.«

»Und dann seid ihr zu ihm?«

»So was von! Wir sind mit vier LalüLalas vor seinem Haus vorgefahren und haben ihn mitgenommen. Handschellen auf dem Rücken. Zehn Gaffer in den Fenstern der Nachbarn. War ich nicht traurig drum.«

»Und Koppick? Was hat er dazu gesagt?«

»Gar nichts. Bis wir ihn auf der Wache im Vernehmungsraum hatten. Erst schwieg er. Dann rückte er langsam mit der Wahrheit heraus.«

»Und die war?«

»Das hast du doch alles in den Akten gelesen, oder?«

Natürlich hatte Horndeich es in den Akten gelesen. Aber er wollte es vom ermittelnden Kommissar selbst hören. »Was war dein Eindruck?«

»Es hatte den Anschein, dass ihn das Geständnis erleichterte. Dass ein Druck von ihm wich. Ach, Steffen, das haben wir doch alles schon erlebt. Tausendfach. Wenn sie endlich gestehen können, dann fällt eine Last von ihnen.«

»Aber die Tat selbst hat niemand gesehen?«

»Nein. Stand niemand daneben, als Hans Koppick seine Frau mit dem Kopf gegen den Baumstamm stieß. Die Zeugen kamen erst ein paar Minuten später an den Tatort. Aber dann stimmten alle Zeugenaussagen überein: Evelin Koppick, die mit blutendem Kopf auf dem Boden lag. Ihr Fahrrad zehn Meter von ihr entfernt auf dem Boden liegend. Alles eindeutig und klar.«

»Könnte jemand anderes Evelin Koppicks Kopf an den Baum geschlagen haben?«

Quinn sog hörbar Luft ein. »Klar. Es kann immer alles ganz anders gewesen sein. Aber warum hätte Frau Koppick lügen sollen? Und warum sollte ihr Mann etwas gestehen, was er gar nicht getan hat? Wir schauen nur auf die Fakten. Und wenn du eins und eins zusammenzählst, und du kommst bei zwei raus, wo ist dann das Problem? So war das damals. So ist das heute. Ich verstehe deine Frage nicht ganz, um ehrlich zu sein.«

Horndeich entging nicht der Wandel im Tonfall seines Gegenübers. Die Kollegialität war einer gewissen Feindseligkeit gewichen. Horndeich stellte unbequeme Fragen. Oder aus der Sicht des Kommissars anmaßende und dumme Fragen. Wobei Horndeich sich noch nicht einmal selbst sicher war, ob die Fragen in irgendeiner Weise zielführend waren. Oder die Antworten.

»Darf ich das mal zusammenfassen? Hans Koppick hat seine Frau mit dem Kopf gegen den Baum gestoßen. Danach ist sie ohnmächtig zusammengebrochen. Ein paar Minuten später kam ein Jogger und hat den Notruf gewählt. Als der Rettungswagen kam, waren auch noch zwei Radfahrer vor Ort. Als Evelin Koppick im Krankenhaus aus der Bewusstlosigkeit erwachte und mehrere medizinische Untersuchungen über sich hatte ergehen lassen, hat sie auf Nachhaken des Arztes gesagt, dass ihr Mann sie traktiert habe.«

»Ja. Genauso war es. Und als wir Hans Koppick in seinem Haus antrafen, hat er sich widerstandslos abführen lassen und Evelin Koppicks Aussage unterstützt. Mein Gott, was hat er mir die Ohren vollgepienst, wie sehr es ihm leidtäte, wie er nicht verstehen könne, was er seiner Frau angetan habe. Nun, er ist dafür ja auch für drei Monate im Gefängnis gelandet. Das finde ich schon ziemlich befriedigend.«

SONNTAG, 22. MAI

Sandra hatte Horndeich soeben mitgeteilt, dass sie im Bett bleiben wollte. »Mir geht's nicht so gut«, sagte sie.

»Komm, ich mach Frühstück, dann rufe ich dich.«

Sandra schüttelte den Kopf. »Bringst du mir vielleicht einfach einen Tee?«

Horndeich gab ihr einen Kuss auf die Stirn, eine der nonverbalen Möglichkeiten, das Wörtchen ›Ja‹ auszudrücken.

Horndeich schaute nach seinen Kindern. Antje schlief noch, seine Große lag in ihrem Bett, hinter einem Buch versteckt. Und Alexander hatte sich bereits im Erdgeschoss in die Nische gesetzt, in der Horndeichs Musikanlage stand. Wenn sonntags die Erwachsenen noch schliefen, hatte er die Erlaubnis, sich dort hinzusetzen, Papas Kopfhörer aufzusetzen und nach Belieben in der CD-Sammlung seiner Eltern zu stöbern und zu hören. Während Stefanie längst Musik nur noch über Tablet und iPhone streamte, bevorzugte Alexander Tonträger, die man mit der Hand anfassen und bei denen man in den Booklets lesen konnte.

Horndeich ging in die Küche, deckte den Frühstückstisch auf dem Tisch der Terrasse. Dann kochte er den Tee für seine Frau und brachte ihn zu ihr. »Hast du dir was eingefangen?«

»Ich weiß es nicht. Ich fühle mich total schlapp und habe Kopfschmerzen. Vielleicht bin ich mittags wieder fit. Danke für den Tee!«

»Gern«, erwiderte Horndeich und widmete sich wieder der Vorbereitung des Frühstücks. Eine Viertelstunde später saß er mit seinen Kindern um den Frühstückstisch herum. Die Sonne schien, das Wetter war herrlich.

»Papa, wollen wir nicht nachher einen Spaziergang machen und den Hass besuchen?«

Horndeich musste schmunzeln. »Klar, können wir gerne machen.«

»Ich will aber nicht raus«, nörgelte der mittlere seines Nachwuchses.

Antje tat ebenfalls ihre Meinung kund: »Satieren!« Sie hatte noch Schwierigkeiten, das Wort ›spazieren‹ auszusprechen. Und sie verband auch eine andere Assoziation mit diesem Wort. Während Stefanie gerne spazieren ging, also lief, glich das Bild im Kopf ihrer kleinen Schwester eher ›im Kinderwagen durch die Gegend geschoben zu werden‹.

Da Horndeich einem Spaziergang ebenfalls nicht abgeneigt war, hatten sie gegenüber Alexander schon mehr als eine komfortable Zweidrittel-Mehrheit.

»Ich will nicht spazieren. Ich will weiter Manfred Manns Earthband hören. Angel Station.«

Während seine Große bereits seit der dritten Klasse Englischunterricht genossen hatte, stand dies Alexander noch bevor. Weshalb er auch von ›Manfred Manns Ertband‹ sprach und deren ›Angelstation‹.

»Papa, was ist eigentlich eine Angelstation? Angelt man dort Fische?«

Stefanie prustete los. »Das ist keine Angelstation, das ist eine Engel-Station! ›Angel‹ ist Englisch und heißt Engel, du Dummerchen!«

Horndeich seufzte, wenn auch nicht laut. Stefanie war schlau. Aber Stefanie war gerade gegenüber ihrem Bruder oft überheblich. »Tja, da hast du natürlich recht, Stefanie. Aber dein Bruder ist nicht dumm. Sondern er hat einfach noch kein Englisch.«

Stefanie rollte mit den Augen. »Aber das weiß man doch!« Auch wenn die Aussage nicht zutraf, so unterstrich auf jeden Fall der Tonfall die Allgemeingültigkeit dieser Feststellung.

»Weißt *du* denn, was eine Engel-Station ist?«

Schweigen. Da musste dann auch seine Tochter passen.

»Ich will nicht mit der dummen Gans spazieren gehen!«

»Papa, Alexander hat mich dumme Gans genannt! Aber ich darf nicht Dummerchen zu ihm sagen!«

»Bist du ja auch!«

Horndeich liebte diese Momente, in denen ein Streit zwischen seinen beiden älteren Kindern begann, den diese locker auf 90 Minuten ausdehnen konnten, inklusive Rumschubsen und Haareziehen. Wenn man nicht rechtzeitig Einhalt gebot. Was Horndeich jetzt tat. »Stopp!«

Es war das Wort, das der Vater nur selten benutzte. Aber seine Kinder wussten, wenn er ›Stopp‹ sagte, dann meinte er das auch so.

Horndeich hatte seine Vermutung, weshalb es seiner Frau nicht gut ging, an einem gemeinsamen freien Tag. Die Gedanken in ihrem Kopf mussten sich drehen wie in einer Zentrifuge, in der künftige Astronauten dem Vielfachen der Anziehungskraft der Erde ausgesetzt waren.

Meistens war es Sandra, die mit den Kindern dann darüber diskutierte, warum weder Stefanie eine dumme Gans war noch Alexander ein Dummerchen. Auf solch eine in seinen Augen völlig überflüssige und unnütze Diskussion dieser Art hatte Horndeich an diesem Morgen überhaupt keinen Nerv. Nach ›Stopp‹ kam ›jetzt ist endgültig Schluss‹. Und seine Kinder hatten erfahren, dass die Chancen auf ernste Konsequenzen dann deutlich höher standen – ebenfalls eine komfortable Zweidrittel-Mehrheit –, als dass sie einfach weitermachen konnten.

»Alex, du kannst hierbleiben und weiter Musik hören. Mama ist oben im Schlafzimmer. Sie ruht sich heute Vormittag noch etwas aus. Und wir«, er sah Stefanie an und danach Antje, »wir machen einen Spaziergang zum Hass.«

›Der Hass‹ war eine Steinguss-Figur auf der Mathildenhöhe. Der Bildhauer Bernhard Hoetger hatte im Jahr 1914 zur vierten und letzten großen Ausstellung der Künstlerkolonie auf der Darmstädter Mathildenhöhe unter anderem vier große Figuren geschaffen. Eine davon zeigt einen überlebensgroßen liegenden Mann, sich auf den linken Arm aufstützend, den rechten Arm mit geballter Faust zum Schlag ausholend. Und sein Gesichtsausdruck zeigt, dass dieser Schlag kaum einen Bruchteil einer Sekunde später erfolgen würde. Seine Tochter liebte den ›Hass‹, weil man auf ihm so schön herumturnen konnte. Genauso wie auf seinem nur wenige Meter entfernt stehenden Nachbarn, dem ›Geiz‹. Zwei weitere Figuren waren auf der Balustrade des Ausstellungsgebäudes aufgestellt, die Kollegen ›Wut‹ und ›Rache‹. Bernhard Hoetger hatte bereits zwei Jahre zuvor 15 kleine Majoliken angefertigt, den Zyklus ›Licht- und Schattenseiten‹. Darunter fanden sich dann neben dem Quartett von der Mathildenhöhe auch etwas freundlichere Gesellen, wie etwa die ›Liebe‹ oder die ›Güte‹, oder, im Spannungsfeld zwischen Gut und Böse, die ›Hoffnung‹.

Als sie den Platz erreicht hatten, schwang sich Stefanie sofort auf den Hass. Antje war im Kinderwagen eingeschlafen. Und so setzte sich Horndeich einfach auf eine der steinernen Bänke, streckte die Füße von sich und wagte es, kurz die Augen zu schließen.

Stefanie war schon immer in der Lage gewesen, sich völlig entspannt selbst zu beschäftigen. Sie war keines der Kinder, die ständig mit einem »Schau mal, Papa!« Beifall forderten, wenn sie, wie in Stefanies Fall, den Hass mal von der einen, mal von der anderen Seite erkletterten. Und so hatte Horndeich tatsächlich fünf Minuten Ruhe.

Als er die Augen öffnete, hatte es sich Stefanie auf der Kunststein-Figur bequem gemacht, die Lider geschlossen und ließ sich von der Sonne bescheinen.

Horndeich griff zu seinem Smartphone und machte ein Bild von seiner völlig entspannten Tochter. Es lag schon ein herber Gegensatz zwischen ihrem freundlich-gelassenen Gesicht und der namensgebend-verzogenen Fratze der Steinfigur.

Er sah, dass jemand angerufen hatte. Horndeich hatte das Smartphone zwar mitgenommen, aber stummgeschaltet. Der Vibrationsalarm war ohnehin inaktiv. Aber Tennert hatte sich bei ihm gemeldet. Der ehemalige Kommissar der Abteilung ›Organisierte Kriminalität‹ aus der Nachbarmetropole Frankfurt.

Nachdem nun offensichtlich beide Töchter schliefen, wagte Horndeich, die Rückruftaste anzutippen.

»Ah, Horndeich, gut, dass du zurückrufst!«

»Hast du tatsächlich herausbekommen, ob Rüdiger Fricke gepokert hat in der Nacht, in der seine Frau ermordet wurde?«

»Ja, du hast so was von Glück!«

»Und? Hat er ein Alibi?«

»Er hat. Tatsächlich. Ich hätte nicht damit gerechnet, dass ich da wirklich etwas rausbekomme. Aber es hat geklappt.«

Stefanie lag immer noch auf dem warmen Stein des ›Hasses‹. Horndeich führte das Telefonat fort. Wäre seine Tochter erwacht, hätte er es auf später verschoben. »Also, spann mich nicht auf die Folter.«

»Ich hab ein paar Telefonate geführt. Und der große Vorteil meiner Anfrage war, dass alles, was bezüglich dieser Pokerspiele dokumentiert wurde, heute strafrechtlich verjährt ist. Weshalb Papa Angelo tatsächlich geredet hat.«

»Papa Angelo?«

»Ah, das tut hier nichts zur Sache. Er ist einer der etwas Größeren in der Branche.«

Was Tennert mit Branche meinte, war Horndeich völlig klar: Organisiertes Verbrechen. Jene, die Tennert eigentlich jagte. Oder gejagt hatte. Er war ja inzwischen pensioniert.

»Papa Angelo ist einer der Paten in Frankfurt. Ihm gehören, wenn auch nicht auf dem Papier, einige Restaurants. Und ja, es gab vor 20 Jahren dort tatsächlich Hinterzimmer, in denen illegal gepokert wurde. Heute natürlich nicht mehr! Und aus welchem Restaurant die Aufnahmen stammten, das hat er mir natürlich auch nicht verraten.«

»Aufnahmen?«

»Nun, natürlich waren diese Pokerrunden besonders für die Veranstalter lukrativ. Und gleichzeitig musste Papa Angelo sich absichern. Falls irgendjemand der Teilnehmer auf die dumme Idee gekommen wäre, nicht nur seine Teilnahme publik zu machen, sondern auch die Lokalität. Das hätte für Papa Angelo – nun, sagen wir einmal, unangenehm werden können. Weshalb bei all diesen Pokerturnieren versteckte Überwachungskameras installiert waren. So dass alle Teilnehmer mit Timecode und Porträt dokumentiert worden waren.«

»Videoüberwachung?«

»Ja. Damals der letzte Schrei. Weißt du, dass es spezielle VHS-Rekorder gab, die über einen langen Zeitraum das Geschehen aufnehmen konnten? Mit einer simplen VHS-3-Stunden-Kassette konnte man mehrere Tage dokumentieren.«

Ja, das war Horndeich inzwischen bekannt. »Ja, kenne ich.«

»Echt? Ich bin beeindruckt!«

»Und dein Papa Angelo hat all die alten VHS-Tapes aufgehoben?«

»Die ganz alten nicht mehr. Die Bänder aus der Zeit, die vor der strafrechtlich relevanten Zeit entstanden waren, die wurden Stück für Stück entsorgt.«

»Also hast du doch nichts für mich?«

»Doch. Die Bänder wurden entsorgt. Aber es gab damals sogenannte Video-Printer. Die waren in der Lage, vom Standbild eines Videorekorders einen Ausdruck auf Papier zu machen. Und bevor sie die alten Bänder vernichtet hatten, haben sie von all den Sessions noch Videoausdrucke gemacht. Papa Angelo scheint einen Nerv für saubere, archivarische Dokumentation seiner illegalen Tätigkeiten gehabt zu haben.«

»Und auf einem dieser Ausdrucke ist auch Rüdiger Fricke drauf?«

»Ja. Das Bild wurde aufgenommen am 6. Juli 2003. Um halb zehn Uhr abends. Papa Angelo hat natürlich auch die ganzen anderen Bilder der Teilnehmer dieser Pokerrunde. Die hat er mir aber nicht zukommen lassen. Aber er hat gesagt, dass zwei davon noch leben. Falls das irgendwann einmal vor irgendeinem Gericht relevant werden sollte. Dann könne er den Kontakt herstellen. Vielleicht würden die Herren ja eine Aussage machen. Nicht über den Ort. Aber über das Spiel.«

Damit war Rüdiger Fricke als Täter raus. Seine Freundin Johanna Türk hatte recht behalten: Er war mit ihrem Auto nach Frankfurt gefahren, um seiner Poker-Leidenschaft nachzugehen.

Horndeich wusste nicht, ob das noch jemals vor einem Gericht relevant werden würde. Rüdiger Fricke war inzwischen verstorben und damals schon als Täter ausgeschlossen worden. Die neuen Fakten bestätigten ihm, Horndeich, dass Fricke als

Täter nicht infrage kam. Sollte tatsächlich einmal ein Prozess gegen irgendeinen anderen potenziellen Mörder von Susanne Fricke zu Stande kommen, war Rüdiger Fricke schon allein aufgrund der alten Aussagen seiner Geliebten aus dem Schneider. Aber es war sicher nicht verkehrt, dieses Ass im Ärmel zu haben.

»Danke, Xaver. Das hilft mir sehr viel weiter! Jetzt habe ich wenigstens an dieser Stelle absolute Klarheit. Fricke kann nicht der Mörder von seiner Frau gewesen sein.«

»Aber du glaubst immer noch nicht, dass es dieser Seidel gewesen ist, oder?«

Nein, Horndeich glaubte es nicht. Nach wie vor nicht. Obwohl Seidel während der Haft nochmals eine Körperverletzung begangen hatte. Aber die Gründe dafür leuchteten Horndeich ein.

»Ich weiß es nicht. Aber es ist gut, dass ich jetzt weiß, dass Rüdiger Fricke definitiv nicht der Täter gewesen sein kann.«

»Wunderbar. Würde mich freuen, wenn wir uns vielleicht noch mal auf ein Bier träfen.«

»Klar, gern«, erwiderte Horndeich. Und sowohl er als auch Tennert wussten, dass dieser Fall kaum eintreten würde.

Die beiden verabschiedeten sich voneinander, dann legte Horndeich auf.

Er schaute zu Stefanie. Die räkelte sich immer noch mit geschlossenen Augen auf dem ›Hass‹.

Horndeich mochte die Plastiken von Bernhard Hoetger, die nicht nur auf und vor dem Ausstellungsgebäude platziert waren, sondern die den gesamten Platanenhain zierten. Dort fand sich etwa die Plastik ›Sterbende Mutter mit Kind‹, die Hoetger zu Ehren der Malerin Paula Modersohn-Becker gefertigt hatte. Hoetger war nicht unumstritten. Im Rückblick war seine Figur eine eher tragische. Er hatte sich nach 1933 den Nationalsozialisten andienen wollen, die ihrerseits seine Kunst als entartet ansahen. 1937 war ein großer Teil seiner Werke von den Nazis beschlagnahmt worden.

Horndeichs Tochter liebte den ›Hass‹ – gänzlich ohne jede ideologische Vorbelastung. Für sie war diese Skulptur Kunst, die sie erleben konnte. Die sie auch betasten und nicht nur ansehen konnte. Und so erobert jede Generation die Kunst der vergangenen Jahrzehnte und Jahrhunderte aus ihrem eigenen Blickwinkel. Was vielleicht auch gut war.

Horndeich selbst empfand die Skulptur als unglaublich geglückt. Das vom Hass verzerrte Gesicht – man hätte es kaum besser treffen können.

14 Messerstiche hatte Susanne Fricke in ihren Leib gestoßen bekommen. 14. Nicht zwei oder drei oder vier. Und davor waren Fäuste auf ihren Körper geprasselt. Da musste jemand seinem eigenen Hass freien Lauf gelassen haben. Und damit wirkte das Verbrechen kaum erklärbar. Verübt von einem Ehemann, der ohnehin sein eigenes Leben führte, wie eben auch seine Ehefrau? Aber Rüdiger Fricke war ja gerade eben auch als Täter ausgeschlossen worden.

Aber Marco Seidel? Hatte er solch einen Hass in sich aufgestaut, um dermaßen explodieren zu können? In all den Gesprächen hatte er immer so gewirkt, als stünde der Gedanke an die Familie stets an der Spitze der Leitlinien seines Handelns. Hätte er Susanne Fricke dermaßen zurichten können? Und auch der Stalker, Eibe Küchler, wäre er zu solch einer Tat des Hasses fähig? Auch das kam Horndeich eher unwahrscheinlich vor.

Drei Stiche, dann ein vierter, ein fünfter, ein sechster, ein siebter, ein achter … Ja, da musste schon etwas im Spiel gewesen sein, was Raserei gleichkam. Ein Motiv, das er weder bei Seidel, noch bei Küchler, auch nicht beim Bruder oder auch bei Koppick sah. Gab es tatsächlich noch einen ganz anderen Unbekannten im Spiel?

Oder verstanden sie einfach nicht, was bei einem der potenziellen Täter diesen Hass hervorgerufen hatte?

Horndeich seufzte. Sie hatten vieles herausbekommen, was der Polizei von 19 Jahren verborgen geblieben war. Aber einen neuen Täter? Den konnten sie auch nicht präsentieren. Ebenso wenig wie einen Grund dafür, dass Marco Seidel es nicht gewesen war.

Dann fiel Horndeich ein, dass er noch Wettschulden einfordern konnte. Schließlich hatte er mit Wilhelm Brenner, dem einstmaligen Ermittler im Fall Susanne Fricke, darum gewettet, dass er ihm den Stalker präsentieren könne.

Sein Töchterchen schlief immer noch. Und so rief er Brenner an.

Während die Große noch viel Spaß auf den Skulpturen hatte, schlief die Kleinste selbst auf dem Heimweg noch.

Zu Hause angekommen, stellte Horndeich fest, dass seine Frau, wenn auch in Joggingklamotten, sich wieder in der Senkrechten bewegte.

»Hattet ihr einen schönen Spaziergang?«

»Ja! War total cool! Ich hab mich auf dem Hass gesonnt und bin danach noch auf den Geiz geklettert.« Womit für seine Tochter die Welt in Ordnung war.

»Geht es dir besser?«, wollte Horndeich wissen, in einem Moment, in dem einmal keines ihrer drei Kinder um sie herumwuselte. Einem jener seltenen Momente.

»Passt schon. Die Kopfschmerzen sind weg. Aspirin hat seinen Job getan.«

»Mittagessen?«

»Ja. Wollen wir das zusammen machen?«

»Gern. Was soll es geben?«

Alexander saß immer noch in der Ecke im Wohnzimmer, völlig abgeschirmt von jeglichen Sonnenstrahlen. Und nach wie vor hörte er ›Angel Station‹ von Manfred Mann's Earth Band. Horndeich bewunderte die Hingabe, mit der sich sein Sohn in der Musik versenken konnte.

Sandra und er widmeten sich jetzt der Tomatensoße zu den Spaghetti. Mittags brauchte man keinen Salat, der musste jedoch jeden Abend auf dem Tisch stehen.

Sandra verschwand, um Antje zu wickeln. Sie hatte das mit dem Pipi schon ziemlich gut drauf, aber an der Variante mit den zwei ›K‹ und den zwei ›A‹ scheiterte sie noch – zumindest manchmal.

Vor einem halben Jahr hatte Stefanie gesagt, dass man vor dem Essen beten müsse.

Horndeich und seine Frau waren ein wenig irritiert gewesen. Ja, die Kinder waren getauft. Ein Gebet vor dem Essen? Als Ritual?

»Na, Jesus gibt uns doch unser Essen«, postulierte Stefanie.

»Das Essen kommt doch vom Acker. Oder aus dem Stall, wenn wir Fleisch essen.« Alexanders etwas prosaischere Sicht der Welt.

»Ja, klar, aber wer hatte den Acker gemacht? Oder die Kühe? Das muss Jesus gewesen sein.«

»Na, ich glaube eher, dass sich die Lebewesen über Millionen von Jahren entwickelt haben«, beteiligte sich Horndeich an der Diskussion.

»Klar, aber wer hat die Erde gemacht?«

Das war der Moment gewesen, in dem sowohl Horndeich als auch seine Frau kapituliert hatten. »Komm, Herr Jesus, sei unser Gast, und segne, was du uns beschert hast«, betete Stefanie. Erst allein, dann nochmal mit allen gemeinsam.

Stefanie war glücklich damit. Alexander war glücklich, weil er damit bei Stefanie punkten konnte. Antje brabbelte so ein bisschen mit. Und Sandra und er taten es für ihre Tochter.

Sandras Handy lag neben ihrem Teller. Auch so eine Unsitte, die es vor ein paar Wochen niemals in ihrem Haushalt gegeben hätte. Sandra torpedierte inzwischen ihre eigenen Vorstellungen vom Ablauf des gemeinsamen Speisens. Es ging ja nicht nur ums Essen an sich. Es ging darum, als Familie an einem Ort zusammen zu sein, ohne Störungen von außen. Es war Sandra gewesen, die das Ritual eingeführt hatte, dass man beim Abendessen einander mitteilte, was schön gewesen war an diesem Tag. Seit einer Woche hatte sich Sandra daran kaum mehr beteiligt.

Seit einer Woche lag ihr Handy immer in Reichweite.

Seit einer Woche hatte sich das Leben mit Sandra völlig verändert.

»Ich muss mal kurz«, sagte Sandra und erhob sich von der Tafel.

»Wohin? Aufs Klo?«, wollte Stefanie es genau wissen.

Sandra nickte nur.

Horndeich griff zu einem feuchten Tuch aus Stoff, das immer auf dem Tisch in der Nähe seiner jüngsten Tochter Platz fand. Antje versuchte zu essen, und Sandra oder Horndeich beseitigten die schlimmsten Spuren dieses Unternehmens umgehend.

Das Display von Sandras Handy leuchtete auf. Horndeich konnte nicht umhin, genau dorthin zu starren. Eine Mitteilung. Früher nannte man das SMS. Jetzt kam es über WhatsApp daher. *Hast du dich entschieden?*, las er.

Der Absender der Nachricht war ›Horst‹. Unter diesem Namen war der Versender in Sandras Handy gespeichert. Horst. Der von seiner Frau wissen wollte, ob sie sich entschieden habe. Einen Horst kannte er nicht.

Horndeich hatte noch nicht viel gegessen. Aber er würde keinen weiteren Bissen herunterbekommen. Er hatte genug damit zu tun, den bestehenden Inhalt in seinem Magen genau dort zu belassen und ihm nicht einen Ausflug zu gönnen.

Das Display verdunkelte sich wieder. Jetzt lag das Handy genauso da, wie es 15 Sekunden zuvor dagelegen hatte.

Niemand, außer Horndeich, hatte mitbekommen, dass diese kompromittierende Nachricht eingegangen war.

Sandra kam zurück.

»Alles okay?«, wollte sie wissen.

Horndeich nickte nur.

Zu dritt saßen sie nun an Horndeichs breitem Schreibtisch. Mit zwei Monitoren, der Tastatur, der Maus und den Headsets, von denen jeder eines aufgesetzt hatte. Angeschlossen per Bluetooth, keine Kabel, die im Weg waren.

Sie waren: Horndeich, natürlich, denn sie saßen in seinem Büro. Katharina, die sie dazu gebeten hatten, falls es irgendwelcher Übersetzungen ins Spanische bedurfte. Und sie selbst, Jana.

Um 19 Uhr ihrer Zeit sollte die Videokonferenz starten. Das bedeutete, dass Marianne Schneider alias Mary Sotuldas um 12 Uhr mittags in Ecuador vor dem Rechner sitzen sollte.

Es war auch Katharina gewesen, die sich um den Videocall gekümmert hatte. Sie hatte die Einladung dafür verschickt, sprich, den Link. Und sie hatte dafür gesorgt, dass auf Horndeichs Rechner alles funktionieren würde.

Eine Minute nach 19 Uhr erschien tatsächlich das Gesicht einer älteren Dame auf dem Monitor.

»Buenos días!«, begrüßte sie die Dreiergruppe auf der anderen Seite des Monitors.

Katharina grätschte sofort hinein. Sie stellte Jana, Horndeich und sich selbst auf Spanisch vor.

»Wir können auch gern Deutsch sprechen«, sagte Marianne Sotuldas.

»Natürlich, gern«, sagte Jana.

Horndeich hatte erzählt, wie Katharina um ihr Honorar gefeilscht hatte. Aber sie hatte ja recht gehabt. Man konnte das Auspacken von Kisten nicht mit demselben Lohn vergüten, mit dem Katharina in der Lage war, in wenigen Stunden eine spanischsprechende Frau aus Deutschland auf den Galapagosinseln ausfindig zu machen. Zumal sich deren Name noch geändert hatte.

»Frau Sotuldas, wir recherchieren noch einmal zu dem Mord an Ihrer Schwester Susanne. Als Ihre Schwester 2003 ermordet wurde, da ist es der Polizei nicht gelungen, mit Ihnen Kontakt aufzunehmen.«

Mary Sotuldas schaute nur in die Kamera. Sie vermisste offensichtlich das Fragezeichen.

»Nun, wir haben die gesamte Akte über den Mordfall an Ihrer Schwester gelesen. Aber damals hat niemand mit Ihnen gesprochen.«

»Das war ein bisschen schwierig, damals. Da gab es noch kein richtiges Internet und vor allem war ich meistens auf den kleineren Inseln von Galapagos – kein Wunder, dass sie damals keinen Kontakt zu mir gefunden haben. Wäre es denn wichtig gewesen? Sie haben den Mörder meiner Schwester doch verurteilt. Oder?«

»Ja, man hat den Mörder damals verurteilt. Nur behauptet der Mörder nach wie vor, dass er Ihre Schwester nicht umgebracht hat. Also unschuldig im Gefängnis gesessen hat.«

Marianne Sotuldas zog eine Augenbraue hoch. »War er es denn nicht?«

»Das wissen wir nicht genau. Wir hoffen, dass Sie uns dabei helfen können, das Mysterium aufzulösen.«

»Na ja, zunächst einmal: Susanne war ja nicht meine richtige Schwester.«

Jana bemerkte, dass Horndeich sie für einen kurzen Moment ansah. Dann sprach er wieder in die Kamera: »Wie meinen Sie das? Susanne war doch Ihre jüngere Schwester?«

»Nein. Also, wir sind keine biologischen Schwestern. Meine Eltern haben Susanne adoptiert. Aber da war sie auch kein Baby mehr. Da war sie, glaube ich, irgendetwas um die 18, 19 herum.«

Konnte man ein Kind in diesem Alter adoptieren? Jana war irritiert.

Marianne schien ihre Gedanken zu erraten. »Susanne war damals auch noch nicht volljährig. War man ja zu der Zeit erst mit 21. Und mein Papa hatte diese – ich formuliere es mal etwas salopp – Entzugsklinik aufgebaut. Und Susanne war eine seiner Patientinnen. Da haben sie sich kennengelernt. Und dann haben meine Eltern sie adoptiert.«

»Moment, das verstehe ich jetzt nicht ganz.«

»Meine Eltern hatten beide eine unglaublich soziale Ader. Und ich, ich war ja damals gerade auf dem Absprung. Ich hab studiert, aber nicht in Fulda, sondern in Darmstadt. Ging ja auch gar nicht, Bio gab es in Fulda gar nicht als Studienfach. Egal. Mein Papa war nicht nur der Arzt, sondern irgendwie auch die Bezugsperson von Susanne.«

»Hat er …«

Marianne schüttelte den Kopf. Energisch. »Nein. Mein Vater hatte kein sexuelles Verhältnis mit Susanne. Das kann man heute kaum nachvollziehen. Aber er war wirklich der Meinung gewesen, dass man mit einem stabilen Umfeld jungen Menschen helfen könnte, wieder mit beiden Beinen auf dem Boden zu stehen. Und sich nicht mehr mit Drogen abzuschießen. Und Susanne war sein Vorzeige-Projekt.«

Kurz ruckelte das Bild, fror für zwei Sekunden ein. Dann war Marianne wieder in Bewegung auf dem Bildschirm zu sehen. »Susanne war schwer auf Drogen gewesen. Und mein Vater hatte sie davon runter bekommen. Susanne war zunächst auf Entzug, durch ihn hat sie es geschafft, den Entzug in Drogenabstinenz umzuwandeln.«

Abermals empfand Jana für die Frau ihr gegenüber großen Respekt. Auch wenn sie offensichtlich nicht daran beteiligt gewesen war, Susanne von den Drogen fortzubekommen.

»Und ist Susanne clean geblieben?«

»Ja. Es sah ganz gut aus. Und dann stellte sich die Frage, wohin Susanne gehen würde, wenn sie die Klinik verließe. Sie hatte ein völlig kaputtes Zuhause. Sie hatte aber inzwischen ein sehr gutes Verhältnis aufgebaut, nicht nur zu meinem Vater, sondern auch zu meiner Mutter. Man kann meinem Vater vorwerfen, dass er nicht alle Patienten in seiner Klinik gleichbehandelt hat. Susanne war ganz gewiss eine Extrawurst. Immer wieder war sie bei uns zu Hause. Immer wieder hat sie an unserem Tisch mit uns zu Mittag gegessen. Oder vielmehr mit meinem Vater und meiner Mutter. Ich war ja nicht mehr oft da.«

»Susanne ist quasi als Ihre Schwester in das Haus Ihrer Eltern eingezogen?«

»Ja. Kurz danach.«

Jana hielt kurz inne. Sie war ein Einzelkind gewesen. Aber die Vorstellung, dass ihre Eltern ein wildfremdes, fast erwachsenes Balg adoptierten – nein, das hätte sie nicht witzig gefunden. »Und das war für Sie okay?«

Marianne Sotuldas schaute nur in die Kamera. »Frau Welzer – das ist so lange her! Aber ich weiß noch, dass ich es gut fand, dass meine Eltern nochmal ein Kinder-Projekt hatten. Anders kann ich es nicht ausdrücken. Ich meine, auch Susanne war damals schon fast 20. Klar, nach damaligem Recht noch nicht volljährig. Aber trotzdem.«

»Wie haben Sie vom Tod Ihrer Schwester erfahren?«

»Vom Tod meiner Adoptivschwester habe ich sicher erst ein halbes Jahr später erfahren. Aber viel wichtiger war der Tag des Todes meines Vaters.«

»Wie darf ich das verstehen?«

»Nun, als mein Vater starb, da war meine Mutter bereits ein Jahr tot. Sie hatte alles, was sie besaß, meinem Vater vererbt.«

So weit konnte Jana folgen.

»Und mein Vater hat mir von dem Vermögen 85 Prozent hinterlassen, Susanne 15 Prozent.«

Klang für Jana jetzt erst mal einleuchtend. »Ich verstehe das Problem nicht.«

»Ganz einfach. 50 Prozent konnte mein Vater vererben, wem immer er will. Das war ich. Die anderen 50 Prozent sind der sogenannte Pflichtanteil.«

Natürlich waren Jana diese Begriffe geläufig. Als Nachlasspflegerin hatte sie ja nichts anderes zu tun, als sich mit Erbschaftsangelegenheiten herumzuschlagen.

»Mein Vater hatte auf dem Papier zwei Töchter. Mich, leiblich. Susanne, adoptiert. Aber das spielt beim Erbrecht keine

Rolle. Susanne war mir gleichgestellt wie eine leibliche Tochter. Von den 50 Prozent des Erbes meines Vaters, die als Pflichtteil vererbt wurden, wäre daher rechtlich die eine Hälfte mir und die andere Susanne zugefallen, also jeweils 25 Prozent. Mein Vater hatte ihr aber nur 15 Prozent zugestanden. Woraufhin sie geklagt hatte. Dass sie die vollen 25 Prozent erhielte. Und es ist ihr geglückt. Sie hat die Kohle bekommen.«

»Sie haben also 75 Prozent des gesamten Erbes Ihres Vaters erhalten?«

»Ja. Ich meine, das waren viele Immobilien. Meine Eltern waren reich. Und auch 15 Prozent von *reich* waren vier Häuser. Es hat mir schon wehgetan, dass Susanne geklagt hat. Als sie in die Klinik kam, hatte sie gar nichts. Nach dem Tod meines Vaters plötzlich vier Häuser. Aber nein, es musste noch mehr sein.«

»Und Sie? Wie machen Sie das – Häuser in Deutschland, Leben in Ecuador?«

»Ich brauche nicht viel. Ich habe alles verkauft. Mein Mann und ich, wir haben genug zum Leben. Und natürlich auch etwas Geld. Aber ich habe das meiste in eine Stiftung gesteckt. Die hier Projekte finanziert, die den Status als Welterbe erhalten. Die dafür sorgen, dass Galapagos lebt und überlebt. Dass es hier Pinguine und Landschildkröten gibt. Und dass das auch so bleibt.«

»Hatten Sie nach dem Tod Ihres Vaters und der Erbschaft-Regelung noch Kontakt zu Susanne?«

»Nein. Ich habe noch mitbekommen, dass sie irgendeinen Bürgermeister geheiratet hat. Und ich habe mitgekriegt, dass sie als Sängerin einen gewissen Erfolg hatte. Aber das war es dann auch. Susanne, sie war ein Projekt meiner Eltern. Ich habe mit ihr nie viel zu tun gehabt. Als ich angefangen habe zu studieren, da tauchte Susanne auf. Und ich habe mich für meine Eltern gefreut, dass sie einen Menschen retten konnten. Ich selbst habe Susanne nie gemocht. Das Leben hier, auf Galapagos, in Ecuador, das ist mein Leben. Hier fühle ich mich wohl. Und Susanne, meine Fast-Schwester und Sängerin in Deutschland – sie war so weit weg!«

»Frau Sotuldas, wenn Susanne Schneider nicht als Susanne Schneider geboren worden war – wie war ihr Geburtsname?«

»Keine Ahnung. Daran erinnere ich mich überhaupt nicht mehr. Susanne war einfach Susanne. Also für mich. Ihr Geburtsname? Keine Ahnung. Müssen Sie noch etwas wissen? Ich muss los. Aber Katharina hat ja jetzt auch meine E-Mail-Adresse – da können wir gern in Kontakt bleiben, falls Sie noch Fragen haben.«

Die drei verabschiedeten sich von der Dame, dann klickte Katharina auf den ›Session verlassen‹-Button. Ihr Beitrag zum Gespräch. Denn sie hatte nicht einmal übersetzen müssen. Nach wie vor sprach Marianne Sotuldas ein hervorragendes Deutsch. Wie man eben eine Sprache einfach nicht verliert, wenn man sie während der gesamten Kindheit und Jugend gesprochen hat.

Die wichtigste Erkenntnis dieses ganzen Gespräches war: Susanne Fricke war überhaupt keine leibliche Schwester von Marianne Sotuldas. Und sie war auch keine Tochter von den Schneiders. Susanne Fricke alias Susanne Schneider war nicht einmal eine Susanne Schneider. Das allerdings warf eine ganze Kaskade neuer Fragen auf. Um die man sich kümmern musste. Die vielleicht mit ihrem Tod in Verbindung standen. Oder?

»*Das* ist ja jetzt mal eine echt neue Information«, stöhnte Horndeich. »Verändert das das gesamte Bild?«

Darauf hatte auch Jana keine Antwort.

Nach der Videokonferenz lief Jana nach Hause. Der Weg war einfach: immer den Richard-Wagner-Weg entlang, dann an der Verlängerung am Breitwiesenberg parallel zu den Gleisen der Odenwaldbahn. Noch ein Stückchen Dieburger Straße und dann links in den Lucasweg.

Bereits auf Höhe der Hausnummer 46 des Richard-Wagner-Wegs dachte Jana darüber nach, ob sie sich vielleicht nicht doch noch einmal mit Ben treffen sollte, bevor dieser wieder nach Berlin ging.

Auf Höhe der Hausnummer 42 griff sie zum Handy.

Bei Nummer 40 ertönte das Freizeichen.

Bei Nummer 36 seine Stimme. »Hallo, Jana!«, sprach die vertraute Stimme in ihr Ohr.

»Hallo. Ein Bier? Ein Wein? Hast du Lust?«

Ein kurzes Rauschen im Äther. »Ja. Lust habe ich schon. Aber es liegen im Augenblick 600 Kilometer zwischen uns.«

»Bist du nicht mehr im Haus meiner Eltern?«

»Nein.«

»Warum nicht?« Hatte Jana überhaupt das Recht, diese Frage zu stellen? Vorgestern war es ihr überhaupt nicht recht gewesen, dass Ben im Haus ihrer Eltern residierte. Jetzt passte es ihr nicht, dass er dort offensichtlich nicht mehr war. Zeit für die Couch. Nicht die eigene, sondern die eines Psychologen.

»Weil unsere letzte Begegnung mir nicht den Eindruck vermittelt hat, dass du mich anrufen und fragen würdest ›Ein Bier? Ein Wein? Hast du Lust‹«

»Frage ich aber!« Jana gab sich trotzig.

»Freu ich mich drüber«, erwiderte Ben.

Dann herrschte Schweigen in der Leitung.

»Scheiße«, sagte Jana.

»So drastisch würde ich es jetzt nicht formulieren. Setz dich in den Flieger, komm her, und dann gehen wir morgen was zusammen trinken.«

»Haha.«

»Jaja.«

Ben hatte sich verändert. Und Jana war sich nicht sicher, ob ihr das gefiel. Hier spielte sich gerade ein Rollentausch ab. Bislang war es immer er gewesen, der ihr hinterhergerannt war. Und plötzlich war er weg. Wieder zurück in seinem Berlin. Und sie wollte ihn sehen. Ach, verdammt, dass das immer so kompliziert sein musste! »Nee, Flieger is' nicht. Ich hänge hier in dem blöden Fall fest. Und das wird noch ein bisschen dauern.«

»Alles klar. Sag mir, wenn du in den Flieger steigst. Ich werde mir dann den Abend schon irgendwie freischaufeln.«

Bei Hausnummer 26 des Richard-Wagner-Wegs beendete Jana das Gespräch.

MONTAG, 23. MAI

»Das macht echt alles anders«, sagte Horndeich.

Jana nickte nur.

Sie hatten sich jeweils mit einem Kaffeepott auf einer Bank unweit von Janas Büro niedergelassen. Die Sitzgelegenheit stand am Rande des Paula-Ludwig-Platzes, benannt nach der österreichischen Malerin und Dichterin, die ihren Lebensabend in Darmstadt verbracht hatte und hier auch verstorben war. Der Platz war eine kleine städtische Oase, rund um die zwei Jugendstil-Brunnen und immer unter Beobachtung von Bernhard Hoetgers ›Die Badende‹, die nicht direkt wie seine anderen Kunstwerke auf der Mathildenhöhe platziert war, sondern am Fuße derselben.

Da gab es jetzt also noch eine dritte Susanne. Hatte das alles irgendetwas mit ihrem Fall zu tun? Aber wenn sie annahmen, dass Marco Seidel wirklich unschuldig war, dann konnten die Gründe dafür genauso gut darin liegen, dass Susanne noch eine andere, eine frühere Identität gehabt hatte.

»Wo können wir noch etwas darüber herausfinden?«, fragte Jana, weniger Horndeich als das Universum.

Horndeich hatte darauf keine spontane Antwort. Das Universum auch nicht.

»Und wie sollen wir das herausbekommen?« Wieder Janas Stimme.

»Vielleicht hilft uns Google weiter. Magst du nicht schnell deinen Laptop holen?«

Jana erhob sich und war drei Minuten später mit dem kleinen Computer wieder zurück. Nach 15 Minuten Recherche hatten sie zumindest eine grundsätzliche Vorstellung davon, welche

Institutionen davon wissen müssten, mit welchem Familiennamen Susanne Fricke geboren worden war.

»In der Geburtsurkunde steht nur noch der Nachname der Adoptiveltern. Aber beim Standesamt der Gemeinde, in der Susanne Fricke geboren worden ist, bei denen ist ein schriftlicher Vermerk an der Abstammungsurkunde vermerkt. Und der Geburtsort ist nicht verändert worden«, fasste es Jana zusammen.

»Auf dem Personalausweis stand Geburtsort Bremen. Dort müsste es also einen Vermerk geben.«

»Tja, schade, dass du nicht mehr bei der Polizei bist. Dann würde ein Anruf genügen. Da kriegen wir ansonsten nur Auskunft, wenn wir verwandt wären mit Susanne Fricke.«

»Ja, diese Einschränkungen mag ich gar nicht bei diesem Job. Es gibt aber vielleicht noch eine andere Möglichkeit.«

»Welche denn? Willst du deine Frau fragen, ob sie mal eben ihre Kompetenzen überschreiten mag und in Bremen für uns anruft? Oder ob Leah Gabriely uns den Gefallen erweist?«

Jana konnte sich nicht erklären, wieso sich Horndeichs Miene derart verdunkelte. »Ich werde meine Frau gewiss nicht fragen, und auch bei Leah denke ich nicht, dass sie das tun wird. Ich frage mich aber, ob es nicht vielleicht noch Unterlagen von Susanne Fricke gibt.«

»Wo denn?«, fragte Jana.

»Na ja, sie war natürlich Susanna, die Schlagersängerin. Aber sie war auch Susanne Fricke, die Ehefrau von Rüdiger Fricke, dem über so viele Jahre lang tätigen Bürgermeister von Griegtal. Da muss es doch noch irgendwelche Dokumente und Urkunden geben?«

Jana sah ihn an. Klappte den Laptop zusammen und legte ihn zwischen sie beide. »Da hast du wohl recht. Da könnten wir nachbohren.«

»Und wie wollen wir da bohren?«

»Ich spreche nochmal mit dem Bruder. Der müsste so was doch wissen. Ich fliege nach Berlin.«

»*Nochmal* dorthin fliegen? Es gibt inzwischen diese kleinen Geräte, mit denen man mit Menschen sprechen kann, auch wenn die ganz weit weg sind ...«

»Ich spreche lieber persönlich mit den Menschen.«

»Oder vielleicht doch nicht erst mal eine Videokonferenz?« Nicht dass Horndeich das Gespräch mit der Kachel auf dem Monitor liebte. Überhaupt nicht. Aber nochmal nach Berlin fliegen? Nur wegen der Information, ob es noch irgendwelchen Nachlass gab?

»Vertrau mir«, sagte Jana.

Horndeich vertraute ihr. Absolut. Und dennoch wurde er das Gefühl nicht los, dass der Flug nach Berlin nicht nur Baltasar Fricke galt.

Für Jana war es wie ein Déjà-vu. Baltasar Fricke trug einen ähnlichen Anzug wie bei ihrem Gespräch vor fünf Tagen. Sie saßen wieder auf der Terrasse, und abermals wurde Kaffee von einem Weißhäubchen serviert, wenn im gleichen Kostüm auch eine andere Dame steckte.

»Ich hoffe, der Flug war angenehm?«, wollte Fricke wissen.

Sie plauderten ein paar Minuten über die Qualität des Fluges, den phänomenalen neuen Flughafen – so bezeichnete ihn zumindest Fricke – und die Vorteile des Taxifahrens gegenüber dem Besitz eines eigenen Automobils. Diese Meinung vertrat Baltasar Fricke voller Inbrunst, obwohl doch sein Chauffeur Jana vergangenen Mittwoch gewiss nicht in einem Taxi, sondern dem Bentley des Hausherrn zum Flughafen gefahren hatte.

»Was führt Sie erneut zu mir? Nicht, dass ich Ihre Gesellschaft nicht auch ohne konkreten Grund zu schätzen wüsste. Aber ich denke, Sie haben einen Anlass.«

»Ja. Den habe ich tatsächlich. Meine Kollegen und ich stellen uns die Frage, was mit den ganzen Dokumenten von Susanne Fricke nach ihrem Tod geschehen ist.«

»Das kann ich Ihnen nicht sagen. Weil ich es schlicht nicht weiß. Ich nehme an, gar nichts. Ich glaube, Rüdiger hat nach ihrem Tod einfach alles so gelassen, wie es war. Nach seinem Tod stand ich in seinem Haus. Und es war übervoll.«

»Was haben Sie damit gemacht?«

»Ich habe ja damals schon in Berlin gelebt. Und verspürte wenig Lust, viel Zeit in Griegtal zu verbringen. Also habe ich mir das Leben einfach gemacht, und die gesamte Abwicklung meinem Rechtsanwalt übertragen.«

»Ist dann einfach alles – fortgeworfen worden?«

»Nein, natürlich nicht. Zunächst regelte mein Anwalt die Nachlassangelegenheiten. Ich war ja Alleinerbe. Unsere Eltern sind tot, Susanne war tot, sie hatten keine gemeinsamen Kinder – ich blieb übrig. Und so wurde sein Besitz an mich übertragen. Ich dachte, er hätte mehr besessen.

Mein Anwalt hat sich auch mit dem Stadtarchiv in Griegtal in Verbindung gesetzt. Die waren natürlich hoch interessiert daran, den Nachlass ihres Bürgermeisters geschenkt zu bekommen. Ich konnte diese Begeisterung nicht teilen. Es war mir egal, ob es irgendwelche Briefe gab, oder vielleicht zehn Ordner mit Reden, die Rüdiger gehalten, die aber jemand anderes geschrieben hatte. War dann ganz gut so, dass dieses Archiv das nahm. Mein Anwalt sagte mir, der Leiter des Stadtarchivs wäre höchstselbst mit zwei Mitarbeitern in einem Kastenwagen vorgefahren. Sie hätten einfach alles, was irgendwie nach

Aktenordner ausgesehen habe, in Umzugskartons und diese ins Auto gepackt. Er hat geschmunzelt, als er gesagt hat, dass sie den Wagen zweimal komplett vollladen mussten. Schließlich fragte der Archivar auch, ob er vielleicht irgendwelche Erinnerungsstücke aus dem Arbeitszimmer des ehemaligen Bürgermeisters mitnehmen dürfe. Nach meiner Zustimmung hatten sie Schreibtisch, Bürostuhl und ein paar Kunstdrucke ebenfalls mitgenommen. Dritte Fuhre mit dem Benz.«

Ja, die Gier der Menschen lag manchmal nur hinter einer sehr dünnen Fassade verborgen, dachte Jana.

Wie aus dem Nichts erschien plötzlich Weißhäubchen auf der Terrasse. War das schon wieder eine andere Frau? Jana war sich nicht sicher. Daran, dass Baltasar Fricke offensichtlich irgendwo einen geheimen Klingelknopf hatte, hatte sie sich inzwischen schon gewöhnt.

Fricke machte eine für Jana unverständliche, aber obszön wirkende Geste. Er zeigte mit ausgestrecktem, geradem Zeigefinger von sich. Nicht auf irgendein Objekt, sondern ins Leere. Weißhäubchen machte einen Knicks und verschwand.

Wenige Sekunden später erschien sie wieder und reichte ihrem Arbeitgeber einen edel wirkenden Holzkasten von der Größe einer Schmuckschatulle, wahrscheinlich aus Mahagoni gefertigt.

»Es stört Sie doch nicht?«, fragte er, als er den Kasten öffnete. Darin Zigarren, ein Zigarrenabschneider und ein Feuerzeug.

Während Jana noch überlegte, ob dies eine rhetorische Frage gewesen war, schnitt Fricke bereits die Spitze der Zigarre ab und entzündete sie gleich darauf.

Jana mochte den Geruch nicht. Aber sie war dagegen auch nicht allergisch wie zahlreiche andere Mitmenschen.

»Sie sagten gerade, Sie hätten mit mehr gerechnet, was Ihr Bruder Ihnen hinterlassen hat.«

»Wir sind von unseren Eltern ja zu gleichen Teilen bedacht worden. Und ich hätte erwartet, dass zumindest die Anzahl der Immobilien unverändert gewesen wäre. Drei Häuser hatte er offensichtlich verkauft. Ich habe keine Ahnung, wofür er das Geld gebraucht hat. Ganz gewiss nicht für Ferraris und einen Rolls. Das war nie sein Ding gewesen, und solche Wagen standen auch nicht in der Garage herum. Es gab auch keine Belege darüber, dass er sich eine Luxusyacht zugelegt hatte.«

»Kann es sein, dass er erpresst worden ist?«

»Frau Welzer, das weiß ich nicht. Vielleicht ist er erpresst worden, eventuell hat er doch weit mehr verzockt, als er zugegeben hat. Johanna Türk hat mir nach seinem Tod davon erzählt, dass er gespielt hat.«

Das wusste Jana inzwischen auch.

»Vielleicht hat er das Geld auch außer Landes geschafft. Irgendein Konto auf den Cayman Islands. Aber dann ist das Geld wohl ebenfalls futsch, denn auch darüber fanden sich keinerlei Belege. Auf jeden Fall war sein Vermögen merklich geringer, als ich angenommen hatte.«

»Wissen Sie, wie der Stadtarchivar von Griegtal hieß?«

»Nein, auch darauf habe ich keine Antwort. Ich glaube, das weiß nicht einmal mehr mein Anwalt. Das ging ganz unbürokratisch über die Bühne. Da müssen Sie wohl einfach im Stadtarchiv selbst anrufen.«

»Gut, dann werde ich das tun. Haben Sie herzlichen Dank dafür, dass Sie sich nochmals Zeit für ein Gespräch genommen haben.«

»Soll mein Chauffeur Sie wieder zum Flugplatz bringen?«

Jana schenkte ihm ein bezauberndes Lächeln. »Danke, das ist nicht nötig. Ich werde jetzt erst noch ein bisschen hier am schönen Wannsee spazieren gehen.«

Baltasar Fricke legte die Zigarre auf den marmornen Aschenbecher, erhob sich, küsste Jana die Hand und geleitete sie durchs Haus nach draußen. »Es war schön, Sie wiederzusehen. Sollten Sie weitere Fragen haben, zögern Sie bitte nicht, mich zu besuchen. Und sollten Sie keine Fragen haben – zögern Sie bitte ebenso wenig. Sie sind jederzeit willkommen.«

Alter Charmeur, dachte Jana, während sie ihr Abschiedslächeln aufsetzte.

Kaum hatte sie das Anwesen verlassen, griff sie zu ihrem Handy und teilte Horndeich die Neuigkeiten mit. »Kannst du dich mit den Griegtalern in Verbindung setzen?«

»Natürlich«, erwiderte er. »Da weiß ich dann heute Abend schon mehr. Wollen wir uns zum Abendessen treffen?«

»Nein. Wir treffen uns morgen.«

Denn Jana hatte nicht vor, am Abend noch zurückzufliegen.

Das Gute an dem Gespräch mit der Angestellten des Griegtaler Stadtarchivs, Gisela Seiler, war, dass sie bestätigte, dass es einen Nachlass von Rüdiger Fricke in ihrem Hause gäbe. Das Schlechte war ihre Reaktion auf seine Frage gewesen, ob Sie denn vielleicht Zugriff auf die Unterlagen der verstorbenen Susanne Fricke habe. Die Reaktion bestand in einem schon fast ein wenig schrill zu nennenden Auflachens.

»Herr Horndeich, der ehemalige Leiter des Stadtarchivs, Peter Bürger, war ein sehr, nun, sagen wir mal umtriebiger Sammler. Wann immer er irgendetwas für archivierenswert hielt, schlug er zu.«

»Aber das ist doch wunderbar.«

»Nun, lassen Sie es mich so formulieren: Ich habe mal einem Freund beim Umziehen geholfen. Wir haben 100 Kartons geschleppt. Und als meine Freundin fragte, ob er denn nicht zuvor ein wenig ausgemistet habe, da hatte der geantwortet: ›Dazu hatte ich keine Zeit mehr. Ich miste jetzt aus beim Auspacken‹. Solch eine Antwort hätte auch Herr Bürger geben können. Was ich sagen will: Alles, was Bürger aus dem Haus des Bürgermeisters mitgenommen hat, befindet sich bei uns in einem Kellerraum. Und zwar unverändert seit dem Tag, an dem es dort abgestellt worden ist.«

»Ist es dann vielleicht schon verrottet?«

»Nein, da müssen Sie keine Angst haben. Auch unsere Kellerräume sind vollklimatisiert. Schließlich sind wir ein Archiv. Sie können sich das gern alles persönlich ansehen und dort auch ein wenig stöbern. Wir müssen dafür nur einen Termin ausmachen.«

Horndeich entschied sich für ein kühnes: »In einer Stunde?«

»Klar. Ich bin da.« Frau Seiler nannte noch die Adresse, und Horndeich setzte sich in seinen Wagen.

Die Autobahn war einigermaßen frei, und so hatte er Griegtal bereits nach 45 Minuten erreicht.

Frau Seiler kam auf Horndeich zu. Ein wenig erinnerte sie ihn an seine Kollegin Leah Gabriely. Bis vor drei Jahren hatte diese ihr Haar stets konsequent zu einem Dutt gebunden. Frau Seiler trug einen ebensolchen und zudem noch eine große Brille mit breitem, schwarzem Gestell, womit ihr Aussehen dem Klischee der strengen Bibliothekarin ziemlich nah kam.

Sie führte Horndeich in die Kellerräume und schloss eines der hinteren Kabinette auf. Das Licht tauchte den fensterlosen Raum in gleißendes Hell.

Das Gemach maß ungefähr 20 Quadratmeter. An allen vier Seiten war kein Stück der Wand zu sehen. Berge von Kisten türmten sich verteilt über den ganzen Raum. Sogar ein Schreibtisch stand herum. Und ein Bürostuhl. Zudem waren noch ein paar gerahmte Kunstdrucke gegen Kisten gelehnt.

»Okay. Und welcher Bereich ist jetzt der, der Bürgermeister Fricke zuzuordnen ist?«

Horndeich kannte das Lachen von Frau Seiler inzwischen. Live klang es deutlich sympathischer als über den Äther. Aber auch in diesem Fall schien es nichts Gutes zu bedeuten. Und Horndeich ahnte schon, was ihre Antwort sein würde.

»Das kann ich Ihnen mit einem Wort beantworten: Alles.«

Manchmal hasste es Horndeich, wenn seine Vermutungen zutrafen.

»Ich geh wieder nach oben. Wenn Sie fertig sind, kommen Sie einfach hoch. Ich bin noch zwei Stunden da.« Sie verschwand aus dem Raum, kehrte noch einmal zurück, steckte den Kopf herein. »Aber nichts mitnehmen«, fügte sie an und blinzelte Horndeich zu.

Horndeich stand immer noch im Eingangsbereich des Raumes. Sein Blick wanderte über die Wände von Kisten. Er ergriff eine, stellte sie auf den Schreibtisch. Öffnete sie. Darin befanden sich wohl die Dinge, die einstmals auf dieser Tischplatte ihren Platz hatten. Ein Aschenbecher, eine Schreibtischunterlage, ein Kästchen mit Stiften und weiterer Kruscht, deren archivarischen Wert Horndeich so hoch angesetzt hätte wie die Pappe des sie umhüllenden Kartons. Er wühlte ein bisschen tiefer in der Kiste und fühlte sich kurz in die Zeit als kleiner Junge zurückversetzt, als sein großer Schatz ein Schuhkarton voller Lego-Bausteine gewesen war. Auch dort hatte er immer wühlen müssen, wenn er ein bestimmtes Bauteil hatte finden wollen. Der kleine flache runde blaue Stein mit nur einem Noppen, den hatte er genau zweimal besessen. Und bei jedem Polizeiauto, das er gebaut hatte, oder beim Krankenwagen oder Feuerwehrfahrzeug – die beiden Blaulichter durften nicht fehlen.

Auf dem Grund des Umzugskartons fand er drei Stapel voller DIN A4-Papiere. Mehrere Blätter waren in Klarsichthüllen untergebracht. Aber es gab kein Deckblatt, das Aufschluss darüber gab, worum es sich bei den darunter liegenden Papierstapeln handelte.

Das war der Moment, in dem Horndeich aufgab. Das hier konnte ihn Wochen beschäftigen. Und er wusste nicht einmal, ob es auch nur den Hauch einer Chance auf Erfolg gegeben hätte.

Zeit für Plan B.

Er löschte das Licht, schloss die Tür hinter sich, ging zurück ins Erdgeschoss. Er dankte Frau Seiler. »Es ist sehr nett, dass Sie mir die Möglichkeit gegeben haben, dort unten zu suchen. Hat denn Herr Bürger nie selbst Interesse daran gezeigt, dieses Chaos zu sichten, zu sortieren und auszumisten?« Es war Horndeich in jenem Moment nicht möglich gewesen, sich gewählter auszudrücken.

»Nein. Er hätte das sicher gern gemacht, aber nach nur ein paar Monaten ist er schwer erkrankt und auch zwei Jahre später verstorben. Wir haben mal an der Uni angefragt, ob es nicht Geschichtsstudenten gäbe, die ein Thema für eine Bachelor-Arbeit bräuchten. ›Aufbereitung eines Nachlasses für das Stadtarchiv am Beispiel eines Griegtaler Bürgermeisters‹ oder so. Hat aber auch nicht geklappt. Einmal hatten wir tatsächlich einen Studenten da. Aber der war sogar noch zwei Minuten früher wie Sie wieder hier oben bei mir, nachdem ich ihm den Raum gezeigt hatte. Also, nichts für ungut.«

Horndeich verabschiedete sich und trat auf den Platz vor dem Gebäude.

Er wählte die Nummer seiner ehemaligen Kollegin Kommissarin Leah Gabriely. Schilderte ihr das Problem und dass er herausbekommen müsse, wie der Geburtsname war von Susanne Fricke, adoptierte Schneider, in Bremen geboren. Erklärte, dass es dort im Standesamt Aufzeichnungen geben müsse. Er schilderte gerade seinen Abstieg in den Hades und fragte, ob Leah nicht vielleicht einmal in Bremen anrufen könne.

Er rechnete nicht mit einem Ja. Aber er wollte es nicht unversucht lassen.

»Hast du den Geburtstag dieser Dame?«

Diese Informationen lagen alle auf den Servern in Janas Büro. Und in der Cloud. Es war für ihn immer noch nicht selbstverständlich, dass er auf all diese Informationen mit seinem Smartphone zugreifen konnte.

»Schick ich dir gleich.«

»Okay. Dann ruf ich da an. Aber sag's nicht weiter.« Und schon hatte sie aufgelegt.

Unweit des Gebäudes, das das Stadtarchiv beherbergte, hatte Horndeich eine Eisdiele entdeckt. Er ließ sich an einem der Tische unter einem Sonnenschirm nieder, zückte das Handy, tippte sich durch die Ordner, die er und Jana in der Cloud angelegt hatten. Er schickte ein Foto der Kopie des Personalausweises an Leah. Dann bestellte er sich einen Amarenabecher. Mit viel Amarenakirschen. Wenn schon, denn schon.

Er hatte erst die Hälfte davon verdrückt, als das Smartphone läutete. Leah. Sie war schnell. Wow! Da hätte er sich den ganzen Trip nach Griegtal sparen können. Wer wagte, gewann eben doch manchmal. Er nahm das Gespräch an. »Super, Leah, danke!«

»Nix super. Aber gern geschehen. Es gibt keine adoptierte Susanne Schneider in Bremen. Also, es gibt überhaupt keine

Susanne, die in Bremen an diesem Tag geboren wurde. Auch nicht mit irgendeinem anderen Nachnamen. Und es gibt erst recht keine Anmerkungen über eine Adoption. Die Standesbeamtin hat sogar noch an zwei Tagen davor und danach geschaut. Kein Mädchen mit Vornamen Susanne. Fehlanzeige.«

»Das bedeutet?«

»Es gibt zwei Möglichkeiten. Eure Susanne ist nicht in Bremen geboren. Oder ein Bremer Standesbeamte hat irgendeinen Fehler gemacht. War ja damals auch noch alles handschriftlich.«

»Und du bist sicher, dass ...«

Leah unterbrach ihn. »Diese Frage habe ich der Standesbeamtin auch ungefähr dreimal gestellt. Ja. Sie ist sich sicher. Keine Susanne ist am 24. Februar 1955 in Bremen auf die Welt gekommen.«

»Trotzdem danke«, sagte Horndeich.

»Gern geschehen. Aber das kann ich nicht immer für dich machen.«

»Schon klar.«

Irgendwie war in dieser ganzen Geschichte der Wurm drin.

»Was machst du denn noch in Berlin?«

»Privatsache.« Jana hatte keine Lust darauf, jetzt mit Horndeich ihr Privatleben zu diskutieren. Sie saß auf einer Parkbank im Tiergarten, hielt ihr Antlitz der Sonne entgegen.

Horndeich hatte ihr geschildert, dass Leah tatsächlich beim Standesamt in Bremen angerufen habe. Es dort aber keinen Treffer gegeben hat. Und er führte weiter aus, wie er im Griegtaler Stadtarchiv fast ohnmächtig umgekippt wäre, als er das Chaos dort gesehen hatte. Für Jana waren derartige Szenarien nicht wirklich überraschend. Gerade als Nachlasspflegerin war sie immer wieder mal in Wohnungen gekommen, die ziemlich zugemüllt waren. Und sie erinnerte sich an einen Fall vor zwei Jahren, als ein Messie verstorben war, der mit einer ganzen Sammlung gefüllter Umzugskartons ebenfalls jeden Winkel seiner Wohnung gepflastert hatte.

»Nimm dir Katharina. Die treibt noch drei ihrer Kommilitonen auf. Die sind richtig gut darin, den Inhalt unbeschrifteter Umzugskartons auseinanderzunehmen und die Trüffel zu finden.«

»Könnte ein wenig eng werden da unten für vier Leute.«

»Horndeich, muss ich dir erklären, wie man so einen Job macht? Dann nimm halt nur Katharina mit. Oder Katharina und nur noch eine Person. Wie auch immer, ich bin jetzt verabredet. Wir sehen uns morgen.«

Damit hatte sie Horndeich weggedrückt.

Der sofort wieder anrief.

Was sie wieder durch ihren Daumen auf dem roten Button beantwortete.

Er rief nochmals an. Ja, das mochte sie an ihm, dass er, wenn er sich in etwas verbissen hatte, nicht mehr losließ, bis das Geheimnis gelüftet worden war. Aber bei ihr gab es jetzt kein Geheimnis zu lüften. Zumindest kein dienstliches. Sie schaltete das Smartphone ab.

Fünf Minuten später stand er im Tiergarten vor ihr: Ben.

Es war der Ben, den sie kannte.

Der aber plötzlich völlig anders auf sie wirkte.

»Spaziergang? Wie du vorgeschlagen hast.«

Jana stand auf.

Sie liefen zunächst schweigend nebeneinanderher.

»Warum bist du schon wieder in Berlin?«

»Ich musste nochmal mit dem Schwager unserer ermordeten Susanne Fricke sprechen.«

»Weshalb?«

»Wir haben festgestellt, dass Susanne Fricke adoptiert war. Und ich habe mit dem Bruder ihres Mannes gesprochen, ob es noch irgendwelche Unterlagen von Susanne gibt.«

»Und? Gibt es die?«

»Eventuell im Stadtarchiv in Griegtal. Ist aber alles völlig unsortiert.«

»Und deshalb fliegst du nach Berlin? Das hätte sich doch mit einem Telefonat klären lassen.«

Jana antwortete nicht. Aber sie hakte sich bei Ben ein. »Darf ich?«

Ben antwortete nicht. Machte aber auch keine Geste, die Janas Arm wieder freigab.

»Ist das die Antwort auf meine Frage?«

Jana tat etwas, was sie noch zuvor nie getan hatte. Sie lehnte ihren Kopf an Bens Schulter.

DIENSTAG, 24. MAI

Katharina schlug die Hände über dem Kopf zusammen. »Ach du Scheiße...« Mehr sagte sie nicht. Mehr musste sie auch nicht sagen.

Horndeich hatte sie am Abend zuvor noch angerufen. Katharina war nicht begeistert gewesen über den Auftrag, eigentlich hatte sie für diesen Montag andere Pläne gehabt. Schwimmen im Badesee zum Beispiel. »Kisten auspacken? Sachen sortieren? Die wichtigen Sachen finden?«, hatte sie gefragt.

»Ja, das fasst es ziemlich genau zusammen.«

»30 die Stunde. Inklusive An- und Rückfahrt.«

Horndeich hatte geseufzt. Aber nur leise und heimlich. Wenn sich irgendwann herausstellte, dass Marco Seidel wirklich Susanne Fricke ermordet hatte, würden Jana und er keinen Cent sehen. Und auf allen Kosten sitzen bleiben, die Mitarbeiter wie Katharina verursacht hatten.

Offensichtlich hatte er zu lange geschwiegen. »Okay, 25.«

Horndeich hatte überhaupt keinen Gedanken daran verschwendet, dass Katharina zum Handeln bereit war. Das hätte ihm ja mal jemand früher sagen können! »Deal!«

Und nun hatte Frau Seiler – auch heute mit Dutt und Brille – sie wieder in den Keller geleitet. Horndeich wusste ja, was auf ihn zukam, aber für Katharina war der Anblick neu. Ihre Reaktion erfolgte just in diesem Moment, als das Licht anging.

»So was hatte ich schon lange nicht mehr«, sagte sie, und ihre Stimme war sehr leise geworden. »Und das ist ja echt eng hier!«

Horndeich war nicht so recht bewusst, welchen Faktor die räumlichen Gegebenheiten spielten. Wollte sie ihm nicht zu nah kommen?

»Wo sollen wir denn die ganzen Akten hinstellen, um das Zeug irgendwie zu sortieren? Ein leeres Regal wäre echt hilfreich!«

»Wie wollen wir vorgehen?«

»Das hängt davon ab, was du wissen willst.«

Neben dem Bürostuhl befand sich aus unerklärlichen Gründen noch ein Hocker in dem Raum. Er sah nicht so aus, als wäre er ein Möbel aus dem ehemaligen Arbeitszimmer von Bürgermeister Fricke. Horndeich zog ihn zu sich heran und ließ sich darauf nieder. Mit einer Geste bedeutete er Katharina, sich auf den Bürostuhl zu setzen.

»Die wichtigste Frage, die wir klären möchten, ist die Frage, unter welchem Namen Susanne Fricke geboren wurde. Fricke ist der Name ihres Gatten, den sie angenommen hat. Davor hieß sie Schneider. Aber das war nicht ihr Geburtsname, denn sie wurde adoptiert.«

»Na, das sollte doch easy sein.«

Hatte Horndeich sich verhört? »Easy?«

»Kostet einen Anruf beim Standesamt der Gemeinde, bei der ihre Geburt verzeichnet ist.«

»Woher weißt du denn so was?«

Katharina machte eine wegwerfende Handbewegung. »Eine Freundin von mir ist adoptiert worden. Und sie wollte immer rauskriegen, wer ihre leiblichen Eltern waren. Ihre Adoptiveltern waren da leider nicht wirklich hilfreich. Also haben wir das allein in die Hand genommen. Deswegen bin ich da inzwischen ein ziemlicher Insider in der Materie.«

»Ja, du hast recht. Das Standesamt müsste das wissen. Und ich habe meine Kollegin bei der Polizei beim Standesamt in Bremen anrufen lassen. Aber am Tag ihrer Geburt, dem 24. Februar 1955, ist in ganz Bremen keine einzige Susanne geboren worden.«

»Oh. Das ist aber ungewöhnlich.«

Zu dieser Erkenntnis war Horndeich auch schon gelangt…

»Hat also entweder ein Standesbeamte gepennt, oder sie ist dort gar nicht geboren worden.«

Auch dies stellte nur eine weitere Stufe des Wissensstands von Horndeich dar.

»Gehen wir doch einmal rein hypothetisch davon aus, dass die Standesbeamten in Bremen ihren Job gut gemacht haben.«

Worauf wollte sie denn jetzt schon wieder hinaus? Offensichtlich schien ihr das Kistengebirge so viel Unmut zu bereiten, dass sie um jeden Preis von hier wegwollte.

»Vielleicht wurde Susanne Fricke nicht in *dem* Bremen, sondern in einem anderen Bremen geboren.«

»In einem anderen Bremen? Sprichst du jetzt von einem Paralleluniversum?«

»Quatsch. Paralleluniversum? Echt jetzt! Nimm mich doch bitte mal ernst!«

»Okay. Sorry. Also, was ist dein Gedanke?«

»Wusstest du, dass es in Deutschland 29 Mal den Ortsnamen ›Hagen‹ gibt?«

»Nein«, gab Horndeich unumwunden zu. Über dieses Wissen verfügte er nicht. Aber diese Wissenslücke gehörte definitiv zu den weniger schmerzhaften. Diese junge Dame war echt ein Klugscheißer! Pinguine auf Galapagos, 29 Hagen in Deutschland… Doch Horndeich konnte nicht umhin, zuzugeben, dass ihm das imponierte.

»Vielleicht gibt es ja auch mehrere Bremen in Deutschland.«

»Es gibt ein Neustadt an der Weinstraße. Aber das heißt auch ›Neustadt an der Weinstraße‹.«

Katharina zuckte mit den Schultern. »Lass mich doch mal googeln. Nur so ganz spontan.«

Horndeich hob beide Hände in die Höhe, gönnerhafte Geste.

Katharina zauberte aus der Innentasche ihrer Jacke ihr Smartphone hervor.

»Kein Netz hier unten.«

»Um die Ecke ist ein nettes Eiscafé. Käffchen? Geht auf mich.«

Katharina stand auf und klopfte Horndeich jovial auf die Schulter. »Perfekt!«

Frau Seiler zeigte sich doch ein wenig irritiert davon, dass ihre beiden Schützlinge nach wenigen Minuten wieder im Erdgeschoss auftauchten. »Schon fertig?«

»Nein, wir müssen noch was anderes klären. Wir sind in 20 Minuten wieder da.«

Horndeich orderte zwei Cappuccini unterm Sonnenschirm, während Katharina völlig versunken war in der Welt ihres Smartphones. Immer wieder daddelten die Daumen auf dem Glas herum. Horndeich war fasziniert. Die Fähigkeit, so schnell und vor allem so präzise winzigste Flecken auf der Glasoberfläche exakt zu treffen – die würde er in diesem Leben nicht mehr erlangen. Aber es gab ja Menschen, die ihm diese Fähigkeit für 25 Euro pro Stunde zur Verfügung stellten.

»Da ist es! Bremen in Thüringen.«

»Bremen? In der DDR? Also, in der ehemaligen DDR.«

»Ja. Dieses Bremen liegt in Thüringen, direkt an der ehemaligen innerdeutschen Grenze. Und bis 1994 war es eine eigene Gemeinde. Danach hat es sich mit ein paar anderen Gemeinden zur Einheitsgemeinde Geisa zusammengeschlossen.«

»Wie groß ist dieses Bremen?«

»Ein kleines Kaff. Wikipedia sagt: ›2019 wohnten in Bremen 322 Personen.‹«

»Und da es eine eigene Gemeinde ist, steht in dem Ausweis dann auch Bremen?«

»Ja. Ich habe eine Tante, die wohnt in der Nähe von Gießen, in auch so einem kleinen Kaff namens Atzbach. In ihrem Personalausweis steht Atzbach als Geburtsort. Seit 1979 ist das nur noch ein Ortsteil von Lahnau. Aber als meine Tante geboren wurde, war es noch eine eigenständige Gemeinde.«

Horndeich kannte dieses Atzbach inzwischen ebenfalls. »Also Bremen? In Thüringen?«

»Einen Versuch wäre es doch wert, oder?«

»Du musst schon die Tochter oder die Enkelin von Susanne Fricke sein, um da beim Standesamt eine Auskunft zu bekommen.«

»Oder man muss Katharina Hochnagel heißen, ein wenig Chuzpe haben und es einfach probieren.«

»Du willst nur nicht an die Kisten ran.«

»Da hast du vielleicht recht. Aber du musst mir ebenso recht geben, dass mein Weg, wenn er erfolgreich ist, deutlich effizienter ist, als sich tagelang in dieser Zellulosehölle zu suhlen.«

So ganz war Horndeich noch nicht überzeugt.

»Ich schlage dir eine Wette vor. Wir lassen Kisten Kisten sein, fahren zurück in dein Büro und rufen beim Standesamt in Geisa an. Wenn die mir Auskunft über Susanne Fricke geben, dann zahlst du die beiden Cappuccini. Wenn sie es nicht tun, gehen die Cappuccini auf meine Kappe.«

Eine tolle Wette. Und wer bezahlte das Benzin für einmal Griegtal und zurück, wenn Katharina verlor? Aber sei's drum. Horndeich hatte auch keine große Lust, in die Höhle oder Hölle der Kisten zurückzusteigen. Wobei sich dort natürlich auch andere interessante Dokumente befinden konnten, die ihnen vielleicht weiterhelfen könnten bei der Klärung der

Frage, ob Marco Seidel möglicherweise nicht der Mörder von Susanne Fricke war.

»Wir können auch von hier aus anrufen«, versuchte sich Horndeich in faktisch begründetem Protest.

»Ein ruhiges Gespräch, wenn hier gleich wieder die Dorfjugend mit ihren V8-Potenzersatzfahrzeugen langdröhnen? Super Idee. Macht die Soziologiestudentin sehr glaubwürdig.«

»Die Soziologiestudentin …?«

Katharina verdrehte nur die Augen.

»Fahren wir«, kapitulierte er.

»Da ich davon ausgehe, dass ich diese Wette gewinne, darfst dudie Cappuccini bezahlen«, grinste Katharina und stand auf. »Ist übrigens echt lecker der Kaffee hier.«

Auf der Fahrt nach Darmstadt rief er Frau Seiler an und teilte ihr mit, dass sie vielleicht heute nicht mehr zurückkämen. Das würde sich in den kommenden zwei Stunden klären. Zum Glück war die streng aussehende Beamtin völlig unkompliziert. »Ich wünsche Ihnen viel Glück bei Ihrer Recherche«, sagte sie, und ihr Ton machte klar, dass sie es aufrichtig meinte.

Eine Stunde später saßen Katharina und Horndeich wieder in Horndeichs Büro – neben einer frisch aufgebrühten Kanne Tee.

Katharina hatte bereits auf der Fahrt nach Darmstadt alle nötigen Kontaktdaten recherchiert.

Sie wählte die Nummer des Standesamts in Geisa. Sie hatte die Ausgabe des Tons auf Lautsprecher geschaltet. Katharina hatte sich das Headset übergestülpt.

»Standesamt Geisa, Madeleine Schulze am Apparat, wie kann ich Ihnen helfen?«

Die Dame hatte auf jeden Fall das Seminar ›Freundlich am Telefon‹ erfolgreich absolviert, dachte Horndeich.

»Guten Tag Frau Schulze, ich bin Katharina Hochnagel aus Darmstadt. Ich hätte da eine etwas seltsame Frage.«

»Na, dann schießen Sie los.«

»Ich bin Studentin. In Frankfurt. Soziologie. Und ich schreibe gerade an einer Semesterarbeit. Da geht es um deutschen Schlager. Also genau genommen geht es eigentlich um Helene Fischer.«

»Na, da stoßen Sie bei mir doch auf offene Ohren!«

»Das freut mich sehr. Ich habe alle CDs von ihr.«

»Sie? Als Studentin? Stehen Sie da nicht ein wenig auf einsamen Posten, also bei Ihren Bekannten? Hört man denn in Ihrer Generation Schlager?«

»Nein. Das tut man nicht. Ich bin da schon ein bisschen – allein. Hat Helene Fischer das nicht sehr schön in diesem Lied beschrieben? Wie war nochmal der Titel? ›Allein …‹?«

»Allein im Licht«, antwortete Frau Schulze.

»Genau.«

Horndeich sah Katharina irritiert an. Mochte Katharina tatsächlich Helene Fischer? Auf jeden Fall war das Eis zwischen den beiden Frauen gebrochen.

»Tja, und ich untersuche da die Vorbilder, an denen sich Helene Fischer zumindest orientiert haben könnte. Oder ich formuliere das einmal anders: Helene hat das, was diese anderen Frauen dargeboten haben, perfektioniert.«

»Aha. Und was hat meine Gemeinde Geisa damit zu tun?«

»Eine der Sängerinnen war Susanna. Ihr bürgerlicher Name war Susanne Fricke.«

»Susanna? *Die* Susanna? Die Susanna, die ›Liebe nur für dich‹ gesungen hat?«

»Sie kennen Susanna auch? Wow! Die kennt außerhalb von Hessen eigentlich niemand.«

»Na ja, wir sind ja nicht wirklich weit weg von Hessen.«

»Das stimmt auch wieder. Ja. Genau um diese Susanna geht es. Ich versuche, in meinem Studium sehr exakt zu sein. Und ich habe auch einige Sängerinnen persönlich befragt. Aber Susanna ist ja bereits 2003 verstorben. Deswegen kann ich da niemanden mehr fragen. Und auch ihr Gatte, Rüdiger Fricke, lebt nicht mehr.«

»Ja. Ich habe das damals mitbekommen, dass irgend so ein Irrer sie erstochen hat.«

»Genau. Aber ich will den Lebenslauf von Susanna eben auch möglichst exakt aufführen. Und ich habe jetzt einen Hinweis bekommen, dass Susanna am 24. Februar 1955 in Bremen geboren wurde. Und danach adoptiert worden ist. Und somit den Namen Schneider bekam. Und es könnte sich bei Ihrem Bremen um Susannas Bremen handeln.«

»Aber Bremen ist doch nur ein Ortsteil von Geisa.«

»… war aber bis kurz nach der Wende eine eigene Gemeinde.«

»Na, wenn Sie das sagen.«

Oh, da vernahm Horndeich eine kleine Missstimmung. Dass eine Studentin aus Darmstadt die Angestellte in Geisa über die Geschichte ihres Ortes aufklärte, kam nicht so gut an.

»Also, das habe ich zumindest gelesen«, relativierte Katharina ihre Aussage. »Und ist es nicht so, wie Helene das in dem anderen Lied besungen hat: ›Wo immer mein Liebster ist, da ist mein Zuhaus‹.«

Mein Gott, trug Katharina dick auf! Aber offenbar traf sie den richtigen Ton.

»Das kenne ich gar nicht«, erwiderte die Beamtin.

»Das hat sie bei einem Konzert in München gespielt. Vor 5 Jahren. Unplugged. Ist auf keinem Album drauf. Ich habe aber eine Kopie. Wenn Sie mir Ihre E-Mail-Adresse geben, könnte ich Ihnen die MP3-Datei zukommen lassen.«

»Das würden Sie tun?«

»Aber natürlich.«

Unglaublich, wie diese Person die Frau am anderen Ende der Leitung manipulierte.

»So, wonach muss ich jetzt suchen?«

»Also, Susanne Fricke ist am 24. Februar 1955 geboren.«

»Einen Moment bitte, ich gebe das gerade ein.«

Sekunden verstrichen ohne jegliches akustisches Ereignis. Horndeich griff zu seiner Teetasse.

Dann sagte Frau Schulze: »Ich habe hier tatsächlich einen Eintrag. Aus Bremen. 24. Februar 1955. Da ist ein Mädchen geboren worden. Eine Hilde Susanne Koppick. Hilde sollte der Rufname sein.«

Als Horndeich den Namen Koppick hörte, prustete er den Tee über den Tisch. War Susanne Fricke etwa Hans Koppicks Mutter? Das ließ den Fall natürlich in einem völlig anderen Licht erscheinen. Er fluchte leise und griff zu einem Papiertaschentuch, mit dem er die Spritzer aufwischte.

»Aber da steht nichts von irgendeiner Adoption. Meinen Sie etwa, diese Hilde Koppick ist Susanne Fricke?«

»Das könnte gut sein. Aber warum ist dann bei Ihnen die Adoption nicht verzeichnet?«

»1955 – Frau Hochnagel, da war der eiserne Vorhang zwischen Ihrer Seite und meiner Seite Deutschlands wirklich eisern! Ich kann mir kaum vorstellen, dass er für solche Akten durchlässig war. Und dass ein Wessi eine Ossi adoptiert hat – kann mir nicht vorstellen, dass das oft vorgekommen ist.«

Nachdem das Gespräch beendet war, fragte Horndeich Katharina: »Helene Fischer? Die magst du?«

»Ich? Quatsch. War nur ein Türöffner. Und hat ja geklappt.«

»Und dieses Lied in München?«

»… ist nie gespielt worden.«

Horndeich war sich nicht mehr so ganz sicher, ob er beeindruckt oder entsetzt sein sollte.

Susanne Fricke ist Hans Koppicks Mutter. Das hatte Horndeich ihr per WhatsApp geschickt.

Jana saß im Taxi. Mit dem ›AirLiner‹ war sie vom Flughafen Frankfurt nach Darmstadt gefahren. Und war bereits am Hauptbahnhof in den Pkw umgestiegen. Horndeichs Nachricht hatte sie gelesen, als sie in Frankfurt aus dem Flieger gestiegen war und ihr Handy eingeschaltet hatte.

Wow! Das war mal echt eine Neuigkeit. Das gab dem Fall eine völlig neue Wendung!

Doch irgendwie gelang es Jana nicht, sich darauf zu konzentrieren.

Sie und Ben waren spazieren gegangen, sie hatte sich an ihn gelehnt. Sie waren weiter durch den Park geschlendert. Ben war immer noch sehr distanziert ihr gegenüber gewesen. Er wies ihre Suche nach Körperkontakt nicht ab, erwiderte sie aber auch nicht.

Sie waren schön Essen gegangen. Hatten einander vis-à-vis gesessen. Der Tisch markierte die Grenze zwischen ihnen.

Sich bei ihm unterhaken, sich an ihn schmiegen, das war das eine. Ihre Hände die seinen suchen zu lassen, das war schon eine ganz andere Kategorie. Was sie dann auch nicht getan hatte.

Sie waren danach noch einmal ein wenig in der lauen Sommernacht flaniert. Wieder hatte sie sich untergehakt. Sie wusste, welchen Weg er einschlug. Den zu seiner Wohnung. Sie tat, als ob sie das nicht registriert hätte.

Dann erreichten sie die Haustür. Jana hatte erwartet, dass er sie fragen würde, ob sie noch auf einen Kaffee …?

Das hatte er nicht getan. Sondern er hatte sie geküsst. Und sie hatte sich nicht gewehrt. Im Gegenteil. Und sie waren nach oben gegangen, in seine Wohnung. Und hatten es getan. So wie sie es so viele Male mit ihren anonymen Salsatänzern getan hatte.

Aber es hatte sich überhaupt nicht anders angefühlt. Nicht näher. Nicht wärmer. Sie hatte es als Befriedigung der Lust empfunden, nicht als tiefe Begegnung. Und das hatte sie irritiert. Das hatte ihr Angst gemacht. Auch weil es offenbar für Ben nichts anderes gewesen war. Fast ein sportlicher Akt … Das hatte sie mitten in der Nacht aus seiner Wohnung flüchten, mitten in der Nacht ein Hotel suchen lassen. Sie hatte Glück und fand eins, nur knapp einen Kilometer entfernt.

Von dort aus war sie zum Flughafen gefahren.

Keine Nachricht von ihm auf dem Handy.

Keine Nachricht von ihr auf seinem Handy.

Es hatte sich so verdammt fremd angefühlt. Und Jana hatte den gesamten Rückflug gegen ihre Tränen angekämpft. Was hatte sie erwartet? Das Prinzen-Gefühl? Und sie fragte sich natürlich auch, wie Ben es empfunden hatte. Nach so vielen Jahren hatten sie endlich miteinander geschlafen. War es für ihn auch völlig anders gewesen, als er es erwartet hatte? Hätten sie es niemals tun sollen?

Warum war dieses verdammte Leben immer so verdammt kompliziert?

Sie fuhr mit dem Taxi direkt zu Horndeich.

Der saß in seinem Garten. Zur einen Seite Katharina, zur anderen seine Frau Sandra. Auf dem Tisch stand eine Flasche Weißwein. Und der erste Blick in die Augen von Horndeich und Katharina offenbarte, dass dies definitiv nicht die erste Flasche gewesen war. Nur Sandra schaute völlig nüchtern in die Welt. Was vielleicht daran lag, dass der Garten auch von Horndeichs Kindern bevölkert war: Stefanie, Alexander und Antje.

Horndeich und Katharina strahlten glückselig in die Welt. Sandra zwinkerte ihr zu. Allem Anschein nach war sie froh, dass Jana jetzt die Wachablösung markierte. Sandra erhob sich und sagte: »Ich lass euch dann mal allein.«

Jana setzte sich. Sandra hatte bereits ein Glas vor sie auf den Tisch gestellt. Und nach dieser vermaledeiten Nacht und Horndeichs und Katharinas tollem Rechercheergebnis gönnte sie sich auch ein Glas Wein. War sogar ein Lugana. Ihr Lieblingswein. »Na, da habt ihr ja einen tollen Job gemacht!«

»Wie war es in Berlin?«, träufelte Horndeich sofort Salz in die Wunde, ohne es zu wissen.

»Bestens«, log sie. Hoffentlich überzeugend.

Horndeich schien die Antwort nicht sehr zu interessieren. Stattdessen sagte er: »Wir haben uns da mal unsere Gedanken gemacht.«

Okay, jetzt waren Horndeich und Katharina bereits ein ›Wir‹.

»Wir halten folgendes Szenario für wahrscheinlich«, fuhr Katharina fort. Auch sie hatte sich jetzt also mit Horndeich verbrüdert.

»Na, dann lasst mal hören.«

Katharina und Horndeich warfen einander kurz einen Blick zu, die Klärung, wer jetzt sprechen würde. Horndeich war immer noch der Boss, anscheinend. »Also, Hans Koppick hat in Susanne Fricke seine Mutter wiedererkannt. Wodurch auch immer. Seine Mutter, die ihn als Kind verlassen hat, die seinen Bruder zum Krüppel gemacht hat, die sich bei ihrer eigenen Mutter nie mehr gemeldet hatte. Die so gründlich untergetaucht war, dass sich die Behörden an seine Großmutter wandten, damit diese für den Sohn im Pflegeheim aufkäme. Die durch die Adoption und das Verschludern der Meldung an den Geburtsort auch nicht auffindbar war. Diese Frau trifft er wieder. Vielleicht reißt er ihr ein Haar aus, lässt die DNA vergleichen – auf jeden Fall wird die Mutter-Sohn-Verwandtschaft bestätigt. Mit diesem Trumpf in der Hinterhand hat er Hilde Koppick alias Susanne Fricke damit konfrontiert. Er wollte, dass sie sich zu ihm bekennt. Und er wollte, dass sie sich an den Kosten für die Pflege ihres anderen Sohns beteiligt. Was sie nicht tat.«

»Klingt einleuchtend«, bestätigte Jana soweit die Theorie. Doch sie wandte ein: »Das allein ist jedoch sicher kein Grund, die Frau umzubringen. Zumal ja auch das Alibi von Hans Koppick absolut wasserdicht ist.«

»Mal andersrum: Koppick gibt sich als Anlageberater aus. Glaubst du im Ernst, er hätte sich Susanne Fricke ausgesucht, wenn er nicht gewusst hätte, dass er ihr Sohn wäre? Und wenn er ihr Sohn war, glaubst du im Ernst, dass sie über irgendwelche Anlageberatungen gesprochen haben?«

»Nein, an diesen Zufall glaube ich nicht. So, wie ihr das schildert, denke ich auch, dass Hans Koppick auf jeden Fall etwas mit dem Mord an Susanne Fricke zu tun hat. Hat er vielleicht Marco Seidel engagiert? Ihm Geld geboten, wenn dieser seine Mutter ermordete?«

»Das kann ich mir kaum vorstellen. Seidel hing so an seiner Familie …«

»… Aber er brauchte Geld.«

»Ich gehe nochmal einen Schritt weiter. Hans Koppick kann belegen, dass Susanne seine Mutter ist. Und dass er damit die gesamte Geschichte ihres Lebens kennt. Also den Teil mit dem

Alkohol, den Drogen, mit der Prostitution, mit dem Unfall des Sohnes. Es wäre Susanne Frickes Karriere als Sängerin sicher nicht gut bekommen, wenn herausgekommen wäre, dass sie sich absolut nicht um ihre Kinder gekümmert hat. Und für ihren Mann, den Bürgermeister, wäre das ebenfalls ein ziemlicher PR-Gau gewesen. Also erpresst Koppick sie. Will Geld. Sie verweigert sich. Sie streiten. Lautstark. Und dann setzt Susanne Fricke einen Killer auf ihren Sohn an. Der ihn erschießen soll. Damit sie Ruhe hat.«

Schweigen im Garten. Nur Antje krähte vernehmlich.

»Meinst du das im Ernst? Eine Mutter setzt einen Killer auf ihren Sohn an?«, fragte Jana.

»Mit Verlaub, was wir bislang über Susannes Privatleben erfahren haben, qualifizierte sie nicht unbedingt für den Heilige-Maria-Preis.«

Es war das erste Mal, dass Katharina sich in das Gespräch einschaltete. Sie wandte sich an Horndeich: »Hast du nicht gesagt, als du das letzte Mal mit Hans Koppick gesprochen hast, habe er von seiner Großmutter erzählt? Die er immer wieder besucht habe? In Köln, später in Marburg?«

»Ja. Davon hatte er erzählt.«

»Dann war seine Großmutter wohl die Mutter seiner Mutter. Vielleicht bekommen wir über diese Schiene noch ein bisschen mehr über die Familienverhältnisse heraus.«

»Aber da ist noch was, was nicht passt: Wenn Susanne mit etwa 19 adoptiert worden ist – da hatte sie doch noch leibliche Eltern. Wie soll das gehen?«

Wieder sprang Katharina ein: »Als ich mich damals mit meiner Freundin zur Adoption schlaugemacht haben, habe ich gelesen, dass das geht, aber nur, wenn beide leiblichen Elternteile einverstanden sind.«

Horndeich nickte. Und auch Jana ertappte sich dabei, wie sie nickte. Katharina war einfach gut.

»Und wie sollen wir etwas über die Oma von Hans Koppick herausfinden?«

»Dieser Hans Koppick hat doch gesagt, dass sie die letzten Jahre ihres Lebens in einem Heim verbracht hat. In Marburg. Sollte nicht so schwer sein, das herauszufinden.«

»Helene-Fischer-Trick?«

Katharina schlug Horndeich kraftvoll auf den Oberschenkel. »Wenn es sein muss …«

Jana hatte zwar keine Ahnung, wovon die beiden gerade sprachen. Aber sie war der Auffassung, dass sie das gar nicht wissen musste.

»Noch was«, fügte Katharina an. »Vielleicht sollten wir den Keller in Griegtal wirklich auf links drehen. Wir wissen jetzt, oder wir können davon ausgehen, dass wir wissen, dass Susanne Fricke Hans Koppicks Mutter ist. Aber wer weiß, was man da dort noch alles finden kann.«

»Du willst nochmal zurück in diesen Keller?«, erhob Horndeich seine Stimme.

»Nicht unbedingt. Aber es ist wohl eine der besseren Quellen, womöglich was über die Fricke herauszufinden. Ich kann in zwei Stunden noch zwei Leute organisieren, die das machen. Und die das gut machen. Ich würde mit denen dann morgen nach Griegtal fahren.«

Jana wusste, wovon Katharina sprach. Sie kannte die Kommilitonen, die sich auf diese Art gern ein paar Euro extra verdienten. Und nachdem Katharina den Stundenlohn auf inzwischen 25 Euro hochgeschraubt hatte, würden die sich sicher nicht zweimal bitten lassen. »Such zwei Leute und schick sie nach Griegtal. Lass sie nach Unterlagen suchen. Zum einen, was die Identitäten der Personen angeht. Zum anderen, was die Finanzen angeht. Wenn Hans Koppick tatsächlich der Sohn von Susanne Fricke ist, dann lohnt es sich sicher, auch einen Blick auf die Finanzen zu werfen.«

»Aye, aye, Chef«, antwortete Katharina.

»Und – engagier die Guten. Und finde morgen das Heim, in dem die Oma von Hans Koppick gewohnt hat.«

»Alles klar, Chef«, sagte Katharina und hob tatsächlich die Hand an die Stirn zum militärischen Gruß.

Auch wenn Letzteres sicher dem Lugana geschuldet war – Jana war froh, dass die Hierarchie-Verhältnisse wieder geklärt waren.

MITTWOCH, 25. MAI

Und abermals hatte Katharina ganze Arbeit geleistet. An diesem Mittwochmorgen hatte sie zwei Stunden lang telefoniert – natürlich von Horndeichs Büro aus – und festgestellt, in welchem Heim in Marburg eine Berta Koppick die letzten Jahre ihres Lebens verbracht hatte.

Katharina hatte mit einer der Pflegekräfte gesprochen, die Berta Koppick seinerzeit noch betreut hatte, einer gewisse Karoline Weber. Die berichtete ihr, dass die alte Frau Koppick tatsächlich immer wieder Besuch von ihrem Enkel Hans bekommen habe. Aber Frau Koppick habe mit ihr, Karoline, nur wenig gesprochen, sie wäre eigentlich immer auf einer anderen Station tätig gewesen. Doch da hätte es eine Studentin gegeben. Die habe im Heim ein Praktikum absolviert, im Rahmen ihrer Ausbildung zur Heimleiterin. Und die habe länger mit Berta Koppick gesprochen. Eine gewisse Dora Meyer. Meyer mit Y. Aber sie wisse nicht, wo diese Dora jetzt arbeite. Ob sie überhaupt arbeite. Ob sie überhaupt noch Meyer hieß.

Katharina hatte sich bedankt, und dann, in der ihr eigenen effizienten Art und Weise herausgefunden, dass Dora Meyer nach wie vor Dora Meyer hieß. Und dass diese Dora Meyer hier in Darmstadt arbeitete, in der Seniorenresidenz Goldenstern. Derselben Residenz, in der ja auch Sebastian Rossberg mit seiner Chloe lebte. Nicht als Heimleiterin. Aber als Pflegekraft. Katharina hatte zudem sofort einen Gesprächstermin vereinbart. Für den heutigen Nachmittag, 14 Uhr. Da wäre die Schicht von Dora Meyer beendet.

Um 14 Uhr erreichten Horndeich und Katharina pünktlich die Seniorenresidenz Goldenstern. Dora Meyer empfing sie. »Wollen wir vielleicht hinaus in den Garten gehen?«, schlug sie vor.

Der Garten hinter der Villa der Residenz zog sich weit nach Süden. Dora geleitete sie ganz bis ans Ende des Geländes. Es war durch einen Zaun abgegrenzt. Dort standen ein kleiner Tisch und vier ebenso zierliche Stühle, aus Eisen gefertigt.

»Sie möchten mit mir über Berta Koppick sprechen?«

»Ja«, antwortete er, »wir haben mit Ihrer ehemaligen Kollegin Karoline Weber gesprochen. Sie haben damals ein Praktikum absolviert, in Marburg. Und dort war Berta Koppick Heiminsassin.«

»›Insassin‹ ist ein Wort, das wir eher vermeiden. ›Gäste‹ klingt doch gleich viel freundlicher, oder?«

Horndeich war diese Wortklauberei völlig einerlei. Es handelte sich um Heime, in denen alte Menschen wohnten. Mal mehr, mal weniger freiwillig. Er war nur an den Fakten interessiert. »Frau Weber sagte uns, dass Sie sich mit Berta Koppick längere Zeit unterhalten hätten.«

»Ja. Das stimmt. Ich war damals gerade in der Ausbildung zur Heimleiterin. Eines meiner Fächer war Biografie-Arbeit. Und ich habe einen meiner Leistungsnachweise dadurch erbracht, dass ich ein Interview mit einer alten Dame über ihr Leben geführt habe und die wesentlichen Stationen herausgearbeitet habe, die prägend gewesen waren für dieses Leben. Gerade auch die geschichtlichen, also die historischen Stationen.«

»Und diese Arbeit haben Sie noch?«

»Aber natürlich. Doch ich glaube, die Arbeit ist für Sie nicht so relevant wie das Interview selbst. Die Lebensgeschichte war schon ziemlich – traurig.«

»Können Sie uns das Interview zur Verfügung stellen?«

»Natürlich. Aber ich habe auch noch das gesamte Interview mit Frau Koppick auf einem USB-Stick. Ich habe es gleich mitgebracht.«

»Das gesamte Interview mit Frau Koppick?«

»Das gesamte Interview mit Frau Koppick.« Dora Griff in die Innentasche ihrer Jacke und zog den Stick heraus.

»Wann ist Frau Koppick denn gestorben?«

»Das war bereits 1995, nur wenige Monate nach unserem Interview.«

Horndeich und Jana saßen in Janas Büro. Katharina hatte sich quasi selbst eingeladen. Ihre Argumentation, dass ohne sie diese Sitzung hier überhaupt nie hätte stattfinden können, konnten sich auch Jana und Horndeich nicht erwehren.

»Wie machen wir das?«, hatte Katharina noch gefragt.

»Wie meinst du das?«, wollte Horndeich wissen.

»Wir machen hier jetzt eine Stunde Hörbuch, oder was? Oder kann jeder das Interview stoppen, wenn ihm irgendetwas auffällt, oder machen wir jeder eigene Notizen?«

»Ich lasse das Interview laufen. Auf dem Bildschirm seht ihr den Timecode. Entweder Notizen, oder ein kurzer beherzter Druck auf die Leertaste, dann hält das Gespräch an. Nochmal draufgehauen, dann geht es weiter. Passt das für alle?«

Katharina nickte.

Horndeich nickte.

Perfekt.

»Mein Name ist Dora Meyer. Ich studiere Pflegewissenschaften. Und derzeit befinde ich mich im Praktikum in einem Altenheim. Meine Aufgabe ist es, mit einer Dame über ihr Leben zu sprechen.

Sie möchte anonym bleiben. Ist es für Sie in Ordnung, wenn ich dieses Aufzeichnungsgerät benutze?«

»Ja.«

»Wir sprechen hier zusammen, weil Sie mir gesagt haben, Sie hätten ein Leben gelebt, das es wert wäre, aufgezeichnet zu werden.«

»Das klingt wichtig. Ich weiß nicht, ob mein Leben wichtig ist.«

»Fangen wir doch einfach an. Sprechen wir darüber, wo Sie geboren wurden. Und wie viele Geschwister haben Sie?«

»Ich war die fünfte. Die letzte. Danach gab's keine Kinder mehr.«

»Und wo wurden Sie geboren?«

»In Kolberg. Heißt heute nicht mehr so. Ist ja heute Polen. Kann mir den neuen Namen nicht merken. Also irgendwo an der Ostseeküste. Da hat meine Familie ja schon immer gelebt.«

»Und da sind Sie auch in die Schule gegangen?«

»Ja. Da gab es eine Volksschule. Und da bin ich hingegangen.«

»Wann wurden Sie geboren?«

»1920. 3. März.«

»Dann sind Sie jetzt 75. Waren Ihre Geschwister auch auf dieser Schule?«

»Klar. Wo denn sonst?«

»Sie haben die Volksschule absolviert. Und danach?«

»Nix danach. Ich war nur sechs Jahre in der Schule. Danach musste ich im Haushalt helfen. Dann habe ich eine Stelle gehabt. 1933. War eine Putzhilfe.«

»Und Ihre Geschwister?«

»Mein Gott, meine Mutter war krank, mein Vater war im Krieg. Also im ersten großen Krieg. Danach hatte er ein lahmes Bein. Meine Eltern, die konnten uns nicht ernähren. Also mussten wir ran. Meine Geschwister arbeiteten auf den Höfen im Umland.

Ich erinnere mich nicht mehr genau. Ist ja auch wirklich lang her. Aber: Wir alle zusammen haben genug verdient, um uns alle satt zu machen. Mal mehr. Mal weniger.«

»Wo genau haben Sie gearbeitet?«

»War auch ein Hof. Nicht weit weg. 1934 habe ich eine neue Stelle bekommen. In Gdynia, in der Nähe von Gdansk. Komisch, da kann ich mir die neuen Worte merken. Hieß damals auf Deutsch Gdinen und Danzig. Ein Drittel meines Lohns habe ich zu Hause abgegeben. Alle vier Wochen bin ich mit dem Zug heimgefahren. War fast den ganzen Tag unterwegs. War nicht einfach, damals. Aber ich beklage mich nicht.«

»Und wo genau haben Sie die Stelle angetreten?«

»Die Straße weiß ich nicht mehr. Ein großes Herrenhaus. Mit ein paar Stallungen. War ein sehr großes Herrenhaus. Wirklich.«

»Was haben Sie da gemacht?«

»Ich war die Putzhilfe. Ich habe geputzt. An den guten Tagen das Treppenhaus und die Wohnräume, an den schlechten Tagen die Küche und Klos.«

»Wie lange haben Sie dort gearbeitet?«

»Sieben Jahre. Ein bisschen länger. Da war dann schon richtig Krieg, als ich da aufgehört habe. Und dann hab ich meinen Mann kennengelernt. 1942. Er hieß Baldur. Und er war ein guter Mann. Am Anfang. Er war stark. Und ich war stolz, denn ich habe auf einem viel niedrigeren Posten gearbeitet als er. Und doch hat er sich für mich interessiert.«

»Sie haben sich verliebt?«

»Wir haben uns kennengelernt, wir haben uns schätzen gelernt. Er suchte eine Frau. Und ich suchte Sicherheit.«

»Sie haben geheiratet?«

»Ja. Wir haben geheiratet. 1944. Wir hatten dann auch eine schöne Wohnung. Aber nach dem Krieg mussten wir weg. Sind

zunächst in Rostock gelandet. Baldur hat am Hafen gearbeitet. Wir hatten eine enge, kleine zugige Wohnung in einem baufälligen Altbau. Ich hab da auch gearbeitet. Geputzt halt. Dann, 1953, sind wir umgezogen. Wir sind zu seinen Eltern, in ein kleines Kaff mit dem Namen Bremen, direkt an der Grenze zur BRD. Sein Vater wurde krank, also bin ich da mit hin. Baldur hat dort in der Landwirtschaft gearbeitet.«

Rauschen.

»Haben Sie Kinder bekommen?«

Wieder Rauschen.

»Ich habe eine Tochter geboren. 1955.«

»1955? Das war ja dann fast zehn Jahre nach Kriegsende?«

»1955. Hilde. Meine Tochter. Ich habe davor vier Fehlgeburten gehabt.«

»Vier Fehlgeburten?«

»Ja. Drei davon durch Tritte meines Ehemanns in den Bauch.«

»Sie haben drei Kinder verloren, weil Ihr Mann Sie misshandelt hat?«

Das Rauschen des Bandes. Dann, ganz leise, die Antwort: *»Ja. Nur meine Tochter hat überlebt.«*

»Und Ihre Tochter? Sie kam gesund auf die Welt?«

Rauschen.

»Sie hat überlebt. Und auch ich habe überlebt. Die Reaktion meines Mannes auf eine Tochter. Kein Sohn.«

»Wie kamen Sie denn dann in den Westen?«

»Westen, Osten, mir war das völlig egal. Dann starben der Vater und die Mutter von Baldur, kurz hintereinander. Bei der Beerdigung war auch ein Cousin da. Der hatte irgendwie Kontakt zu Baldurs Bruder. Der hatte schon vor dem Krieg in Köln gewohnt. Und der Cousin sagte, Baldurs Bruder habe dort einen großen Möbelhandel aufgebaut und suche Tischler.«

»Und dann sind Sie nach Köln gereist?«

»Das ging damals schon nicht mehr direkt. Baldur sagte, dass ein Ausreiseantrag niemals genehmigt werden würde. Also haben wir unsere Sachen gepackt, sind nach Ostberlin gefahren. Mit der Kleinen auf dem Arm und zwei Koffern. War aber damals noch nicht so dramatisch. Wir sind in Berlin in die S-Bahn rein und im Westen am Lehrter Bahnhof raus. Dann ins Auffanglager nach Marienfelde. Hat geklappt. Und nach dem Telefonat mit Baldurs Bruder durften wir auch nach Köln fliegen.«

»Und dort haben Sie dann gelebt?«

»Ja. Wir hatten Glück. Baldur hatte ja auch mal Tischler gelernt. Also vor dem Krieg. Und in Köln wollten plötzlich alle, die Geld hatten, Möbel haben. So richtig teure Möbel. Und Baldurs Bruder Friedrich hatte dann auch eine Wohnung für uns. Nicht groß. Aber warm und trocken. Baldur hatte einen Job, die Kleine war gesund. Es schien wirklich bergauf zu gehen.«

»Und danach? Haben Sie Fuß gefasst?«

»Ja, am Anfang war es wirklich gut. Baldur hatte eine Arbeit, die er mochte. Er hat auch nicht mehr so viel getrunken. Ich konnte mich um unsere Tochter kümmern. Aber ich hatte nochmals zwei Fehlgeburten.«

»Das tut mir leid.« Ein Zögern in Doras Stimme. *»Hat er Sie wieder …?«*

»Ja.«

Doras Stimme wurde leiser: *»Was haben Sie gemacht? Haben Sie ihn nicht verlassen?«*

»Verlassen? Wo sollte ich denn hin? Ich hatte auch nichts gelernt. Was sollte ich denn tun?«

»Und hat er irgendwann aufgehört mit dem Schlagen?«

»Am 7. Mai 1960.«

»Wieso genau dann?«

»Weil er da gestorben ist. Er war knapp über 50, ich damals 40. Ich war froh, als er starb. Er hat mein Leben nicht besser gemacht. Kein bisschen. Er hat mich nur geschlagen. Immer und immer wieder. Aber das Schlimmste war das hier.«

Auf dem Band ist das Rascheln von Stoff zu hören.

»Was machen Sie da?«

»Ich werde Ihnen was zeigen.«

Wieder das Rauschen des Bandes, dann nochmals Rascheln von Stoff.

Dann hört man, wie Dora laut die Luft einsaugt. Und schweigt. Und erst einige Sekunden später leise fragt: *»War er das?«*

»Ja.«

»Wie …?«

»Das Hemd war nicht richtig gebügelt. Die Falte im Ärmel nicht akkurat genug. Da hat er mir das Bügeleisen gegen die Schulter gedrückt.«

»Aber – dann waren Sie doch im Krankenhaus? Haben Sie den Ärzten nicht …?«

»Er ließ mich nicht zum Arzt gehen. Er hat mich eingeschlossen. Es ist verheilt. Es ist hässlich, aber es ist verheilt.«

»Wie ging es weiter, nachdem Ihr Mann verstarb?«

»Wir hatten eine gemeinsame Tochter. Die hab ich ab da irgendwie allein durchbringen müssen. Aber ich musste mich nicht mehr von ihm schlagen lassen.«

»Hat er Ihnen irgendetwas hinterlassen?«

»Ja. Schulden. Das Konto war in den roten Zahlen. Er hatte ja einen Kredit aufgenommen. Ein paar Tausend Mark.«

»Was haben Sie gemacht?«

»Ich habe etwas Witwenrente bekommen. Und ich bin putzen gegangen. Nach vier Jahren war ich die Schulden los.«

»Wie haben Sie das hingekriegt mit Ihrer Tochter? Also, während Sie arbeiten gingen.«

»Hilde war sehr selbstständig. Aber natürlich, sie war von Anfang an ein Schlüsselkind. Hat also sicher mehr Radio gehört als andere Kinder in ihrem Alter. Dafür hat sie sich bereits im Alter von sieben Jahren auch schon selbst das Abendessen gemacht. War keine schlechte Zeit, damals.«

»Wo haben Sie gearbeitet?«

»Leider am anderen Ende der Stadt. War aber eine Festanstellung. Im Krankenhaus ›St. Katharinen‹. Da habe ich gearbeitet. Hab geputzt, hab Medikamente von der Hausapotheke auf die Stationen gefahren, habe die Wäschesäcke mit der Schmutzwäsche in den Keller gebracht, und die saubere Wäsche zurück auf die Stationen gebracht.«

»Und Ihre Tochter? Wie kam sie damit klar, dass Sie erst abends nach Hause kamen?«

»Es ging ganz gut, bis sie in die Pubertät kam. Und das begann schon, als sie elf wurde. Seit sie zwölf war, war das Jugendamt ziemlich oft bei uns. Hilde ist abgerutscht. Hat eine Klasse in der Schule wiederholt, was aber auch nicht viel gebracht hat, weil sie ganz oft einfach nicht hingegangen ist. Sie hatte dann – die falschen Freunde. Fing an zu trinken, fing an zu klauen. Bevor sie 14 war, hatte das ja keine Konsequenzen für sie. Die Mitarbeiter des Jugendamts kamen zu mir. Redeten auf mich ein, ich müsse einen besseren Einfluss auf meine Tochter haben. Doch Hilde hatte sich damals schon nichts mehr von mir sagen lassen. Es ging einfach steil nach unten. Nach dem Wodka kam Haschisch, dann LSD und schließlich Heroin.«

»Sie hatten da gar keinen Einfluss?«

»Nein. Ich musste arbeiten, um die Miete zu bezahlen, das Essen, die Straßenbahn, das Telefon, die Heizung.«

»Hat sie eine Ausbildung gemacht?«

»Sie hat nicht einmal die Schule fertig gemacht. Wie sollte sie da eine Ausbildung machen?«

»Was hat sie dann getan?«

Rauschen auf dem Band.

»Mein Gott, sie hatte einen schönen Körper. Und sie hat in einer Woche mehr verdient als ich in einem Monat. Kann man es ihr verdenken? Nur ging dann halt das meiste wieder für Drogen drauf …«

»Wo lebt Ihre Tochter heute?«

»Keine Ahnung.«

»Sie haben keinen Kontakt mehr?«

»Nein. Ich habe sie seit 20 Jahren nicht mehr gesehen.«

»Wissen Sie, ob sie verheiratet ist? Ob Sie vielleicht schon Großmutter sind?«

Das Lachen auf dem Band klingt bitter. *»Ich bin Großmutter. Meine Tochter hat mich sehr früh zur Großmutter gemacht. Lange, bevor sie selbst in der Lage war, für ihre Kinder eine Mutter zu sein.«*

»Kinder? Sie haben mehrere Enkel?«

»Ja. Kann passieren, bei der Art und Weise, wie sie das Geld verdient hat.«

»Wie alt war sie denn, als ihre Kinder zur Welt kamen?«

»16. Am 7. August 1971 kamen Hans und Friedrich auf die Welt. Zwillinge. Zwei Tage später kam sie aus dem Krankenhaus schon wieder nach Hause.«

»Und der Vater?«

Wieder das höhnische Lachen. *»›Unbekannt‹ steht auf der Geburtsurkunde. Und in dem Fall ist das auch die Wahrheit.«*

»War sie denn clean zu dieser Zeit?«

»Nein. Sie hat die beiden Kleinen in unserer Wohnung abgelegt und war schon wieder verschwunden.«

»Sie hat sich nicht um sie gekümmert?«

»Nein. Ich hab mich gekümmert. Konnte dann aber nicht mehr den ganzen Tag arbeiten. Hab auf halbtags reduziert. Und Hilde hat einen Teil des Geldes abgeben müssen. Sie hat auch immer wieder versucht, von den Drogen runterzukommen. In guten Zeiten hat das auch funktioniert. In schlechten nicht. Das Jugendamt kam oft, aber man hat uns die Kinder nicht weggenommen. Irgendwie haben wir es geschafft. Also, die ersten eineinhalb Jahre. Es gab bei uns keine Biokost und auch keine Muttermilch. Aber die beiden haben sich ganz gut entwickelt. Bis zu diesem verdammten Tag kurz nach Neujahr 1973. Der 7. Januar.«

»Was ist an diesem Tag geschehen?«

»Ich war einkaufen. Hilde sollte sich um die Kinder kümmern. Ich war eine Stunde weg. Als ich zurückkam, lag Hilde neben einer leeren Flasche Wodka und schlief. Und Friedrich lag auf dem Boden, mit halb geschlossener Windel. Er war ihr runtergefallen.«

Wieder hört man auf dem Band, wie jemand scharf die Luft einsaugt. *»Hat er – hat er das überlebt?«*

»Ja. Ich hab sofort den Krankenwagen gerufen. Sie konnten ihn retten.«

Nun ein geräuschvolles Ausatmen. *»Haben Sie noch Kontakt zu Ihren Enkeln? Die sind ja, wenn ich richtig rechne, jetzt auch schon deutlich über 20.«*

»Ja. Beide sind jetzt 24. Und Hans – ja, er besucht mich immer wieder.«

»Nach diesem Vorfall hatte Ihre Tochter gewiss kein Sorgerecht mehr, oder?«

»Nein. Man hat es ihr entzogen. Man hat es mir übertragen. Friedrich kam auch nicht mehr nach Hause. Er kam in ein Pflegeheim, war schwerstbehindert. Er war sein ganzes Leben lang so schlau, wie er am Tag des Unfalls gewesen war.

Ich war ja auch schon über 50. Hab fast mein ganzes Leben lang mit Putzen mein Geld verdient. Hab niemandem auf der Tasche gelegen. Aber ich habe gemerkt, dass auch ich nicht mehr so viel Kraft hatte.«

»War Ihre Tochter nicht mehr zu Hause?«

»Nein. Sie kam in eine Entzugsklinik. Mit angeschlossener Psychiatrie. Für die schweren Fälle. War weit weg, die Klinik. Da war eine Drogenberatungsstelle in Köln. Hilde war dort schon Stammgast. Der Leiter hatte an meiner Tochter einen Narren gefressen. Er war optimistisch, dass sie einen Entzug schaffen würde, wenn sie rauskomme aus Köln. Und er hatte irgendeinen Draht zu so einer Klinik. War in der Nähe von Fulda. Fast an der Grenze zur DDR. Im Niemandsland. So viel habe auch ich kapiert: Sie musste raus aus dieser Großstadt. Und da kam sie dann hin.«

»Und Hans?«

»Er kam in eine Pflegefamilie. Ich war immer wieder krank, lag im Krankenhaus. Ich war zwar noch sein Vormund, auf dem Papier, aber zum Schluss haben mich die ganzen Papiere, die ich unterschreiben musste, nicht mehr interessiert. Ich war am Ende. Ich konnte kein weiteres Kind großziehen und gleichzeitig Geld verdienen. Allein das mit dem Geldverdienen war schon schwierig.«

»Wann sind Sie denn von Köln hierher nach Marburg gezogen? Oder gab es noch Stationen dazwischen?«

»Nein. 1976 habe ich einen zweiten Mann kennengelernt. Alois Altweiler. Wir sind uns in einem Café begegnet. Im Sommer habe ich mir manchmal Luxus gegönnt, am Samstag einen Spaziergang am Rhein, und dann in eines der Cafés, ein Kännchen Kaffee, ein Stück Kuchen. Alois saß am Nachbartisch. Setzte sich zu mir. Wir unterhielten uns. Er war nett. Wir gingen tatsächlich gemeinsam spazieren, am Rhein entlang. Und abends lud er mich zum Essen

ein. In ein Restaurant. So zu essen, so fein, so gut, das hatte ich in meinem Leben noch nicht erlebt.«

»Woher kam er?«

»Aus Marburg. Er war geschäftlich in Köln und hatte das Wochenende noch drangehängt, Urlaub sozusagen.«

»Und er hat sich in sie verliebt? Sie sich in ihn?«

»Nein, Alois war Witwer. Und ich, bei mir haben sich plötzlich die Ämter gemeldet. Fragten, wo Hilde sei. Sie müsse schließlich für die Pflege ihres Sohnes aufkommen. Ich hatte keine Ahnung, wo sie war. Nur mir wurde klar: In dem Augenblick, wo ich auch nur einen Pfennig mehr verdiente, als das, was als untere Grenze galt, würde ich alles bezahlen müssen, weil Friedrich ja ein Pflegefall war. Weshalb auch zwischen mir und Alois eine Heirat nie in Frage gekommen wäre. Denn dann hätte er für meinen Enkel bezahlen müssen. Seine Frau war ein halbes Jahr zuvor an Krebs verstorben, nach fünf Jahren Leidenszeit. Er hat erzählt, dass er derzeit für sein Anwesen ein paar Angestellte habe, aber niemand, der als Haushälterin das Zepter in der Hand hielt. Er fragte mich, ob ich mir vorstellen könne, diese Arbeit zu übernehmen. Er würde sehr gut zahlen, würde dafür aber absolute Loyalität erwarten. Und er sagte auch, er wolle nicht noch einmal heiraten. Und ich sagte ihm, was ich mir wünschte: Einen sicheren Arbeitsplatz, eine warme Wohnung, keinen Hunger. Wir vereinbarten, dass ich ihn besuchen würde. Das habe ich getan. Ich habe vier Wochen zur Probe gearbeitet. Und ich bin nicht mehr zurückgefahren nach Köln.«

»Womit hat Herr Altweiler sein Geld verdient?«

»Er hatte eine Druckerei in Marburg. Er hat sie nach dem Krieg aufgebaut, und sie war ein gutgehendes mittelständisches Unternehmen. Er hatte in ganz Deutschland einige Filialen.«

»Hatte Herr Altweiler Kinder?«

»Ja. Zwei Töchter. Die Ältere hat gemeinsam mit ihrem Mann die Firma übernommen, schon 1982. Alois starb 1988.«

»Das tut mir leid. Waren Sie doch irgendwann ein Paar?«

»Nein. Also nicht richtig. Aber ich hatte zwölf wirklich gute Jahre, in denen es mir an nichts gefehlt hat. Alois war ein aufrichtiger, rechtschaffener, anständiger Mann. Ich hätte keinen besseren finden können. Ich habe in meinem Leben kaum Bildung genossen. Alles, was ich gelernt habe, habe ich in diesen zwölf Jahren gelernt. Er gab mir Bücher zu lesen. Und spielte mir Musik vor. Er wollte kein Gerede, deshalb fanden unsere Gespräche auch immer nur in seinem Kaminzimmer statt.«

»Und er hat auch nie wieder geheiratet?«

»Nein. Ich denke, dass er manchmal Frauen besuchte. Gegen Geld. Aber ich weiß es nicht, ich wollte es auch nie wissen. Ich konnte damit leben. Ich brauchte keinen mehr, der neben mir liegt.«

»Und seit wann leben Sie jetzt hier im Heim?«

»Ich lebe hier seit vier Jahren. Ist sehr einfach hier. Aber ich brauche nicht mehr.«

»Und Ihre Tochter? Sie hat Sie nie besucht?«

»Nein. Sie wollte nichts mehr von mir wissen. Und ich wollte nichts mehr von ihr wissen. Ich denke, sie hat ihren Weg gemacht. Diese Klinik, in die sie gegangen ist, die schien ihr wirklich geholfen zu haben. Der Arzt, der die Klinik geleitet hat – ich weiß nicht, wie er es angestellt hat, aber er fand die richtigen Worte zur richtigen Zeit, das richtige Verhalten, was auch immer. Er hat sich ihrer angenommen. Und als sie aus der Klinik ging, hat er sie bei sich zu Hause aufgenommen. Ich glaube, das war gut so. Wäre sie zurück nach Köln gegangen, wäre alles von vorn losgegangen.«

»Aber trotzdem. Dass sie Sie gar nicht mehr kontaktiert hat?«

»Ein Jahr später tauchte dieser Arzt bei mir auf. Also der Chef von der Klinik. Und er sagte, er und seine Frau wollen Hilde adoptie-

ren. Ich hatte gar nicht gewusst, dass man auch Jugendliche adoptieren kann. Und ich hatte schon gar nicht gewusst, dass man Jugendliche adoptieren kann, wenn die Eltern noch leben, oder, wie bei mir, zumindest die Mutter noch lebte. Dieses Ehepaar hatte bereits alles in die Wege geleitet – unterm Strich hat nur noch meine Einwilligung gefehlt. Hilde war damals 19 Jahre alt. Und von den 19 Jahren bin ich acht Jahre lang mit ihr durch die Hölle gegangen. Ich habe der Adoption zugestimmt. Und Hilde nie wieder gesehen. Vielleicht war das egoistisch. Kann sein. Damals konnte ich nicht anders handeln.«

»Aber Ihr Enkel, Hans, wie hat er Sie denn hier finden können, wenn nicht über seine Mutter?«

»Er war in einer Pflegefamilie. Also, er war in mehreren. Im Alter von neun Jahren kam er dann in eine, in der er sich wohl fühlte. Und seine Pflegeeltern waren für ihn wohl so etwas wie richtige Eltern. Und die haben ihn dabei unterstützt, mich wiederzufinden. Und sie haben mich gefunden. Und einmal im Jahr, da kamen sie mich besuchen. Und als Hans dann erwachsen war, da kam er öfter. Und er hat mir seine Geschichte erzählt. Und ich ihm die meine.«

Horndeich stellte den Wagen vor dem Haus ab. Ging hinein.

Das Interview hatte ihn sehr berührt. Das war das andere Ende des Spektrums der Art gewesen, wie man eine Ehe führen konnte. Berta Koppick hatte von ihrem Enkel als Hans gesprochen. Es gab wohl wenig Zweifel, dass dieser Hans Koppick war.

Horndeich legte die Jacke ab, zog sich die Schuhe aus.

Was vor knapp 20 Jahren niemand gesehen hatte, hatte sich jetzt herauskristallisiert. Hans Koppick und Susanne Fricke waren verwandt gewesen. Eine Tatsache, die damals niemand herausgefunden hatte. Zumal Marco Seidel der perfekte Täter war. Und daran dachte Horndeich in keinerlei ironischer Weise. Auch er, als Kommissar, hätte Seidel festgenommen. DNA von ihm, kein anderes Alibi, ein absolutes Motiv – ja, das wäre auch für Horndeich eindeutig gewesen. Aber jetzt sah die Sache ganz anders aus. Jetzt mussten sie Hans Koppick nochmal befragen.

Horndeich hatte Dora Meyer gefragt, ob sie diese Tonaufzeichnung irgendjemandem gegeben habe? Etwa Hans Koppick? Sie hatte das verneint. Nein, auch dem Enkel habe sie die Datei nie ausgehändigt. Sie habe ihre Arbeit geschrieben und dann Stick und Ausdruck abgeheftet – und das alles vergessen, bis Jana und Horndeich sie darauf angesprochen hätten.

Horndeich trat ins Wohnzimmer.

»Steffen, wir müssen reden.« Sandra saß auf der Couch.

Okay, das war jetzt eine ganz andere Baustelle.

Vor Sandra stand ein Glas Rotwein auf dem Tisch. Ein leeres Glas stand daneben. Sein Glas. Welch Symbolik …

»Du hast dich also entschieden?« Horndeich neigte nicht dazu, die Stimme zu erheben. Wenn, dann geschah dies nur in ganz kleinen Abstufungen. Aber Sandra kannte natürlich all die feinen Nuancen seiner Ausdrucksweise.

Sandra sah ihn mit großen Augen an. »Hast du – «

»… dich ausspioniert? Dein Handy überwacht? Deine Nachrichten gelesen? Nein. Das Handy lag auf dem Esstisch, du warst auf dem Klo, und die Nachricht von Horst erschien auf dem Display.«

»Horst? Du kennst ihn?« Es war weniger Erstaunen als Entsetzen, das sich in Sandras Gesicht abzeichnete.

»Nein. Aber unter diesem Namen hast du ihn abgespeichert. Und deshalb erschien der Name auch über der Nachricht. Du hast dich also entschieden?«

»Steffen, es ist nicht so, wie du denkst!«

Das war ja nun der lahmste aller Sprüche. So glaubwürdig, als wenn ein Matador ihn zu einem Stier spräche, nachdem dieser tot am Boden lag und das Blut aus den Wunden der Spieße rann.

Horndeichs Blick fiel wieder auf die Gläser. Seines war leer … Als ob Sandra es gespürt hätte, nahm sie die Flasche und schenkte ihm das Glas ein. Voll.

»Ich muss dir etwas erzählen. Und ich bin überhaupt nicht stolz darauf.«

Mein Gott, wie billig!

»Willst du die Scheidung? Willst du mit ihm zusammenziehen? Werden wir jetzt über das Sorgerecht für die Kinder streiten?«

Sandras Reaktion war für Horndeich völlig überraschend. Sie runzelte die Stirn. »Scheidung? Sorgerecht? Wovon sprichst du?«

»Na, du hast deinen Horst wiedergetroffen. Wiedergefunden nach Jahrzehnten der Trennung – obwohl, vielleicht habt ihr euch auch zwischendrin immer mal wieder gesehen. Du hast deine Liebe für ihn entdeckt, oder das, was du dafür hältst. Jetzt gilt es, den heimlichen Stunden im Hotel endlich eine gemeinsame Basis zu schaffen. Hinfort aus der Ehe, hin zum kollektiven Glück! Deswegen Scheidung und Sorgerecht.« Horndeich war über die Heftigkeit seines Ausbruchs erstaunt. Und auch die nächste Reaktion seiner Frau hatte Horndeich überhaupt nicht erwartet. Sandra lachte ihn an.

»Du bist – eifersüchtig?«

Ja, er war eifersüchtig. Jetzt, im Moment: Rasend eifersüchtig. Horndeich konnte nicht verstehen, wieso dies überraschend für seine Frau war. Und er konnte noch weniger verstehen, wieso sie darüber unverhohlen amüsiert war.

Offensichtlich war sein Gesichtsausdruck weit weniger schwer zu lesen als der ihre. Sandra sah ihren Mann nun voller Ernst an. Jedes Lachen aus ihrem Gesicht war verschwunden. Sie sagte: »Steffen, ich habe dich nie betrogen, ich betrüge dich nicht, und ich werde dich nicht betrügen. Weder mit Horst noch mit irgendeinem anderen Mann.«

Horndeich sah sie an. Er hatte völlig falschgelegen. Das hatte er verstanden. Aber nach wie vor hatte er nicht einen Schimmer davon, was hier wirklich vor sich ging. Und ihm fiel auf, dass er immer noch stand.

»Setz dich zu mir. Bitte.«

Er ließ sich neben Sandra auf dem Sofa nieder. Aber nicht so, dass sie einander berührten. 30 Zentimeter waren ein verdammt geringer Abstand, wenn zwei Autos mit 100 auf der Landstraße aneinander vorbeifuhren. 30 Zentimeter waren ein Graben, wenn sie den Abstand zwischen Horndeich und seiner Frau definierten.

»Ja, ich habe mich blöd verhalten. Die ganzen letzten Tage. Ich weiß das. Aber jemand hat mir den Teppich unter den Füßen weggezogen. Ich fühle mich, als hätte ich diese Tage im freien Fall verbracht.«

Sandra griff nach Horndeichs Hand. Die Berührung ließ ihn erstarren. Und er konnte es nicht. Er konnte ihre Hand nicht umfassen.

Horndeich sah, wie Sandras Augen feucht wurden. »Bitte, Steffen. Bitte lass mich jetzt nicht los. Es ist schwer genug.«

Tatsächlich fing Sandra an zu weinen.

Das wiederum konnte Horndeich überhaupt nicht ertragen. Keine weinenden Frauen. Und schon gar keine weinende Sandra. Da reagierte sein Körper reflexartig, als ob über ihm der Puppenspieler stünde und seine Extremitäten an Fäden dirigierte: Umarmen war angesagt.

Horndeich unterdrückte den Reflex nicht. Nahm seine Sandra in den Arm. Und kaum lag ihr Gesicht an seiner Schulter, schienen alle Schleusen geöffnet.

Er hatte seine Frau nur selten weinen gesehen. Und wenn Sandra weinte, dann weinte sie sehr still, sehr leise und auch die Anzahl der Tränen schien strikt rationiert zu sein. Nicht so jetzt. Sandra klammerte sich an ihn, schluchzte, zitterte, und heulte sogar ab und an auf.

Er hielt sie. Er strich ihr über den Kopf, fuhr ihr über den Rücken. Und er gab ihr die Zeit, die sie offensichtlich brauchte. Mehr als fünf Minuten, wie er beim wiederholten Blick auf seine Uhr feststellte.

»Ich habe Horst auf dem Klassentreffen wiedergetroffen«, sagte Sandra, nachdem ihr Weinen beendet war. »25 Jahre Abitur. Es war für mich das erste Klassentreffen, an dem ich teilnahm. Und da waren ein paar, die hatten sich so gar nicht verändert. Udo sah aus wie Udo, Bernd wie Bernd, klar, ein paar Fältchen dazu, aber ansonsten? Sie sahen aus wie früher, und sie gaben sich wie früher. Und: Ich hab sie selbstverständlich alle sofort erkannt.

In den ersten zwei, drei Stunden, hab ich mit vielen geredet, die üblichen Fragen gestellt, hast du Familie, was machst du beruflich? Bei einigen war die Antwort, Familie, Auto, Haus, Hund. Bei anderen, geschieden, Mietwohnung, Sorgerechtsstreit. Und auch ich habe diese Fragen beantwortet. Polizistin, verheiratet, drei Kinder, Haus. Glücklich. Das ist etwas, was mir in diesen Stunden sehr bewusst geworden ist.«

Nun, da hatte Horndeich den Verlauf des Klassentreffens wohl in seiner Fantasie etwas umgedeutet. Er hörte seiner Frau weiter zu.

»Es war schon nach elf, ich hatte schon das erste Mal darüber nachgedacht, ins Hotel zu gehen. Da tauchte er auf. Gutaussehend. Typ Simon Baker. Du kennst ihn? ›The Mentalist‹? Kein Gramm Fett zu viel, durchtrainiert, kaum Geheimratsecken, aber schicke Frisur und ein ganz klein wenig unnahbar. Sein Körper steckte in einem sauteuren Anzug. Und er fixierte mich. Und fragte mich, ob ich ihn erkennen würde. Es war mir so was von peinlich. Ich hatte keinen blassen Schimmer, wer da vor mir stand. Ich versuchte, das Gesicht irgendwie abzugleichen mit all jenen Visagen auf dem Klassenfoto vom Abitur. Aber dieses Antlitz schien darauf nicht zu existieren.

Er machte ein großes Geheimnis daraus. Er war geschieden, sagte er, habe keine Kinder, zeigte mir ein Foto vom Haus, in dem er wohnt. Nein, das war kein Haus, das war eine Villa! Und sein Auto war kein Ferrari oder Porsche, er war in einem Aston Martin Vanquish Zagato vorgefahren.«

Aston Martin. Die Hausmarke von James Bond. Und dieses Modell geht, je nach Karosserieform, mal für etwas mehr, mal für etwas weniger als eine Million über den Ladentisch, dachte Horndeich.

»Womit alles gesagt ist«, resümierte Sandra.

»Und was machte – oder macht dieser Horst beruflich?«

»Als ich ihn das gefragt habe, hat er nur eine wegwerfende Bewegung gemacht und *Investment* gesagt. Also: Ich weiß es nicht.«

»Und du hattest immer noch keine Ahnung, wer er war?«

»Nein. Ich hab die ersten anderthalb Stunden mit ihm sehr genossen. Wir haben uns unterhalten, wir haben getanzt, und er war sehr charmant und zuvorkommend. Und, ja, Steffen, ich habe diese Momente mit ihm wirklich genossen. Nicht, weil ich dich betrügen wollte. Sondern weil in dem Moment das da war, was bei uns, einer Familie mit drei Kindern, die den Alltag organisieren muss, eben manchmal fehlt: das Schwärmen. Und bitte verstehe das nicht falsch, das ist überhaupt kein Vorwurf. Ich mag unser Leben. Und ich weiß, dass man nicht immer alles haben kann. Diese anderthalb Stunden waren einfach – wie ein Urlaub, den nur ich allein gemacht habe.«

Da hatte Horndeich zumindest nicht ganz falschgelegen, wenn er seiner Frau eine Schwärmerei unterstellt hatte. »Und? Wann hast du ihn identifiziert?«

»Gar nicht. Ich habe ihn nicht erkannt. Ich bin nicht darauf gekommen, wer er war.«

Sandra griff zu ihrem Handy, wischte ein paarmal über das Display, dann zeigte sie Horndeich ein Foto. »Das ist unser Abschlussfoto der Schule. Unser Jahrgang. Und das ist Horst.«

Sie spreizte Daumen und Zeigefinger auf dem Bildschirmglas, und so füllte sein Porträt plötzlich das ganze Display aus. Horndeichs letzte Assoziation wäre Simon Baker gewesen. Eher Oliver Hardy. Der Dick von Dick und Doof. Der Junge auf dem Foto wirkte auch wie ein Junge, nicht wie ein junger Erwachsener. Er war einfach nur – fett. »Das ist dein Horst?«

»Das war Horst, als wir Abi gemacht haben. Und ich betone ausdrücklich: Er war nie und er ist nicht mein Horst.«

Ein fetter Mitschüler. Ein attraktiver Erwachsener. Das alles verstand Horndeich. Was er überhaupt nicht mit diesem Bild auf Deckung bringen konnte, war der Weinkrampf seiner Frau.

»Ich formuliere es mal so: Wir waren damals eine Clique von vier Mädchen. Und wir waren die vier hübschesten Mädchen. Und die Kerle waren in uns verschossen. Und ja, wir haben das genossen und schamlos ausgenutzt. Maria, Silvia, Helena und ich, wir waren das Quartett infernale. Wir haben in den Jahren in der Schule einige Jungenherzen gebrochen. Damals gab es das Wort Mobbing noch gar nicht. Aber wir haben es fleißig praktiziert. Und Horst, er war unser dankbarstes Opfer, über eine lange Zeit. Und er war in mich verschossen, bis über beide Ohren. Und ich habe mich lustig darüber gemacht. Genauso wie Maria, Silvia und Helena. Damals gab es noch keine Smartphones und es gab auch kein Internet. Aber ich bin ziemlich sicher: Hätte es das alles damals gegeben, wir wären genau jenes Quartett gewesen, das miese Videos gefilmt und sie online gestellt hätte. Steffen, ich bin da nicht stolz drauf. Aber genauso war es. Ich habe mir mein Selbstbewusstsein dadurch erlangt, in dem ich andere klein gemacht habe.«

Danach schwieg Sandra.

Er konnte es sich kaum vorstellen. Seine Sandra, die Aufrichtigkeit in Person. Aber er selbst hatte ja nun auch alles andere als einen geraden Lebensweg hinter sich. Er war fast an einer Heroinsucht gestorben. Wie damals sein bester Freund. Das hatte ihn zum Glück aufgerüttelt. Und ein Polizist, der sich seiner angenommen hatte. Letztlich der, wegen dem er selbst Polizist geworden war. Insofern war er der Letzte, der hier ein Urteil sprechen durfte.

»Und dann hat er mir gesagt, wer er war. Horst Horstler. Allein sein Name war ja schon die beste Steilvorlage für Spott … Zuerst habe ich gedacht, er macht sich lustig über mich. Aber dann hatte sich sein Gesichtsausdruck völlig verändert. Die freundlichen, lachenden Züge waren verschwunden. Sein Gesicht wurde von einem Augenblick zum anderen verhärmt. Das war übrigens der erste Moment, in dem ich das Gesicht von heute mit dem Gesicht von damals irgendwie in Übereinstimmung brachte.«

Wieder wurden Sandras Augen feucht. In Gedanken war sie offensichtlich schon viel weiter in ihrem Geständnis. Oder was immer das hier auch werden sollte.

»Nach dem Abi habe ich den Kontakt zu den drei anderen Mädels quasi von einem Moment auf den anderen verloren. Schon lustig, dass die Menschen, die du für deine drei besten Freundinnen gehalten hast, innerhalb von einem halben Jahr völlig aus deinem Leben verschwinden.

Ich kürze das jetzt für dich ab. Zwei Dinge sind wichtig. Erstens: Horst Horstler hat mich nie aus den Augen verloren. Sondern war über mehrere Jahre hinweg ein Stalker, von dem ich überhaupt nichts mitbekommen habe. Zweitens: Bei der Wahl meiner Männer hatte ich nie ein besonders glückliches Händchen.«

»Du hast mir nie viel davon erzählt.«

»Ja. Aus gutem Grund. Da gab es den einen, um den es jetzt gehen wird. Mikis. Griechenland-Urlaub im Jahr 2002. Korfu. Ich war mit irgendeiner Freundin dort. Und da habe ich ihn kennengelernt. Mikis war Grieche, hat aber in Deutschland studiert. Hat damals im Restaurant seiner Eltern auf Korfu ausgeholfen – da haben wir uns auch kennengelernt. Aber die Beziehung dann in Deutschland weitergeführt. Zuerst als Fernbeziehung, denn er hat ja in Bonn studiert. Dann sind wir zusammengezogen. In Frankfurt. Großer Fehler. Zwei Dinge passierten parallel zueinander. Zum einen: Er war krankhaft eifersüchtig. Ein Kontrollfreak. Und je länger wir zusammenlebten, umso mehr zeigte er auch seine aggressive Seite. Er schlug mich. Anfangs war es die Hand gegen meine Wange. Dann irgendwann sein Fuß gegen meine Nieren. Und danach der Klassiker: Weinend auf Knien vor mir beteuernd, es würde nie wieder passieren. Und ich – ich verstehe mich heute überhaupt nicht mehr, wieso ich so lange bei ihm blieb. Auch ich bin eine Frau, die ins Frauenhaus gegangen ist, dort ihre Wunden geleckt hat, um danach zu genau demselben Arschloch zurückzugehen.«

»Du hast gesagt, es passierten zwei Dinge. Was war das zweite?«

Sandra sah Horndeich an. Drehte sich in ihrer Sitzposition auf dem Sofa und nahm danach beide Hände von Horndeich in die ihren. »Ich wurde schwanger.«

»Du hast abtreiben lassen?«

Sandra schüttelte den Kopf. Wiegte ihn vielmehr. Eine ganz feine, ganz leichte Bewegung.

»Du hattest eine Fehlgeburt?«

Dieselbe Bewegung, aber Sandras Blick glitt immer weiter nach unten.

»Ich verstehe nicht«, sagte Horndeich.

Sandra sah ihn nicht mehr an, hielt aber seine beiden Hände fest. »Die Hölle dauerte drei Monate. Von dem Moment an, in dem ich wusste, dass ich schwanger war. Und dem Moment, in dem ich mich final trennte. Mikis hatte mich wieder einmal verprügelt. Und diesmal bin ich vom Krankenhaus direkt ins Frauenhaus. Und nicht mehr zu ihm zurück.«

Horndeich hielt die Luft an. »Und was ist mit deiner Schwangerschaft geschehen?« Während er das sagte, dachte Horndeich bereits, wie bescheuert diese Formulierung war. Es war doch alles gesagt. Keine Abtreibung. Keine Fehlgeburt. Das bedeutete: Geburt. »Du hast noch ein Kind?«

Sandra schüttelte nach wie vor den Kopf, sagte aber: »Ja.«

So klar Sandra sonst in ihren Aussagen war, hier versagte sie im Bereich Eindeutigkeit eindeutig.

Horndeich schüttelte kurz seine Hände, ohne jene seiner Frau loszulassen. Er wollte, dass sie ihn ansah. »Sandra, du hast ein Kind? Wo ist es?«

»Das weiß ich nicht. Ich habe keine Ahnung, wo meine Tochter heute ist.«

Tochter? Sandra hatte eine Tochter? Horndeich verstand immer noch nicht.

»Steffen, es gab zwei Dinge, die ich damals unbedingt wollte: Ich wollte dieses Kind bekommen. Wie oft hatte ich meine Hände schützend vor meinen Bauch gelegt, wenn Mikis mich wieder traktierte. Und das zweite, was ich wollte, war: dass Mikis niemals Kontakt zu diesem Kind haben würde. Er wusste nicht, dass ich schwanger war, als ich mich von ihm trennte.«

»Und Mikis? Hattest du noch jemals Kontakt zu ihm?«

»Nein. Ich bin schon vor der Geburt weggezogen. Und habe ihn nie wieder gesehen.«

»Und deine Tochter?«

»Ich habe sie unmittelbar nach der Geburt zur Adoption freigegeben.«

»Und hast keine Ahnung, wer die Adoptiveltern deiner Tochter sind?«

Sandra schüttelte abermals den Kopf. Wieder in jener ganz sanften, kaum wahrnehmbaren Variante.

Horndeich hielt nach wie vor die Hände seiner Frau in den seinen. »Was ich jetzt überhaupt nicht verstehe – was hat dieser Horst damit zu tun?«

Sandra sah ihn an. »Horst hat mich erpresst. Am Abend unseres Klassentreffens. Er hat mir lauter Bilder gezeigt, die er aufgenommen hatte, lange, nachdem wir das Abi hinter uns hatten. Einige hat er selbst gemacht. Dann hat er sogar einen Privatdetektiv engagiert, nur um lückenlos mein Leben zu dokumentieren. Viele Bilder von mir mit Mikis. Bilder von mir mit einem blauen Auge. Irgendwann Bilder von mir mit einem dicken Bauch. Und dann hat er mich erpresst.«

»Erpresst? Womit denn? Also, was wollte er?«

»Letztere Frage lässt sich ganz einfach beantworten. Rache. Rache, dafür, dass ich ihn damals in der Schule so verhöhnt hatte.«

»Rache nur an dir? Ich dachte, ihr wart ein Quartett?«

»Ja. Aber ich war das Viertel des Quartetts, in das sich Horst verliebt hatte.«

»Aber was wollte er von dir?«

»Er hat mir zwei Dinge gesagt: Entweder ich würde dir beichten, dass ich schon ein Kind zur Welt gebracht habe, oder er würde es tun. Und er würde es nicht nur dir erzählen, sondern auch Stefanie und Alexander. Und er sagte mir auch, er wisse, wer meine Tochter adoptiert habe.«

Horndeich war ein kontrollierter Mann. Die Male, in denen er in seinem Leben das Bedürfnis verspürt hatte, seine Faust auf die Nase eines anderen Menschen schnellen zu lassen, sie ließen sich an den Fingern eben jener Faust abzählen. Nun gut, vielleicht auch von zwei Fäusten. Jetzt jedenfalls machte sich genau dieser Impuls in ihm breit. Nicht, weil er Sandra genötigt hatte, ihm ihre Geschichte zu erzählen. Sondern weil dieser Horst seine beiden Kinder Stefanie und Alexander mit ins Spiel gebracht hatte. Manchmal wünschte sich Horndeich, er hätte ein paar Kurse in Wing Tsun absolviert, wie seine ehemalige Kollegin Leah Gabriely. Jemandem körperlich sehr deutlich machen, wo die Grenze lag – ja, er wünschte sich in diesem Moment, dass er darin deutlich besser ausgebildet wäre, als er es war.

Abermals fing Sandra an zu weinen. Horndeich ließ ihre Hände los, nahm sie in den Arm.

»Ich wusste nicht, wie du reagierst, wenn ich dir sage, dass ich noch ein Kind habe.«

Horndeich war schon immer gut in Pragmatismus gewesen. Zumindest hatte Sandra keine Kinder mit anderen Männern gezeugt, während der Zeit, die sie bereits zusammengelebt hatten. War doch schon mal ein Pluspunkt.

Er streichelte sie.

Sie kannte die dunklen Flecken seiner Vergangenheit, die Heroinsucht, das Fast-Abgleiten ins Nichts.

»Ich hab mich nie getraut, es dir zu erzählen. Und Horst hat gesagt, am Montag würde er es dir sagen. Und auch unsere Kinder irgendwann in der Nähe der Schule abpassen.«

Natürlich hätte Horndeich wütend sein können, dass sie solch eine wichtige Episode der Vergangenheit, die durchaus auch Konsequenzen für ihr gemeinsames Leben haben konnte, bislang verschwiegen hatte. Aber, und das würde er Sandra nicht erzählen, es überwog ein ganz anderes Gefühl: Auch seine Frau war nicht so perfekt, wie sie nach außen auf den ersten Blick wirkte. Sie hatte ebenso ihre dunklen Geheimnisse. Damit konnte er leben.

Nur dieser Mikis, der sollte ihm besser in diesem Leben nicht mehr vor die Augen treten. Und dieser Horst besser auch nicht. Er konnte kein Wing Tsun. Aber er wusste auch, dass er genug Kraft hatte, mit der seine Faust ihr Ziel finden würde. Egal, wie viel er dafür einstecken musste.

»Bist du mir böse?«

Noch bevor Horndeich antworten konnte, vernahm er abermals das vertraute Tapsen von Kinderfüßen auf der Treppe aus dem ersten Stock. Seine Tochter Stefanie.

Sekunden später stand sie im Wohnzimmer. »Was ist, Schatz?«, fragte Horndeich.

»Ich kann nicht schlafen. Ich hab Angst.«

Horndeich löste einen Arm von seiner Frau, streckte ihn aus.

Stefanie rannte förmlich darauf zu. Und Horndeich hielt nun beide im Arm.

»Wovor hast du denn Angst?«, wollte Sandra wissen.

»Ich hab geträumt. Von Fidel. Dass er zu einem Mann kommt. Der nicht gut zu ihm ist. Das geht doch nicht. Fidel muss doch zu Menschen kommen, die ihn gern haben!«

Seine Tochter war sehr gut im Erspüren von Stimmungen. Und damit hatte sie den perfekten Werkzeugkasten, um das richtige Timing aufzuspüren. »Papa, Mama, fahren wir morgen zum Tierheim? Können wir Fidel retten?«

DONNERSTAG, 26. MAI

Sie waren zu zweit nach Atzbach gefahren. Horndeich kannte diesen Ort inzwischen ganz gut. Jana saß neben ihm auf dem Beifahrersitz. Horndeich hatte sich per Handy bei Hans Koppick angekündigt. Der schien nicht begeistert davon zu sein, ihn erneut zu empfangen. Doch er stimmte dem Besuch zu.

Schließlich saßen sie zu dritt in seinem Büro um den Tisch herum. Abermals hatte Koppicks Frau Kaffee serviert, Kekse in einer Schüssel auf den Tisch gestellt. Neben dem Zucker. Und neben der Milch. Kekse bei hochsommerlichen Temperaturen …

»Was wollen Sie schon wieder von mir?«, brummte Koppick.

»Herr Koppick, wir haben etwas herausgefunden. Aber es wird für Sie keine Überraschung sein. Susanne Fricke war Ihre Mutter.«

Hans Koppick zuckte zusammen. Dann blickte er zu Horndeich, dann zu Jana, dann sagte er: »Sie wollen mich jetzt verarschen, oder?«

»Nein, keineswegs. Haben Sie es niemals für nötig befunden, das der Polizei mitzuteilen?«

»Nein. Leute – ist das jetzt hier ›Versteckte Kamera‹ oder was? Susanne Fricke soll meine Mutter sein? Wie kommen Sie ausgerechnet darauf?«

»Wir haben mit dem Standesamt gesprochen. Und Auskunft bekommen. Ihre Mutter, Hilde Susanne Koppick, wurde am 24. Februar 1955 in Bremen geboren.«

»Das ist kaum möglich. Ich habe ja selbst nach ihr gesucht. Und auch ich habe mit dem Standesamt in Bremen gesprochen. Da gab es keinen Eintrag für ein Mädchen, das am 24. Februar 1955 mit dem Nachnamen Koppick geboren wurde. Keine Hilde, keine Susanne.«

»Hat Ihnen denn Ihre Großmutter nicht gesagt, wo Ihre Mutter geboren wurde?«

»Doch. In Bremen.«

»In Bremen in Thüringen.«

»Es gibt kein Bremen in Thüringen. Es gibt ein Bremen an der Nordsee.«

»Es gibt auch ein Bremen in Thüringen. Ein kleines Kaff, lag damals genau an der Zonengrenze.«

»Davon wusste ich bis heute nichts.«

Entweder war Koppick ein so guter Schauspieler, dass Baran bo Odar, der Regisseur der mehrfach ausgezeichneten Serie ›Dark‹, sich um ihn gerissen haben würde, hätte er jemals von diesem Talent erfahren. Oder Koppick hatte tatsächlich keine Ahnung, dass Susanne Fricke seine Mutter gewesen war.

»Wie konnten Sie den Geburtsort verwechseln?«

»Meine Großmutter hat nie über ihre eigene Vergangenheit gesprochen. Nur über die Zeit, als meine Mutter abgerutscht ist. Und die Zeit danach. Außer dem Geburtsdatum und Ort hatte ich keine Informationen.«

»Weshalb haben Sie sich mit Ihrer Mutter gestritten?«

»Ich habe mich mit Frau Fricke gestritten, weil sie meine Angebote für eine Anlage ihrer Finanzen nicht nur abgelehnt, sondern zum hundertsten Mal hinterfragt hatte und geändert haben wollte. Aber das habe ich Ihnen doch alles schon gesagt.«

»Susanne Fricke war aber nicht nur irgendeine Klientin von Ihnen, sondern Ihre Mutter.«

»Ich sagte Ihnen doch gerade, davon habe ich nichts gewusst, bis Sie es mir vor zwei Minuten mitgeteilt haben.«

»Und das macht Sie nicht wütend?«

»Das ist eine an dieser Stelle völlig irrelevante Frage. Ich habe Susanne Fricke nur unter ihrem Namen Susanne Fricke kennengelernt. Ich hatte keine Ahnung davon, dass ich mit ihr verwandt sein könnte.«

»Also alles Zufall?«

»Also alles Zufall. Wobei ich natürlich froh bin, dass Sie mir das anvertraut haben. Ich habe mich oft gefragt, wo sie jetzt wohl sein würde. Ich habe, wie gesagt, sogar nach ihr gesucht. Als die Institutionen nämlich angefangen hatten, meine Oma zu belangen, dass Sie für die Pflege meines Bruders aufkommen sollte. Aber ich habe meine Mutter nicht gefunden.«

»Sie haben nichts zu tun mit dem Tod Ihrer Mutter?«

»Nein. Ich habe nichts zu tun mit dem Tod meiner Mutter. Sie war für mich ja keine Mutter. Sie war Susanne Fricke.«

»Wussten Sie davon, dass Ihre Mutter von einem Ehepaar Schneider adoptiert worden ist?«

»Ich wusste, dass meine Mutter adoptiert worden ist. Ich wusste, dass meine Großmutter dem zugestimmt hat. Aber sie hatte keine Unterlagen mehr. Ich war da ziemlich wütend. Aber ich konnte es nicht ändern. Sie war ja irgendwann von Köln nach Marburg gezogen. Und hat kaum etwas mitgenommen. Dokumente etwa über die Adoption, die hatte sie gar nicht mehr. Sonst hätte ich meine Mutter nach ihrem Tod gefunden.«

Horndeich hatte durch die Glastür zur Halle zwischen dem Büro- und dem Haustrakt immer wieder Evelin Koppick erkannt, die sich aber offensichtlich nicht getraut hatte, ins Büro zu treten.

»Herr Koppick, wir glauben, dass Sie sehr wohl wussten, wer Ihre Mutter war. Und wir gehen auch davon aus, dass Ihre Mutter wusste, dass Sie ihr Sohn waren. Und wir wissen ebenfalls um den Anschlag auf Sie. So etwas passiert ganz bestimmt nicht aus dem Blauen heraus.«

»Ich kann Ihnen nicht vorschreiben, was Sie denken oder glauben. Haben Sie noch weitere Fragen? Denn sonst würde ich jetzt joggen gehen.«

»Hast du seine Laufschuhe gesehen?«, wollte Jana wissen, als sie bereits wieder auf der Rückfahrt waren.

»Seine Laufschuhe?«

»Ja. In der Eingangshalle war doch dieses Schuhregal. Und darin standen mehrere Paar Laufschuhe. Eins noch fast ganz neu.«

»Und was ist mit denen?«

»Sauteuer! Das waren *Nike Air Zoom Alphafly NEXT% Flyknit.*«

»Bis zum Wort ›Air‹ konnte ich dir folgen ... Dieses ganze Gedicht ist der Name für einen einzigen Turnschuh?«

»Für einen Laufschuh, der sogar für Wettbewerbe geeignet ist. Kosten 300 Euro. Ich hab mit denen auch schon geliebäugelt, aber das war einfach zu teuer.«

»Das bringt uns jetzt aber auch nicht weiter, oder?«

»Nein«, gab Jana zu.

»Und ist dir dieses Regal mit den Fotoalben aufgefallen?«, meinte Horndeich.

»Ja. Echt schräg. Heute existieren Fotografien meist nur noch auf irgendwelchen Festplatten. Und die hatten ein ganzes Regal voll mit Fotoalben.«

»Bis heute. Habe auf einem der Rücken 2021 lesen können.«

Sie fuhren eine Weile schweigend weiter, bevor Jana sagte: »Weißt du, ich glaube tatsächlich, dass Koppick gewusst hat, dass Susanne Fricke seine Mutter ist. Ich glaube auch, dass er sie genau deswegen angesprochen hat. Und ich denke ebenfalls, dass sie sich genau darum gestritten haben, wie du es formuliert hast: dass er sie erpressen wollte. Vielleicht hatte er das auch getan. Aber selbst, wenn Hans Koppick so wütend war auf seine Mutter, die sich einen Scheiß um ihn, seinen Bruder, seine Großmutter gekümmert hat – er hat, mit Verlaub, das beste Alibi von allen.«

Wieder schwiegen sie sieben Kilometer lang.

»Ich habe mir gerade nochmal das Gespräch durch den Kopf gehen lassen, mit Moritz Quinn, dem Kommissar, der sowohl für die Attacke auf Hans Koppick zuständig gewesen war als auch für dessen Angriff auf seine eigene Frau.«

»Und?«

»Ich bin mir nicht mehr ganz sicher, ob das Alibi tatsächlich so perfekt ist.«

»Wie meinst du das denn?«

»Ich spinn jetzt mal ein bisschen rum. Hans Koppick streitet mit seiner Mutter, erpresst sie. Vielleicht mit einem richtig hohen Betrag. Denn seine Mutter ist eine reiche Frau. Sie hat von ihren Adoptiveltern ein paar Immobilien geerbt. Und diese Frau sieht ihr Lebenswerk in Gefahr. Den bescheidenen Ruhm, den sie als Sängerin genießt. Das Ansehen, die Reputation an der Seite des Bürgermeisters – Susanne Fricke hat mächtig viel zu verlieren. Und dann kommt ihr Rotzbengel – den sie nicht mehr gesehen hat, seit er ein Kleinkind war und den sie ganz offensichtlich auch nicht vermisst hat – und der erpresst sie jetzt. Taucht aus dem Nichts auf, und das Einzige, was dem respektlosen Bengel einfällt, ist seine Mutter zu erpressen. Ich finde das überhaupt nicht abwegig, dass sie da tatsächlich einen Killer auf ihren Sohn ansetzt.«

»Und den findet sie auf ›rent-a-killer.de‹?«

»Darauf habe ich im Moment keine Antwort. Ihr Mann spielt immer wieder in illegalen Pokerrunden in Frankfurt. Vielleicht gab es darüber einmal einen Kontakt? Keine Ahnung. Arbeitshypothese: Ja, sie findet einen Killer. Aber definitiv nicht den besten seiner Branche. Denn der Anschlag geht ja daneben.«

»So weit kann ich dir immer noch folgen. Was aber hat das mit dem Alibi zu tun?«

»Hans Koppick berichtet all dies seiner Frau Evelin. Spätestens, wenn sie Händchen haltend an seinem Krankenbett im Krankenhaus sitzt, wo sein Streifschuss behandelt wird. Und dort macht Hans Koppick seiner Frau klar, dass vielleicht ein weiterer Anschlag folgen könnte, den er dann nicht überleben würde.«

»Du meinst, er macht sie zu seiner Komplizin?«

»Genau darüber denke ich nach. Denn dieser Quinn, der hat einen interessanten Satz gesagt: Niemand war bei dem eigentlichen Streit zwischen den Eheleuten Zeuge. Niemand hat *gesehen*, wie Hans Koppick seine Frau an den Haaren gegriffen und mit dem Kopf gegen den Baum gestoßen hat.«

»Du meinst also, Evelin Koppick hat das alles inszeniert? War allein im Wald mit dem Fahrrad, lässt das Fahrrad liegen und haut ihren Kopf selbst gegen den Baum? Um dann umzukippen?«

»Ja. Genau das ist meine Theorie. Dann kommt jemand und findet sie, es dauert noch eine Weile, bis der Krankenwagen kommt. Sie wird ins Krankenhaus gefahren, gibt sich anfangs verwirrt – und irgendwann, zu einem Zeitpunkt, wo sie weiß, ihr Mann ist wieder zu Hause, da erzählt sie die Geschichte vom Gatten, der ihr Gewalt angetan hat.«

»Aber Koppick ist dafür ins Gefängnis gegangen!«

»Ja. Für drei Monate. Das ist ja nun ein deutlich besserer Schnitt als lebenslänglich für Mord. Und bei diesem Alibi zweifelt überhaupt niemand daran, dass es echt ist.«

Es folgten nun fünf Kilometer weiteren Schweigens.

Es war Jana, die diesmal die Funkstille brach: »Wenn du recht hast, dass Koppick seiner Frau alles erzählt hat, von seiner Mutter, seinem Verdacht, dass sie hinter dem Anschlag steckt – warum rät sie ihrem Mann dann nicht, das Ganze der Polizei zu erzählen?«

»Guter Punkt«, sagte Horndeich. »Aber vielleicht geht es Koppick ja nicht nur darum, einem weiteren Anschlag zu entgehen. Da kommen ganz massive finanzielle Interessen ins Spiel.«

»Welcher Art?«

»Hans Koppick findet heraus, dass er der Sohn von Susanne Fricke ist. Stirbt seine Mutter, erbt er zumindest den Pflichtteil. Susanne Fricke hatte in ihrem Testament, wie wir inzwischen wissen, alles ihrem Gatten vererbt. Wenn da jetzt plötzlich zwei Söhne auftauchen, bekommt jeder von denen mindestens ein Achtel von dem, was die Mutter vererbt hat. Und da die Mama ja sehr vermögend war, wäre das sicher ein deutlich sechsstelliger Betrag pro Kind.«

»Du meinst, Hans Koppick ist nach dem Tod seiner Mutter mit seinen Erbansprüchen zu Rüdiger Fricke gegangen?«

»Ja. Jetzt spinne ich mal weiter rum: Koppick spaziert mit dem Nachweis der genetischen Verwandtschaft zwischen ihm und seiner Mutter zu Rüdiger Fricke. Und sagt zu ihm: Du hast jetzt zwei Möglichkeiten: Du bezahlst mir den Betrag XY. Und wenn du das nicht tust, dann werde ich mir stante pede alle Papiere und Nachweise besorgen, mit denen ich den Pflichtteil für mich und meinen Bruder einklagen kann. Das natürlich würde schon ganz schön Wirbel verursachen, insbesondere, wenn Hans Koppick vielleicht auch das eine oder andere Interview gäbe. Die Klatschpresse wäre entzückt: Die Sängerin von ›Liebe nur für dich‹ hat nach dem von ihr verschuldeten Unfall ein Kind im Pflegeheim abgelegt. Hat sich nie um die Kinder gekümmert. Hat ihre Mutter im Stich gelassen. Das wäre auch nicht gut für die Reputation von Rüdiger Fricke. Hat er vielleicht davon gewusst? Hat er es bewusst verschwiegen? Und so macht Hans Koppick mit Rüdiger Fricke einen Deal.

Weißt du, ich habe doch vorgestern mit dem Bruder von Rüdiger Fricke gesprochen, Baltasar Fricke. Und der hat mir erzählt, dass er nach dem Tod seines Bruders erstaunt darüber gewesen wäre, dass eine ganze Menge des Vermögens gefehlt hätte. Fricke hat angedeutet, dass das natürlich auch daran gelegen haben könnte, dass sein Bruder oft am Pokertisch gezockt hat. Aber meine Idee über den Abschluss des Vermögens ist auch nicht viel schlechter.«

Horndeichs Handy klingelte. Zwar klang der Klingelton aus den Lautsprechern der Tür, aber sein alter Mazda-Geselle verfügte natürlich noch nicht über irgendwelche Taster am Lenkrad, über die er das Gespräch direkt hätte annehmen können.

Sein Finger fand dennoch routinemäßig den richtigen Taster auf dem Autoradio. »Katharina! Was gibt es? Seid ihr von Kisten erschlagen worden?«

»Ihr seid doch gerade in Atzbach, also bei Gießen, oder?«

»Wir sind schon auf der Rückfahrt.«

»Dann macht einen Schlenker über Griegtal. Es lohnt sich.«

»Habt ihr was gefunden?«

»Ja.«

»Bis gleich.«

Zwar hatten sie die Ausfahrt Griegtal schon hinter sich gelassen, aber das war kein Grund, nicht bei der nächsten Abfahrt zu wenden. Am Autobahnkreuz Bad Homburg fädelten sie sich wieder auf die Autobahnspuren Richtung Norden ein.

Und während sie fuhren, ertönte der Ton für eine eingegangene Nachricht.

»Kannst du grad mal draufschauen?«, bat Horndeich Jana.

»Wir treffen uns im Eiscafé«, las Jana. »Du weißt, welches sie meint?«

Horndeich grinste und nickte.

»Das sind Stanley und Chris«, stellte Katharina ihre beiden Mitstreiter vor. »Stanley studiert Bio, Chris ist Maschinenbauer.«

Katharina war gut vernetzt, stellte Jana wieder einmal fest. Horndeich und sie nahmen am Tisch Platz.

Die drei hatten sich nicht mit Eisbechern versorgt, sondern nur mit Kaffee, respektive Cappuccino.

Eine Bedienung trat an den Tisch, in schwarzem kurzem Kleid, die Haare zum Pferdeschwanz gebunden. Es fehlte nur noch ein weißes Häubchen, und sie wäre als eine Angestellte von Baltasar Fricke durchgegangen, dachte Jana.

»Was darf ich Ihnen bringen?«, wollte Weißhäubchen ohne Häubchen wissen.

Horndeich orderte einen Cappuccino, Jana ebenso.

»Was wollt ihr uns zeigen? Ich sehe nirgendwo irgendwelche Akten oder Aktenordner?«, fragte Horndeich.

Die drei Gesichter der jüngeren Anwesenden grinsten.

Katharina ergriff das Wort: »Wir hatten nur wenig Lust, Akten hin und her zu tragen. Weiß auch gar nicht, ob Frau Seiler es erlaubt hätte, dass wir da was mitnehmen.« Als sie das sagte, zog sie aus ihrem Rucksack ein iPad. Sie klappte die Schutzhülle zur Seite und entsperrte das Gerät mit dem Fingerabdruck ihres Daumens. »Das hier ist die Urkunde, die genau die fehlende Verbindung zwischen Hilde Koppick und Susanne

Schneider herstellt: die Adoptionsurkunde. In der übrigens auch vermerkt ist, dass der Rufname Hilde degradiert wird und sein Titel an den ehemals zweiten Vornamen Susanne übergeben wird. Ganz offensichtlich wollte Hilde Susanne Koppick Schneider einen klaren Schnitt zwischen sich und ihrer Vergangenheit machen.«

»Wow!«, sagte Horndeich.

Jana konnte ihm nur zustimmen.

»Wie habt ihr denn das gefunden? Ich meine, in diesem Chaos da unten …«

»War eigentlich alles easy«, brachte sich Bio-Student Stanley ins Gespräch ein.

Doch Katharina übernahm sogleich wieder: »Also, die Regale, die müssen in dem ursprünglichen Arbeitszimmer ziemlich gut sortiert gewesen sein. Die haben wohl einfach Reihe für Reihe der Ordner in Kartons gepackt. Deshalb haben wir, wenn wir einen Karton geöffnet hatten, sehr schnell feststellen können, um was für Zeug es sich handelte. Und alles, was irgendwie Bürgermeisterkram war, das haben wir gar nicht weiter angeschaut. Aber zumindest beschriftet.«

Jana musste schmunzeln. Auch Katharina ertrug ihre Umgebung in unsortierter Form kaum. Niemand hatte ihr den Auftrag erteilt, Kisten zu beschriften. Aber die gewonnene Zuordnung eines Kartons zu einer Kategorie nicht irgendwie zu vermerken, hätte ihr allem Anschein nach wohl fast körperliche Schmerzen zugefügt.

»Bereits Karton Nummer 15 war jener, in dem die Ordner mit den Dokumenten von Susanne Fricke abgelegt waren. Von der Geburtsurkunde bis hin zur Sterbeurkunde waren alle Belege ihrer Existenz und ihres Werdegangs in einem Ordner abgeheftet. Und in einem zweiten fanden sich die Unterlagen über ihr Vermögen. Über die Häuser und noch einige Aktiendepots und Fonds. Susanne Fricke war bei ihrem Ableben richtig, richtig reich. Sie besaß ungefähr so viel, wie ihr Mann damals besessen hatte.«

»Hatte?« Horndeich sprach das aus, was Jana in diesem Moment ebenfalls dachte.

»Ja. Wir sind dann noch auf eine andere interessante Kiste gestoßen. Und das waren die Ordner über die Finanzen von Rüdiger Fricke nach dem Tod seiner Frau. Also während der drei Jahre, bevor er selbst starb.«

Katharina legte eine Kunstpause ein. Weder Stanley noch Chris intervenierten. Auch da war die Hierarchie ganz klar definiert. Wieder einmal zog Jana im Stillen den Hut vor Katharina.

»Ich mache es kurz: Rüdiger Fricke hat zwei Jahre nach seinem Tod drei Immobilien verschenkt.«

»Verschenkt?«

»Verschenkt. Eine Jugendstilvilla in Wiesbaden, ein Fabrikgelände in Griegtal und noch ein weiteres Mehrfamilienhaus, ebenfalls in Griegtal. Diese Immobilien gingen an eine Firma EK-Immobilien GmbH. Eine Firma, die erst ein Jahr zuvor gegründet worden war.«

»Wann hat Fricke die drei Immobilien genau verschenkt?« Jana spürte, dass ihre Haut anfing, ein klein wenig zu kribbeln.

»Ziemlich genau zwei Jahre nach dem Tod von Susanne Fricke.«

Die drei Immobilien, von denen Baltasar Fricke gesprochen hatte.

»Und wer ist diese EK-Immobilien GmbH?«

Katharina grinste. »Ihr Sitz ist in Gießen. Und die Geschäftsführerin ist – Tadaaa: Evelin Koppick.«

Horndeich sah Jana an. Was sie vor einer halben Stunde noch als reine Theorie erörtert hatten, bekam hier und jetzt gerade Hand und Fuß.

»Ihr seid großartig«, sagte Jana.

»Klar. Deswegen gibt es jetzt eine Sonderzulage: Amarenabecher für alle.«

»Deal«, sagte Horndeich und stand auf, um die Bestellung aufzugeben.

»Die beiden Jungs hier haben übrigens noch einen tollen Job aufgetan«, griente Katharina.

»Yeah«, sagte Stanley.

Von Chris hatten sie bislang noch keine Silbe gehört.

»Wir werden die ganzen Kisten da unten ausräumen und sortieren«, meinte Stanley. »Diese Frau Seiler zahlt 20 Euro die Stunde. Zwei Wochen dürften wir wohl beschäftigt sein.«

»Yeah«, brachte sich nun auch Chris zum ersten Mal in die Diskussion ein.

Katharina hatte Horndeich die Nummer des Heimes in Marburg gegeben, in dem Berta Koppick bis zu ihrem Tod gelebt hatte. Janas und Horndeichs Theorien waren schön und gut, aber sie wiesen zwei ganz elementare Lücken auf: Wie sollte man Hans Koppick nachweisen, dass er Susanne Fricke als seine Mutter identifiziert hatte? Das war die erste Frage. Die zweite: Wie sollte man ihm beweisen, dass er es gewesen war, der am 6. Juli 2003 seine Mutter in Griegtal erstochen hatte?

Jana und er hatten sich aufgeteilt. Er würde noch einmal das Gespräch mit Karoline Weber suchen, die Berta Koppick damals versorgt hatte. Unter Umständen hatte sie eine Idee davon, wie Hans Koppick die Identität seiner Mutter aufgedeckt haben könnte.

Jana hingegen würde sich noch einmal mit Feller in Verbindung setzen. Vielleicht konnte der nochmals den Weg für einen Besuch bei Eibe Küchler ebnen, den ehemaligen Stalker von Susanne Fricke. Vielleicht hatte er doch noch einen Hinweis auf den Mann, den er damals im Garten des Hauses von Susanne Fricke gesehen hatte. Horndeich war sich sicher, dass Küchler an diese Begegnung nach Janas erstem Besuch noch oft gedacht hatte.

Karoline Weber hatte sich bereit erklärt, mit Horndeich nach ihrem Dienstschluss um 18 Uhr zu sprechen. Und so saß Horndeich schon wieder im Auto, diesmal von Griegtal aus Richtung Marburg. Jana hatte sich bereit erklärt, gemeinsam mit den drei Studenten die Bahn zu nehmen.

Die Entfernung zwischen Griegtal und Marburg war nicht so groß, als dass Horndeich nach dem Trip nicht noch ein wenig Zeit gehabt hätte, durch die Stadt zu flanieren. Sein Bedarf an Speiseeis war für heute gedeckt, aber nicht jener an frischer Luft.

Er hatte sich mit Caroline Weber in der Innenstadt verabredet, in einer kleinen Pizzeria. Horndeich wartete dort auf sie. Und 20 Minuten nach sechs betrat eine ältere Dame das Restaurant, schaute sich suchend um. Eine resolute Dame. Kräftig, nicht nur, was die Kleidergröße anging, sondern ganz offensichtlich auch mit Muskelkraft ausgestattet. War in diesem Job sicher nicht von Nachteil.

»Herr Horndeich?«

Horndeich stand auf, sie reichten sich die Hände. »Steffen Horndeich. Ein Kollege von Katharina Hochnagel, die mit Ihnen gesprochen hat. Sie sind mein Gast«, erklärte Horndeich gleich zu Beginn. »Danke, dass Sie sich die Zeit nehmen, mit mir zu sprechen.«

»Ich weiß ja gar nicht, ob ich Ihnen helfen kann.«

»Sie haben schon geholfen, indem sie uns an Dora Meyer verwiesen hatten. Sie hat damals ein langes Interview mit Berta Koppick geführt und uns dieses zur Verfügung gestellt.«

»Das finde ich natürlich sehr gut.«

Ein Kellner brachte ihnen die Speisekarte. Horndeich hatte Appetit auf eine Pizza Frutti di Mare. Frau Weber wählte für sich Spaghetti Carbonara.

»Frau Weber, was uns besonders interessiert, ist das Verhältnis von Berta Koppick zu ihrem Enkel und auch das zu ihrer Tochter.«

»Zur Tochter – da gab es kein Verhältnis. Die ist nicht ein einziges Mal ins Heim gekommen. Hat ihre Mutter nicht ein einziges Mal besucht. Ganz anders ihr Enkel. Er schaute wirklich alle zwei Monate vorbei. Das klingt nicht nach viel. Aber Sie haben ja keine Ahnung, wie viele unserer Bewohner überhaupt keinen Besuch bekommen. Obwohl sie vier Kinder und 16 Enkel haben. Wenn sich nur einer von denen wenigstens an Weihnachten meldet – dann treibt das unseren Hausgästen schon die Tränen in die Augen. Nicht Tränen der Enttäuschung, sondern des Glücks.

Also, auf Hans Koppick, da lasse ich nichts kommen. In den letzten drei Jahren ihres Lebens war er wirklich oft da. Und sie hat sich so darüber gefreut! Sie war ja bis zu ihrem Tod völlig klar im Kopf. Auch keine Selbstverständlichkeit bei unseren Bewohnern.«

Der Kellner brachte den Aperitif. Für Frau Weber. Horndeich musste ja noch nach Hause fahren. Er hatte sich nur ein Wasser bestellt. Dennoch stießen die beiden miteinander an.

»Und Sie haben nie von der Tochter Berta Koppicks gehört? Oder mitbekommen, dass Hans Koppick seine Mutter gefunden hätte?«

»Wir waren ja nicht so eng. Er war einfach ein Besucher von Frau Koppick. Ein sehr netter Besucher, aber eben nur ein Besucher. Doch jetzt, wo Sie fragen …«

Bevor Karoline Weber weitersprechen konnte, wurden die Speisen serviert.

Während des Essens erkundigte sich Horndeich ganz allgemein über das Heim. Wie lange es schon existiere? Wie lange Frau Weber dort schon arbeite – unverbindlicher Smalltalk. Doch Horndeich hatte die letzte Bemerkung ›Jetzt, wo Sie fragen …‹ nicht vergessen.

Nachdem Spaghetti und Pizza verputzt waren, nahm Horndeich den Faden wieder auf. »Was wollten Sie mir gerade sagen, bevor die Gerichte auf den Tisch kamen?«

»Ich hatte das schon fast vergessen. Aber nachdem mich Ihre Kollegin Frau Hochnagel angerufen hatte, habe ich natürlich nochmal viel an Berta Koppick gedacht. Sie ist ja nun schon weit über 20 Jahre tot. Aber da ist die eine Sache, an die ich mich erinnere, die wirklich seltsam gewesen war.«

»Erzählen Sie«, forderte Horndeich sein Gegenüber auf. Und war gespannt, ob ihnen gleich der Durchbruch gelang, oder wieder nur eine für ihre Ermittlungen irrelevante Anekdote in der Ablage für irrelevante Anekdoten abgelegt werden musste.

»Das war im Sommer 1995. Das muss so sechs Wochen vor ihrem Tod gewesen sein. Da hat die Sängerin Susanna ein Konzert im Kurpark Bad-Endbach gegeben. Wir haben im Heim, glaube ich, 15 Karten verkauft. Dann haben wir einen Bus gemietet und sind dorthin gefahren. War für unsere Gäste immer eine große Sache, wenn sie mal rauskamen aus der tägliche Routine. Und auch Frau Koppick war mit dabei.

Als wir am Kurpark ankamen, sind alle aus dem Bus raus. Ein kleiner Spaziergang, quer durch den Park bis zum Musikpavillon. Der Rasen davor war komplett bestuhlt. Wir haben unsere Damen und Herren dann dort platziert. Wer sich getraut hat, noch einen Kaffee zu trinken, dem haben wir aus der Thermoskanne einen eingeschenkt. Und dann trat Susanna auf die Bühne. Ich fand sie damals richtig gut. Also ich finde sie immer noch gut. Ich hatte ihre Platten. Alle. Und ich konnte dann bei den meisten Liedern sogar mitsingen. Ich glaube, ich war die, die sich am meisten auf das Konzert gefreut hatte. Sie hat auch alle ihre Hits gespielt: ›Kinderaugen‹› ›Mama sein‹, ›Ich liebe deinen Bart‹ und dann natürlich ›Liebe nur für dich‹, das war der letzte Song. Sie hat keine Zugabe mehr gegeben. Das fand ich schade. Ihr Manager trat auf die Bühne und verkündete, dass Susanna nach einer kurzen Ruhepause noch Autogramme geben würde.«

»Noch einen Cappuccino, einen Espresso?« Manche Kellner hatten ein untrügliches Gespür dafür, im falschen Moment auftauchen. Horndeich musste den Impuls unterdrücken, den Herrn im Frack mit einer Handbewegung zu verscheuchen, die er sonst einer lästigen Fliege hätte zukommen lassen.

»Oh, sehr gern, einen Cappuccino bitte«, orderte Karoline Weber jedoch für sich noch ein wenig Koffein in schmackhafter Variante.

Gleich darauf sprach sie weiter: »Autogramme wollte damals niemand. Alle wollten möglichst schnell zur nächsten zur Toilette wegen des Kaffees und dann in den Bus. Nur Frau Koppick stand völlig neben sich. Sie sah aus, als habe sie ein Gespenst gesehen. Ich fragte sie, ob sie auch auf die Toilette müsse. ›Toilette? Ich hab ganz andere Sorgen!‹, blaffte sie mich an. Und sie war keine, die sonst jemals unfreundlich gewesen wäre.

Dann verkündete sie, sie wolle unbedingt ein Autogramm von Susanna haben. Ich hab sie noch gefragt, ob sie das ernst meine. Denn alle anderen zogen in einer Karawane bereits Richtung Toilettenhaus. Sie schrie mich an: ›Sehe ich aus, als ob ich scherze?‹

Ich hab dann mit meiner Kollegin Tanja gesprochen, die war damals auch dabei. Sie hat die Toilette-Bus-Karawane übernommen, und ich blieb bei Frau Koppick. Sie war damals bereits nicht mehr so gut zu Fuß. Sie lief an einem Rollator.«

Der Cappuccino kam. Aber Frau Weber ließ sich dadurch nicht aus der Ruhe bringen. »Ich bin mit ihr dann neben die Bühne gegangen. Da hatte der Manager so einen kleinen Verkaufsstand aufgebaut. Da gab es alle CDs von ihr. Aber bevor wir da hin sind, bat Frau Koppick mich, ihr zu helfen, die Jacke auszuziehen. Ich meine, es war ja heiß. Man brauchte keine Jacke.«

»Ich weiß von der Verbrennung an ihrer linken Schulter. Sie trug die Jacke, um die Narben zu verbergen, richtig?«, fragte Horndeich.

»Ja. Sie trug unter der Jacke ein Sommerkleid, mit schmalen Trägern. Es war also aus optischen Gründen ganz sinnvoll, die Jacke anzulassen. Das habe ich ihr auch vorgeschlagen, aber sie wurde richtig giftig und bestand darauf, dass ich ihr endlich helfen solle, diese Jacke auszuziehen.

Dann gingen wir zu dem Stand. Ich dachte, sie zieht jetzt aus ihrer Handtasche das Portemonnaie, nimmt 100 Euro in die Hand und kauft sich alle CDs. Aber nichts dergleichen geschah. Vor ihr standen noch vier andere Konzertbesucher, die um ein Autogramm, und mehr noch, um etwas Smalltalk bettelten.

Dann kam Frau Koppick an die Reihe. Sie starrte Susanna nur ins Gesicht. Man konnte es fast schon unverschämt nennen. Susanna erwiderte den Blick mit einem Lächeln, aber dann entdeckte sie die verbrannte Schulter, erschrak und ihre

Miene entglitt. Sie starrte regelrecht auf die Schulter. Die beiden Frauen standen sich ein paar Sekunden so gegenüber. Völlig reglos. Dann wendete sich Frau Koppick ab.

Wissen Sie, Herr Horndeich, Frau Koppick, die hat sich ganz langsam weggedreht. Viel zu behäbig, so, wie das normalerweise niemand macht. Wenn ein Mensch sich abwendet, dann macht er das ja normalerweise in einer einzigen, fließenden, schnellen Bewegung. Doch Frau Koppick tat es ganz bewusst in einer Art Zeitlupe. Ich bin ja nun wirklich keine Psychologin, aber je mehr ich darüber nachgedacht habe, umso mehr glaube ich, dass sie Susanna die Gelegenheit geben wollte, sie aufzuhalten, sie anzusprechen, auf sie zuzugehen, bevor sie verschwunden wäre. Es war – einfach unheimlich!«

»Was haben Sie dann gemacht?«

»Ich habe sie noch ein paarmal darauf angesprochen. Aber sie wollte nicht mit mir darüber reden.«

»Kam Ihnen die Idee, dass zwischen Frau Koppick und dieser Sängerin irgendeine Beziehung bestand?«

»Natürlich. Ich hab mich auch gefragt, ob das vielleicht die Tochter von Berta Koppick gewesen war. Ich meine, nur jemandem aus dem ganz engen Umfeld von Berta Koppick hätte diese Narbe an der Schulter irgendetwas gesagt. Und diese Susanna, die ist absolut erstarrt, als sie diese Narbe gesehen hat. Jeder andere hätte diese Narbe kurz angeschaut, sich dann aber schon aus Höflichkeit abgewendet.

Ich hab dann noch ein bisschen über Susanna recherchiert. Aber sie hieß ja Fricke. Und ihr Mädchenname war Schneider. Da gab es keinen Bezug zu Berta Koppick.«

Das sah Horndeich inzwischen ganz anders, aber er wollte sein Wissen nicht gegenüber Frau Weber ausbreiten. »Und haben Sie Hans Koppick jemals davon erzählt?«

Frau Weber senkte den Blick ein wenig verlegen. »Ja. Das habe ich. Bei der Beerdigung seiner Großmutter. Er hat noch ein gemeinsames Kaffeetrinken ausgerichtet, in einem Café neben dem Friedhof. Und alle aus dem Heim eingeladen. Er hat sich sehr bei uns bedankt. Nicht mit Worten, sondern auch mit Geld. Dieser Hans Koppick war ein feiner Kerl. Also, er ist wohl noch ein feiner Kerl.«

»Und ihm haben Sie diese Geschichte genau so erzählt wie mir?«

»Ja. Ich dachte, vielleicht kann er mit der seltsamen Reaktion seiner Großmutter mehr anfangen als ich. Aber er hörte nur zu, fragte an ein zwei Stellen nach, so wie Sie jetzt, aber er sprach danach nicht weiter darüber.«

Karoline Weber hatte Horndeich gerade das fehlende Puzzleteil ins Bild gesetzt. Genau jenes vermisste Glied, das erklärte, wie Hans Koppick seine Mutter hatte finden können. Nach der Erzählung von Karoline Weber hatte Koppick nur noch Susanne Fricke selbst aufspüren müssen, eben bei einem Konzert, wie er es ja selbst berichtet hatte. Dann hatte er an DNA-Material von ihr herankommen müssen – die These mit dem Haar war gar keine schlechte – und danach die Verwandtschaft in einem Labor bestätigen lassen.

Horndeich winkte den Ober heran und bat um die Rechnung.

»Würden Sie mich vielleicht noch nach Hause fahren?«

Das hatte sich die Dame auf jeden Fall verdient.

FREITAG, 27. MAI

Feller hatte es möglich gemacht. Jana saß wieder in ihrem Jaguar und fuhr in Richtung Frankfurt Preungesheim. Am gestrigen Nachmittag hatte Feller abermals mit Engelszungen auf die zuständigen Mitarbeiter der Justizvollzugsanstalt eingeredet. Es ginge darum, einen Justizirrtum aufzudecken. Ein Mann habe 18 Jahre unschuldig im Gefängnis gesessen.

Es hatte funktioniert. Jana durfte an diesem Morgen noch einmal mit Eibe Küchler sprechen. Und Eibe Küchler war ebenfalls bereit dazu, mit ihr, Jana, zu reden.

Um halb elf saß sie abermals im Besucherraum.

Eibe Küchler wurde hereingeführt.

Ein Lächeln überzog sein Gesicht. Jana wusste zunächst nicht, was dieses Mienenspiel hervorrief. Dann erinnerte sie sich daran, dass die Insassen dieser Anstalt wohl eher selten schöne Frauen zu Gesicht bekamen. Und so selbstkritisch sie sich selbst gegenüber war – in den Augen von Eibe Küchler war sie definitiv eine schöne Frau. Hoffentlich erkor er sie nun nicht zum Objekt seiner Begierde.

»Frau Welzer. Was verschafft mir die Ehre?«

»Ich würde mit Ihnen gerne noch einmal über diese Nacht sprechen, in der Sie auf dem Anwesen der Frickes waren und einen anderen Mann gesehen haben.«

»Aber Sie haben mich doch schon gefragt, ob ich sein Gesicht gesehen habe. Und ich habe es nicht gesehen. Ich habe in den vergangenen Tagen immer und immer wieder darüber nachgedacht. Aber ich habe sein Gesicht nicht gesehen.«

»Vergessen Sie das Gesicht«, sagte Jana. »Das haken wir jetzt einfach mal ab.«

Küchlers Gesichtsausdruck war irritiert. »Kein Gesicht?«

Jana setzte ein freundliches Lächeln auf: »Kein Gesicht.«

Küchler schien erleichtert zu sein, wie ein Schüler, der zur Tafel zitiert wurde und dem dort mitgeteilt wurde, er müsse die Integralrechnung nun doch nicht lösen.

»Können wir diesen Abend nochmals gemeinsam durchgehen?«

»Frau Welzer, das ist mir peinlich.«

»Das muss es Ihnen nicht sein. Sie helfen mir damit ungemein.«

»Ich hab Ihnen das doch schon alles gesagt. Ich war in dem Garten. Ich wollte zu Susannas Schlafzimmer. Also zu der Schiebetür aus Glas. Und kurz bevor ich dorthin gehe, bevor ich aus meiner Deckung herauskomme, da sehe ich diesen anderen Typ. Vielleicht 40 Meter von mir entfernt.«

»Wie sah er aus?«

»Ich hab Ihnen doch schon gesagt, dass ich das Gesicht nicht gesehen habe.«

»Herr Küchler, mich interessiert kein bisschen, was Sie *nicht* gesehen haben. Mich interessiert, *was* Sie gesehen haben. Wie sah er aus?«

»Na ja, ein Mann.«

»Dick? Dünn?«

»Normal. Also der hatte keine Wampe und er war kein Hering. Ein ganz normaler Mann halt.«

»Wie alt war er?«

»Auch normal. Kein Jugendlicher. Kein alter Mann. Er hat sich ganz normal bewegt.«

»Was heißt das für Sie?«

»Na, ich hatte schon den Eindruck, dass er eher sportlich war als unsportlich. Wie soll ich das sagen? Er hatte einfach Spannung im Körper. Er ist nicht so einfach die Wiese hoch getrottet. Sondern zügig und gleichzeitig vorsichtig.«

»Er hat Sie nicht entdeckt?«

»Nein, ich bin im Busch geblieben. Ich habe nur gesehen, wie er in Richtung Schlafzimmer gelaufen ist.«

»Was hatte er an? Fangen wir von oben an.«

»So einen Hoodie wie ich, aber ohne Lilie hinten drauf. Einfach ein dunkler Hoodie. Und die Kapuze, die hatte er über den Kopf gezogen. Deswegen habe ich auch sein verdammtes Gesicht nicht gesehen!«, wurde Küchler lauter.

»Herr Küchler, vergessen Sie das Gesicht.«

Küchler nickte.

»Was für Hosen hatte er an?«

»Das war weder eine Anzughose noch eine Jeans. Das war auch so eine Jogginghose.«

»Besondere Kennzeichen? Adidas-Streifen?«

»Nein. Gar nichts. Einfach nur dunkel.«

»Okay. Und die Schuhe?«

Küchler zögerte. Runzelte die Stirn. Dann sah er Jana an und lächelte. »Sie machen das gut! Ich erinnere mich wieder! Diese Schuhe! Die Schuhe waren rot. Das konnte ich erkennen, als er ins Licht des Schlafzimmerfensters trat. Und schon vorher habe ich gesehen, dass es Schuhe mit Reißverschluss waren.«

»Reißverschluss?«

»Ja. Es waren rote Turnschuhe mit Reißverschluss.«

»Okay. Ich wusste gar nicht, dass es das gibt.«

»Ich auch nicht. Ich hab damals gedacht: Wie bescheuert ist das denn?«

»Und die Reißverschlüsse – wo waren die? An der Seite, oder direkt oben über dem Spann? Oder verliefen die irgendwie schräg über den Schuh?«

»Direkt oben. Ganz gerade, von den Zehen über die ganze Lasche hinweg. Es sah ziemlich affig aus.«

Jana hatte ihr Handy vor der Sicherheitsschleuse abgeben müssen. Aber sie konnte den Wärter überreden, Küchler wenigstens ein Blatt Papier und einen Bleistift zu geben.

Der begann sofort zu zeichnen. Einen Turnschuh. Mit einem Reißverschluss. Über dem Spann. Das war doch schon mal etwas.

Jana bedankte sich bei Küchler, dann verließ sie die JVA wieder.

In ihrem Auto griff sie augenblicklich zum Tablet. Suchte via Google nach *Turnschuhe 2003 Reißverschluss rot.* Das Ergebnis war ernüchternd. Hier wurden Tausende Turnschuhe angezeigt, aber nicht einer mit Zippverschluss. Zumindest nicht bei den ersten 30 Treffern.

Auch bei eBay fand sie unter dieser Suchanfrage nichts.

Dann fiel ihr ein, dass sie bei Hans Koppick die aktuell teuersten Schuhe von Nike gesehen hatte. Also googelte sie nach den damals teuersten Schuhen von Nike. Sie selbst hatte sich zu der Zeit ein paar Air Max gegönnt. Und tatsächlich, da waren sie: Air Max 95 Z. Die Turnschuhe mit Reißverschluss. Genau aus dem gesuchten Zeitraum. Und in Rot.

Das war immer noch kein Beweis. Aber ein guter Hinweis. Und vielleicht irgendwann ein gutes Indiz.

»Soll ich Ihnen das Gästezimmer herrichten? Es scheint ja nun zum Ritual zu werden, dass Sie jeden Tag bei mir hereinschneien.« Hans Koppick versuchte sich in Humor.

Am Telefon war er laut geworden, als Horndeich gesagt hatte, er müsse noch etwas mit ihm klären. Was, zur Hölle, sollte es denn noch zu klären geben?

Darüber würde er lieber mit ihm, Hans Koppick, persönlich reden. Und auch mit seiner Frau.

»Ein letztes Mal«, hatte Hans Koppick betont. »Nur noch ein Mal. Dann bin ich durch mit Ihnen. Dann werde ich mit Ihnen nicht mehr reden. Und wenn Sie mich irgendeiner Straftat verdächtigen, gehen Sie zur Polizei. Ich bin dann raus.«

Horndeich hatte ihm versichert, dass dies das letzte Gespräch sein würde. Er hatte Koppick nicht mitgeteilt, dass Jana ebenfalls mit zu ihm fahren würde. Horndeich war sich sicher, er würde sie ganz gewiss nicht der Tür verweisen.

Er ließ beide ein. *Sie* ließen beide ein. Diesmal wich Evelin Koppick nicht von der Seite ihres Mannes.

Mit einer Geste wies Koppick sie wieder in sein Büro. Nur dass Evelin Koppick ihnen diesmal folgte. So saßen sie kurz darauf zu viert am runden Tisch, der Horndeich bereits auf eine etwas bizarre Weise vertraut vorkam.

»Herr Koppick, ich weiß gar nicht, wie ich anfangen soll. Sie haben uns belogen.«

Hans Koppick rollte nur die Augen. Seine Frau legte ihre Hand auf die seine.

»Ich fang mal damit an: Frau Karoline Weber aus Marburg hat Ihnen davon erzählt, dass Ihre Großmutter eine sehr seltsame Begegnung mit der Schlagersängerin Susanna hatte. Eine Begegnung, bei der Ihre Großmutter der Sängerin ganz bewusst ihre Brandnarbe an der linken Schulter gezeigt hatte.«

»Ja. Stimmt. Das hat sie mir erzählt. War, glaube ich, bei der Beerdigung meiner Großmutter. Mein Gott, ist das lang her. Ich erinnere mich nur noch daran, dass diese Frau Weber ein wenig geschwätzig war. Sie hat mir viel erzählt. Wovon ich 95 Prozent ignoriert habe.«

»Nun, ich denke, das haben Sie nicht ignoriert. Niemand außer der engsten Familie wusste um diese Wunde an der Schulter Ihrer Oma.«

»Mein Scheiß-Großvater! Ja. Meine Großmutter hat mir von ihm erzählt. Und auch vom Bügeleisen auf ihrer Haut. Ohne Krankenhaus. Ohne Arzt. Eingeschlossen in einem Raum.«

»Sagten Sie nicht, Ihre Großmutter habe nie über ihr Leben gesprochen.«

»Kaum. Ich habe gesagt: Kaum. Aber die Story mit dem Bügeleisen – natürlich hat sie mir das erzählt, als ich sie gefragt hatte, woher diese Verletzung stamme.«

»Eben. Und auch Susanne Fricke erstarrte, als sie diese Narben sah.«

»Nun, wie würden Sie reagieren, wenn Sie eine solche Wunde am Arm einer alten Dame sehen?«

»Nein, es war kein Mitleid bei Susanne Fricke. Dann hätte Sie gesagt ›Oh, mein Gott, was ist Ihnen denn da passiert?‹ Aber es gab keinen Dialog.«

»Wenn Sie das sagen …«

»Ich sage, dass Sie genau den gleichen Gedanken hatten wie Karoline Weber: dass Susanne Fricke Ihre Mutter sein könnte. Und das haben Sie dann überprüft. Ein Haar, ein Taschentuch mit Schweiß oder vielleicht ein Taschentuch nach dem Nase putzen – auf jeden Fall DNA.«

»Herr Horndeich, das sind doch alles bloße Spekulationen!«

Horndeich wandte seinen Blick nun auf Evelin. Diese senkte den Blick sofort. »Keine zwei Jahre nach dem Tod Ihrer Mutter verschenkt deren Witwer plötzlich drei Immobilien.«

Horndeich sprach nicht weiter. Niemand sagte etwas.

»Und?«, war es Koppick, der das Gespräch wieder aufnahm.

»Er schenkte die drei Häuser an EK-Immobilien GmbH. Die Firma Ihrer Frau. Ihre Firma«, sagte Horndeich und sah abermals Frau Koppick an. Diesmal dauerte es zumindest fünf Sekunden, bis diese den Blick senkte.

»Kann jemand von Ihnen beiden mir erklären, weshalb Rüdiger Fricke sich veranlasst sah, Ihnen drei Häuser zu schenken?«

Das Schweigen im Raum wog schwer. Bleischwer.

Es war Hans Koppick, der durch seine Worte diese Schwere vertrieb. »Sie haben in einem recht, und es ist mir einfach nur peinlich, es zuzugeben. Susanne Fricke war meine Mutter. Und ja, alles, was Sie dazu gesagt haben, stimmt insofern, als ich meine Mutter damit konfrontiert habe, dass ich sie als meine Mutter identifiziert hatte. Und ja, wir haben nie über die Anlage von Geld miteinander gestritten. Sondern ich habe sie damit konfrontiert, dass sie uns alle im Stich gelassen hatte.

Und so lassen sich auch die Schenkungen von Rüdiger Fricke erklären. Mein Bruder, der ja damals noch lebte, und ich, wir hätten einen Teil des Vermögens unserer Mutter geerbt. Das hat auch Rüdiger Fricke eingesehen. Und als ich ihm erzählt hatte, wie seine Frau vor der Heirat gelebt hatte – da hat es ihm die Tränen in die Augen getrieben. Er hat vor mir geweint. Und die Schenkung der drei Immobilien – sie war eine Art Wiedergutmachung, die Rüdiger Fricke, ein höchst anständiger Mann, von sich aus in die Wege geleitet hatte.«

»Sie hätten einfach Ihren Pflichtanteil geltend machen können?«

»Natürlich. Aber Fricke war weitaus großzügiger.«

»Das verstehe ich nicht. Die Schenkungssteuer bei Nicht-Familienangehörigen ist doch deutlich höher, als bei einer Erbschaft durch Familienangehörige. Warum haben Sie sich Geld entgehen lassen? Oder freiwillig dem Staat geschenkt?«

Koppick sagte nichts.

»Ich sehe das etwas anders«, führte Horndeich nun aus. »Sie haben Rüdiger Fricke erpresst. Sie haben gesagt: Sie wollen mehr als nur das Viertel, das Ihnen und Ihrem Bruder zugestanden hätte. Deutlich mehr. Und übrigens nur für sich und nicht für Ihren Bruder. Sie wollten die Kohle, sonst würden Sie – ich formuliere das jetzt einmal sehr salopp – das Lotterleben seiner Frau ins Licht der Öffentlichkeit zerren. Ein Drittel der drei Immobilien ist für die Steuer draufgegangen. Aber die zwei Häuser, die Sie dann hatten, die waren deutlich mehr wert als nur ein Achtel oder sogar ein Viertel des Erbes Ihrer Mutter.«

»Völliger Blödsinn, das, was Sie da erzählen. Und ich habe ein Alibi.« Während des letzten Satzes fiel der Blick von Hans Koppick auch auf seine Frau. Sie hatte die Hand inzwischen zurückgezogen.

»Ja, das Alibi. Gut dass Sie es ansprechen. Ganz so wasserdicht ist es doch nicht. Und Sie haben da mitgemacht«, sagte Horndeich und sah in Evelin Koppicks Richtung. »Nicht Ihr Mann hat Sie gestoßen. Das haben Sie selbst hinbekommen. Übrigens ziemlich gut. Sie waren sich nicht zu schade, Ihren Kopf so richtig doll gegen den Baum zu donnern. Damit es überzeugend wirkte.«

»Herr Horndeich, wir können an dieser Stelle abbrechen. Das sind Unterstellungen, die wir uns nicht gefallen lassen müssen. Wenn Sie irgendetwas in der Hand haben, dann gehen Sie zur Polizei. Und die wird dann bei uns aufschlagen. Oder eben nicht. Weil Sie hier Luftschlösser bauen. Und gar nichts in der Hand haben. Wie viel zahlt Ihnen dieser Seidel eigentlich dafür, dass Sie seit Tagen dieses Improvisationstheater aufführen?«

Das war der Moment, in dem Jana einsprang. Auf dem Weg hierher nach Atzbach hatten sie sich grob abgesprochen, wie sie das Gespräch aufbauen wollten. Zuerst Horndeich, der alle Fakten präsentierte, bis zum Baum. Dann war es an Jana zu übernehmen.

»*Nike Air Zoom Alphafly NEXT% Flyknit*. In Rot. Super!«

»Hä?«, fragte Hans Koppick etwas dümmlich nach.

»Ihre Laufschuhe. State of the art. Das Beste der Besten.«

»Was, bitte, haben meine Laufschuhe mit all dem hier zu tun?«

»Ich denke, eine ganze Menge. Sie sind gesehen worden.«

»Wo bin ich gesehen worden? Wann bin ich gesehen worden?«

»Auf dem Grundstück von Susanne Fricke. Am 6. Juli 2003. Abends. Zirka zehn Uhr abends.«

»Ich? Ich hatte zu diesem Zeitpunkt die Auseinandersetzung mit meiner Frau.«

Horndeich sah, wie Janas Blick jenen von Evelin Koppick suchte. Aber nicht einfangen konnte.

»Ein dunkler Hoodie. Die Kapuze über dem Kopf, nein, unser Zeuge hat sie nicht über das Gesicht identifizieren können.«

»Sondern? Welches Märchen wurde Ihnen erzählt?«

»Sie wissen es nicht? Echt nicht?«

»Ich verstehe nicht, worüber Sie hier reden.«

»Ich rede über *Nike Air Max 95 Z.* Die Version mit dem Reißverschluss. In Rot.«

»Nike – was?«

Janas Blick wanderte in Richtung des Regals mit den Fotoalben. Auf etlichen Buchrücken waren die Jahreszahlen 2002 und 2003 verzeichnet. »Darf ich mir Ihre Alben ansehen?«

»Nein. Weshalb? Ich meine, ich schaue mir ja auch nicht Ihre Familienalben an.«

»Weil ich ganz sicher bin, dass wir auf einigen der Fotos genau diese Laufschuhe an Ihren Füßen sehen werden.«

»Ja. Ich hatte tatsächlich ein paar Nike Air …«

Es war seine Frau, die ihre Hand wieder auf die seine legte. »Es ist gut jetzt, Hans. Es ist gut jetzt …«, sagte sie behutsam.

Und ihr Mann verstummte, als habe sie mit der Berührung ein geheime Stopp Taste gedrückt.

EPILOG

»Evelin Koppick hat ausgepackt. Tatsächlich sie!« Katharina hatte es jetzt schon dreimal erzählt. Nachdem es ihr Jana einmal berichtet hatte.

Horndeich saß auf einem Stuhl in seinem Garten und schaute dem bunten Treiben zu. Ja, manchmal erinnerte ihn dieses Grundstück ein wenig an die Asterix-Comics, bei denen am Ende jedes Abenteuers das Fest gefeiert wurde, an dem Troubadix geknebelt am Baum hing. Es ging auch ohne Troubadix.

Neben ihm saß Chloe. Die alte Dame war nicht mehr gut zu Fuß. Im Gegensatz zu Sebastian Rossberg. Er liebte es, den Grillmeister zu geben und er füllte diese Rolle nach wie vor perfekt aus.

Natürlich war Margot mit von der Partie. Nick leider nicht. Er weilte immer noch in den USA. Und Horndeich war sich nicht sicher, ob sich da nicht ein Sturm zusammenbraute …

Marco Seidel, dessen Frau und seine Tochter waren ebenfalls anwesend. Natürlich. Die Staatsanwaltschaft hatte sich des Falles angenommen. Jana und er hatten all ihre Erkenntnisse der Anklagebehörde sauber dokumentiert zukommen lassen. Und die Frau von Hans Koppick hatte gestanden. Das hatte ihm Leah Gabriely erzählt, die Hans und Evelin Koppick mehrere Stunden lang vernommen hatte. Evelin war mehrfach weinend zusammengebrochen. Nie habe sie gewollt, dass jemand unschuldig ins Gefängnis ginge, für eine Tat, die sie begangen hatte. Oder die sie zumindest *mit*-begangen hatte. Aber sie war nicht stark genug gewesen, das Leben mit ihrem Gatten aufzugeben. Ins Gefängnis zu gehen. Und schließlich wäre Hans'

Mutter nun wahrlich kein guter Mensch gewesen. Sie war sogar vor einem Mordversuch an Hans nicht zurückgeschreckt. An ihrem eigenen Sohn …

Leah und Richard Feller standen indes neben Sebastian Rossberg und unterhielten sich.

Seine Tochter Stefanie lag auf der Wiese. Tollte mit Fidel herum. Natürlich war Sandra mit Stefanie, Alexander und auch Antje nach dem abendlichen Gespräch am Tag darauf ins Tierheim gefahren, und sie hatten Fidel abgeholt. Was Horndeich nicht erwartet hatte, war, dass Stefanie und der Hund einander gesucht und gefunden hatten. Der kleine Kerl war drei Tage bei ihnen und hatte schon die Befehle ›Sitz‹, ›Pfote‹ ›Platz‹ und ›Roll dich‹ parat. Letzterer bedeutete, dass der Hund eine lustig aussehende seitliche Rolle hinlegte.

Sandra nahm sich einen Gartenstuhl und setzte sich auf die Seite neben ihren Mann. Ihre Hand suchte die seine. »Ich mag diese Feste. Ich mag es, wenn du wieder einen Fall erfolgreich abgeschlossen hast. Ob als Polizist oder als Humphrey Bogart, das ist egal.«

Er hielt ihre Hand. Seit ihrem Gespräch vor wenigen Tagen immer ein wenig fester als zuvor. Sie hatten noch weitere Male über Horst gesprochen. Über Mikis nicht mehr. Und Horndeich hatte von seinem Handy aus Horst eine Nachricht geschickt, die an Deutlichkeit nicht zu überbieten gewesen war. Seitdem herrschte Ruhe. Wenn Horndeich dieser Ruhe auch noch nicht so ganz traute. Aber darüber würde er sich heute Abend nicht den Kopf zerbrechen.

Er führte Sandras Hand an seinen Mund und küsste sie. Dabei fiel sein Blick auf Jana. Sie saß allein auf einem Stuhl. So ein bisschen abseits. Nein, sie sah nicht glücklich aus. Eigentlich hatte Horndeich noch mit einem weiteren Gast gerechnet.

Dann quietschte das Gartentürchen. Akustischer Wegbereiter für jeden Gast. Irgendwie hatte er das mit dem Fett für die Scharniere in den vergangenen Tagen doch nicht hinbekommen …

Ben betrat den Garten. Jana runzelte die Stirn. Und Horndeich schmunzelte. Er wäre ein schlechter Detektiv gewesen, wenn er die Nummer von Ben nicht herausbekommen hätte. Ben hatte ja auch zum Gelingen des Unternehmens dieses Falles beigetragen. Also hatte Horndeich ihn angefunkt, dass heute Abend dieses wichtige Fest stattfinden würde. Er war sich ziemlich sicher, dass Jana sich darüber freuen würde. Wenngleich er auch ein wenig verwundert gewesen war, dass Jana Ben nichts davon erzählt hatte …

Ben trat auf Jana zu.

Jana stand auf.

Die beiden liefen langsam aufeinander zu.

Horndeich hätte eher erwartet, dass sie aufeinander zu gerannt wären. Aber nein. Zeitlupe. War Horndeich da irgendetwas entgangen? Die beiden hatten doch – so *vertraut* gewirkt.

Schließlich war es Ben, dessen Hand sanft über Janas Wange strich. Ihr dann einen Kuss auf die Stirn gab. Sie nahmen sie einander in den Arm. Fest. Lang.

Na also.

Ging doch.

Danach küssten sie sich.

Horndeich seufzte. Sollten die beiden machen. Aber irgendwann an diesem Abend erhoffte er sich noch eine Antwort darauf, wie ein Achtzylinder-KGB-Wolga zu einer grünen Umweltplakette kam. Denn ein bisschen recherchiert hatte er inzwischen auch.

ENDE

NACHWORT UND DANK

Werte Leserinnen und Leser. Ich habe dieses Buch geschrieben, als es einen Impfstoff gegen Corona gab. Zu Zeiten, als die Sieben-Tage-Inzidenz im vierstelligen Bereich lag. Wie auch im vorigen Buch habe ich beschlossen, dem Virus und der Pandemie in diesem Buch keinen Raum zu gönnen.

Und dann bricht während des Schreibens Krieg aus, mitten in Europa. Für den Autor völlig unvorstellbar. Nicht aus Naivität, sondern aus der Vorstellung heraus, dass Handel und Kulturaustausch untereinander einen Krieg um Territorium völlig überflüssig machen würden. So kann man sich täuschen. Ich habe Menschen kennengelernt, die aus der Ukraine fliehen mussten. Doch auch den Krieg habe ich nicht in meinen Roman einfließen lassen. Dies ist keine Missachtung. Sondern es ist der Wunsch, meinen Leserinnen und Lesern für ein paar Stunden einfach eine Geschichte zu erzählen. Die ablenkt vom Tosen und Irrsinn des Lebens. Die einfach nur unterhält. Und so leben Horndeich und all seine Mitstreiterinnen und Mitstreiter auch in dieser Geschichte in einem coronafreien und kriegsfreien Paralleluniversum …

Unser Rechtssystem ist darauf ausgelegt, der Gesellschaft einen Rahmen zu geben, der definiert, was erlaubt und was verboten ist. In diesem Rechtssystem arbeiten Menschen und geben ihr Bestes. Und doch kann es immer wieder zu Fehlurteilen kommen. Sie sind nicht beabsichtigt. Und, da wir in Deutschland keine Todesstrafe haben, sind sie, zumindest grundsätzlich, korrigierbar. Zum Glück. Auch in Hessen gibt es ein paar bestehende Urteile, die vielleicht doch mal eines neuen Blicks bedürfen.

Mein Blick auf all jene Personen, die mir auch diesmal wieder geholfen haben, durch ihr Wissen einen vielleicht nicht wahrscheinlichen, aber zumindest möglichen Roman zu schreiben, ist hingegen völlig klar. Und er mündet in ein großes, dickes, fettes

Dankeschön mit vier roten Schleifen. Lassen Sie sie mich aufzählen, sie haben es verdient:

Angelika von Wilcke ist tätig beim Nachlassgericht. Ihr Pech, denn sie war damit meine Ansprechpartnerin für alle Fragen rund um den Job einer Nachlasspflegerin. Und Expertin für alle Fragen des Erbrechts. Und der Urkunden. Ich danke dir für deine stete Bereitschaft, meine Fragen zu beantworten! Dank gilt in diesem Zusammenhang natürlich auch dem Nachlasspfleger Frank Völger!

Horndeich ist zwar Privatermittler, aber auch seine ehemaligen Kollegen der Polizei mischen wieder mit. Mein Dank gilt, wie schon in so vielen Büchern zuvor, ganz besonders: Silvia Kominek. Sie hat mir für jede Frage, was denn die Polizei so treibt, wann sie eigentlich ermittelt und wann sie nicht ermittelt, immer und immer wieder Rede und Antwort gestanden. Auch zu Unzeiten. Danke, Silvia!

Und wie in jedem Krimi gibt es natürlich viele körperliche Leiden. Ich differenziere das jetzt nicht im Einzelnen, sondern sage der Ärztin Barbara Pregowska und Detmar Buddenberg ein dickes Dankeschön dafür, dass sie mich etwa zu der Frage beraten haben, wie Psychiater in den Fünfzigerjahren eigentlich ausgebildet und genannt wurden.

Birgit Irmscher war von den ersten Ideen zum Roman an immer wieder Sparringspartnerin und strenge Korrektorin, nicht nur, wenn es um die Motivation der handelnden Personen ging. Danke!

Silke Klingelhöfer hat mir geholfen, die Spannungen zwischen Horndeich und seiner Sandra zu entwickeln. Roswitha Rüpprich half mir, das Angebot der Drogenhilfe im vergangenen Jahrhundert besser zu verstehen. Gerhard Zahner, Rechtsanwalt, machte es mir möglich, zumindest virtuell, in den Besuchsbereich einer JVA einzutauchen. Elke Keufen, Thomas Berg und Daniela Somoza – ihr habt mir bei Fragen zu Senioreneinrichtungen und zur Ausbildung der Mitarbeiter Einblicke verschafft und Antworten gegeben – ganz herzlichen Dank an euch!

Uli Mählert, Pia Eiringhaus und Gerhard Sälter haben mir bei allen Fragen rund um Deutsch-Deutsche Angelegenheiten geholfen. Merci!

Matthias von Arnim – immer, wenn es darum geht, irgendetwas im Bereich Finanzen zu konstruieren, da bist du meine große Stütze! Danke dafür, alter Freund.

Walter Hoffmann beriet mich zu Fragen des Bürgermeister-Seins.

Bernd und Roswitha Rüpprich danke ich auch diesmal für das Schreibasyl, währenddessen der Roman so richtig ins Rollen gekommen ist. Wie wichtig wohl solch ein Refugium gerade beim Strukturieren ist, vermögt Ihr kaum zu ermessen. Danke!

Joachim Becker hat mir juristischen Beistand geleistet, bei allen Fragen rund um diesen Fall. Danke!

Und zuletzt? Hanne Lüdeling, ich glaube, dir gilt das dickste Dankeschön von allen. Du hast mir geholfen, die Legion von Fehlerteufelchen mit Argusaugen und Duden-Weihwasser auszutreiben. Ich drücke dich dafür, ganz fest! Ein Dank in diese Richtung selbstverständlich auch an Marina Schönig!

Und natürlich: Ein herzliches Dankeschön an den Verlag und seine Verlegerin Bianca Haag und meine Lektorin Julia Lübbecke!

Tja, und dann der Dank an die aller-, allerbesten Rücken-Freihalter dieser Welt: Felix Rudloff, Caterina Schäfer und ihr Team von copywrite! Ich bin sehr, sehr froh, dass ich euch habe!

Und ohne euch alle hinter mir hätte das Buch nie entstehen können. Deshalb danke ich euch für eure Unterstützung und für euer Wissen.

Michael Kibler, 2022